单小秋 著

我曾/爱过你，想到就心酸

WHEN ⬧

I'M STILL YOUNG,
WHEN I'M STILL

LOVING YOU.

文汇出版社

图书在版编目（CIP）数据

我曾爱过你，想到就心酸 / 单小秋著. -- 上海：
文汇出版社, 2015.6
ISBN 978-7-5496-1353-3

Ⅰ.①我… Ⅱ.①单… Ⅲ.①长篇小说—中国—当代
Ⅳ.①I247.5
中国版本图书馆CIP数据核字(2014)第287837号

我曾爱过你，想到就心酸

出 版 人 / 桂国强
作　　者 / 单小秋
责任编辑 / 戴　铮
封面装帧 / 嫁衣工舍
出版发行 / 文汇出版社
上海市威海路755号
（邮政编码200041）
经　　销 / 全国新华书店
印刷装订 / 三河市金泰源印务有限公司
版　　次 / 2015年6月第1版
印　　次 / 2015年6月第1次印刷
开　　本 / 880×1230　1/32
字　　数 / 288千字
印　　张 / 10.5

ISBN 978-7-5496-1353-3
定　价：32.80元

目录 CONTENTS

CONTENTS

目录

Part 1　已婚五年

南城广场。

49 层高的甲级 5A 商务写字楼高耸入云,高端奢华。楼顶层正面的"翔飞集团"四个大字气势磅礴,异常醒目。写字楼为纯钢结构,外墙为全吊挂玻璃幕墙,在铅灰色的天空里熠熠生辉。主立面的两扇灰蓝色玻璃幕墙像雄鹰展翅飞向蓝天,似是寓意翔飞集团正奋力向事业的巅峰冲刺。

一辆强悍霸气的 GMC3500 商务车由翔飞大厦地下停车场驶出,车玻璃的贴膜颜色极深,给人一种高深莫测之感。

廖鸿翔坐在商务车后座的豪华真皮航空座椅上,闭目养神,而后淡淡开口:"打开 FM 调频。"

李伟知道 boss 是想听新闻,便调到都市新闻频道,再稍微调低音量,从后视镜里瞄了一眼后座的 boss,随即收回视线看着前方路面,专心开车,一言不发。

电台主持人温润饱满的声音立刻流泻在车内:"下面为你播报今天早上发生在南城大学城的一则新闻。据报道,今日上午 8 时许,社会青年林某劫持了他就读于理工大学的女友郭某,要求南城电视台主持人夏小沐到场与他对话,请媒体答应曝光他与郭某的感情纠纷,才肯放人,否则……"

廖鸿翔高大挺拔的身形明显震了一下,紧闭的双眼倏然睁开,脸上神色微变,把又一次偷瞄 boss 的李伟活活吓了一大跳。

"……夏小沐和警方人员一起进入大楼,和林某进行了现场谈判,最终,林某在夏小沐的劝说下主动投案自首,郭某被紧急送往医院急救,夏小沐一下楼就遭到媒体记者围堵采访……"

薄唇轻启："李伟，掉头，回北辰银月。打电话给 Linda，通知于总替我参加接下来的几场应酬。"

"可是，廖总，万盛百货的吴总已经约了您好几次了，再推脱只怕……"

廖鸿翔打断他："打电话！"

语气虽淡淡的，却是不容置疑的坚持和命令口吻。

不多时，商务车驶进市中心的高档公寓"北辰银月"。廖鸿翔走下车站定，抬眼看向靠湖那幢楼的顶层，发现一片漆黑，窗子紧闭，于是俊脸微变，不禁蹙起眉，冷静地命令："送我过去凯旋门见万盛百货的吴总，打电话通知于总，其余的几场应酬由他应付。"

李伟当然知道 boss 推了应酬回来，是因为广播里提到夏小沐。可是还没进家门就又要出去，实在有点让人费解。

不过 boss 就是 boss，你不会真正摸透他心里到底在想些什么。

今天是周日，一周新闻回顾时间，夏小沐不用去电视台，便驾着她那辆小巧玲珑的蓝色明锐，慢悠悠地混迹在车流里，前往酒吧街，为她的歌迷献唱。她和刚哥有过约定，她可以在每个月里任意挑选两个周日晚上唱两场。

十点，闹市区的酒吧一条街上，"西门驿站"四个大字在蓝红色交替闪现下，异常醒目。酒吧里，陆陆续续有人三五成群进来，白天看起来很宽敞的开放式空间，此刻人影绰绰，显得狭小且拥挤。

夏小沐走出来，登上吧台对面的表演台子，优雅从容地坐上高脚凳，台下的吵嚷声立刻结束。她对着台下的人群露出大大的笑容，然后用纤细的右手接过侍者递上来的麦克风，轻轻试了两声，把麦克风放到支架上，再调到和嘴的高度一致，凑近对准，温润柔和的声音立刻传了出来："各位朋友，欢迎光临西门驿站。我是夏夏，下面的这几首歌，是我精心挑选出来，专门为今晚的你们而唱。如果此刻在你身边的人，是你的最爱，那么多年以后，如果你们在街头听到这些熟悉的歌曲，希望还能记得，多年前这个特别的夜晚，在西门驿站酒吧，有谁曾陪在你身边。"顿了顿，才说，"希望你们喜欢。"

座无虚席的台下，响起阵阵热烈的掌声、欢呼声和酒瓶撞击声。

突然，一个高个儿长腿的男子捧着一大束百合走上台，一把够下麦克风，单腿对着夏小沐下跪，"夏夏，五年前你第一次登台献唱，我就喜欢上了你。五年来，我一直努力赚钱，希望有一天能信心满满地站在你面前，对你说:嫁给我吧! 现在，我终于做到了，夏夏，你愿意嫁给我吗？"

说完，从兜里掏出一个精致的盒子，打开来，把一枚卡地亚钻戒推到夏小沐跟前，用碧眼盈波，望向她。

夏小沐脸色微变。

广告语说:Cartier，真爱是一种颜色，一个名字。

在神秘的不丹，影视巨星梁朝伟用一枚罕见的卡地亚12克拉全美梨形钻戒向刘嘉玲表白心迹，将七千多个日夜的相知相伴带入下一段幸福的旅程；在宝岛，台湾首富郭台铭人生的第二场婚礼上，新娘曾馨莹佩戴着卡地亚钻戒绽放笑颜。

台下，大家都用期待的目光盯着台上的一幕。

酒吧的保安人员立刻冲上台，将男子半拖半拉弄下了台。

对于南城新闻主播夏小沐来说，除了偶尔在廖鸿翔面前失控，没有什么场面是她 hold 不住的。

此刻，她微变的脸色已恢复正常，弯腰拾起掉在地上的话筒，重新放到支架上，用轻松的语气说:"大家有没有被吓到？"

台下立刻又乱作一团，有说有的，也有说没有的。

"今晚的主题是:爱我，就把我娶回家。刚刚你们看到的，是今晚主题的一部分，如果你们有了惊喜或者惊吓的感觉，那是我们特别策划，送给你们的礼物。谢谢刚刚上台假装向我求婚的先生，你的演技真的很好，连我都被感动到了。大家给他鼓鼓掌，谢谢他为我们呈现出的精彩。"

掌声响起。

被保安拖至门口的高个儿男子听到台上夏小沐说的话，原本尴尬沮丧的脸上，渐渐浮出了笑容，还向望过来的众人挥了挥手。

"希望相爱的人，都能步入婚姻的殿堂，相亲相爱，白头偕老。下面的歌曲，送给今晚特别的主题，也送给你们。相信爱情，愿意去爱，并用力去爱，是我今晚最想跟你们分享的心情。"

台下又一轮新的掌声响起。

夏小沐开始了今晚的第一支歌曲——《因为爱情》。细腻、温暖、略显慵懒的声音通过麦克风，传递到酒吧内的每一个角落，有人跟着她一起忘情歌唱……

昏暗的灯光下，她显得格外迷人。

在台上唱了三首，夏小沐刚下台，刚哥走过来，宠溺地揉了揉她的长发："丫头，你反应够快啊，刚才那个突发状况解决得真漂亮！"

夏小沐呵呵笑起来："是咱们这里的保安反应快又敬业。"

刚哥像亲哥哥，一直很照顾她。要求她每个月必须来唱两场，也是想让她放松，不希望她把所有的时间都用在工作上。在刚哥面前，她总是有被宠溺的感觉，小女子娇憨玲珑的天性也被轻易地释放，有亲人可以依靠的踏实感油然而生。

"丫头，给你介绍我一朋友。"刚哥说完，招手叫出来一个人。

夏小沐看着来到面前的慕容朝阳，有些吃惊，随即调侃道："警官出入娱乐场所可是犯纪律的哟，慕容警官！"

慕容朝阳正是这次理工大劫持事件救援行动的警方主要负责人。此刻他穿着灰白相间的格子衬衣，套着银灰色的羊绒毛衣，外加一件卡其色长款风衣，与第一次见时的一身警服截然不同，分外赏心悦目。短俏的黑发，刀刻般醒目的五官，配上警察身上特有的阳刚英武之气，引人频频注目，成了一道抢眼的风景线，但他本人似乎浑然不觉。

"听闻刚子的场子有一唱歌特别牛的姑娘，今晚路过，想进来一睹芳容。没想到，居然是你。"慕容朝阳招牌式的温暖笑容挂在脸上。

"原来你们认识。"刚哥也没想到。

夏小沐把跟慕容朝阳认识的过程和刚哥大概说了一遍。

"瞎胡闹！以后这么危险的事，绝不允许你再去。"刚哥听完脸色凝重起来。

夏小沐不以为然："救人要紧。"

慕容朝阳在旁边说："本来我们都准备启动最后一套救援方案，没想到夏主播一出现，事情就顺利解决了。你是不知道，她现在是我们警队的女神。"

"女孩子，平安健康才是福。"刚哥还是一脸担忧，指着慕容朝阳，"我可警告你，以后再有这样的事，你可帮我拦着她，否则别怪我跟你绝交。"

听着刚哥这么紧张自己，夏小沐在一边呵呵笑，心里暖暖的。

慕容朝阳毫不吝啬地夸赞道："我真没想到夏主播的歌唱得这么好，每个音唱得都很准，歌曲的处理很到位，还有就是你的音域很宽，能高能低，怪不得有这么多粉丝。"

和慕容朝阳渐渐聊得多了，才发现这个年轻的警官跟她想象中的人民警察的形象出入很大。仅仅大她两岁的慕容朝阳，刚刚结束为期三年的联合国维和任务，回到南城。

慕容朝阳人如其名，犹如早晨初升的太阳，整个人透露出一股温暖和充满希望的力量。大概每一个靠近他的人，都会被他身上的明媚所吸引。都说与阳光的人在一起，心里就不会晦暗。夏小沐发现，自己也被他身上的阳光气息感染到了。

十二点从西门驿站回到家，夏小沐几乎以扯的力度脱去靴子和袜子，光着脚走过客厅，刚歪到沙发上，就接到夏小涛的电话。姐弟俩聊了些闲话，夏小涛突然沉默了一会儿，然后说："姐……我老看见姐夫上八卦新闻，身边的女人换了一个又一个，姐夫他……"

"小涛，你姐夫很好，对我也很好，你就别为姐姐操心了。你现在最重要的是学业，姐姐还等着你毕业以后做出一番事业，好让姐姐为你骄傲。"

挂掉电话，夏小沐丢掉手机，依旧歪在沙发上，懒懒地。屋里没有开灯，窗外明明灭灭的亮光从窗子透射进来，在墙上形成摇摇晃晃的影子。

这些年，她和小涛相依为命。每当遇到艰难困苦，一想到还有弟弟需要依靠她，她就有了继续前行的勇气和动力，就是靠着这股信念支撑着，才一路走了过来。

不知道过了多久，夏小沐被冻醒，才发现自己竟然在沙发上睡着了。一阵阵夜风从敞开的窗子灌进来，满屋子都是冷空气。她撑着从沙发上支起身子，踮起脚尖，走到窗子边，向外望去。

"北辰银月"是南城最高档的小区之一，位于南城市中心最繁华的地段，寸土寸金。而小区里，居然有很大的一片人工湖和一个花园，湖边有一排排白色的座椅和一排排水杉。花园里，一年四季开满各种各样的鲜花，争奇斗艳。在这样昂贵的地段，能有这样的美景，房价自然相当不便宜。

婚后，夏小沐在几处房产里挑选此地，一是这里离电视台很近，上下班方便；二是此地段是南城最热闹的地段，而她最喜欢走在拥挤的人群里，慢慢踱步，让心沉静下来，感受人间烟火。

此时，窗外华灯齐集，形成一片灯海，从眼前蔓延开去，直到很远很远的南城边缘。夏小沐想，这千千万万的灯火，每一盏都是一扇窗，而窗里的一份份等待和被等待，都是一种幸福。多少次，她抬头仰望，看见一扇扇窗子里透出的灯光，心里默念：多么希望有一个人，在等着我晚归。可是，那个等我晚归的人，这辈子还有可能是你吗，俊宇？

打了一个寒战，夏小沐才发觉浑身冰凉。抹了一把湿了的脸庞，慢慢地关上窗，拉上窗帘，想了想，又把窗帘拉开。站在空荡荡的房间，她不想开灯，不想看见倒映在冰冷地面上的一个人孤孤单单的影子。不拉上窗帘，正好可以借用窗外的亮光。那样，至少可以让室内亮点，可以，不那么寂寞，也不那么……寒冷。

她转过身，拧开卧室的房门，从大大的 U 形衣柜里拿了睡衣，一边扭了扭已经僵硬的脖子，一边走进浴室。

小区的人工湖边，停着一辆黑色商务车。车内有红色的星火，一闪一灭。车里坐着的男人，眼睛盯着正前方 20 楼，视线一动不动。饱满的额头，深邃的五官，在远处折射过来的忽灭忽亮的灯光里，越发俊俏。

20 楼的窗户敞开着，夜风吹得很猛烈，可以看见窗帘的一角被风高高扬起。不知道过了多久，敞开的窗前出现了她的人影。长发被风荡来荡去，窗帘在她身旁飘扬。过了很久，她才伸出双手，抱着双肩。然后，慢慢放下双臂，伸手去关窗子，拉上窗帘。随后，窗帘又被拉开。瘦小的身影离开窗前。

许多日不见，她似乎又瘦了一些。想到这里，心里一阵抽痛，浅浅的疼痛感停顿在胸口。

然后，他看到卧室的灯亮起。接着，浴室的玻璃也隐隐透出亮光。

又过了许久，灯相继灭了。

车轮边，堆了好几个烟头。

在这样清冷漆黑的夜里，就算是回到家，她都不愿意开灯。其实，他多么希望她能够像别的女人那样，在深夜里为了他留着一盏灯，照亮他回家的路。

家？他突然很想知道，在她心里，到底有没有家这个概念。

即使五年过去了，她还是那么讨厌他吗？

夏小沐睡得很不踏实。凌乱的梦境里，她不断瑟缩着身子，感觉整个人像是浸在冬天结冰的湖水里，冰冷刺骨的感觉深入骨髓。她梦到有人开门进来，有一只温暖的大手掌轻轻地摸着她的额头，有人在不断叫着她的名字，可是她动不了，也喊不出声音。后来，有人给她穿衣服，把她抱在怀里。再后来，她失去了意识。

醒来的时候睁开眼睛，才发现自己躺在医院的贵宾单人病房。

她怎么会在医院？还有，她明明是穿着睡衣的，此刻身上却穿戴整齐。

是谁给她换的衣服？

"夫人，您醒啦？"一颗脑袋从门口探进来。夏小沐眨眨眼睛，再眨眨眼睛，居然是李伟，廖鸿翔的助理。

"你怎么在这儿？"夏小沐目瞪口呆。

"boss 早上有个重要会议，就先去公司了，他让我在这儿看着您，等您醒了，就打电话告诉他。夫人，您想吃点什么，我去给您买？"李伟走近床边，一贯公事公办的口吻。

"我怎么会在这儿？"夏小沐还是不明白现在的状况。

"夫人，您昨晚发高烧，是老板连夜送您来医院的。"李伟一本正经地回答。

"连夜？这么说，他昨晚回家了？我怎么一点都不记得了呢？"夏小沐低声嘟哝。

"夫人……"

夏小沐皱了皱眉头，很无奈地说："李伟，我跟你说过了，请你不要再叫我'夫人'，也不要用'您'这样的称呼？我告诉你，你要是再叫，我这心情一沉重，感冒肯定得越来越严重。"

"对不起，夫……小沐姐，我以后会注意的。"李伟脸微微发红。

果然是年轻男孩子，脸皮薄，经不起一点责难。李伟其实只比夏小沐小几个月，看上去却比夏小沐小很多，在异性面前很腼腆，做事却相当有魄力，不然这么些年，廖鸿翔也不会一直让他跟在身边，放心地让他处理大大小小的事情。

许是这些天太累了，再加上感冒，夏小沐迷迷糊糊又睡了过去。醒来时，已是下午，点滴已经结束。廖鸿翔坐在靠墙的沙发上看文件，微微低着头，看不清神情和面容，可是专注的样子让人不忍打扰。修长而优美的手指若行云流水般在文件上划过，长长的睫毛在棱角分明的脸上，形成一道诱惑的弧度，人随文件而动，举手投足间霸气十足。

沙发边的桌上摆了一摞厚厚的文件，白色轻薄的苹果电脑开着，手机和电脑包就那样随意丢在桌子的另一边。屋里静极了，夏小沐甚至可以听到电脑发出的轻微散热声。

是谁说过，专注于工作的男人最有魅力？夏小沐盯着一心沉浸在文件中的廖鸿翔，水灵灵的大眼睛一眨不眨。

有多少天没见过他了？

夏小沐完全不记得上一次见他时，他穿着什么颜色的衣服，脸上有着怎样的表情。也忘了他离开的时候，有没有跟她打过招呼，是不是还像往常那样，抬脚就走。

"看够了没有？"沙发上的男人合上文件，头也不抬地出声。她盯着他看了太久，令他有微微的异样感，于是不得不出声制止。

"没有。"夏小沐没想到他发现了她在盯着他看。虽然有那么一点点心虚，可是嘴上却不肯输给他。

廖鸿翔本来想先发制人，让她不好意思，无话可说，却没想到会被她呛一句。表情微微一震，二分之一秒立即恢复正常，手上收拾文件和电脑的动作却没有停顿。

"廖先生，你怎么会在这里？"话一出口，夏小沐就觉得自己问了一个没有水准的问题。

廖鸿翔抬起他那张让人呼吸一紧、翩若惊鸿的脸，不答，反问："你觉得，我为什么会在这里？"

"……我的意思是……你会开完了？"夏小沐觉得这样的开场白简直是在侮辱她的智商。

"现在是下午四点，你太低估你老公的工作效率了，我是那种开个会都需要一整天的人吗？"廖鸿翔走到她面前，"感觉有没有好一点？哪里还有不舒服吗？"

听到"老公"一词从廖鸿翔嘴里说出来，夏小沐有些窘："……没有不舒服，我睡了这么长时间，不仅把感冒睡跑了，连这些天的睡眠都一并补回来了。"

"是吗？你确定真的没事了？可是……"

"可是什么？"夏小沐突然有些莫名其妙的烦躁不安，语气也不免生硬起来。

"你脸为什么那么红？难道是高烧还没退？"廖鸿翔似乎并没有注意她微微的语气转变，说完，还伸出右手，准备往她的额头上探探温度。

夏小沐装作去够床头的手机，巧妙避开他的触碰："没事，可能是睡多了，一直捂在被窝里，体温升高了。我可以出院了吧？我今晚还得直播。"

廖鸿翔愣了一下，才收回停顿在半空中的手，笑着说："你也不等着这份工资过日子，有必要这么拼命吗？不就是一份工作，大不了不干了，我又不是养不起你。连生病住院了你都挂念着工作，你们老板有你这样的员工真不知是几世修来的福气。"

"廖先生，请你尊重我，也尊重我的工作，别再用这么轻蔑的语气评价我的工作。我奉行女权主义，不需要你养。"他对她的工作一副满不在乎的语气，让她非常不舒服。

缓了缓，直直看着他说："就像婚前约定好的，我从来也没干涉过你的工作，甚至是，你的自由。所以，请你不要干涉我，也请你，遵守当初的约定。"

廖鸿翔从鼻孔里甩出冷笑："约定？你还挺讲诚信。不过，我倒是希望你干涉一下我的自由，可你总是一副清心寡欲的样子，连敷衍我一下都懒得。夏小沐，你到底有没有为人妻的自觉？"

廖鸿翔看着她，语气依然温良如水，说出的话却不留余地。

"我想着工作怎么了？我想好好工作有错吗？"夏小沐学他冷哼一声，"廖总，你别在我面前矫情行不行？我在不在乎你，有没有为人妻的自觉，真的重要吗？"

"对，你的工作高于一切，其他什么都不重要。除了工作，你对我，对这个家，完全没有兴趣，除了敷衍还是敷衍。"廖鸿翔说得轻描淡写，脸上却是冷冷的。

"我自问没能耐敷衍你！"夏小沐静静地说，"外面那么多女人排队等着巴结你，讨好你，你爱找谁找谁去，我没意见。还有，我这些年清心寡欲，不正好遂了你的心意，好让你家内红旗不倒，家外彩旗飘飘……也不对，在世人眼里，你还未婚，是南城的单身钻石王老五，天天当八卦新闻男主角，娱乐圈的明星们谁有你这么风光？我有没有为人妻子的自觉，其实都无关紧要。"

夏小沐顺着一口气不紧不慢地说完，脸上没有什么表情，除了平静，只剩坦然。

家？他居然还能说出家这样神圣的字眼儿。一个心里连家的概念都没有的人，也好意思指责她。

"如果你真的清心寡欲，为什么又要出去拈花惹草？"廖鸿翔收拾完桌子上的东西，反倒坐回沙发里，跷起二郎腿，依然不疾不徐说道，"你是因为心理不平衡？还是想引起我的注意？你不妨直接说出来，也省得你费心思搞这些花样。"

他是在说她拈花惹草，说她心里不平衡，说她想引起他的注意？

她怀疑自己听错了："廖总，我非常有兴趣知道，是什么事情让你产生了这样的错觉。"

廖鸿翔看她没有丝毫恐慌和不安，不禁皱起眉头，冷着脸："你有没有需要解释的事情？"

夏小沐问："解释什么？"

廖鸿翔看着她像个没事人一样，微怒："你和那个小警察的事。"

"如果你是说慕容朝阳，我和他昨天上午刚刚认识，没什么事。"夏小沐知道他定是看了八卦新闻，可是她内心坦荡，连眉眼都没抬，随手拿起不知道谁放在床边的一本杂志，"哦，还有那位权威心理专家，也是昨天上午刚认识。"

"是吗？"廖鸿翔语中带着警告和不信任，慢慢朝着病床走过来。

突然，手里的杂志被抽走，夏小沐不悦地抬头："你干什么？"

"你说我能干什么！"说完，他扶住她的头，霸道强劲的吻便稳、准、狠地急急落到她的唇角。

这是他对她无可奈何时生气的表现。他的惩罚毫不怜惜，力道大得出奇，无所不用其极。

他只想要激怒她。

夏小沐知道这种时候反抗是没有用的，只是死死咬着唇，不让他侵入。

廖鸿翔修长的手指捏着她尖细的白皙下巴，迫使她开启唇角，他的舌便长驱直入，缠住了她的，似是要吸走她的灵魂般。

渐渐地，他的怒气消散，霸道的强吻转为细细密密的亲吻。

夏小沐全身紧绷，双手用力抵在他的胸前，幽幽地说："廖鸿翔，我还在生病，你就这样照顾病人？"

这话果然奏效。他放开了她。

他已经吻到不能自拔，她却还是一副淡漠的样子，仿佛刚刚被吻的人不是她。他突然就像泄了气的皮球，觉着自己像个无理取闹的孩子。这么些年，他无数次想要得到她的回应，但是每一次她的冷漠都将他的一切热情和怨气打到谷底。

这一次，也不例外。

"别想偷溜出医院。"面无表情地说完，他捞起沙发上的大衣，头也不回地走了出去。

接着，李伟走了进来，对她笑笑，拿起桌上的电脑和文件出去了。

她以为他会找人来看着她，可是等了半天，也没见什么人进来。从床上起来，发现身体仍有些酸痛无力，还有些轻微的头疼症状。她咬牙坚持着站起来，走到沙发上静静地坐了一会儿，然后避开护士站，直接从医院打车回家。回到家洗了个热水澡之后，头疼和酸痛无力缓减了许多。换了身干净的衣服，打车直奔电视台。

今晚的重点是报道关于昨天发生在大学城的劫持事件，她得提前去电视台准备，把警方的调查结果和视频记录整合起来。

晚上七点二十几分，南城频道的新闻直播现场，工作人员各就各位，有条不紊地忙碌着。夏小沐和何超然正坐在主播台上看台本，等待着即将开始的新闻直播。

声名显赫的南城会所。

某一间超豪华包间里，南城商界大腕齐聚一堂，目的是初步探讨一项由政府出面的重大商业企划案，金额涉及数十亿。

政府这杯羹，谁都想分一块。

这时，包间门打开，服务员进来端茶倒水。通过敞开的包间门，隐隐约约从隔壁包间传来电视的声音：

男：观众朋友们晚上好！

女：晚上好！

男：今天是 11 月 3 日，星期一，农历十月初八，欢迎收看《今日南城》新闻联播节目。

女：今天节目的主要内容有……

"服务员，快点，打开电视，南城频道。"一位体态微胖的中年男子冲服务员道。

他正是南城家电行业的龙头老大程万熊，商业手腕极高，几年前突然在南城雄起，在南城商界也算是个不可小觑的人物。

"程总，你什么时候开始关注南城频道了？我以为你只看具有权威性的财经节目。"旁边一位大腹便便的男人开口道。此人正是南城酒店行业的老大肖建兵，做事说话一向雷厉风行，在南城也算是一号惹不起的人物。

程万熊笑笑："我也是刚开始关注，目的也不是看南城新闻，毕竟像咱们这样的人，哪有时间和精力关注这些民生新闻，自己公司的事就够焦头烂额的。"

"这倒是奇怪了，程总不是为了看南城新闻，那又是为什么关注《今日南城》？"肖建兵好奇心大作。

"《今日南城》的主播夏小沐，不是号称咱们南城最美女主播吗？"程万熊说完暧昧地冲肖建兵笑笑。

肖建兵一副心神领会的神情："哦。原来如此！没想到程总喜欢这种大气婉约型的美女。"

在座的有人说："不是说她已经结婚了？她丈夫还是咱们南城的金牌谈判专家兼权威心理专家，叫什么来着？"

"八卦杂志什么新闻编不出来，最不靠谱了，不能信。"A 说。

"夏小沐至今刚大学毕业三年，就做到了主播的位置，绝对有内幕。"B 说。

"夏小沐挺低调的了，除了电视里，几乎没有在其他公开场合看到过她本人，挺神秘。"C 说。

"不过，昨天她做了回女英雄，听说一劫匪劫持了自己的前女友，却点名要夏小沐到现场和他对话，否则就要跟前女友同归于尽。你们猜最后怎么着？这个有着南城最美女主播称号的夏小沐，一个弱女子，居然敢走进劫匪所在的房间和劫匪近距离对话，最离奇的是，她居然成功说服劫匪投案自首。"D说。

"还有这种事？看来这个美女主播，除了貌美如花，还是胆识过人、冰雪聪明呢。程总，怎么样？是不是征服欲被挑起了？"肖建兵拍拍程万熊的肩。

廖鸿翔走了进来："不好意思，临时有点事耽搁。来迟了，还请各位见谅！"

"没事，没事，我们也是刚刚才到。"肖建兵说着指了指墙上的电视对廖鸿翔说，"对了，廖兄，你是流连花丛的高手，我们刚才正在说咱们这位南城的新闻美女主播，以你的眼光来看，觉得她怎么样？"

廖鸿翔抬头看了看电视，突然有了错觉。

Part 2　陌生妻子

电视里播报新闻的夏小沐，一丝不苟，高高在上。不是廖鸿翔熟悉的柔弱温顺的模样。

她的妆容精致得无懈可击，中规中矩的衣服端庄大方又不失专业精干，头发绾在脑后，目光清澈，却又饱含犀利，很有说服力的样子。整个人干净利落，却又透露出一股自然和谐的基调。和煦亲切的笑容，就像洒在人心上的暖暖阳光。虽是播报新闻，却没有硬邦邦的感觉，反而给人赏心悦目的愉悦感。

难以抵抗的亲切与舒服伴着不太灼眼的光晕，竟令廖鸿翔有了微微的眩晕感。

看着她眉宇间的淡定和自然，完全没有刚刚从医院出来的迹象，看来高烧已经退了,恢复得也还不错,但是应该还有一些不适,而她在努力克制。

"怎么样?廖兄,这个女人,够大气、够婉约吧?"肖建兵问。

廖鸿翔依然看着电视,很专注,没有回答。

电视上的夏小沐,对廖鸿翔来说,很陌生。

事实上,除了财经杂志,他几乎都没时间和精力去看新闻联播。况且,他也没有想过要看她的节目。他甚至忘了,他的妻子是电视台主播。

程万熊开口了:"谁不知道廖总是咱们南城第一号钻石王老五,你没看他的绯闻女主角都是娱乐圈的歌星影星嘛,他喜欢的自然都是风骚火辣的性感女人,不会是夏小沐这种知性婉约型的。"

有人说:"那可不一定,夏小沐平时都是一本正经地在播报新闻,那也是她的职业要求。要是给她转换一下形象,说不定也是美艳绝伦,绝不会输给娱乐圈那些个性感女明星。女人嘛,再怎么知性婉约,脱光了衣服放到床上,还不都是一个样。"

众人大笑。

"今天大家是来讨论这些无聊八卦的,还是谈论正事的?"廖鸿翔微怒,"对不起,我赶时间,如果还要继续这种八卦谈论,恕不奉陪。"

大家原本都以为他会加入这个话题热烈讨论一番,听见他明显不悦的语气,随即都愣住了,摸不透这个绯闻一大堆的男主角今天为什么这么排斥八卦。

肖建兵笑起来:"廖兄,息怒息怒!看你刚才皱眉盯着电视看,我猜,一定是这位主播得罪过你。难道你也会有失手的时候?不可能,不可能,一定是我想多了。你的实力我们是有目共睹的。"

廖鸿翔冷哼一声:"她何止得罪过我!"

众人面面相觑。看来这个女主播不是一般人,连廖鸿翔都敢惹,她背后的靠山肯定不是一般强大。不觉对夏小沐的好奇心更增加了许多,都在心里纷纷猜测她的来头。

程万熊看气氛不对,赶紧说:"当然是正事要紧。既然廖兄赶时间,我们还是赶紧进入正题吧。"

在南城，提起廖鸿翔，无人不知，无人不晓。在他"全国百强地产大亨"的头衔背后，不仅仅有强大的家族企业支撑，他老爸廖雄和大哥廖鸿飞在南城那也都是能够呼风唤雨的人物。因为有了这些关系，廖鸿翔不仅在商界名声显赫，在其他几个界也是个响当当的人物，算是几界通吃。

廖鸿翔一手创立了翔飞集团，经营范围不仅仅是房地产，还涉及矿业、高级连锁百货商场、汽车、娱乐场所等等。据说廖鸿翔刚上大学就靠自己的能力挖到了第一桶金，开始做生意，三十岁不到就颇有商界大将风范。廖氏家族一向都很低调，留给外人的除了神秘还是神秘，除了廖鸿翔。而对于他的事情，除了八卦杂志上刊登他经常携不同女伴出入不同场所，女人换了一个又一个，真真假假，再无其他。

翔飞集团旗下翔鹏地产建的房子，外观设计标识性超强，命名都带着"翔"字，比如：时光翔园、海岸翔园、阳光翔园、彩虹翔园、世纪翔园……

在南城，有很多人一辈子最大的梦想，是能够拥有一套翔鹏地产建造的房子。

谁要是得罪了廖鸿翔，在南城也就等于没有了立足的可能性。所以，在商界圈子，老总们对他一向是又怕又恨，但是又不得不巴结讨好他。

播完新闻，又替一照顾生病儿子的同事顶班，晚上十一点半，夏小沐才拖着疲惫的身体，从电视台回家。

电梯到达的提示音，在寒冷的夜里听起来和白天大不相同，显得异常清脆，有寂寞的味道。

出了电梯，她按了密码，打开门，依然是一室清冷。

和往常一样在玄关踢掉高跟鞋，几乎用扯的力度褪去丝袜，扔在地上。没有开灯，光着脚，径直走到客厅正中的沙发上，仿佛是泄愤般，重重地将自己往沙发上扔去。

这一扔，让她在身体贴上沙发的那一瞬间惊叫了起来。

沙发上有人。

还没来得及站起来，便又跌进了一个宽大温暖的怀抱。抱着她的人，把头埋在她的颈窝里。

"猫咪，是我。"廖鸿翔慵懒的声音随即响起。

夏小沐呼了口气，整个人放松下来，抱怨道："你怎么不开灯？吓死我了。"

见抱着自己的人没反应，夏小沐推了他一下："听见我说话了没有？"

廖鸿翔"嗯"了一声，劈头盖脸的吻如同雨点，急切地落下来。抵达唇部，再向下咬住她的锁骨。

夏小沐惊呼一声，一把推开他的头，站起来去打开了壁灯。

突如其来的亮光，让气喘吁吁的两人有微微的不适应。

夏小沐就势靠在墙上，满面潮红，垂在肩头的头发有些微凌乱，上衣的纽扣已经被扯开。

气氛有点尴尬。

"最近你在忙什么？"她打算随便说点什么来掩饰自己的不适应和发烫的脸颊。

他似乎没听到她问般："你觉得身体怎么样？要不要去医院？"

夏小沐淡淡地说："不用了，烧退了，就是头疼、嗓子有点不舒服，吃点药就好了。"

廖鸿翔知道她固执，也没说什么。放下挡在眼前的手，很随意地向沙发背靠去，没头没脑地说："你想我了？"

夏小沐看着眼前的他，虽然懂得他的逻辑，但是没说想，也没说不想。

"要是想我，你可以随时打我手机。"廖鸿翔看着脸色绯红的夏小沐，"还是你不知道我的手机号？"

"我还真没你号码。"夏小沐折回玄关，从鞋柜里找了双毛茸茸的小白兔拖鞋套上。见他亦光着脚，又拎了一双蓝色的印有小熊图案的拖鞋，递到他脚边。见他半天没有套上的迹象，她拿起拖鞋，往他脚边推去，轻轻地说："套上吧，天冷着呢。"

廖鸿翔一脚踢开拖鞋："我不冷。"

"你又要耍什么威风？要耍性子装酷就到别的女人那里去，我没力气陪你胡闹。"夏小沐狠狠拍了下他的脚背。

廖鸿翔从地上一把拎起她，抓到怀里："为什么没存我号码？"

夏小沐推了一下，试图挣脱他的怀抱。无奈，推不动，这人紧紧挟持着她，动弹不得。

"别闹了！我……我要上卫生间。"夏小沐放弃了挣扎，只得耐着性子，柔声细语。

"回答我！"这人不理她。

"手机中病毒，号码全没了。你知道的，我对数字特别不敏感，连我自己的号码都记不清楚。现在我的手机里，只有小涛的号码。"夏小沐看着他铁青的脸，有些不知所措，没有力气再跟他争执什么，不由得妥协了，一股脑儿说了出来。

廖鸿翔半信半疑："真的？"

她懒得多说话，只是从包里掏出手机，递到他眼前："自己看。"

廖鸿翔一看，果然只存了小涛的号码，这才放开她："所以，我晚上打电话给你，你其实并不知道是我，所以才吃了枪药似的，对着我吼？"

夏小沐转头看着他："晚上的陌生号码是你打来的？我还以为是无聊的骚扰电话。可是接通了你为什么不说话？"

他脸上终于出现一丝笑容，拿过她的手机，翻开看了看："你该换个手机了。"然后，不动声色地把他自己的号码存了进去。

夏小沐没出声。他一向都这么霸道。这么些年，也慢慢习惯了。只要他做的事情不是违背原则，超越底线，她一般都随着他，不会上纲上线地计较那么多。

五年来，他们虽然是法律上的夫妻，却都不太干涉彼此，各自留有自己生活、工作和交友的空间，相安无事地生活。这是他们一直以来的相处模式：轻松，自在，随意，没有太多束缚和负担，也不会因为吃醋和猜忌闹矛盾。寻常夫妻会干的事，他们几乎不会做，连日常的小吵小闹都不曾有。他很少回家住，有时候回家晚，看她睡着了，就在客房睡下，第二天早上等她醒来，他已经走了。所以，很多时候，她并不知道他回家住过。夫妻生活的频率自然也很低。

曾经，廖鸿翔握住她极度冰凉的手，说："都说双手冰凉的人，性冷淡。这话说得真对。你就是一个绝佳的例子。人冷冷清清就算了，可是没想到连生理欲望都这么寡淡。"

夏小沐回过神来，越过沙发，将地上的两只拖鞋拾回来，慢慢地给他套上。廖鸿翔却故意不让她套，还趁机把冰凉的脚伸进她的怀里，夏小沐狠狠扭了一把他的小腿，他惨叫一声："狠心的女人，连你亲夫都忍心虐待。"

夏小沐轻声轻语地说："廖先生，我很累，你不要找碴儿，行不？"

看着她确实是极其疲倦的样子，连说话的语气都轻飘飘地没有重量，他才乖乖地就着她的手套上拖鞋。

廖鸿翔都快三十岁了，有时候还老爱耍赖撒娇。夏小沐觉得，他有时候就跟个孩子似的。跟偶尔在电视或报纸上看到西装革履、沉着冷静的那个商人形象，全然判若两人。

夏小沐往卧室走去。到门口，转过身来问："你有没有洗澡了？"

廖鸿翔笑起来："你说这话是在暗示我什么吗？猫咪，你是不是打算和我来个鸳鸯浴？"

"无聊。"夏小沐气结。原本只是想问要不要给他放洗澡水，谁知道他又在胡思乱想些什么。

廖鸿翔在她身后爽朗地笑了起来。

夏小沐洗完澡走进卧室，看见廖鸿翔正躺在床上抽烟。她走过去，一把夺过他叼在嘴里的烟，丢进旁边的烟灰缸，不客气地说："廖先生，说好卧室里不能抽烟的。"

"哦。"

"廖先生，你今晚就是故意回来找碴儿的，是吧？"夏小沐瞪着他。

"忘了。"廖鸿翔也不生气，伸手把她往怀里带，顺便向她吻过去。

"哎呀，讨厌，你满嘴烟味，休想吻我。"夏小沐挣脱他的怀抱，把烟灰缸拿出卧室。

廖鸿翔眯起迷人的眼睛，靠在床头看着那抹倩影闪出卧室门，眉头紧锁，若有所思……

夏小沐没说话，坐在梳妆台前开始抹护肤品。心里想着一些事，心不在焉。廖鸿翔一直在身后盯着她，她也浑然不知。

"我觉得有必要告诉你一声，雷俊宇回来了。"

脑海里反复回荡着蒲箫遥的话，当廖鸿翔从身后靠过来时，仅凭所剩不多的理智，夏小沐突然用尽浑身力气，将廖鸿翔推倒在地，然后走到床边拉开被子，把自己深深埋了进去。

俊宇，五年的时间，难道还不够长，不够让我遗忘你吗？

她的力气居然如此之大，令廖鸿翔瞬间石化。她突如其来的变脸，也让他傻了眼。

意识到自己的行为有点过分，夏小沐慢慢又将头伸出被子，看了眼脸色阴沉的廖鸿翔，说："我今天很累。早点睡吧，明天还上班呢。"然后，不敢再多看他一眼，转过身，背对着他，闭上眼睛，掩饰心里的慌乱。

身后还是没有动静。

大约过了十分钟，夏小沐听到烟盒盖子被打开，打火机开启又关闭的声音一遍又一遍响起。夏小沐不敢回头，也不敢出声，她想，如果他要抽烟就让他抽好了，绝不说他。

可是，半天都没有闻到烟味。

就在她绷不住准备翻身看看他到底在干吗时，卧室门被推开，接着，浴室里响起"哗哗哗"的水流声。翻身起来，看见床头柜上没有被点燃过的烟和被丢在一旁的 zippo 打火机，她心里有微微的不安。重新躺下，闭上眼睛，强迫自己不再胡思乱想。

浴室里的水声终于在持续了几分钟之后停止。廖鸿翔走进卧室，掀开被子躺了进来。夏小沐依然没有动，静静地躺着。突然，廖鸿翔伸出手，把她拉进怀里，强健的胸膛紧紧贴着她的后背，让她的头枕在他的手臂上，在她的后脑勺吻了一下，柔声说：" 睡吧。"

第二天，夏小沐起来的时候，和往常一样，身边已经空了。

五年来的无数个早晨，一转头，枕畔犹虚，身旁的床榻仍然是空着的，床单和枕套依旧平整无褶皱。一室的清凉如水，总会令她的心里产生一丝失落感。她已经习惯了每天早晨一个人起床，一个人吃早点，晚上一个人下班，一个人睡觉。床头柜上，摆着的不是他们的结婚照，而是她自己一个人的照片，看起来她与单身女子无异。一个同事曾跟她说每天早晨习惯了在老公的亲吻中醒来，她当时听了心里泛起隐隐的酸楚，她想她可能永远也无法体会到那是一种什么样的幸福和甜蜜。

她简单弄了早点吃，来到单位，看到的已经是一幅热火朝天的忙碌画面。刚放下包，肖雯雯就过来说："你手机怎么都不开机？我都找了你一晚上。"

夏小沐掏出手机，把手机伸到肖雯雯面前："没电自动关机了。"

"你胆够大的，不是要求24小时开机的吗？难不成你做了次英雄，就天不怕地不怕，更不怕领导了？"

"说什么呢你！"夏小沐推了她一下，"你找我有什么事？"

"其实没什么事，我这不是担心你经历过惊心动魄的折腾之后，晚上越想越后怕，怕你想不开嘛。"

"你也看到了，我很好，所以就别担心我啦，还是赶紧忙你的去吧，肖大记者。"

"你什么时候嫁人了，我就不用操心了。这年头，大龄单身女青年最容易有心理问题了。不过，大主播，你到底打算什么时候嫁人啊？也好让我省省心。"肖雯雯唠叨起来。

夏小沐转头看她："你不是有采访吗，还有时间在这儿给我念紧箍咒？"

肖雯雯一听，"哎哟"一声之后，果真头也不回地走了。

同事过来，说有好多家全国的知名媒体想要采访她。

夏小沐心里哀叹一声，出名还真麻烦。对于成功劝说劫匪投案自首的事情，已经有很多家知名媒体报道出来了。这几天，更有不少热心观众打进栏目组电话，说了不少赞扬她的话。以至于当她亲自坐在电话旁接听电话时，听到赞扬和慰问的话语，不禁又惭愧，又感动。

中午接受一家知名网络媒体采访的时候，记者问："夏主播目前还是未婚状态吧？"

夏小沐愣了一下，不知道该怎么回答。想说是，可是自己明明已经结婚五年，让她对着那么多观众撒谎，是相当有难度的。说不是，记者肯定会做出见鬼的表情，然后追问什么时候结的婚？丈夫是做什么的？什么时候要小孩……然后娱乐新闻又该忙着挖掘有关她的八卦了。

记者看她愣神，两眼立刻放光："看夏主播难为情的样子，不会是和当下为了保住工作秘密结婚的很多公司白领一样，玩隐婚吧？"

夏小沐回过神，扯出笑容："隐婚也是结婚，婚姻大事怎么能说是玩呢？而且，我们南城电视台也没有苛刻到不准主持人结婚生子。"

记者："那你赞成隐婚吗？"

夏小沐想了想，言简意赅："不能说赞成或者不赞成，既然它存在，就说明它有存在的理由。"

"看来，夏主播并不反对隐婚。那你结婚了吗？"记者还是绕回到刚才的问题上。

夏小沐以为已经把这个问题避过去了，没想到这个记者这么执着。不得不对着不远处的小周使了个求救的眼色。毕竟是多年的同事，小周反应过来后立刻走过来说："不好意思，今天的采访就到这里，非常感谢你们，辛苦了！"

接受了几家媒体的采访，已经是下午。稍稍休息了一下，夏小沐便着手准备晚上的新闻播报。其间有同事拿来一份八卦报纸，头版头条依然是关于她的。夏小沐一看到标题，不禁皱起眉头——《著名主播夏小沐被曝光已结婚，丈夫竟是一名摄影师》，同事开玩笑地问："小沐，你不会是跟这上面说的一样，瞒着我们偷偷结婚了吧？"

"这种八卦消息你也信啊？"夏小沐无奈。

"可是刚才记者问你是否已婚的时候，你明显在闪躲。"同事接着追问。

"这是我的私事，我不想工作生活混为一谈。"停了一下，问，"如果那个记者当时是采访你，也问你是否已婚的问题，你会怎么回答？"

同事想也没想："当然不愿意回答了，这是私事。"

夏小沐把报纸一丢："又不是娱乐记者，怎么就老追着我问是否已婚呢，难道我已经到了非嫁人不可的年龄？郁闷！"说完，挠了挠头。

"幸好，你没有结婚，要不然被曝光出这样的八卦，多少会影响夫妻关系。"同事补充了一句。

夏小沐一愣，随即笑了起来。

廖鸿翔是没时间关注这些八卦的，所以不太有可能知道。而且知道了也没什么，这么些年，他和娱乐圈女星们的绯闻从不间断，她都没有介意过，他就更没理由介意了。

五年前，还是大学三年级的夏小沐就和廖鸿翔结婚了。要说她已经结婚这事，真没几个知道的。那个时候她还是个学生，结婚的事不宜张扬。廖鸿翔又是本省年轻有为的著名青年企业家，尤其是这几年来，生意越做越大，弄得风生水起，她更加不敢说出自己的丈夫就是万千少女梦寐以求的廖鸿翔的事实，她害怕被人戳着脊梁骨说她是傍款族，而且还傍了这么大一大款。说不定，还会有很多女人找上门来跟她拼命，她不想给自己找麻烦，自然不敢说。越到后来，随着廖鸿翔的生意越做越大，她越是不敢说了，甚至是刻意隐瞒已经结婚的事实。

原先，她还一度很担心会被别人知道她法律上的丈夫是廖鸿翔，后来慢慢地，她就放下心了。八卦周刊经常报道廖鸿翔和不同女明星的八卦新闻，而且绯闻似乎从不间断。在大众眼中，廖鸿翔一直是本市身家最高的钻石王老五。

夏小沐和廖鸿翔从来没有过口头或者书面的约定，却从来不对外公布已经结婚的事实。甚至连廖鸿翔的家人，都不知道。

两人在这件事情上，很有默契。

这天，接到赵金秋电话的时候，夏小沐刚刚从电视台出来。

在金碧酒店门口看到赵金秋，她冲上去就给了她一个熊抱，口里念念有词："想死我了，想死我了，想死我了……"

赵金秋不禁好笑："几年不见，以为你成了名主播，性子应该沉稳内敛些，没想到你还是这么一惊一乍的，一点形象都没有。"

"从小到大，我的什么事是你不知道的？在你面前，我还需要什么形象！"夏小沐不以为然，只顾着高兴了。

此刻的夏小沐，的确不能让人和播报新闻时专业干练的形象联系起来。她只是一个在好姐妹面前撒娇的女子，满脸笑容，快乐透露在每一个细小的肢体语言里。

"还别说，也许你还真就瞒着我那么一两件人生大事。"赵金秋呵呵笑着，两人手挽手从旋转门里转进去。

"我能瞒你什么。"夏小沐有点心虚。她已婚的事，赵金秋还不知道。

赵金秋还是那样迷人。脸蛋漂亮，双腿修长，身材高挑。一头酒红色的波浪长卷发，浓密如海藻般随意披散在消瘦的肩上，柳叶眉，性感红唇，加上立体的鼻子，把白皙的皮肤衬得更加水嫩。整个人自有一股妖艳成熟的韵味散发出来。

夏小沐站在赵金秋身边，显得小巧精致，分明是两种不同的美。

在酒店的咖啡厅坐定，赵金秋问："你和雷俊宇有联系吗？那小子自从我去了美国，就没跟我联系过。"

"……前几天，刚刚在 A 大见过他。"夏小沐说这话，不觉脸色已苍白。想起在 A 大和雷俊宇那匆匆的一面，便愣了神。

赵金秋看着她的样子，心疼地说："算了，算了，咱们不说他了，这年头的男人，没几个是好东西，都不靠谱。跟你说我才回国几天啊，就碰见了个超级倒胃口的家伙……"

话还没说完，赵金秋已经起身朝门口的一张桌子走去。

夏小沐只得跟上前去，却看见赵金秋拍了下正在和一女子窃窃私语的男人："要不要这么巧啊？怎么走哪里都能遇见你，倒胃口先生？"

男人转过头，看见她，放开女伴的手，站起来："是啊，要不要这么巧？你是不是也像那些死缠滥打的女人悄悄跟踪我？"

"别不要脸！要不是因为我的车还在修理厂，我才懒得搭理你。"

"嗨，箫遥……"夏小沐一把拉走赵金秋，"我和她谈个事，失陪了。"

赵金秋被不情不愿拖到座位上："你认识那个倒胃口的男人？"

"……也没有很熟，只是认识而已。"想了想，夏小沐又说，"我前几天刚见过他，这次的女伴和上次不是同一个。这种男人，究竟是没有真心的。作为朋友，我很想奉劝你一句：不管你和他到底发生过什么事，你都要远离他，越远越好。他不过是个浪荡公子。"

"嗯？你和他……"赵金秋好奇。

夏小沐淡淡道："这种纨绔子弟，和我完全是两个世界的人，怎么可能跟我有关系。只是这么些年，对于他的风流韵事，还是听说了一些，觉得他非常不靠谱。"

赵金秋不以为然："是吗？可是我怎么听说，南城的风流人物是翔飞集团的总裁廖鸿翔？据说他专泡娱乐圈的女明星，每一任女伴不超过三个月，但是他很慷慨，分手费给得很爽快。所以，即使都知道他风流成性，那些女明星们还是削尖了脑袋想做他的三个月女友。你在南城这么久，难道都没有听说吗？"

夏小沐端咖啡的手抖了一下，咖啡泼洒了出来，晕染在白色套裙上，显得很狼狈。

赵金秋奇怪地打量着她："你怎么了？"

夏小沐定了定神，轻轻地放下咖啡杯，笑着说："可能是太累了。我最近在准备一档叫'目击'的新栏目，今天看了大量有关节目的资料和细节，脑细胞都不知道死了多少。你知道，大脑一疲惫，整个人都没有力气。"

赵金秋信了，然后把蒲箫遥开车撞了她的车，以至于她的车子必须待在修理厂，害她半个月都得打车出门的事情说了个大概。夏小沐安慰了赵金秋几句，两人又聊起了这几年的生活。

真正的朋友是很久没见面，甚至没联系，可是再见面，还是有很多聊不完的话题，就算什么也不说，只是静静地待着，也不会觉得尴尬。夏小沐和赵金秋，就是这样的朋友。之后的几个晚上，夏小沐都留在酒店里，和赵金秋窝在一个被窝，同床而眠。

如果没有赵金秋，夏小沐不知道自己能去哪里，又该怎样排解五年之后再见到雷俊宇的伤痛。

南城一处高档公寓里，廖鸿翔伸手拿起沙发上的手机。

"我先去洗澡。"女人说完，拿着睡袍进了浴室。

"什么事？"廖鸿翔还是波澜不惊的口吻。

"你猜猜，我刚刚在金碧酒店看到谁了？"蒲箫遥想吊吊他的胃口。

廖鸿翔懒懒地躺着，不以为然地说："你的第 N 个连名字都记不起来的前女友？要不就是哪个女明星又勾起你的征服欲了？说，这次是不是又要我帮你牵线搭桥？"

"没劲，就知道损我。我想要追谁，那还不是看我是不是真的想，一句话的事儿，不用劳你大驾。告诉你，我看到你老婆了。"

"……她在酒店干什么？"廖鸿翔语气里有了一丝丝紧张。

"在酒店还能干吗，开房呗！"

"……没事我挂了。"他才不相信他的鬼话。

"等等！我真的看见了，她还跟我打了声招呼。你想不想知道她和谁在一起？"

"谁？"

"你先答应我，这个周末，出来骑马，并且说到做到，我就告诉你。"蒲箫遥趁机提条件。

"臭小子！好，我答应你。快说！"

"这么迫不及待啊，我还以为你经常留恋于万花丛，对你老婆一点都不关心呢……"

"蒲箫遥！"警告声响起。

"你老婆跟一个女人在一起，好像关系很好的样子，估计是以前的老朋友。不过，跟你老婆在一起那女的，真真是我的煞星。"

"小子，我警告你，我老婆身边的人，你最好少去招惹。"

"我才不会犯贱。"

廖鸿翔毫不客气地说："你就是个贱人。你最好记住你今天跟我说过的话，不要去碰她身边的人。"

虽然是从小一起长大的好哥们儿，可是廖鸿翔对蒲箫遥一向都是嘴下不留情。这也是他们哥们儿之间的特别交流方式。

　　蒲箫遥本来还想说，他前几天在"旧时光"咖啡馆看到夏小沐跟报纸上刊登的绯闻警察喝咖啡，可是一想，话到嘴边还是给咽了下去。这种有可能挑拨哥们儿夫妻关系的事，还是少做为妙。

　　翔飞集团最近有好几个大的项目正在收尾阶段，全公司员工除了打扫卫生的清洁工，都被要求集体加班。虽然少不了一通抱怨，可是看在老板为他们定制了丰盛的消夜，还说年终奖会比往年丰厚的分上，大家都喜笑颜开地干活。

　　晚上，廖鸿翔约人在金碧酒店谈合作的事，刚进大厅就看见夏小沐和一个子高挑的女子手挽着手，一边谈笑风生一边往电梯走去，喜笑颜开，整个人都很放松的样子。他不觉看呆了。

　　在他面前，她从来都不会这么轻松，也不会笑得这样明媚。

　　夏小沐和赵金秋聊得正欢，并没有看到他。

　　走进电梯，赵金秋貌似不经意地说："我昨天碰巧遇到雷俊宇了，约好明天中午一起吃饭。你也一起去吧！"

　　"……"夏小沐愣愣地，没有说话。

　　"你去不去？你俩可是已经上了八卦新闻头版头条了。"赵金秋不希望她逃避。

　　夏小沐又上了《南城娱乐》的头版头条新闻，标题是：《南城著名女主播背后的男人终于水落石出》，画面是几张夏小沐和一男子在喷泉边深情拥抱的图片。画面虽然不是很清晰，但是认识雷俊宇的人还是能够认出他俊美的侧面。

　　直到走出电梯，进了房间，夏小沐才说："明天中午我刚好有事，吃饭就不去了。"

　　赵金秋叹了口气。她至今还陷在过去的阴影里，她有义务拉她一把："老夏，我知道你还忘不了他。你当年深深爱过他，所以，注定你是受伤害最深的那个,你不想揭开伤疤,甚至是不想面对他。可是,在这个城市里,你们总会有机会碰面。"

"过去的事, 就让它过去吧。我真的不想再去提起。"

赵金秋看着她:"老夏,有些事情虽然已经过去了,可是如果还有转机,你为什么就是不肯抓住这个机会? 逃避不是解决事情的态度。雷俊宇昨天说了, 他想和你好好谈谈。我觉得他还爱着你,虽然过去他辜负了你,但是他仍然爱着你。"

"阿秋,别再说了。"夏小沐依然坚持,"你替我告诉他,不要再来找我。我们已经错过了, 绝不可能再回到过去。"

赵金秋不赞同:"老夏, 这世上没有什么事是绝对的。"

夏小沐一脸冷漠:"你告诉他, 错过, 不是错了, 而是过了。"

赵金秋知道她主意已定, 说什么也没用, 最后只是点了点头, 搂着她说:"好! "

赵金秋是夏小沐的闺密, 两人无话不说, 直到赵金秋高中毕业后去了美国, 才失去了联系。她还不想告诉赵金秋她已经结婚的事。她也暂时不想去回忆起这些年发生在她身上的事情。

她想, 等以后有机会再慢慢告诉她好了。

不管怎么样, 赵金秋回来了, 对于她来说, 是一件很开心的事情。

转眼到了光棍节。

南城电视台策划了一期"单身无罪"的晚会节目。为了吸引更多的年轻人加入, 电视台将活动现场设在了南城 A 大。

虽然一开始, 夏小沐隐瞒已结婚并非刻意而为, 可是在同事眼里她一直都是单身, 所以参加活动在所难免。更何况, 夏小涛正好也在 A 大,可以去看看他。播完这一天的新闻节目, 夏小沐便和肖雯雯驱车前往。想不到在活动现场, 遇到了大学同学李可。而他, 居然是台里新进的男主播。一时高兴, 不免多喝了几杯。

回到酒店已是凌晨一点多。夏小沐推开门, 就看见赵金秋赶紧从沙发上站了起来，脸色有些不自然。

夏小沐打趣道："阿秋，不用特意站起来欢迎我。"

赵金秋没说话，只是用眼神示意她看向沙发的另一边。夏小沐忙着换鞋，并没有注意，走过去："你今晚怎么怪怪的？"

"沐沐！"有人突然从沙发上站起来喊她的名字。

大衣脱到一半的夏小沐，愣在原地。

赵金秋赶紧过来拉着她："俊宇说要来看看我住的地方，我就带他上来了，你不介意吧？"

"不会啊！"夏小沐看起来很镇定，"你们先坐吧，我和同事去了酒吧，浑身全是烟酒味，先洗个澡去。"

说完，逃也似的躲进了卫生间。关上门，一把扭开花洒，倚在门上半天没有反应。她心里很清楚逃避是没有用的，有些东西除了面对，别无他法。可是她就是不想。此刻的她，只想当一只鸵鸟，把头埋进沙堆里，不想去理会身后是什么。

五年来，你一直在我的伤口幽居。而我，从未放下过你。

夏小沐蹲坐在水淋淋的地上，一脸茫然，眼神空洞没有焦点。

脸上不断流下的，不知道是水，还是泪。

一个小时之后，赵金秋敲门："出来吧，他走了。"

Part 3　旧爱相逢

转眼到了刚哥的生日。

夏小沐虽然一向不爱出席这种场合，可是刚哥的生日她每年必到场祝贺。往年都是下了节目直奔生日宴，今年刚好是个星期天，可以玩个尽兴。她精心准备了礼服裙、配饰和鞋子，另外，她还应慕容朝阳的邀请，答应做他的女伴。

刚哥除了是西门驿站的老板，还是某娱乐公司的老总，生日宴会年年都办得风光奢华，邀请来参加生日宴会的也都是非富即贵。夏小沐到达宴会场的时候，人已经到了大半，来的都是珠光宝气的贵妇和风流倜傥的绅士，还有很多在穿着上花足了功夫的名媛们。但无疑，夏小沐是人群里最耀眼的一个。

黑色礼服穿在拥有雪白肌肤的夏小沐身上，娇俏可人。低调内敛的黑色，令她显得端庄大方，同时又不失性感。而胸口褶皱的设计，使原本身材姣好的她更显丰满，优雅精致的剪裁，让她有说不出的柔情。配上令人一见倾心的卡纳（KANA）时尚腕表，避免了黑色礼服过于沉重和单调的感觉。黑色的细跟小羊皮高跟鞋，围上小羊皮披肩，自有一种超凡脱俗的美艳。现场所有男士在看到她的时候，眼神里都有来不及掩藏的惊艳在涌动。

除了慕容朝阳，夏小沐也不认识别人，刚哥一直被人簇拥着，自然无暇顾及她，于是从一进场开始，她就跟在慕容朝阳身边，打完招呼，两人坐在不太显眼的角落里闲聊，倒也不觉无聊。

这时，廖鸿翔携女伴舒薇薇亮相宴会厅门口，引起现场一阵骚动。舒薇薇露出无懈可击的笑容，而廖鸿翔看不出有什么表情，依然酷劲十足。虽然媒体报道过不少他的绯闻八卦，但是他面对媒体时，除了工作，从不轻易开口说话。他的目光在宴会现场逡巡了一圈，最后投射在夏小沐眉开眼笑地和慕容朝阳亲密互动的一幕。

打趣完慕容朝阳，夏小沐顺着骚乱声望去时，只见廖鸿翔对着舒薇薇俯首贴面，亲热耳语。在聚光灯的作用下，两人在外形上堪称俊男靓女，怎么看怎么赏心悦目。心里有丝丝难堪在心头萦绕。这是她参加的为数不多的宴会之一，也是她和他第一次携着各自的伴儿参加同一场宴席。虽然来之前想过可能会遇见他，可是她最后还是来了。

看着径直走来的廖鸿翔，夏小沐有些无措，跟慕容朝阳打了招呼，就站起来往洗手间的方向走去。看着镜子里被黑色礼服裙衬托得明媚温婉的自己，夏小沐有些意识模糊，她很少参加宴会，自然很少有机会穿成这样。

有人走进卫生间来，无所顾忌地说道："廖鸿翔又换女伴了！不过舒薇薇怎么也跟他了？难道不怕三个月后被甩？"

另外一人说："舒薇薇跟以前那些明显不是一个档次，以她的手腕和魅力，说不定会修成正果，成功嫁进廖家。"

听见她们的对话，夏小沐不由得扯起唇角，终于定住了心绪，恢复到娴静似娇花照水的状态，从容淡定地转身，似没有听见她们的谈论一般，优雅地打开门走了出去。

当看到一前一后走进来的两对男女，夏小沐脚步顿了一下。

赵金秋身着淡紫色抹胸礼服裙，卷发飘逸，颈上的钻石项链熠熠生辉，精致的妆容把她大气的五官显得立体饱满，令人过目不忘。手挽着剑眉星眸、挺拔俊朗的蒲箫遥，两人俨然一对璧人。可是看在夏小沐眼里，却是一朵嫩生生的鲜花突兀地插了一堆看起来光鲜的牛粪上。

最近都没怎么联系，以为她在忙着她的事业，没想到居然跟蒲箫遥搅到一堆去了。看来之前提醒她远离蒲箫遥的忠告，她不但没听进去，反而起到反作用了。

接着，雷俊宇挽着一个身材高挑、皮肤白皙的女子走了进来。女子不似其他人那样进来就忙着微笑打招呼，而是四处张望，似乎是要寻找什么人。

夏小沐一开始并没有答应做慕容朝阳的女伴。她也只想在生日宴现身之后就离开，改天选一个别出心裁的礼物送给刚哥作为生日礼物，然后再请他吃顿饭，算是朋友之间的庆祝方式。只是后来，雷俊宇拜托赵金秋把她约了出去，当面邀请她当他的女伴出席一个生日宴会。夏小沐从他描述的时间和宴会场地，知道他要参加的正是刚哥的生日晚会，便断然拒绝。而且见过雷俊宇之后，她爽快地答应了做慕容朝阳的女伴。

所以，今晚她才会精心打扮现身这场生日 party。

慕容朝阳走过来，拉着她的手往里走去。

夏小沐边走边看，搜寻着廖鸿翔的身影，终于在不远处看见他正周旋于几个西装革履的中年男子间，谈笑风生，神采飞扬。这是她没有看过的他的另一面，刚强自信，一副成功男人慷慨激扬、指点江山的模样。

慕容朝阳看她清亮的眸子盯着某处，顺着她的目光看过去，却只见觥筹交错、推杯换盏的一片身影，不知道她望着的是哪一处，俯身问："看到熟人了？"

不远处的廖鸿翔似乎感觉到有人在盯着他看，头一偏，对上夏小沐似深情似呆愣的目光，脸上的笑还来不及收回。夏小沐猛然回过神，敛了敛表情，淡淡地说："没有，我不太习惯这种场合。"

"没事，有我在。"慕容朝阳紧了紧拉着她的力度，安慰般温柔地回她，拉着她走向座位。

赵金秋看见夏小沐，露出惊喜又诧异的表情，走过来拉着她："要是知道你也来，那我还要什么男伴，我们俩一起来就好了。"

"那可不行，你俩要是一起，我和蒲少不就没有女伴了？"慕容朝阳笑着调侃。

"我现在就把他借给你当男伴。"赵金秋把蒲箫遥推向慕容朝阳，"当然，你要把他当作女伴，我也不反对。"

赵金秋把夏小沐拉到人稍微少点的角落，说："你是不是和慕容公子好上了？"

"没有，我们只是普通朋友。"

赵金秋立马猜测："是因为俊宇，你才答应做他的女伴的？"

"当然不是。"夏小沐摇摇头，坚决否认，想起蒲箫遥，又说，"阿秋，我不是提醒你离他远点？你怎么反倒和他搅一堆去了？"

"这有什么，但凡男女情场，讲究你情我愿，我又不要求天长地久，高兴就在一起，不高兴就分开，没什么大不了。倒是你，得牢牢抓住慕容朝阳，过了这村就没这店了。"

"你想哪里去了，我和他就只是朋友，我上次跟你说过吧，我在西门驿站唱歌，他是刚哥的好朋友，所以我们才慢慢熟起来的。"夏小沐看着不远处正和慕容朝阳热聊的蒲箫遥，还是不放心，"阿秋，趁现在还没有怎么着，你还是赶紧离开蒲箫遥吧，他那样的人浪荡惯了，不会对你真心的。"

赵金秋不理会她的担心，帮她拉了拉领口，赞道："你的肤色果然还是穿黑色好看，惊艳大方，超凡脱俗。"

夏小沐推了推她："跟你说正经的呢，你到底听见了没有？"

赵金秋没回答，提议道："走吧，我们吃点东西去。"

夏小沐放眼望过去，全是衣香鬓影，人群中有很多张经常在电视里出现的面孔，此刻不似在镜头前那么高冷，脸上都蒙上了一层柔和又随意的光泽。那些一个个谈笑风生的女人，一看就知道比常人更懂得四两拨千斤，怎样用女人的柔情去化解男人的刚劲。

突然发觉她与这里格格不入，如果没有赵金秋，她估计会落荒而逃，远离这纸醉金迷、灯红酒绿的场所。

宴会是按照西餐布置的，乳白色的长长餐桌上，摆满西式点心和各色水果。

拿点心的时候，站在她旁边的赵金秋开口说："你就别操心我了，我的事情我自然心中有数。你还是赶紧想想你和雷俊宇的事，你们两个人不要再这么僵持着了。"

夏小沐听到雷俊宇的名字，脸拉了下来："都跟你说过多少回了，我和他已经不可能了。"

"不可能！"赵金秋看着她，"那你为什么要拒绝他的邀请，却接受做慕容朝阳的女伴？"

夏小沐皱眉，有些无奈："我都说了不是这样的。"

"你不要再骗你自己，违背你的心意，我都看不下去了。还有，你知道俊宇旁边的女人是谁吗？"

夏小沐摇了摇头："不认识。"

"她就是当年和雷俊宇一起出国的富家女汪子菲。"

夏小沐一惊，手里的盘子一下子砸回桌子上，不远处的侍者赶紧走过来，重新递给她一个盘子，并收拾好她制造的狼藉。

赵金秋看见夏小沐瞬间煞白的脸，嘴唇微微抖动却不说话，似乎是陷入到某件痛苦的往事里，凑到她耳边问："老夏，你没事吧？"

夏小沐缓缓才对着她笑笑，摇了摇头，说："阿秋，这里太闷了，我想出去透透气。"看见赵金秋打算跟着她出去，赶紧说，"你不是说要找人谈事吗？忙你的去，别管我了，我会照顾自己的，放心。"

夏小沐穿过宴会厅，从一条曲径走出去，意外地看到外面有一个池塘，池塘边上有绿树，有不知名开放的花，围着池塘摆满一圈座椅，供人坐着赏花。只可惜此时是冬季，池塘里的荷花早已凋谢，只剩几片飘零在水面的枯叶残枝，倒是有些水葫芦，零星地浮在池子里。

外面空气真好，一出来整个人就神清气爽，只是坐在水边，实在是太冷了。夏小沐想要回去拿大衣，可是想想里面的热闹景象，她还是忍住了。正在颤抖中抚着光裸的双臂，肩头上便被盖上了温暖的大衣。一回头，脸色微红的慕容朝阳站在身后给她整理大衣，见她回头便笑起来："我就知道你不喜欢里面的排场，可是你怎么连大衣也不穿就出来了，你难道不知道现在是冬天？"说完在她身旁坐下来。

夏小沐看他傻笑的样子，很煞风景地说："你喝醉了。"

慕容朝阳索性要赖："你的肩借我靠靠，我真的醉了，浑身乏力，头晕眼也花。"说完，靠到夏小沐肩头，闭着眼睛说，"在这样静谧的小池塘边，醉卧美女肩头，算是赚到了！"

夏小沐摸了摸他硬硬的短发，调侃道："乖乖！"

慕容朝阳却立刻抬起头："居然叫我乖乖，你当我小狗啊！"

门口有人叫他，慕容朝阳把她从椅子上拉起来："你也进去了，这里很冷，待时间长了，会感冒的。"

"你先进去吧，我再待几分钟就进去。"夏小沐把他往里推。

宴会厅里，蒲箫遥走到廖鸿翔身边，和他碰了一下杯子，低声说："我很好奇，你和你老婆五年来一如既往地在外人面前装作陌生人，是怎么做到的。"

廖鸿翔对着他举起杯子，面无表情地说："贱人，你不是答应过我不碰她身边的人？"

蒲箫遥一脸无辜地说："我没忘。是她来缠着我的，我也很为难，你知道我一向对女人是没什么抵抗力的。据我所知，你老婆和慕容朝阳关系不是一般好，小心你的墙脚被挖。还有，我看到你老婆刚刚一个人出去了。"蒲箫遥指了指夏小沐出去的方向。

夜色如流动的深水，清风拂过，便起波纹。夏小沐裹紧大衣，绕着池塘慢悠悠地转了一圈。

"沐沐，你拒绝当我的女伴，却答应了朝阳。是不是还不能面对我？"最不想听到的声音陡然从一抹树影下传来。

夏小沐下意识地转了个方向，淡淡地开口："雷先生，我为什么不能面对你？是我曾经伤害过你？抛弃过你？还是我欠了你什么？"她针针见血。

他无言以对。

"沐沐。"雷俊宇看见她转身要走，赶紧拉住她。

夏小沐甩开他的手，冷冷道："雷先生，还有什么事？"

"你冷吗？那我们进去说吧。或者，我们现在就离开这里，然后找一家咖啡馆聊聊。"

"对不起，我还不想离开，我也不喜欢喝咖啡。"夏小沐口不留情。

雷俊宇安静了一下，然后脱下外套，披到她肩上："披上吧。"

"不需要。"夏小沐扭了几下肩，他的外套便滑落至地面。

雷俊宇看了看她没有喜怒哀乐的脸，弯下腰拾起地上的衣服，悠悠地说："我知道你还在恨我，还不能原谅我，可是我不怪你，一点也不怪。"

"雷先生，请问我为什么要恨你，要原谅你？"

"沐沐，别这样好吗？"

"那我要怎样？请你告诉我，我要怎样对你？"夏小沐忍不住了，"雷俊宇，五年前，我们就已经分手了，而且是你提出分手的，所以，现在我们之间一毛钱关系也没有，请你不要再缠着我。"

雷俊宇扭过头，声音沙哑着："沐沐，在你看来，我居然成了纠缠不休，我真的没想过我们之间会变成这样。"

"那你想变成怎样？你是想要我在被你无情抛弃之后，还痴痴等着你，希望有一天你会回心转意回到我身边？如果这是你希望的，那么我可以告诉你，你想太多了，这个世界，没有谁离开了谁便不能活。你也看到了，我过得很好。"

"沐沐，我还……爱着你。"

这一刻，夏小沐真希望是自己听错了。这算什么？当年在她最需要他的时候，他义无反顾地抛弃了他，跟别的女人出了国。当初放弃了她，就该彻底放弃，爱得有尊严，放弃也该有尊严，而不是现在才回来告诉她，说他还爱着她。

一直爱着的这个男人，竟让她如此失望。

他让她瞧不起。

"我已经结婚了，所以你爱不爱的，跟我没有关系。"

"你……结婚了？"雷俊宇不敢相信。

"对，我结婚了。"夏小沐转过身看着他，"我不否认，每个女孩年轻的时候，都会遇到一个不该爱的男人，这是成长所必须付出的代价。所以，不要以为我对你还有什么念想。"

雷俊宇的眸子越发幽深："你是在后悔爱过我，对吗？"

夏小沐冷着脸，恨恨地："你觉得是这样，那就是这样。"

"你跟谁结婚了？慕容朝阳？你以为我会相信吗，今晚你只是他的女伴，并不是以他妻子的身份出现。你若真的结婚了，你老公会这么大度，让你陪别的男人出现在这种场合？我不信！"

"你信不信，我并不在乎。"夏小沐说完，转身上了台阶。

雷俊宇，你以为离开你，我就没人要了吗？凭什么当初你可以只用一个电话就匆匆了断跟我的关系？凭什么你跟别的女人出国，却还妄想我还会在原地等你？凭什么你要让我看不起你，让我悔恨曾经爱过你？你到底凭什么？

不知不觉，眼角有了泪意。

"俊宇，原来你躲在这儿，害得我到处找你。"随着这一出声，夏小沐便看见了站在廊檐下的女子。没错，她就是赵金秋口中的富家女汪子菲，赵金秋还说当年是她带走了雷俊宇。

夏小沐细细地盯着她看，好不容易压下去的负面情绪一股脑儿全涌了上来，堵得她胸口一阵发闷。

汪子菲似乎没有看见她，从她眼前走过，一直走到雷俊宇身边，柔声说："俊宇，抱抱我，我有点头晕，站不稳。"

"夏小姐，我常听俊宇提起你，可是你怎么看见俊宇却是一脸不高兴的样子？"身后传来娇滴滴的声音，令快步往里走去的夏小沐生生止住了脚步。

"我高不高兴，是我自己的事。"面对曾经夺走她的男朋友的情敌，夏小沐毫不客气。

"看来夏小姐对我有敌意。不过，我们以后一定会常常见面的，我敢保证。"

夏小沐冷冷地说："我们以前不认识，现在不认识，以后也不会认识，所以，没那个必要。"说完转身走回宴会厅。

谁都没有发现，廖鸿翔站在拐角的树影里，一直看着池塘边上所发生的一切。

夏小沐到洗手间里，整理好了情绪，回到宴会厅里，舞会刚刚开始。

灯光变暗，华尔兹舞曲响起。

慕容朝阳朝着夏小沐走过来，向她欠身施礼，目视着她轻声说："美丽的夏小姐，我有幸邀请您跳支舞吗？"

夏小沐笑着把手递给他："当然，我是你今晚的女伴。"

随着一支慢四步舞曲，宴会厅里的人们双双滑入舞池。夏小沐上大学的时候体育课选修过舞蹈，一个学期下来，基本的交际舞她都跳得如鱼得水，这当然得感谢同样选修了这门课程的舞伴李可。

随着音乐，夏小沐黑色的礼服在倾斜、摆荡、反身和旋转动作里开出一朵朵赏心悦目的莲花，各种优美的舞姿，恬静的面容，更显出她姣好的身段和卓越的风姿。此刻的她，有点疯狂，什么都不管不顾，只想狠狠地发泄一通。跳舞，恰好是最好的发泄，灰暗的灯光下，没人会注意到她脸上的哀伤。

慕容朝阳的舞功也很了得，在最初的磕磕碰碰之后，和夏小沐的配合渐趋默契，两人在舞池里翩翩起舞，异常引人注目。夏小沐发现他们俩在舞池中央的时候，心里有些慌乱，看向四周的人群里，搜寻了一圈，终于看见廖鸿翔和汪子菲坐在不远处的角落里聊着什么，看得出来他们的气氛并不是很好。只是一看到他，她的心里居然平静了许多，莫名觉得有了些安慰。

夏小沐出神的瞬间，不由得脚步凌乱起来，连连踩到慕容朝阳的脚背，只得不停地道歉。慕容朝阳拉近她和他身体接触的距离，在她耳边说："拜托你专心点，现在所有人都在看着我们，别让我出丑，好吗？"

夏小沐收回浑身分散的神经触须，强迫自己集中精力跟着音乐起步，渐渐地，两人又进入到默契十足、丝毫不受外界干扰的境界。

终于，一曲终了，周围响起阵阵掌声。夏小沐找了个位置坐下，慕容朝阳找到她身边："谢谢你，陪我跳舞，你跳得太棒了。我觉得你就像一座迷宫，渐渐走进你的世界，真是让我大开眼界。"

夏小沐对于他夸张的赞叹，不以为然："哦？"

"你看你主持得棒，唱歌有天赋，跳舞也这么好，你说说还有什么是你不会的？"

"当然有，比如说，应酬，我就不擅长，而且我不只不擅长，还超级讨厌应酬。"

"我也不喜欢应酬。"

又一支舞曲响起。

刚才只顾着发泄，忘记了脚上穿着的是高跟鞋，此刻坐下来，才发现脚痛得不行。

夏小沐和慕容朝阳有一搭没一搭地聊着，感觉有人朝着自己的方向走了过来，扭过头，发现竟是廖鸿翔和舒薇薇。虽然不知道他要过来干什么，可还是有微微的紧张，不由得挺直了背。

廖鸿翔单刀直入："慕容公子，可以和你交换舞伴吗？"

慕容朝阳看着夏小沐，为难地说："不好意思，廖先生，小沐的脚后跟磨破了，不能再跳下去了。"

"没事，那就脱了鞋跳，我看夏小姐还未尽兴的样子，不会不给廖某这个薄面吧？"廖鸿翔转向夏小沐，笑着问，说话间，手已经伸至她面前。

慕容朝阳收起先前招牌式的笑容，冷冷地说："廖先生不过是要找人跳一支舞罢了，现场女士多的是，你身边不就有一位现成的舞伴？干吗一定要为难小沐？"

廖鸿翔依然不依不饶："夏小姐，什么时候，慕容公子成为你的全职发言人了？和我跳一支舞，就那么为难你？"

慕容朝阳不知道廖鸿翔和夏小沐的关系，噌一下站起来，眼中有怒气："廖先生，做人不能这么霸道自私……"

夏小沐一把拉住他："朝阳，我没事。"

知道廖鸿翔的这支舞是逃不过了，夏小沐只得把手伸给他，谁知他一点也不温柔，一把将她从座椅上连拉带扯拖进舞池，趔趄的脚步和手上受到的巨大拉扯力，令夏小沐吃痛不已，不禁倒吸口气，抗议道："廖先生，你弄疼我了。"

廖鸿翔并没有因为她的抗议而有所温柔，反而收紧扶在她腰间的手臂，将她紧紧贴到怀里，夏小沐挣扎了一下，他搂得更紧，根本没有办法正常跳舞。

夏小沐恼了，恨恨地说："廖鸿翔，你别闹了！"

周围有人似乎听到了夏小沐的怒吼，纷纷回过头来看着他们。廖鸿翔这才稍稍放开她，两人拉开了些距离，凌乱的脚步在音乐里才渐渐踩到拍子上，夏小沐在转和倾斜的动作里后仰，纤长的脖颈灵活优雅地转动，似一只既庄重典雅、舒展大方，又华丽多姿、飘逸欲仙的黑天鹅，逐渐成为舞池中的亮点。廖鸿翔也渐渐陶醉在舞步中，脸上是放松柔和的笑意。

那一刻在舞池里，他们眼里只有彼此。

不知不觉，一曲结束，廖鸿翔还不打算放过她。从紧张有序的舞步里抽离出来的夏小沐体虚气喘，几乎站不稳，手攀着廖鸿翔的手臂，柔声说："我真的跳不动了，放过我好不好？"

毕竟夫妻五年，她知道，比起横眉冷对的强硬反抗，轻声细语的温柔对他更有用。

"我看你和别的男人跳时不是有说有笑很开心的样子吗，怎么一和我跳舞就那么累？"廖鸿翔不悦。

夏小沐放慢呼吸，悠悠地说："我真的没力气了，十厘米的高跟鞋对我是个挑战，你看，我都站不稳了。"说完，手放离他的身体，晃晃悠悠地，腿也抖得厉害。

廖鸿翔忽视她的晃悠和抖腿，一只手把她腾空抱起，另一只手则麻利地脱去她脚上的高跟鞋，丢到舞池边上。夏小沐惊得叫了起来，只是这声惊叫淹没在了高亢的舞曲音乐里，几乎没人听见。

廖鸿翔邪恶地笑笑："现在没有高跟鞋的束缚，可以继续跳了。"

不容许她反抗，带着她在舞池里旋转。夏小沐气得掐了他一把，这人对她到底还是没有一点点的怜香惜玉。幸亏舞池里的灯光异常灰暗，只见无数模糊不清的人影翩翩起舞，没人注意到她光着脚在跳。可是双脚踩在冰凉的地面，似浸在冰水里一般，浑身打了个冷战，在他超强牵引力下，夏小沐不得不踮起脚尖，跟着他的节拍起跳。

灰暗中，总感觉到有人在盯着她看，可是环顾四周，却是黑压压一片，什么也看不清晰。在她愣神的瞬间，廖鸿翔的大脚毫不留情地踩到了她的脚背，她疼得咧着嘴，双脚跳了起来，分别踩在他的两只脚背上，汲取到一点温暖，然后再也不肯退下。

"你这样，我们还怎么跳？"廖鸿翔无奈地附在她耳边细语。

"我不管！爱跳不跳！"她可不想再被他踩，况且地面太冰凉了，她实在不想被冻死。

廖鸿翔哧哧笑了起来，双手搂着她盈盈一握的腰部，承受着她整个人的重量，在灯光灰暗的舞池里慢慢地移动。

估摸着时间差不多，夏小沐拉开与他的距离说："我要去穿鞋，等一下灯光亮起被人看见我光着脚，太不雅观。"

灯光渐渐亮起，他却突然放开了她，离开了舞池。她站在舞池中央，四下里慌乱地找着被他脱扔掉的高跟鞋，像一只无措的流浪猫，心慌意乱，却又无计可施。终于，在人群渐渐离开舞池之后，她看到了东倒西歪在舞池边的红色高跟鞋，心里不禁狂喜。无视别人或奇怪或嘲笑的目光，她只顾低着头，踩在刺骨冰凉的地面上，朝鞋子所在的方向走去。

明明是一小段距离，明明是狂奔着去的，却每一步都无比漫长，无比煎熬。

就在夏小沐蹲下去伸出手去拾鞋子时，一杯液体准确无误地泼下来，一部分流进鞋里，一部分泼到她的手臂上，还有一部分溅到她的礼服裙和脸上。空气里，酒精的味道弥漫开来，混杂着舞池里还未散去的香水味、汗液味和热气流，一阵阵直钻进她的鼻子里，意识一片空白，胃里立刻翻腾起来。

"哎哟，夏主播，对不起啊，我走得太急了，没看见你蹲在地上，加上被你的鞋子绊了一跤，把杯里的酒给洒了。你没事吧？"汪子菲的声音从头顶响起。

汪子菲口中的"夏主播"似定时炸弹，原本已经离开舞池的人群，又骚动了起来，纷纷回头张望，似乎是要证实这个此刻正狼狈地蹲在地上的女子是不是南城的名主播夏小沐。

雷俊宇不知从哪里冒出来，把手伸向夏小沐，静静地望着她，眼里是一泓深不见底的深渊，似乎能把人的灵魂吸进去。

可是夏小沐并不领情，她忍住胃里的不舒适感，把两只鞋子重新拾回手上，自己慢慢站了起来，头有些眩晕，摇了两下才站稳，对脸上毫无歉疚的汪子菲淡淡一笑："汪小姐，有什么话请明明白白说出来，不要使这些下三滥的手段。"鬼才相信她是真的没看清楚。就是因为看得清清楚楚，才故意把酒泼向她的。

出席这种上流阶层的宴会，原本是要得体优雅，不能做出有损形象的事情，也不能没有度量，斤斤计较。可是，夏小沐忍不下曾经抢走她男朋友的女人再对自己有一丝的侮辱和侵犯。她已经忍了一个晚上，她忍不了，也不想再忍。

汪子菲没想到她会这么直接，脸色一下白了："夏主播，你什么意思？"

夏小沐不慌不忙地说："我的意思很明白，也很简单，我要你道歉。"

"我已经说过'对不起'了，为什么还要道歉？"

夏小沐不示弱："你脸上没有一丝一毫的愧疚感，我要的是真心诚意的道歉。"

雷俊宇拉着汪子菲，压低已经不耐烦的声音说："子菲，别胡闹了，快道歉。"

汪子菲不满地瞪着雷俊宇，指着夏小沐，声音提高了好几个分贝："你也要我向她道歉？"

慕容朝阳和赵金秋也赶了过来，看到夏小沐身上脸上的酒渍，什么都明白了。赵金秋气不打一处来："汪子菲，你赶快道歉！"

慕容朝阳赶紧抓过侍者递过来的纸巾，帮夏小沐清理脸上的酒滴："小沐，你没事吧？"转头对汪子菲说，"汪小姐，你是不是应该道歉？"

"哈，又来一个护花使者。我为什么要道歉？这种到处勾引别人男朋友的女人，我拒绝道歉。"

"啪！"说时迟，那时快，夏小沐狠狠朝着她甩出一巴掌，"汪小姐，本来只要你真心道歉，我是不会计较的。我这人一向不爱欠别人的，也不希望别人欠我。这一巴掌，是因为你侮辱了我的人格。还有，话说出口之前，请先走走脑子，到底是谁勾引别人的男朋友，相信你心里比谁都清楚。"

汪子菲想要再伸出的手，被雷俊宇紧紧握住，脸色死灰，狠狠地瞪着夏小沐。

赵金秋指着雷俊宇，气得大骂："雷俊宇，你是不是脑子有毛病？睁大眼睛好好瞧瞧你都找了个什么德行的女人。"

人群渐渐往舞池涌过来，各种猜疑声、议论声响起。中间突然让出一条道，廖鸿翔就那样穿过人群，出现在夏小沐面前，脸上依然没什么表情。

看见廖鸿翔，汪子菲的脸上出现了一丝显而易见的变化："鸿翔……"

廖鸿翔却没有望她一眼，突然抱起夏小沐，穿过人群往宴会厅出口走去。

夏小沐反应过来，急了："你干什么！快点放我下来！"

这里有很多记者，她可不想明天上娱乐八卦的头版头条。

廖鸿翔并不理会，边走边对旁边站着的侍者说："她的鞋子落在舞池边上，麻烦你去帮忙取来一下，谢谢！"

到了宴会厅外面，仍然抱着她不放手，夏小沐又气又恼："廖鸿翔，你这个霸道自私可恶的大坏蛋！"

某人丝毫不理会她，接过侍者递过来的鞋子和大衣，抱着她径直走到停车场，把她抱进副驾驶座上坐好，给她披上大衣，然后一只腿跪到地上，把她的脚抬出车门外，说了句："脚后跟果真磨破皮了。"

夏小沐看着跪在地上认认真真地为她穿鞋的廖鸿翔，不明白跳完舞就迫不及待丢下她离开的人，为什么当着众人抱着她离开，而且突然间又对她这么温柔。

大概宴会厅里的人，此刻正在猜测她和他的关系。本来在世人眼里，她和他是毫无关系的人。这么一抱，撇也撇不清了。想想就莫名烦躁，深深叹了口气。

他看了她一眼，没说什么。穿好右脚，他又把鞋子从她脚上脱下来，丢进车后座，然后绕到另一头坐上车。

夏小沐不解："干什么？"

"算了，高跟鞋不保暖，还被泼了酒，你穿着也不舒服。"说完，脱下大衣包裹住她的双脚，发动车子离去。

一路上，夏小沐没有再开口说话，只觉得今天晚上经历的一切都不真实，感觉是在梦里。可是一扭头，便真真切切地看到了身旁开车的廖鸿翔，不由得回过神来。

回到家，他还是把她从车里抱了出来，抱着她上楼，最后把她放到卧室里的大床上，转身进了浴室。不一会儿，回到卧室，说："水放好了，洗个热水澡，这样会舒服很多。"

夏小沐望着他，没作声。

"要不要我帮你洗？"

"你认识汪子菲吧？"夏小沐看见他和汪子菲在宴会上聊过，但是气氛并不好，还有汪子菲看见他越过人群出现的时候，脸上的变化，她看得一清二楚。

廖鸿翔沉默了一会儿，才说："不认识。"

夏小沐看着他依旧没什么表情的脸，一动不动，她不相信他不认识汪子菲。以他一贯的做事作风，如果真不认识，他一定会很肯定地否认，而不是沉默之后再回答。既然他不承认，她也不想再纠缠。于是从床上站起来，往浴室走去。

夏小沐洗完澡出来，见他倚在床头看文件："这么晚了，还要看文件？"

廖鸿翔看她洗完，合上文件丢到一边："你如果喜欢参加这种宴会，以后可以陪我去，大可不必用做别人女伴这一招，特意来提醒我。"说完往浴室方向走去。

夏小沐还来不及说出口的辩解，生生堵在胸口。想着晚上经历的种种，思绪越理越凌乱，莫名就烦躁起来。

Part 4　婆婆来袭

周日，廖鸿翔和蒲箫遥从马场回到城里，直接回了老宅。

廖家二老一直住在老宅院，虽然也是独立的小别院，但是宅子因为有些年月，从外面看，已经有了残败的迹象。廖鸿翔给他们买了新别墅，可是二老在老宅住了一辈子，对这里的一砖一瓦、一草一木都有了深厚的感情，再加上多年老友也都住在这附近，说什么也不肯离开。廖鸿翔说不动二老，只得顺从。倒是周末常常回来陪二老吃饭。

廖鸿翔推开朱红色的雕花木门，就听见大哥一家三口都在。廖一听见开门声，从里屋跑出来，直奔廖鸿翔而来。

廖鸿翔一把抱起他："小家伙，又长高了不少，都快成小大人了。"

赵锡娟从廖鸿翔手里接过廖一，坐到沙发上："一一，你二叔啊，现在忙得都快不认爹妈，不认家门了。"说虽是对着孙子说，可明显是说给小儿子听的。

"妈，哪有你说得那么夸张，我这不是回家来了嘛。"廖鸿翔挨着老太太坐了下来，一手挽着她的胳膊，头靠在她肩上。

"老二，你都这么大人了，还老跟妈撒娇，我们都看不下去了。"大嫂舒乐乐说完，朝着老太太说，"妈，我看得赶紧帮二弟找个媳妇管管他了，不然他一直不结婚，就永远小孩样，成熟不起来。"

"大嫂，我哪里不成熟了，我只是在你们面前比较放松罢了。你出去打听打听，在南城商界，我可是盛名鼎鼎。"廖鸿翔不满地说。

"你大嫂说得对，你是应该成个家了。我还盼着抱孙子呢！"赵锡娟在这件事上，和舒乐乐永远站在一条线上。

"乐乐，你身边可有合适的姑娘，给老二介绍介绍，他不上心，你们可得放在心上。"老爷子廖雄终于开口。

"爸，妈，我自己的事情我会看着办的，你们就甭操心了……"

"住口！你要是像你哥哥这么懂事，这些年也不至于让我们操了这么多心。你说你都快三十的人了，怎么就不能让我们省省心。"廖老爷子一出声，客厅里立刻安静下来。

"还有，你还真以为你是万人迷？怎么娱乐八卦就是少不了你的花边新闻？工作不好好干，成天招蜂引蝶，到处招惹小明星，你是不是真以为自己了不起！我告诉你，你以后再这副狂蜂浪蝶样，小心我扒了你的皮。"老爷子越说越气愤，指着他骂，"我怎么就生了你这么个孽障，真是丢尽我廖家祖宗的脸面！"

要不是看他也快三十岁的人，真想狠狠抽他一顿。

廖鸿翔想说点什么，被母亲和大哥同时示意制止。

舒乐乐赶紧岔开话题："爸，说到介绍对象，我倒是有个堂妹，人生得俊俏不说，还拿到了美国哈佛的硕士学位，人品修养响当当，家世那自然也不在咱们家之下。依我看，二弟跟她那真是郎才女貌，天作之合。而且，巧的是，我来家时，忘记带——的书包，刚才我打电话给我堂妹，让她把——的书包送过来，好让——今晚跟爷爷奶奶住在这儿。"

廖鸿翔眉头皱起："大嫂，我和薇薇认识。"

赵锡娟一听更乐了："认识更好。你大嫂娘家的人，知根知底，挺好。"

舒乐乐是个直脾气，这些年得罪了一些亲戚朋友。虽然廖家二老知道她的脾气秉性并没太放在心上，但若是再让她堂妹进门，廖家就永无宁日了。再说，他早已经是个有老婆的人，难不成要让他重婚？可他目前也不想把已婚的事情告诉他们，既然都已经瞒了五年，不到万不得已，他并不打算说出来。

说话间，舒薇薇就来了。

不愧是演视歌全方位发展的大明星，舒薇薇人长得漂亮耀眼不说，说话做事很有分寸，言谈举止颇为得体，不一会儿，就把廖家二老哄得开开心心，整个客厅充满欢声笑语，完全没有了之前剑拔弩张的迹象。整个一其乐融融的温馨画面。

吃饭的时候，一家人都有撮合廖鸿翔和舒薇薇的意思。廖鸿翔愣是不表态，舒薇薇见他态度不积极，也不介意，说话仍然非常得体，还不忘明里暗里帮着廖鸿翔说话。廖家二老本来还担心她会跟舒乐乐一样有大小姐脾气，现在看到她落落大方，知书明理，心里不甚欢喜，再三嘱咐舒乐乐以后多带她来家里玩。

廖鸿翔和舒薇薇早就认识了，但是他对她只有朋友之情，没有男女之意。于是，他不多话，只顾低头专心吃饭，全然置身事外。

吃完饭，廖鸿翔趁着接了个电话，说公司有急事需要处理，急急忙忙离开。

电话是小涛打的。说他答应过姐姐周日回家吃饭，所以问问他要不要也回家吃饭。廖鸿翔正想抽身离开老宅，便满口答应了下来。

到家的时候，夏小沐正在厨房忙碌，小涛在书房玩游戏。

廖鸿翔到厨房看了一眼，谄媚地问要不要帮忙。夏小沐看到他，脸上的表情还是冷冷的，没什么起伏。见他硬往厨房里蹭，连忙把他推出去，怕他越帮越忙，倒不如好好待着。

夏小沐做了四菜一汤。水煮肉片、红烧牛肉、干椒炒空心菜、西红柿炒土豆丝，再加一小瓷盆薄荷鸡蛋汤。很家常，看起来很下饭。

廖鸿翔在老宅其实没怎么吃，肚子还留有空隙。看到夏小沐做的菜，又有了食欲。于是又吃了一顿。

饭菜吃起来果然很有……家的味道。

廖鸿翔被这个想法吓了一跳。家的味道，难道就是这个味道？他也说不清楚。

薄荷鸡蛋汤很好喝。廖鸿翔随口问了句："这季节的薄荷怎么这么鲜嫩？"

夏小涛看了眼姐夫："当然了，这可是姐姐亲手栽种的薄荷，亲手采摘，再亲手煮成汤，有很多很多爱在里面，当然很好喝了。"

自己栽种？她在哪里种薄荷？他怎么不知道。

廖鸿翔不解地抬头看向夏小沐。

夏小沐往小涛碗里夹了一大块牛肉，想了想，又给廖鸿翔夹了一块，才说："顶楼不是空着吗，所以，我就弄了些土，栽种了一些。"

"我说大主播，你就不怕物业公司说你私占公共空间，找你算账？"廖鸿翔完全不知道这些事。

"这大楼是你盖的，物业公司不也是你名下的公司？我就不信他们敢对你这个大 boss……的老婆怎么样！"

这时候她倒是想起他是她的丈夫了。

廖鸿翔扯了扯唇角，没再说什么。吃过饭后，亲自跑上屋顶去看。这一看吓了一大跳。整个楼顶都被最大化利用，分成很多小块，每一块都种着不同的物种，有菊花、一品红，有韭菜、薄荷、葱、蒜，居然还有绿油油的小白菜、南瓜等他没有见过的蔬菜品种。

可是这么多土，她是怎么弄到这里来的？

看来在他不经意的这五年，她确实干了很多他意想不到的事。

整个晚上，廖鸿翔和夏小沐谁也没提几天前的不愉快。直到小涛离开，两人都表现得如同寻常夫妻，偶尔还会很难得地拌几句嘴。

夏小涛很满意，觉得是自己多想了。离去前，笑呵呵地问："姐夫，你和我姐，打算什么时候生个小外甥？"

夏小沐听了，满脸窘相，拍了一下他的头："这事，不用你操心。"

廖鸿翔拿起车钥匙，搂过小涛的肩头："走吧，我开车送你回去，先上车再说。"

送完小涛回来，廖鸿翔才跟她商量，说这边要重新装修一下，希望暂时搬去东边的别墅住一阵。

"北辰银月"是翔鹏地产盖的，当时廖鸿翔留了顶层 20 楼，想要自己住，又怕吵，把 19 楼也一并留下，住在 20 楼，而 19 楼一直是空着的。一开始设计大楼的时候，廖鸿翔也没有想过要留下一套自己住，所以整个房间布置都跟其他楼层一样。结婚之后，在好几处房产里，夏小沐选择了这里，住了五年，一直没有重新装修过。

直到那天晚上，他坐在楼下的车里，看见她傻傻地站在窗前吹冷风，夜里又发了高烧，他便有了把玻璃窗改造成落地窗的想法。

可是，依照他的行事风格，他自然没有跟夏小沐一一解释这些，只是告诉她房间的格局不好，要重新布置。他说的时候，似乎是用商量的语气。实际上，只是形式化地通知她一声。而她，自然了解，他不过是要她配合他的决定而已。

"北辰银月"是她名下的房产，可是要搬到别墅的话，是不是会碰到他的家人？

就在夏小沐发愣的时候，廖鸿翔像是看穿了她的心思，看似不经意地说："翠园本来是打算买给我爸妈住的，可是他们二老住惯了老宅，再加上老友都住在那边，所以说什么也不肯搬过去，甚至都没有去看过一眼。那边的阿姨是我叫李伟找的，做饭的手艺也还不错，以后有她们帮忙，你也可以少辛苦一点。"

夏小沐想说，做饭、打扫家里对她来说，是生活的乐趣之一，她不介意自己累点。可是又一想，别墅肯定比这边大多了，打扫起来估计也不是件容易的事。最后，她还是什么也没说。

搬到别墅住的话，离电视台很远，而且肯定会遇上堵车，可她知道他决定的事，很难更改。只要不是触及她的底线，照着去做就好，以免发生不愉快的争执。

时间尚早，两人收拾了些简单的衣物，决定当晚就搬到翠园去住。

到了翠园，夏小沐到卧室整理带过去的衣物。整理好下楼，看见廖鸿翔两条长腿交叠，靠在沙发上看电视。

"看什么呢？"夏小沐走过去，朝电视瞄了一眼。

可是这一瞄，让她心惊肉跳。电视上正放她接受访问的报道，正好播到问她有没有结婚那一段。

夏小沐站在沙发边，紧张地看着他的表情，没走过去。

廖鸿翔板着一张脸，静静地盯着电视画面。夏小沐还是走到另一个沙发上，安静地坐了下来。空气里，似乎有什么东西在酝酿，即将爆发。

看着他越拧越紧的眉头，夏小沐依然觉得没必要解释什么。

"不如公开吧？"

夏小沐感觉心里被什么东西狠狠捣弄了一下，惊吓地看着他那张冷如冰霜的脸，想知道他到底是开玩笑，还是说真的。

看了半天，和往常一样，她还是没能从他的脸上分辨出真假。她很懒，没有花心思去猜测他心里真正的想法到底是什么。

于是淡淡地说："廖总，如果你觉得现在的日子过腻歪了，想让你我的世界天翻地覆，想弄点刺激，随便你。"

说完，准备转身上楼，却听到门铃声大作。夏小沐脚步顿了顿，还是往楼上走去。

"妈？"廖鸿翔打开门，赵锡娟出现在眼前，非常突兀地瞬间大叫起来，

"你怎么突然就过来了？这么晚了，有什么事电话里说不就行了，何必亲自跑一趟。"

听见那一声清脆响亮的"妈"，正上楼的夏小沐惊得差一点踩空了楼梯，慌乱之间一把扶住楼梯扶手。回过头，迅速朝门口望去。

"怎么？不欢迎你妈来看你？"门口进来一个短发女人。远远看去，气色很好，仪态端庄得体，典型的有地位有教养的贵妇人。

夏小沐退回到最矮的一节楼梯上，有点反应不过来。可是，她听到他叫她妈。她也听到她以一个母亲的立场说的话。

这么说来，她是她的……婆婆！她在心底惊叫。

"妈，我是说，都这么晚了，你怎么会过来？而且你不是没来过吗，怎么找到这儿的？也不提前打个电话。"廖鸿翔的语气由最初的惊讶转为了惊喜。

"我知道你忙，想过来看能不能碰上你。没想到，还真逮着你了。"赵锡娟一边说一边拉着儿子往里走，"你大嫂明天晚上要带薇薇回家吃饭，我怕你再找借口不回去，就亲自过来请你。还有，你和薇薇也见过面了，想问问你对人家到底是怎么个态度，好让妈心里有个数。"

廖鸿翔看了一眼杵在楼梯上不知所措的夏小沐，愣了一下。刚才只顾着惊喜，完全忘记了夏小沐也在这幢房子里。

他正要开口，赵锡娟也看到了夏小沐，转头问他："这位姑娘是？"

夏小沐看到婆婆已经注意到了自己，发愁到底是要叫阿姨，还是叫妈。廖鸿翔却开口了："妈，她是我一个同学的妹妹，最近她的房子在装修，没地方住，我就让她住进来了，反正这房子大部分时间也是空着，有人住进来，也好增添些人气。"

作为一名著名的新闻直播类节目主持人，夏小沐的反应能力当然不是盖的，随即反应过来，笑着走下楼梯，恭恭敬敬地说："阿姨，您好，我是夏小沐。"

赵锡娟看了看夏小沐，又转过头看着廖鸿翔，半信半疑地说："你同学的妹妹？你哪个同学？怎么从来没听你提起过？"

廖鸿翔脸都不红一下，大言不惭地继续糊弄他自己的亲妈："我同学可多了，说了你也不认识。"

赵锡娟想了想，说："也是，除了那些在大院和你一起长大的发小，你同学我还真不熟悉。不过，你那个同学是不是不了解你？"

拉着母亲在沙发上坐定，廖鸿翔奇怪地问："什么意思？"

"要是了解你是什么样的人，这么漂亮的妹妹，他怎么敢交给你照顾？或者就是，他从来不上网不看八卦杂志，所以不了解你有那么多根花花肠子。"

廖鸿翔佯装生气："妈，你怎么能这样说你儿子？"

赵锡娟冷着脸说："我说错了吗？"对着他的脑门子戳了一指头，"不是我说你，这些年，你看看你那些花边新闻，而且那些女人，没有一个上得了台面，都是些妖里妖精的空心人，我这个当妈的看了，都觉得你不像话，更别提你爸看了有多闹心。儿子，不是妈妈说你，你也老大不小了，该收收心，娶妻生子，踏踏实实过日子了。"

夏小沐适时地打断她："阿姨，您先坐，我去给您倒杯水。"说完，往厨房走去。

还未从廖鸿翔的"公开已婚身份"惊吓中抽身出来，又遇上婆婆突然来袭，听了他们母子俩的一席话，夏小沐更是闹心得厉害，气不过，又不好发作，于是故意把厨房里的锅碗瓢盆弄得噼里啪啦一通乱响。

廖鸿翔走到厨房门口，不阴不阳地扔下一句："干什么！"说完也不等她有什么反应，转身就走。

因着他的这句话，堵得夏小沐更心烦，手一挥，把刚取出来准备放茶叶的 Royal doulton 水晶杯子挥到地上，"啪"一声清脆的响声之后，杯子摔了个粉碎，碎片四溅，刺得炫目。

"又要干什么？"已经转过身去的廖鸿翔又返身回到厨房门口，一脸不悦她接连发出不小的动静。

夏小沐没出声，也没有理他，蹲下去就要捡玻璃碎片。

"小心！"廖鸿翔刚喊出口，夏小沐就猛缩回手。

廖鸿翔拉过她的手一看,拇指被割了一道不浅的口子,鲜血直往外冒,眨眼就蔓延成了一片触目惊心的殷红,血开始一滴一滴地滴到地面上,看得他心里直发怵。

"吴妈!吴妈!吴妈!"廖鸿翔一声高过一声,看着她的拇指有点不知所措。

被廖鸿翔这一叫喊,夏小沐才意识到自己受伤了,不自觉地紧张起来,拇指开始有浅浅的痛感,酥酥麻麻的感觉,挠得心直痒痒,不禁倒吸气。

廖鸿翔毫不怜惜地吼她:"都说手指连心,伤到了手指,就是伤到了心。这下知道痛了吧,你怎么这么不省心?"

夏小沐气极了,甩开他的手,气呼呼地说:"你以为我想这样吗?"

客厅里的赵锡娟也被惊动了,往厨房赶过来,以为发生了什么,慌忙问:"小翔,什么事啊,让你这么嚷嚷?"

廖鸿翔顾不得跟母亲解释,对着刚来到门口的吴妈说:"快拿药箱!"

一头雾水的吴妈,被他的大叫声弄得紧张起来,来到厨房门口一看,被吓到了,赶紧上楼去找药箱。

赵锡娟看到也吓了一跳:"哟,伤得可真不轻,淌了这么多血。怎么这么不小心哪!"

夏小沐扯出一丝笑容:"是我自己太不小心了,没事的,阿姨,包扎一下就好了。"

"小翔,把夏小姐扶去沙发上坐吧,这里碎玻璃太多了,一不小心又该伤到脚了。"赵锡娟一边吩咐儿子,一边退出门外。

吴妈拿来药箱,用酒精做了简单的消毒处理,强烈的刺痛令夏小沐疼得直咧嘴。

廖鸿翔冷着脸说:"忍着点,处理不好会发炎的。要想不留下疤痕,这几天都不能吃酱油。还有,尽量不要让受伤的拇指碰到水,容易发炎。"

没想到从小娇生惯养的儿子居然也能这么细心,赵锡娟笑了笑,看了眼儿子:"小翔,你挺会照顾人的,看来你那同学选你照顾他妹妹还真没错。妈妈真没想到,平时看你挺大条挺怕麻烦的一个大男人,还有这么细心的一面，连包扎个伤口都能想到这么多。"

包扎好之后，不管怎么劝，夏小沐还是坚持要泡茶给婆婆喝。廖鸿翔觉得她太闹腾了，连受伤了也不消停，可是当着他妈的面，也没说什么，只是嘱咐她自己小心点，别再碰到伤口，又叫吴妈跟着去厨房帮她的忙。

吴妈刚走进去，就被夏小沐客气地请出了厨房。借故烧开水，夏小沐在厨房里磨磨蹭蹭了好半天。

这世上每一个女子面对老公的妈自己的婆婆，大概都不会轻松自在。即使赵锡娟并不知道她是儿媳，即使淡定如夏小沐，也觉得紧张又拘谨。在厨房里，至少隔着一堵墙，不用面对面，夏小沐感觉心里放松了许多。

很多女人在结婚之前，也许都曾幻想要对婆婆好一些，像 TVB 的电视剧里一样，婆婆牵着媳妇的手一起亲热地逛街。可是夏小沐本就是一个慢热的人，面对第一次见面的婆婆，怎么也热情不起来。更何况，婆婆还不知道她和廖鸿翔已经结婚。

客厅里，廖鸿翔母子正在聊些家长里短的事，说到高兴之处，母子俩会很有默契地发出爽朗的笑声，很温馨很开心的样子。说着说着，赵锡娟又提到了儿子的婚姻大事。

夏小沐自然是知道舒薇薇的，她是大家公认的上流社会的奢侈品代言人。最近在广告界最火的两个广告代言人正是她，一个是百达翡丽最新款的复刻版腕表的代言，另一个是专为高贵的女士而生的名贵"Profumo 典藏香水"。这两个广告最近在南城电视台轮番播出，声势很大。

照这么说来，婆婆心目中准儿媳的标准应该就是舒薇薇那种家世好，高学历，为人处事得体大方，最主要的名气大，可以赚足了面子。女明星和富商的结合，似乎是近几年来娱乐圈和商界越来越流行的联姻手段。

夏小沐很想知道，如果让赵锡娟知道她儿子早已经在五年前就结了婚，而与他们一墙之隔的夏小沐，正是她的儿媳妇，她会有什么反应？

她也就这么一想而已。她一向都是懒惰的。在她看来无关紧要的事情，她都不肯花心思、懒得动脑筋去猜去想。恰恰是这样的性子，也令她少了很多不必要的烦恼。

这也是为什么和廖鸿翔结婚五年，她还是常常不知道他心里都在想些什么。就像他的那句"不如公开吧"，即使是仔细地看了他脸上的表情，她也还是猜不透他说的到底是玩笑话，还是真的想这么做。

听到廖鸿翔在跟赵锡娟撒娇，夏小沐不禁撇了撇嘴，恨恨地说："王子病！惯得你！"

"你一个人嘀嘀咕咕在唠叨什么！"廖鸿翔突然出现在厨房门口。

又吓人！夏小沐没好气地瞪了他一眼，不予理会。

"都半天了，你还真打算一直躲在这里？出去吧，丑媳妇总是要见公婆的。"说完，接过她手里的端盘，率先走了出去。

"我又算哪门子媳妇，你刚才不是跟你妈说我是你同学的妹妹吗？"夏小沐瞪着他的背影，小声嘟哝，定了定神，也跟着走出去。

"我想起来了！"赵锡娟看着夏小沐突然激动地说，"你是南城频道《今日南城》新闻栏目的夏主播吧？"怪不得第一眼看见她，就觉得特别眼熟。

夏小沐笑着大大方方地说："是的，阿姨。您叫我小沐就行了。您经常看南城频道的节目吗？"

没想到的是，赵锡娟立刻打开了话匣子："当然看了，我最喜欢看你主持的节目，不只我，我身边的朋友都爱看你主持的《今日南城》。大家都说啊，你不仅人长得漂亮，节目主持得好，口碑也很好，不像现在的有些女主持，心思不放在做节目上，有的净忙着认识有钱人去了，有的又一天到晚靠炒作搏出位，穿性感护士服上阵、爆乳露点、走光偷拍等等，花样层出不穷，真叫人汗颜。"

夏小沐被惊到了，她万万没有想到赵锡娟顺其自然就能说出这些新潮词。虽然没有见过面，可是在她想象中，婆婆就应该是身着端庄典雅的套裙，或者是镶有品牌水晶的优雅礼服，贵气十足，举止得体，高高在上的模样。怎能叫她不吃惊！

偷瞄了眼廖鸿翔，发现他也正瞪大眼睛一脸不相信地看着他亲妈。夏小沐差点没忍住喷笑出来。能让他一脸惊恐却又无可奈何的事情，真的不多。

"妈，人家是活到老，学到老。可你是活到老，八卦到老，这些事情你也知道？"

赵锡娟瞪了儿子一眼："只许你泡女明星，就不许我知道点她们的八卦新闻？"

这话准确无误地成功堵住了廖鸿翔的嘴。

赵锡娟继续说："小沐，你很有亲和力，一看就是个明白事理的聪明孩子，成熟知性又稳妥，要是哪家的儿子娶了你，真是几辈子修来的福气。今天一见，才发现你本人比电视上要年轻漂亮多了，上节目的妆容，显得端庄大气，可是也让你显得成熟老练多了。"

被自己的婆婆这么一夸，夏小沐脸突然就红了："阿姨，您过奖了。您也很年轻很漂亮，我还真的没想到您儿子都这么大了，您看上去还是这么充满活力，特别有气质，也特别有魅力。"

说完，还不忘得意扬扬地望向廖鸿翔，潜台词是：你妈都说了，娶了我是你几辈子修来的福气，你居然还不知足，真是暴殄天物！

廖鸿翔皱了皱眉，脸上的表情却是不以为然，仿佛在暗示她：是吗？我不觉得。

赵锡娟敏感地问："没想到？你认识我，还是你之前在哪里见过我？"

夏小沐心里咯噔一下，赶紧说："没有。我的意思是您很年轻很有活力。"心里的台词却是：您儿子转眼都三十了，我还真的没想到您是一位这么年轻、这么优雅的活力宝，我一直以为您是满头皱纹、个子不高的一小老太太。

接下来，赵锡娟拉着夏小沐聊些稀奇古怪的话题，比如新婚姻法对女人不公平啦，某个大牌子的漱口水里发现有毒物质会影响呼吸系统啦等等。

最后，话锋一转，问到她的个人情况，比如：她家里有几口人？有没有男朋友？

廖鸿翔终于按捺不住制止道："妈，太晚了，你早点回去吧，爸爸会担心的。"

赵锡娟抬手一看表："哟，可不是，都12点了！我真得走了，不然你爸爸又该说我了。"又对着夏小沐说，"小沐，告诉阿姨，你喜欢什么类型的男孩子？我帮你留意留意。"

夏小沐看看廖鸿翔，发现他正意味深长地看着自己，完全没有救场的迹象，愣了一下，说："阿姨，我觉得我还小，现在也正是事业的关键时期，暂时还不想考虑这方面的事情。"

"小沐，阿姨可得好好说说你了，女人事业心不能太强，要以家庭为重心。太强势的女人，男人都不喜欢的。女人一辈子最大的事情，就是找个疼爱自己的好老公，相夫教子，操持家事，有一份安稳清闲的工作，这才是最要紧的。你累死累活在外面打拼，回家来都没有一个可心的人安慰你照顾你，那样的生活太凄凉了。你千万不能过这样的日子。"赵锡娟拉着夏小沐，语重心长地说了一堆。

廖鸿翔听了直皱眉："妈，太晚了，走吧。"

赵锡娟还是不放心地说："小沐，阿姨是过来人了，好歹知道得比你多。好好把阿姨跟你说的这些话记在心里，这对你有好处。有时间叫小翔带你上我们家玩去，我们再聊。还有，如果这小子敢欺负你，你立马告诉我，我决不轻饶。你记一下我的电话……"

廖鸿翔哭笑不得："妈，我到底是不是你亲生的？"

"你是我抱来养的！"赵锡娟瞪了他一眼，"走吧，送我回家。"

夏小沐觉得这婆婆太逗了，全然忘记了刚才发生的不愉快，冲着一脸无奈的廖鸿翔做了个鬼脸，然后笑着对赵锡娟说："阿姨，等哪天有空我找你逛街去啊！"

廖鸿翔看她难得调皮地做鬼脸，还没心没肺地笑，全然忘记了跟他吹胡子瞪眼的阵势，不禁莞尔。

夏小沐一早到电视台，马哥就急着叫她去办公室。

南城频道最近一直在策划一档高端访谈节目。高端，意味着权威；访谈，代表着平等。访谈对象是南城的站在社会潮流之巅的精英人士，比如政商领袖、学研精英。节目的宗旨是呈现精英人士光芒万丈背后不为人知的另一面，大到治政方略，小至柴米油盐，让嘉宾走出权威的圣堂，平等交流，坦诚面对。

　　夏小沐大概猜到马哥找她与这事有关，但是不知道具体是什么事。

　　马哥开门见山地说："小沐，咱们的这档《名流前线》虽然已经筹备得差不多了，但是主持人一直没能定下来。刚好，因为前段时间的救人事件，你的人气一路爆棚，再加上你自身又有足够的能力，最近几期《目击》播出的反响也很不错，台里领导已经决定由你担任《名流前线》的主持人。"

　　夏小沐没想到台里会让自己担当起这个大任。她大三的时候，因为参加了南城的一次主持人大赛，得了冠军，后来被南城频道聘为《今日南城》的主持人。主持节目至今已经五年，但是在电视行业来说，她还只能算是后辈，各方面都有待继续历练和提升。

　　她觉得自己一直主持新闻直播节目，像《名流前线》这类访谈节目，她还不够格。而且她记得策划这档节目之初，大家都在传，说这档节目是为陈颖量身定制的。

　　陈颖一直是她的恩师兼益友，这五年来，给予过她无限的支持和帮助。虽然，她也想做一个有价值的主持人，充分利用电视赋予她的话语权，给广大的观众带来更多的思索、快乐和感悟。但是，陈颖是她的恩人，她怎么能成为她的绊脚石？

　　她当然不能跟马哥直接说出这种想法，可也还想要替陈颖争一争："马哥，我觉得陈颖姐挺适合做这档访谈节目的，不如让她试试吧？"

　　总监走了进来，听了夏小沐的话，说："如果把主持人分为三种，一种是用脑，一种用心，一种用生命，那么陈颖是用心主持，而你夏小沐就是在用生命主持的那种。当然，不管是你，还是陈颖，你们都非常好学，非常用功，让我们很感动。谈话类节目需要很多即兴发挥的东西，如何与任何嘉宾在理性层次对接，把最好的谈话内容挖掘出来，这就是主持人需要重点研究的。从这些方面来说，我们领导层一致觉得你比陈颖更适合主持《名流前线》。"

　　"小沐，凡事都有第一次，你不妨换个角度想想，你主持新闻类节目五年了，该有的突破你都已经尝试过了，说实话，你真的一直打算主持新闻类的节目？说不定《名流前线》这档节目正是你转型的契机。而且现在不管是各大电视台还是市场，对主持人的要求也越来越高了，你就不想给自己一个机会，去尝试一下不同的主持风格？"马哥循循诱导，"我相信你一定可以做得很好。"

夏小沐心动了。五年来一成不变的主持风格，就像五年来一成不变的婚姻生活，无数个今天重复着同一个"昨天"。难道她就要一辈子这么波澜不惊地过下去？如果有机会改变这种持续了五年的状态，她为什么不抓住这个机会？

凌晨两点，廖鸿翔拖着疲惫的身子回到翠园。

推开卧室的房门，看到穿着短袖睡衣的夏小沐双臂裸露在外，光洁细嫩的皮肤已经布满一层细密的鸡皮疙瘩。她似乎没有感觉到手臂已经一片冰凉，兀自睡得正香。大冬天了，衣橱里挂着那么多套暖和厚实的冬季睡衣，她仍然还穿着短袖睡衣，真不知道是怎么想的。

显然，她没有开空调。

廖鸿翔最近才发现夏小沐睡觉总爱把手臂伸到头顶这个习惯。叹了口气，轻轻把她的手臂放进被子。可是，等他脱掉外套，卸下领带，一转身，又看到她双手伸到头顶。

廖鸿翔坐到床边，试图把她的双手放到被子里，可是被她挣脱了。

廖鸿翔微微蹙眉："睡着了也不乖一点。"再次抓过她的两只爪爪，强行塞进被子里。夏小沐嘟哝了一句，翻个身，背对着他，呼吸均匀，完全没有感觉到已经惹恼坐在床边上的某人。

"再伸出来试试，看我怎么收拾你。"廖鸿翔低吼，一直坐在床边。这下，床上的人儿居然乖了，双手很自觉地缩在被子里，再也没有伸出来。

廖鸿翔这才起身，拿着睡袍去了浴室。可是，等他洗完澡回到床上，夏小沐又不怕死地把双臂裸露在冷空气里。廖鸿翔无奈地笑笑，转身拿起遥控器，打开空调，才掀开被子滑进柔软的大床。

半夜里，夏小沐感觉很热。迷迷糊糊间想翻个身，却发现动弹不得。

睁开眼，才发现原来自己被一双大手钳制在温暖结实的胸膛里。

怎么回事？他什么时候来睡觉的？夏小沐一下子清醒过来。

三番五次挣扎，仍挣脱不了某人的魔爪，只得喊："廖先生……廖先生……"

喊了半天没有反应，某人大概连眼皮子都没动一下，兀自睡得正香。

夏小沐只得在他怀里转动脑袋，扭来扭去，很不舒服。她很热。这人，在她睡着之后，居然钳制住了她，双手被他紧紧固定，丝毫动弹不得。两人的姿势，居然还这么……这么……亲密。

有多久，没有这么被他抱着睡觉了？

她睁着双眼，骨碌碌骨碌碌转动美眸，想着要怎么弄醒他。突然，一个机灵，她凑近他，用唇摸索到他的，吻了上去。可是，许久，某人还是没有动静。什么吗？难道是她太菜了，这样都吻不醒他。突然，夏小沐才想到，这好像是她第一次主动吻他，而且，是在他不知情的情况下。

可是，房间真的太热了。没办法，她只好再次吻下去，比之前更用力，甚至用上了吸吮的方式。某人依然纹丝不动。夏小沐很想去咬一下他的耳垂，无奈，她被钳制住，唇根本够不到他的耳垂，只能够到他薄薄的唇角。

夏小沐气结，用力咬下去，唇角有了血腥味。

某人终于一把放开她，不悦的声音在头顶响起："夏小沐，大半夜咬人，你属狗的啊！"

"我喊你很久了，谁叫你睡那么死。再说，你这样箍住我，很热你知不知道，我都快缺氧了。"夏小沐终于可以翻个身，顺便拉开与他的距离。

"你确定你喊了我很久，而不是做其他事情做了很久？"廖鸿翔夹杂笑意的声音从头顶传来。

"……我……我不是动弹不得，又没有办法，才吻你的。"完了，偷吻他的事情被发现了。

夏小沐窘了。

某人低低地笑了起来。大手一捞，又把她控制在他的怀里。

夏小沐傻傻睁着眼睛，感觉哪里不对劲。

半晌，才反应过来，推了身边人一把："廖先生，你刚才一直是醒着的吧？对吧？是吧？"

某人又没了反应。夏小沐彻底恼了，这人，居然装睡。看她傻傻的样子，很得意吧？

夏小沐越想越生气，翻身起来，骑到他身上，一把卡住他的脖子。

"咳咳！夏小沐，你想谋杀亲夫啊！"某人终于有了反应。

"谁让你装睡看我笑话来着。你这个阴险的坏男人！"夏小沐不肯撒手。

这个男人太阴险了，怎么可以把她当猴耍，太过分了。虽然双手掐着他的脖子，却也狠不下心，不敢太用力。

"猫咪，你知道你睡相有多难看吗？你知不知道你睡觉是这样的？"说完，某人双手举过头顶，学她的睡相。

"……我哪有那样！"夏小沐忍不住回嘴，底气却明显不足。

廖鸿翔毕竟力气大，三两下便把夏小沐重新搂在怀里，说："现在可是冷天，你双臂裸露在外，很容易感冒知不知道。所以我才把你箍在怀里，你这个不知好歹的小东西。"

不知不觉，某人的语气里充满了宠溺的味道，说"小东西"的时候，还捏了捏她秀气的鼻子。

夏小沐条件反射地扭过头，避开他捏她鼻子的手指。她同时也敏感地察觉到了他宠溺又心疼的语气，不由得怔了怔。他还真把她当作宠物了，有时间、心情也不错时就抱抱，没时间就搁置脑后，不管不顾，任她自生自灭。

她静静地任由他抱着，不动，也不出声。

"怎么，生气啦？嗯？"某人扳过她的脸。

"……那个，你可不可以放开我，很热啊，我刚刚就是被热醒的。"过了好一会儿，才听到怀里的人可怜巴巴地说。

某人想起睡觉前，他打开了室内的空调，此刻，温度确实有那么点高。想了想，才放开她。

过了会儿，身边的人儿还是翻来滚去，吵得他也跟着烦躁起来："小东西，乖乖睡觉。再动来动去试试，我立刻把你吃干抹净。"

这话果然奏效。室内恢复了夜晚的寂静。

一夜好梦到天亮。

第二天，太阳很好。

前庭里，夏小沐拿着修剪刀清理芭蕉树树根的残骸。廖鸿翔站在二楼阳台上，看着夏小沐时不时抬头望向蔚蓝如水的天空，露出傻傻的笑意，竟也跟着笑了起来。转身进房间拿出电脑支到阳台的桌面上，开始办公，偶尔望望楼下正在灌木间忙碌修剪的身影。

金叶假连翘、小叶黄杨、紫叶小檗、红叶檵木、小叶女贞等各色低矮灌木在夏小沐的修剪下，变得整齐而美观。她的额上已有了细细密密的汗珠，头皮微微发烫。她跑进屋去，找了顶白色阔沿的太阳帽戴上，拿起修剪刀又去了后院。

廖鸿翔专注地处理完公务，再次往楼下望去，已没有了她的身影。收拾好文件走下楼，问吴妈："她呢？"

吴妈站起来，笑着指指后院。

廖鸿翔来到后院，看见她正拿着修剪刀发呆。杂草已被除尽，草木修剪完毕，一切已经整齐有序，甚为妥帖。

"发什么呆？"廖鸿翔走到她身后。

夏小沐明显被吓到了，身子一震，回过头来，皱起眉头，露出不满的表情。

"大白天的在太阳下发什么呆！晒晕了？"某人打趣她。

"你才晕呢！"夏小沐想了想，比画着说："廖先生，你说要是我在这里腾一小块空地出来，种些花花草草怎么样？"

夏小沐一直觉得种花有一种特别的乐趣。原本只是一粒种子，某一天花苞冒出，在人等得稍许有点心急时，忽然一天，成群的花儿争相怒放，红如火，白如玉，黄如锦，紫如烟……心中除了惊喜还是惊喜。

除了种花，她也爱种植蔬菜和瓜果，只是苦于没有地方施展拳脚。于是三年前，她千方百计从城郊的山林里，弄来了几车腐殖土，铺到北辰银月的楼顶。闲暇的时候，她锄草、除虫、浇水、施肥，忙得不亦乐乎，却乐在其中。每当上楼顶去摘些新鲜纯天然的蔬菜，给自己美美地做上一顿时令蔬菜大宴时，带给她的不仅是胃部和味觉的享受，更是一种精神上的满足。

廖鸿翔环视了一下："不怎么样！"

"为什么？我觉得在这里种植些熏衣草、野蔷薇这类花感觉会很好，或者指甲花和太阳花，也不错。"

"你要是真喜欢花花草草，我可以在别的地方买下一两亩地，再聘请几个园丁专门种植些，你可以一年四季随时去欣赏，也可以时常去采摘些回家来欣赏，何必要自己动手。"

"种花的乐趣，说了你也不懂。"

某人不屑："干吗要把时间花费在这些无聊的事情上。"

"庸俗！浑身铜臭味，满嘴就知道用钱买这个用钱买那个，一点生活情趣都没有！"夏小沐狠狠鄙视一番，不满地转身往屋里走去。

某人不满地大叫："喂，夏小沐，是你先来征求我的意见的，你居然敢损我！"

Part 5　不幸车祸

夏小沐浑身是汗，回房洗了个澡，换身干净清爽的休闲装，下楼打开电视看了起来。某人走过来，拿起遥控器，"啪"一声关掉电视。

"喂！"夏小沐气得大叫。

"你不是说要自己动手布置北辰银月的房间吗？正好我今天有空，看家具去。"某人说完，拉起她往门外走去。

"你今天有空，不代表我今天也有空。"

"你不是已经在家闲了一天了，还能有什么正经事？"

"我晚上有事，现在不想出门，更没心情逛家具城。"夏小沐正在挣扎，眼角瞥到赵锡娟正往里走来，脚步的急促模样看得出她正在气头上。

夏小沐只感觉心跳猛然加快，预感到将有什么事情发生，愣在原地。廖鸿翔看她奇怪的样子，转过身顺着她的目光望出去，也呆了一下，才放开她，往门口走去。

老太太的脸色并不好，进门时没理会儿子那一声过于亲热的"妈"，也没看静静站在一边的夏小沐，径直走到沙发上坐下。廖鸿翔从没见过母亲像今天这样冷冰冰地对自己，赶紧问后面跟来的大哥和大嫂："什么意思啊？老太太今天怎么了？"

廖鸿飞指了指弟弟，无奈地叹了口气："你呀，你呀，你让我说你什么好。"

廖鸿翔还是一头雾水，看向大嫂："嫂子，大哥说的是什么意思？"

舒乐乐朝老太太努努嘴："你自己问妈去。"

"你们都过来坐下！"赵锡娟发话，指着夏小沐，"你也过来坐。"

廖鸿翔很自然地坐到母亲身边，搂着她笑嘻嘻地说："妈，您这是怎么了？现在都讲和谐社会，可是您老大晴天的阴着个脸，和外面阳光明媚的天气相当不和谐啊！"

赵锡娟不理会儿子的嬉皮笑脸，看到夏小沐走到沙发边愣了一下，然后选择了离她最远的角落坐下，不悦地说："坐过来点，不用那么拘谨，都是一家人了。"

夏小沐听到婆婆这句并不太友善的"都是一家人"，惊得几乎跳了起来，抬头望过去，婆婆并没有看她，而是一把拂开儿子的手，厉声说道："你们两个，几岁了？"

廖鸿翔从老太太这不依不饶的阵势，意识到了事情的苗头不对劲，微微挺了挺腰，不敢再放肆，规规矩矩地说："马上三十了。"

"你呢？"赵锡娟转头问夏小沐。

夏小沐看着沙发另一边端坐着的婆婆，一向镇定的她没来由地惊慌失措起来。

"你们结婚多久了？"

廖鸿翔赶紧说："妈，原本我们两个正准备跟您坦白这事，这不，还没来得及汇报，您就知道了。您老可真是神算诸葛在世。"

"结婚这么大的事，你们都敢瞒着家里，怎么，是打算等我和你爸百年之后，到我们的墓前去坦白？"

廖鸿翔听了这话，心里甚为不安，拉着母亲的手，耐心地说："妈，您看您都胡说些什么，您诅咒自己不就是在折杀您儿子我吗？我一直没跟您说，我将来准备生几个跟我一样聪明的可爱儿女，我还希望您和我爸享受天伦之乐。您怎么能说出'百年之后'这种话？而且，我们觉得结婚确实是人生的一件大事，得跟家里商量，怪只怪我们当年不懂事，没跟家里说是我们的错。我们真的是准备近期跟家里说我们已经结婚这事，只是还没来得及。"

"阿姨，我们不是故意隐瞒的……"

赵锡娟本来已经快要被儿子的一番话感动了，可是听到夏小沐那一声"阿姨"，心里的怒火又升了起来，冷着脸说："小沐，上次我可是真被你一口一个阿姨给叫晕了，我还说你工作能力好，人也好。现在我才知道我在你面前就像个大傻瓜一样，我自己有多傻你就有多乐吧？是不是在心里偷偷乐了好多天了？"

"阿姨，我不是这个意思……"

舒乐乐看着夏小沐，突然记起婆婆在家里提起过她，当时她还纳闷为什么说着廖鸿翔和舒薇薇的事情，婆婆却说起了另外一个女人，可见她在婆婆心里的印象挺不错，于是出声道："我说弟妹，既然妈都知道你已经和二弟结婚了，你怎么还一口一个阿姨，是不是该改口了？"

夏小沐感觉周围的几道目光火辣辣聚集到自己身上，张开嘴想叫一声"妈"，可是死活发不出 ma 这个音，就像突然间就得了失语症，全身的气都集中在了喉口舌尖，就是发不出一声 ma。

廖鸿翔走过来，小声说："叫啊！"

夏小沐张了张嘴，还是喊不出来。

廖鸿翔急了："你怎么回事？叫声妈就这么难？你又不是没叫过妈，你怎么叫你妈，就怎么叫我妈……"

"廖鸿翔，你闭嘴！不准你提我妈！"夏小沐几乎是条件反射般大叫起来。

…………

屋里一片安静。

廖鸿翔没想到她的反应会这么大，皱着眉望着她，不说话。

赵锡娟不满了："夏小沐，让你叫我声妈，你冲我儿子吼什么？你不就是不想叫吗，行，不叫行！我也没打算承认你这个儿媳妇。"

夏小沐再一次努力地张了张嘴，这个"妈"字在喉咙里转了几圈，就是叫不出来。

屋里再次陷入了安静。

廖鸿翔看着夏小沐一张一合的嘴角微微发抖，心头一紧，伸手去拉她，发现她的手心冰凉一片，几乎没有温度。

舒乐乐尴尬地笑了一声："二弟，你老婆不会是在耍大牌吧？想当年，我第一次见就叫妈了。"

廖鸿飞瞪了眼妻子，示意她别添乱，然后对母亲说："妈，我听很多朋友说过，他们的老婆一开始也是觉得喊婆婆为妈很别扭，怎么也喊不出来，后来相处时间长了，才慢慢好的。这弟妹毕竟年纪轻，脸皮薄，喊不出来也正常。"

舒乐乐没好气地说："我也听说过，在有些女人的观念里，妈就只有一个，就是生她养她的那个亲妈，突然要叫另一个人为'妈'，死活就是叫不出口，因为在她们的潜意识里，根本不把婆婆当作是亲人。"

廖鸿飞厉声制止："舒乐乐，你还嫌不够乱？少说两句没人当你是哑巴！"

"我实在是看不下去了，而且我说的是事实……"

手机铃声突然响起，打乱了屋里的气氛。

夏小沐不知要如何面对眼前的婆婆，索性从沙发上站起来，走到门口橱柜，从包里掏出手机，说了一声"喂"，就一直听着手机里传来的声音，不再说话，神情越来越紧张，脸色也越来越苍白，整个人站成了一棵寂寞的树。

"她怎么了？"赵锡娟看着夏小沐，话却是在问二儿子。老大夫妇俩都摇了摇头表示不知道。廖鸿翔没说话，只是走到夏小沐身后，想去安慰她。

夏小沐只觉得大脑空白了一会儿，周围有各种说话声断断续续响起，她想要努力集中精力听清楚电话那端在说什么，坐在沙发上的婆家人是不是在说她什么，可是就是什么也听不清。那一刻，她感觉自己会就此昏厥过去。

直到客厅里的座机铃声响起，她才如梦初醒，甩开廖鸿翔的手，一下子冲上楼去。到了楼上，她麻木而慌乱地在各个房间乱窜，却忘记了她要上楼干什么。突然看到书柜里一本书扉页上的十字架，她才想起来，原来她是想要去医院。一阵风闪出门外，把正欲进来看个究竟的廖鸿翔撞到墙上。她不理会撞到了谁，也来不及说句抱歉，就一直往楼梯跑下去。

平时看起来不怎么长的楼梯，今天却有如此多的阶数，给人总也走不到底的感觉。拖鞋在楼梯上磕落，一只是上去的时候落在楼梯脚，另一只在跑下来的时候掉在楼梯口。

她全然不知道自己脸上的不知所措有多么吓人，也不知道双脚早已光裸。冲到门口的鞋柜，胡乱把双脚塞进两只鞋子里，还没塞好就急着迈步，踉跄了一下，重心不稳一下子摔坐到地上。可是她管不了那么多，就着坐在地上，重新套好鞋子，站起来就往门口冲。

廖鸿翔从来没想到过她居然能有这么大的冲撞力。看见一直宠辱不惊、淡定逼人的她在接到一个电话之后变得如此惊慌失措，心里有股说不清道不明的郁闷憋在胸口，忍受着背部被撞到门框上的痛感，顾不得多想，从楼上一路追下来，一把拉住从门口往回冲的夏小沐："到底是什么电话？谁来的？"

夏小沐没回答，也没看他，只是瞬间爆发出巨大力量挣脱他的拉扯，一把抓起橱柜上的手袋，重新跑向门口。到了屋外，一阵迎面袭来的凉意总算让她的意识回笼了一些，顿了顿脚步，掉头跑向她的那辆蓝色明锐，一边跑一边没忘从包里掏出车钥匙。可是坐上车，颤抖的手反复几次都发动不了车子，甚至，她都没注意到车门并没有关严实。

廖鸿翔一把打开车门，把如秋风中瑟瑟抖动似落叶的她拖出车子，双手按上她的肩头，把她逼着退后靠到车身上，粗声粗气地逼问："告诉我，到底发生了什么事？"

她不说话，只是徒然垂下双臂，任由他又推又问。

廖鸿翔看她并不打算说出这个神秘又该死的电话，只好换种口气："告诉我，你要去哪里，我送你去。"

夏小沐黝黑迷蒙的双眼盯着前方某处，目光涣散，没有焦距，低声说："不用了，我可以自己去。"

"你自己去？"廖鸿翔彻底恼了，不禁提高音量，"你自己怎么去？你看看你现在这副人不人鬼不鬼的狼狈样子，心不在焉浑身无力，面容死灰，你还能自己开车出去吗？"

似乎没有听见他言语里的讽刺，夏小沐眼里闪了闪，目光终于回到他身上，淡淡地瞥一眼他，用非常冷静的声音说："请你放开我。"

"夏小沐，不要一而再再而三地挑战我的耐性。你这个样子，到底是因为谁？难道是你最在意的谁死了不成？"

眸子暗了暗，忍住升腾的怒气，夏小沐真想立刻用什么脏东西堵住眼前这张从来不会对她吐出什么好话的贱嘴，或者一巴掌狠狠捆到他冷酷无情的死人脸上，以解此刻怒发的火气。可是，她不能，因为她的双臂被他稳稳箍住，整个人被他摁倒在车身上，无力动弹。

她把头扭到一边，透过树叶稀疏的高大梧桐枝丫看向云淡风轻的天际，轻飘飘地说："你是不是真的想要看到我今天死在你面前，才肯放手？"

廖鸿翔盯着她苍白如纸毫无血色的小脸，清冷浮上刚毅的面庞，冷冷道："夏小沐，你对我来说，只不过是比别的女人多了张结婚证罢了，你没有给我的东西我一样可以从别的女人那里得到，包括柔情温顺和忠贞不贰。不要以为你自己对我有多重要，你就是一件我穿了五年的衣裳，已经破旧不堪，所以，你没有资格用死来要挟我。没用，知道吗？"说完，还轻佻地伸出舌头舔了舔她同样苍白的嘴唇。

夏小沐闭着眼嫌恶地撇过脸，试图躲开他舌尖的碰触，身体忍不住挣扎起来，只是她一挣扎，他便出其不意地轻轻放开了她，拉开与她的距离，用冷冰冰的声音说："夏小沐，不管你有什么十万火急的事情，可我家人还在屋里，但凡你有点为人妻为人儿媳的意识和责任感，你今天都得留下。"

夏小沐双手撑在身后的车身上，费力地站直了身体，拉好凌乱的外衣，不冷不热地说："你刚刚说了，从我这里得不到的，你都可以从别的女人身上得到。今天你想要我留下，我想我是一定做不到的。所以，你可以去找别的女人，让她们满足你。"说完，从他身前越过，转了个方向，朝着外面的大路走去。

廖鸿翔看着渐渐远去的背影，清冷的眸子渐渐眯了起来，保持同一个姿势站着，静静地望着她走去的方向，脸上是深不可测的表情，不悲不喜，不怒也不躁，有一种无意识的威严和伟岸，却也笼罩在一层看不破的孤寂之中。

夏小沐没想到会在路口遇见慕容朝阳，还将她送到了医院。看到穿着白大褂的医生，她渐渐平复的心，又一次提了起来。

徐安妮在电话里告诉她，雷俊宇昨天晚上驾车回家的途中出了车祸，正在医院急救。

手术室门口，夏小沐老远就看见徐安妮正坐在椅子上，低着头不知道在想着什么，三两步跑过去，焦急地问："安妮，他怎么样了？"

徐安妮抬起头看到她，脸上阴郁愁苦的表情终于有了点缓和的迹象，望着手术室："还在急救。"

夏小沐一听急了："什么意思？从昨天晚上一直急救到现在？"

徐安妮扶住她，摇摇头："昨晚做了手术后已经一切正常。谁知道今天下午伤情恶化，又进了手术室。"

望着手术室上方来来回回闪现的"正在手术中"，夏小沐心里堵得慌。

慕容朝阳看着她毫无血色的苍白小脸，不断安慰她，甚至说些毫无关联的事情，试图转移她的注意力。

对于她来说，并不是第一次等在手术室外。五年前，母亲几次病危时，就是她一个人守在手术室外，一秒一秒接受时间的凌迟。那种无措和无力感，至今记忆深刻，一回想起来，都难受得快要窒息。

终于，手术室房门突然打开，医生走出来："病人的血型比较特殊，是 AB 型 RH 阴性血，现在需要输血，但是医院的库存不足，你们谁是病人家属？"

夏小沐这才想起问徐安妮："有没有通知他的家人？"

"我今天中午才联系上叔叔阿姨，他们不在南城，正在从老家赶过来的路上。"

"那怎么办？我不是 AB 型 RH 阴性血，你也不是吧？"

徐安妮摇了摇头。

夏小沐急得走来走去。

慕容朝阳拎着一大包东西赶回来，看她们焦急的样子，赶紧问："怎么啦？"

夏小沐把情况说了，慕容朝阳把她强行按到椅子上坐："别急，我有一朋友是这个血型。"说完，打开手机拨了一通电话。

之后，慕容朝阳从袋子里拿出雪地靴和羊毛袜子，一一给她穿上。虽然今天天气不错，可早晚温差太大，他看见她脚穿着单鞋，身上穿得也少，就去了趟医院超市。靴子摸着很厚实，却很修饰腿形。

"这下暖和了吧？"慕容朝阳说完，又拿出淡紫色的羊毛围巾和羊毛手套，给她戴上。

夏小沐身上回暖，人也清醒了些，瞪大眼睛："你是警察，还是魔术师啊？"

楼道里响起了一阵急促的脚步声。

汪子菲一身貂皮大衣出现在视线里，一股浓烈的香水味，随着她越来越近的距离越发刺鼻。看见夏小沐，汪子菲眉头皱了起来，嚣张跋扈的神情立刻出现在略显焦急的脸上："夏小沐，你居然敢出现在这里！我警告你，最好赶紧滚开，不然休怪我不客气！"

夏小沐听了她不入耳的话，并没有生气。她来医院的路上，就已经想到这一幕。走在后面的两位老人不解地问："子菲，怎么回事？"

夏小沐认出，是雷俊宇的爸爸妈妈。她曾在他的钱夹里见过他们一家三口的照片，当时夏小沐还打趣说，雷俊宇那一双深邃迷人的眼睛和轮廓分明的脸庞，以及挺直的鼻梁是遗传自他爸，而他那一头柔亮的黑头发是遗传自他妈。

"叔叔阿姨，俊宇自从见了这个女人之后，这段时间一直都不对劲，昨晚才会出事。"汪子菲恶狠狠地回答。

对汪子菲的话，夏小沐充耳不闻，她对着雷俊宇的父母恭恭敬敬地喊："叔叔阿姨好，我叫夏小沐，这位是徐安妮，我们是俊宇的同学。"

雷俊宇的父亲对着她和徐安妮点点头，说："谢谢你们了。俊宇能交到你们这么仗义的朋友，是他的福气。"

汪子菲不满地说："叔叔阿姨，这个女人是个祸害，明明是她害了俊宇，现在还在这里装好人，讲义气，你们可不能被她的话给欺骗了。"

雷俊宇的母亲脸上有了些不悦："夏小姐，我儿子真的是因为你才出事的？"

夏小沐摇头："阿姨，我从来都没有想过要害他……曾经我们是男女朋友，曾经度过一段很美好的时光。不管您信不信，我一直希望他好好地活着，甚至希望他过得比我幸福。"

雷父听了她的话，仔细看了看她，跟妻子低声说："我想起来了，俊宇曾经把她的照片带给我们看过，说是我们未来的儿媳妇，只是后来……"

雷母打断丈夫："不说这些了，现在最要紧的是儿子的手术能成功。"

"叔叔阿姨，别担心了，俊宇一定会没事的，我们要对他有信心。"夏小沐轻声安慰。

汪子菲看到雷父对夏小沐的态度，心里很不爽，又闹了起来。

雷父不满地说："子菲，不要再闹了，会影响到手术的。"

汪子菲憋着一肚子气，狠狠地瞪了夏小沐一眼，转过身去。

其间，慕容朝阳的朋友小高输了 400cc 血给雷俊宇。

夏小沐的电话一遍又一遍响起，都是廖鸿翔打来的，她最后关了机。

不知道等了多久，手术室的门才打开。等在门口的一伙人都迎了上去，夏小沐被汪子菲狠狠撞开，只得跟在最后面，听到医生说："手术很成功……"医生后面说了些什么，她完全听不见。

雷俊宇被推出手术室时，她只看到他苍白的左手，没有跟过去。站了一会儿，才缓缓坐回椅子上，喃喃自语："谢天谢地，终于转危为安了……"

慕容朝阳走过来："俊宇的手术很成功，只是暂时还陷入昏迷中，医生说，至少要 18 个小时后，才能醒过来。走吧，我送你回家。"

"你有事就先走吧，我还想再待一会儿。"

"你待在这里也没用，折腾了半天，还是先回家好好休息一下，明天再过来看他吧。"

夏小沐呆呆地坐着："朝阳，我真的不想回去，你就让我再多待一会儿吧。"

"小沐，汪子菲在这儿，你明白我的意思吗？只要她在这儿，就不会给你好脸色，不会让你好过。我还是先送你回去吧，好吗？"

"我不会跟她计较，我是来看雷俊宇的。"

慕容朝阳无奈："我已经跟刚哥打过招呼，你今晚就不用过去唱歌了。你自己估摸着，时间差不多的时候，就回家去，好好休息一下。"

夏小沐这下子才想起，他已经答应刚哥，今晚是要过去酒吧唱歌的。要不是慕容朝阳提起，她还真给抛之脑后了。过了一会儿，慕容朝阳又拎着一大兜吃的东西跑回来："我去附近的超市买了些零食，将就着吃点，肚子饿了，胃会疼，况且你胃不好。"

夏小沐拿着他硬塞进手里的面包、鸡蛋等，心想，他是怎么知道自己胃不好的？

在椅子上坐了好一会儿，她才站起来慢慢向病房走去。从门上的玻璃窗框望进去，雷俊宇整个头部被纱布缠得严严实实，手上也缠着纱布条，修长的腿上打着厚厚的石膏。那些纱布看在夏小沐眼里，汇聚成一片触目惊心的白色，刺目极了。

她放在门把上的手，颓然垂落。

慕容朝阳办完事，匆匆赶回医院时，夏小沐已经离开。他开车驶到离医院不远的广场前，就见夏小沐盯着熙熙攘攘的人群，怅然若失。

他带她去了火锅店。

坐在热乎乎的店里，吃着喷香的火锅，在热气流的包围下，浑身暖暖的。夏小沐这下才发现肚子早已饿坏了，胃口大开。

"你和雷俊宇当初为什么会分手？"慕容朝阳看似无意地问了一句。

夏小沐正在捞牛肉的手顿了一下，捞了一大块到碗里，才不紧不慢地说："因为他要跟别的女人一起出国。"

"这么说来，是他背叛了你？"

夏小沐装作满不在乎的样子，一边吃一边说："他只打了一通电话，就结束了我们之间的关系。那个时候，我妈正在医院重症病房，我没日没夜地在医院守着。在我最需要他的时候，他轻易地离开了我。"

"你没有试图挽留？"

"他说出国名额是他好不容易才争取到的，出国以后他可能都不会回来。你说，我挽留有用吗？只是那时候我以为他是一个人出国。后来我才知道当年和他一起出国的人，是汪子菲……"

夏小沐说了很多话，也吃了很多。吃到后来，意识变得模糊，她都不记得她说了些什么。只是，这种感觉很好，好像什么痛苦的事情都渐渐远去。又饱又暖的胃，让她变得安心。

第二天一早，夏小沐按时起来，吃了早餐，赶往电视台。

她没有发现餐桌上还摆着另外一份早餐和一份财经报纸，她也不知道廖鸿翔还躺在楼上的另一个房间里。潜意识里，她以为他昨天晚上肯定没回来。她和颜悦色对着他的无数个日子，他都极少回家。更何况昨天下午，她留下他一个人面对婆婆和哥嫂，可想而知他的怒气有多大，晚上肯定又出去找那些莺莺燕燕去了。

夏小沐刚到电视台，正碰到总监找她："小沐，跟我来一下。"

她走进去，总监看着她："八卦杂志登了你和廖鸿翔的花边新闻，你对他这个人怎么看？"

"……我觉得他心猿意马拈花惹草寻花问柳见异思迁朝秦暮楚是真正的花心大萝卜谁嫁给他谁就倒大霉。"夏小沐一口气顺顺溜溜说完，好像她口中的那个倒霉蛋不是自己。

"我还以为你和他很熟。"总监愣了下，从办公桌上拿出一个文件夹，"这是翔飞集团想和我们台合作的策划方案，你看看。"

夏小沐接过来看了一眼，惊讶地抬头："主任，《目击》不是已经和风驰集团合作了吗？难道是我记错了……"

"不错，之前合作的确实是风驰集团，可是，翔飞集团的合作方案对我们更有利。和风驰集团的合作是：他们出钱，我们制作，共同分享广告时段，双方获利。翔飞集团却只做一个赞助商，给他们宣传品牌就行，不参与利润分配。"

总监又问："你们真的不熟？"

夏小沐不解，可也不表态，只是看着总监。

"翔飞集团是个实力雄厚的集团公司，他们居然肯这么委曲求全，我觉得不仅仅只是为了宣传他们公司那么简单。原本我以为是冲着你来的，现在，我也糊涂了。"总监双手一摊，露出百思不得其解的表情。

夏小沐说："主任，这些钱对于翔飞集团来说，根本是九牛一毛。很有可能是你想多了，他们可能真的只是为了宣传公司。"

她绝不相信，廖鸿翔会为了她做出这种事。他俩一向都各自为营，互不干涉，尤其是工作方面。

总监听了夏小沐的话，点了点头。

夏小沐趁机说："总监，我明天有点事，我可不可以到节目直播前才来台里？"

总监想也没想，直接点头同意。

其实按照台里的规定，作为主播，只要在直播前提前一两个小时到达，熟悉稿件，同编辑沟通，修订导语，调整、确定播报顺序，然后配音。可是，这五年来，夏小沐却每天上午就去台里，每天和编辑一起弄《今日南城》的稿件，包括收集、整理和审核一些与她的节目有关的杂七杂八的内容资料。

她的男搭档何超然很多次开玩笑，说她这么拼命，把编辑和监制的工作都干了，是在给他下马威。当然，这只是玩笑。现在，又有了新的《目击》栏目，《名流前线》也即将开播，夏小沐更忙了，整个人似陀螺转完一圈又一圈，似乎永远不会累。她的生活里，除了工作，还是工作。

中午和肖雯雯去电视台旁边有名气又贼贵的"海鲜记"，没想到人满为患，于是两人决定去吃日本菜。

这家名为"和民"的日本料理店，在"旧时光"咖啡馆旁边。正是上一次和慕容朝阳来喝咖啡时，她发现了这家日式料理店。

典型的田字形和式住宅设计，南北朝向，外部四周设平台，台上设檐柱，形成回廊，其屋顶仿佛是一把撑起的大伞。店内以黄色为整体色调，黄色的沙发，黄色的店内墙面，黄色的吧台，暖暖的黄色带给人一种温馨和放松的感觉。

夏小沐和肖雯雯贪心地点了一大桌，大吃特吃。席间，还喝了些日式清酒。

吃到一半，夏小沐去上洗手间。经过一个包间，恰好侍者进去上菜，印有精美雕花的隔扇移门被推开，无意间的一回眸，便看见廖鸿翔正盘腿屈膝坐在榻榻米上，和一堆人交谈着。

她有些心虚地钻进洗手间，不由自主猜测着廖鸿翔是不是也去过隔壁的"旧时光"咖啡馆。她想，他应该去过吧，因为她那天也是在那里遇到了蒲箫遥。也正是那一次，蒲箫遥告诉她，雷俊宇回来了，然后让她尘封了五年的感情，一下子汹涌澎湃，无边无际地蔓延开来。

想到雷俊宇，夏小沐不自觉抚着胸口，感觉心脏又不规则地突突跳了起来。拿起电话，给徐安妮拨了过去："安妮，他醒了吗？"

"还没。"安妮的情绪很低落。

夏小沐听了吸着气："医生怎么说？"

"医生说血压、脉搏、体温都很正常，身体是没问题的。"

"那为什么不醒过来？"夏小沐不解。

"医生也说，既然脑颅里的瘀血已经清除成功，他应该尽快醒来才对。可是他至今昏迷不醒，只能说明……"

徐安妮只讲一半，夏小沐急了："说明什么，你倒是快说！"

"他的求生意识很薄弱，所以……"

"……"

"小沐，你能来医院陪陪他，跟他说说话吗？"

"……"

"小沐？"

"对不起，安妮，我没有什么话想要跟他说。"

"小沐，你明明也很担心他的。你看，你听说他出事之后立刻就赶来医院了，现在你又打电话来询问他的情况，可你为什么就不肯再为他多做一点什么呢？"

"对不起，我做不到，我真的做不到。"

夏小沐拿着电话，靠在墙壁上，有些气急胸闷。心里一遍又一遍地说："雷俊宇，你这个胆小鬼！你以为这样就会让我心痛难过，就会折磨到我吗？"

不知道在洗手间的角落里蹲了多久，直到腿脚麻了，夏小沐才扶住墙缓缓站起来，用冷水洗了把脸，瞪着一双通红的眼睛，有些费力地拉开洗手间的门。她知道，再不出去，已经喝得微醺的肖雯雯该扯开她那洪亮无比的嗓门开喊了，如此一来，所有人都该知道她夏小沐在这里用餐。她不想让廖鸿翔知道她也在这里。

门刚一打来，左脚还没来得及迈出去，就被人拉进了旁边的男洗手间，门瞬间在她身后上了锁。在她正要开口喊叫的时候，一只手及时捂住了她的嘴。

夏小沐瞪大双眼，待看清楚眼前的身影，才用手使劲掰开他的手，气急败坏地低吼："廖鸿翔，你疯了！"

廖鸿翔不说话，伸手捞过她的手机："安妮？是谁？"

夏小沐提醒他："廖先生，这里是男厕所。"她非常不悦，想要抢回手机，可他轻轻一个侧身，就躲过了她伸过去的手："通话时长……三分钟。这么说来，你挂了电话之后在洗手间待了将近15分钟，而且双眼红肿，有哭过，情绪低落，整个人状态不佳。肯定有什么令你纠结不安的事情发生。对吗？"

夏小沐一把夺回手机，就要去拧开洗手间的门。

"因为雷俊宇发生车祸住院了，所以你才一副半死不活的样子？"身后传来廖鸿翔漫不经心的声音。

夏小沐听了急忙回身，一步一步逼近他，冷冰冰地问："你跟踪我？"

廖鸿翔一脸不屑地笑着说："我没那工夫，只是听一朋友顺口提了一下。怎么，我猜中了？"

夏小沐转念一想，也觉得他不可能干跟踪她这种事："你管不着！"

"雷俊宇是你的初恋，你们曾是A大公认的恩爱情侣，后来，是他出国抛弃了你。而当时，你母亲也就是我的岳母大人正在医院等待合适的骨髓配型，而你，正在为那笔昂贵的医疗费用愁眉不展……"

夏小沐怒了："廖鸿翔，够了！我不需要你来提醒我这些过往！"

"夏小沐，你是不是应该给我个说法？"

"什么说法？"

"你昨天抛下我和我的家人，就是去了医院？"

"对。"

"你难道不觉得你应该给我个交代，给我的家人一个交代？"

夏小沐望着他："交代什么？"

"夏小沐，我提醒你，现在我妈已经对你很有看法了，你要不要考虑做些什么弥补你昨天的失礼？"

"人命关天，我没法不失礼。再说了，他们突然找上门，也没有事先打招呼，我也被突袭了人仰马翻，我又要找谁评理喊冤去？难道找你？"

她像一只被激怒的猫，伸出了锋利的爪子。

廖鸿翔心里生出怒意，把她推到门上，一把扶住她的头，嘴紧接着就贴了上去。她的身子柔柔软软的，带着一股甜美的水果香气，混杂着清酒味，味道竟是意外地诱人……他低吟着捧住她的脸，含住她的唇舌，在齿间流连。夏小沐喘着气，被动地承受着他的霸道和贪婪……

敲门声响起。

夏小沐意识回笼，战栗着，狠狠推了他一把："够了！不要太过分！"

廖鸿翔被推离了一些，却依然没有放开搂着她的手。夏小沐站着不敢动，一脸苦恼。

这下，她要怎么出去？

廖鸿翔反倒不急，自己坐到马桶上，把她拉到腿上坐好："别急，等一下就可以出去。"

夏小沐看他一点不着急的样子，气愤得很，站起来狠狠揪住他的耳朵，泄愤般拉扯着。要不是他强行把她拉进来，她现在也不至于尴尬地躲在这里不敢出去。

"啊……你轻点……"廖鸿翔凄厉的惨叫声响起。他跟着站起来，恨恨地张口，轻咬了一口她的耳垂。夏小沐怕痒，躲闪开去。

敲门声继续，而且敲门的力度几乎是用砸的。

毫无预兆地，廖鸿翔突然放开搂着她的手，让她一屁股跌倒到马桶上。她一边揉着屁股，一边不满地大叫："廖鸿翔，你能不能绅士一点？"

廖鸿翔笑了笑，伸手，胡乱地把她的长发缠绕在手心里，有一搭没一搭地把玩着，掏出电话："蒲大少，过来堵住通道，暂时不要让任何人进洗手间。"

挂了电话，对她挑了挑眉："你和谁一起来的，带我去见见。"看她又坐回马桶上，笑着说，"你还嫌坐马桶没坐过瘾？那你慢慢坐着吧，我可是要先走了。"

夏小沐从马桶上站起来，拉着他不放："你不能去见我的同事。"

廖鸿翔手环到胸前："我为什么不能见你的同事？"

夏小沐看着他，严肃地说："廖先生，你讲点理好不好！我从来不去你公司，从来不跟你同事有任何瓜葛。也请你尊重我，不要干涉我的工作，更不要接近我的同事。"

廖鸿翔看着她很认真的样子，伸出手，摸了摸她的头："女人家大中午的喝什么酒，浑身酒气，像只醉猫似的。"

夏小沐一把拂开他的手："我讨厌别人摸我的头。还有，我没醉。"

廖鸿翔突然凑近她，贼兮兮地笑着说："怕什么，你身上哪里我没摸过，还在乎摸一下头？"

"廖鸿翔！"夏小沐声高八斗地叫起来，满脸涨得通红。

廖鸿翔直起腰，"但是你得答应我，过几天和我一起回我父母家。"

"廖先生，我还没做好心理准备，你总得给我点时间。"

"丑媳妇总要见公婆的。"

"喂，你给我说清楚，谁是丑媳妇？"夏小沐追着跑了出去，才刚跑几步，看见给他们通风报信把守的蒲箫遥，脸上火烧似的，只得硬着头皮走过去，故作轻松地说，"Hi，箫遥，你也来啦！"

"我要是不来，你老公还不得杀了我？"蒲箫遥不怀好意地，故意暧昧地笑了两声。

"去吧。别忘了我刚跟你说的事。"廖鸿翔轻轻地拍了下她的背，把她推到另一边。

夏小沐找到她和肖雯雯的那个房间，一把拉开隔扇移门，一头钻了进去。

蒲箫遥看着廖鸿翔："你们俩可真行，在家里腻歪还不算，居然都腻歪到吃饭谈生意的地方来了。"

"夫妻间的事，说了你小子也不懂，反正你目前是光棍一条。"廖鸿翔轻蔑地瞥了他一眼，转身往包间走去。

蒲箫遥不满："喂喂！廖鸿翔，你给我说清楚，谁是光棍？我身边可是美女如云，一点也不输给你。"

廖鸿翔突然转身："对了，你趁早还是和那个什么金秋的赶紧了断了，别再给我添乱。"

"我什么时候给你添乱了？"

廖鸿翔抚了抚额，一脸困惑地说："我老婆不同意你们俩好，最近天天吵着闹着要我说服你放过那个金秋，你的个人私事已经严重影响到我的家庭生活了。"

"哟，你老婆还会跟你闹啊？你们俩什么时候变得这么好了？"蒲箫遥一脸不相信。

"说了你还别不信，女人维护起闺密来，什么招都使得出来。"其实夏小沐也就跟他提过一次，可他却鬼使神差地给牢牢记住了，他有些不耐烦地说，"我老婆觉得你是花花公子，这辈子都不会对女人付出真心，她不想她的闺密在你这里受伤吃亏。你趁早给我了断，别再祸害人家姑娘。"

"你老婆最应该管的是你这个花心男。不过，你老婆还真不是一般的女人，要说一般的女人，都做不到她这个程度。"

"哦？"廖鸿翔示意他继续说下去。

蒲箫遥掏出一根烟，递给廖鸿翔，也给自己点上一根："你看看你这些年，天天上八卦新闻，绯闻一个接着一个，可是据我所知，这些年你老婆都从来没有因为这些事跟你吵闹过，甚至提都没在你跟前提起过。一般的女人，还真的没有她这么大的度量，即使是忍气吞声，忍得了一时，也绝对忍不了五年那么久。你说，她能是一般的女人？"

廖鸿翔吐出一个烟圈，看着那些烟慢慢散去，脸上有隐忍的表情，悠悠地说："家有这么一贤妻，那是我的福气。你就羡慕去吧。"

蒲箫遥给了他一拳："这些年你不断在外面拈花惹草，不就是为了引起她的注意，让她在乎你，甚至想要让她跟你闹吗？可是，她从来不管你也不跟你闹，说实话，哥们儿心里是不是特别憋屈？"

廖鸿翔怒了："滚一边去！"

夏小沐进去的时候，肖雯雯已经把剩下的清酒全喝光了，双颊通红，已经醉了。她暗暗松了口气，不然以肖雯雯古灵精怪的性子，看见她这么长时间才进来，不仔细拷问她一番是不会善罢甘休的。刚拿起筷子准备继续吃，肖雯雯就伸手过来一把抢走她的筷子，半眯着眼睛，霸道地说："不准你忽视我的存在！"

她抢回筷子，一边吃一边说："肖大记者，我哪敢忽视你的存在。我还没吃饱，酒都被你喝光了，你先让我吃饱了再说。"

肖雯雯傻笑着说："嘿嘿，是啊，酒都让我给喝光了。不过，我还没醉呢，我还要喝。服务员儿——"那儿化音说得那叫一个字正腔圆。

夏小沐拍了她一把："肖雯雯，你够了！你以为一个女的喝醉了撒酒疯很光荣啊，你要是再闹，我可不管你了。"

正发愁怎么把肖雯雯弄出去，隔扇移门被打开，廖鸿翔走了进来。

夏小沐一脸不悦地盯着他："你来干什么？"

廖鸿翔不理她，笑着和已经醉了的肖雯雯打招呼。

夏小沐瞪了他一眼："别闹了，她已经喝醉了。"

肖雯雯睁大眼睛，突然就扑了上去："哇！我没看花眼吧？你真的是廖鸿翔耶！小沐，快掐掐我，我不是在做梦吧？"说完，双手开始不安分地在廖鸿翔身上乱摸。

夏小沐一把拉过她，狠狠拍了她一下："你喝醉了！"

肖雯雯嘟哝了一声"原来是在做梦"，双眼一闭，晕了过去。

夏小沐看着完全没有知觉的肖雯雯，对廖鸿翔说："我去结账，你先帮我照看一下她，我马上回来。"

"账我会结。我帮你把她弄到车上去。"

"不用了，我有钱结账。"

廖鸿翔皱起眉头："夏小沐，有你老公在，你还抢着付账，你白痴吗？"

夏小沐想了想，说："好吧，那你待会儿记得帮我结账。人我自己弄出去，我可不想明天上娱乐版头条。"她最近想起娱乐新闻就头疼。

"你喝了酒，还能不能开车？"

"放心，即使刚才已经醉了，经过在洗手间……那么一折腾，现在全醒了。"夏小沐脸上悻悻地，把两人的手袋挂到一只手臂上，伸手拍了拍肖雯雯，"快点醒醒！台长来了！"

肖雯雯一个激灵爬起来，嘴里喊着："台长在哪里？台长在哪里？"

廖鸿翔在旁边笑得眉眼都弯了。

夏小沐不理他，趁肖雯雯还有点意识，拖着她赶紧往外走去。

Part 6　那一巴掌

晚上下了节目，夏小沐将车开到南湖，在湖堤上坐了很久。湖面波光粼粼，远处昏黄的灯光倒映在水面，形成光怪陆离的影像。夜风阵阵袭来，夹杂着冰冻的寒气，吹得脸生疼。

曾经雷俊宇带着心情不好的她，来到南湖边坐了整整一夜。他跟她说，一辈子相亲相爱，不离不弃。

她以为他早已把她给忘了，可是他却说，他还爱着她。那么五年前在她最需要他的时候，他为什么又要突然放手？她还来不及整理好思绪，还来不及问，他就躺到了医院里，至今昏迷不醒。夏小沐脑海里突然蹦出一个念头，返回车里，发动车子掉头往医院开去。

她要让他醒过来，然后问问他，当初为什么用一个电话就埋葬了这段感情。

夜已深，医院里特别安静。空荡荡的楼道里有清凉的风穿堂而过，有萧瑟的味道。夏小沐放慢脚步，走向病房门口。

房间除了躺在床上的雷俊宇，并无其他人。白色的纱布依然裹着他的身体，身上插满了管子，看不清脸上的表情，他静静地躺在床上，并不知道门口那个怀着复杂不安的心情望着他的她，脸上写满心疼和哀伤。

徐安妮打开水回来，远远地看见夏小沐站在雷俊宇的病房门前，从玻璃窗框往里看，长发披散在脸上，看不清表情。她就那样静静地站着，身影被灯光拉长，投射到墙壁上，有些落寞，放映着她无助的挣扎。

突然，她放在门把上的那只手，无声滑落，转过身，静静地离去。

楼道里，冷风依旧席卷着。

回到翠园，她站在芭蕉树的阴影里，看着来自徐安妮的短信："小沐，既然来了为什么不进去？"

她手指翻飞，在手机键盘上敲下一句话："我害怕有所牵挂，因为我根本放不下。"

短息再次响起："有时候，我们明明已经原谅了那个人，却还是没有办法真正快乐起来。知道这是为什么吗？"

夏小沐耐心地敲下一个问号，摁下发送键。

当手机短信声再次响起的时候，一行字出现在手机屏幕上。

徐安妮说："那是因为，你忘了原谅你自己。"

夏小沐没有再迟疑，写了一行字立刻发送了过去。她说："如果我原谅了他，我注定无法原谅那个原谅他的自己。"

她知道徐安妮不会再发过来了，把手机重新丢进手袋里，往屋里走去。屋里还亮着灯，吴妈肯定还在等着她回家。作为一个结了婚的女人，每天晚上在灯下等着自己的不是丈夫，而是家里的佣人。

无数个平常得不能再平常的日子，都是这么过来的。可是此刻，夏小沐突然在心里问自己：这种日子还要过多久？

正要伸手按密码，吴妈似乎早知道她要进来，从里面为她打开了门，笑着说："夏小姐，家里来客人了，一直在等您。"

夏小沐愣了一下："吴妈，你确定是找我，不是找廖先生？"

吴妈很肯定地说："是的，夏小姐，她说她要找的是您。"

看到从沙发上站起来，穿着一身华贵的貂皮大衣的汪子菲，夏小沐有些怀疑自己走错了。

汪子菲首先打招呼："夏小姐，我们又见面了。"

夏小沐不客气地问："汪小姐有何贵干？"

"我大半夜的来找你，自然是有事情。至于是些什么事情，那就要坐下来听我慢慢跟你讲了。"汪子菲说完，坐回沙发上。

夏小沐并不打算走过去，也想不出她们之间有什么事情需要坐下来谈："汪小姐，很晚了，你请回吧。"

汪子菲那张画着精致妆容的脸上，露出无懈可击的笑容："夏小姐，你对我会不会太失礼了？我大晚上的坐在这里等了你这么久，你却一回来就要赶我走？这难道就是你们女主播的待客之道？"

夏小沐有些怒了，她不喜欢别人当着她的面对主播这个行业有任何异议："吴妈，送客！"这个女人，不在医院陪男朋友也就算了，大半夜的居然能跑到这里来存心让她不自在。

汪子菲不冷不热地说："夏小姐，我跟鸿翔认识的时间，比你认识他的时间要长。我跟他的关系，我想，你应该很感兴趣，不如，坐下来听我细细说给你听啊！"

夏小沐转身走过来。

汪子菲以为她愿意听她说，眼角眉梢全是得意扬扬的笑。

夏小沐在沙发前一秒钟都没有停留，直接走到电话机旁，拿起电话拨了一串号码："廖总，请你立刻回家，把你的第 N 任前女友带走。"说完也不等他有所反应，"啪"一声挂断。

汪子菲没想到她会来这么一手，笑意弥漫的脸，瞬间有些挂不住了。

电话那边的廖鸿翔，感觉她说话的声音虽然和平时没什么两样，依旧是淡淡的没什么感情色彩，可他还是从她对他的称呼听出了她的怒意，被挂断电话后，匆匆往翠园赶来。他外面的女人，一向对他言听计从，安分守己，不会做出这种忤逆他的事。

她口里的女人又会是谁？

汪子菲端起茶水抿了一口："夏小姐，你知不知道现在的男人，特别是像鸿翔这样的成功男士，都更喜欢外面的女人。因为那些女人更懂得男人真正需要的是什么，更懂得生活情趣，所以，也更得男人的欢心。"

夏小沐不咸不淡地扔给她一句："你也包括在那类女人里吧！"

汪子菲咬了咬牙，冷笑着说："难道你就不担心有一天他假戏真做，把你给休了？"

"我夏小沐从来就不是个只会依附男人的寄生虫。至于我先生外面的那些女人，无非是为了他的钱财，我从来不担心她们登门示威。既然他有赚钱的能力，他的钱他愿意怎么花、花在谁身上，是他的自由。"

见完全戳不到她的痛处，汪子菲继续说："夏小姐，你知道当初为什么鸿翔会那么快娶你吗？因为当时，我离开了他。他娶你，是为了报复我。"

夏小沐眼睛盯着电视，可是汪子菲的话，一字不漏地全听进她的耳里。当时和他结婚，并不是因为爱情，他不是，她亦不是。可是，当这个事实从第三者口里说出来，还是觉得很难堪，心里有些浅浅的抽痛。可她面上依旧是淡淡的，看不出表情有什么变化。

"还记得宴会那晚我说的话吗？我说，我们以后一定会经常见面。现在你明白我说的是什么意思了吧？我们四个人，此生，注定纠缠不清。"

夏小沐实在忍不住了："汪子菲，谁没当过别人的前任，既然是前任，就应该有前任的样子。此刻你的未婚夫还躺在医院里，你大半夜跑来我家找我的麻烦，有意思吗？"

"夏小沐，是你让俊宇出事的，既然我心里不痛快，我也绝对不会让你好过。"汪子菲脸上的笑容瞬间消失，终于露出了凶狠的表情。

夏小沐觉得她实在是不可理喻。把电视声音开到最大，不再理她。汪子菲只能坐在沙发上瞪着她，不再说话。夏小沐并不介意她盯着她看，专心看电视。

廖鸿翔是一路狂飙回来的。他进屋，没有看到想象中剑拔弩张的场面，却看见两个女人坐在沙发的两个角落，电视声音几乎响彻屋顶。

夏小沐怕看见他的表情和反应会令自己失望，并没有抬眼看他，视线仍然停留在电视屏幕上，并配合着电视画面适时地露出浅浅笑窝。

廖鸿翔看她一副事不关己，高高挂起的冷淡反应，皱了皱眉，什么话也没说，走到沙发前："子菲，太晚了，我先送你回去。"说完，拉起汪子菲就要往外走去。

"我爸看见你送我回去，肯定不会说我了。"汪子菲终于从沙发上站起来，对着夏小沐亲热地摆摆手，"夏小姐，走了啊，改天再见。"

夏小沐眉眼都没抬一下，不咸不淡地说："你需要见的是心理医生。"

汪子菲不以为意地说："既然我是笑着和你说再见，那我们就一定还会再见。"

"汪小姐，别和自己过不去。"夏小沐目光仍旧停留在热闹纷呈的电视画面上，又不紧不慢地加了一句，"极端不可取。"

廖鸿翔拉着还想说点什么的汪子菲，快速走出大厅。整个过程，他没有跟夏小沐说点什么，甚至都没有看她第二眼。

中午还跟她躲在男洗手间卿卿我我的男人，此刻却冷酷无情，视她如空气。没有给她一句合理的解释，若无其事拉着闹到家里来的女人离去。

听着车子绝尘离去的声音，她保持着同一个姿势坐在沙发上，从电视上移回视线，盯着绣着彩色花朵的桌布，心一寸一寸地变凉，凉到麻木，变成了一个硬块。

毫无预兆地，夏小沐突然就想起曾看到过的一句话：一人花开，一人花落，这些年从头到尾，无人问询。

就像五年里无数次因为工作压力睡不着觉的夜晚，就像无数次生病时自己一个人硬挺着那样，她挺着僵硬的脖颈儿，干涩的眼里，流不出一滴眼泪。

吴妈走过来收拾茶杯的时候，顺便说："今天下午，夫人来电话了，叫你和廖先生有空就回去廖家老宅。"

夏小沐好半天才反应过来吴妈口中的夫人是指自己的婆婆，心情复杂起来，闭着眼，揉了揉眉心。应了一声，又陷入了自己的思绪里。

从民政局出来的那一天开始，她便不再奢望世人传说中美好的爱情，她也不指望她的丈夫有一天会爱上她。原本以为可以一直这么平平淡淡地过下去，可事情总不如想象中那么顺利，最近接连发生的事情，让她觉得生活已经发生了某些变化。

关掉电视，整幢房子都陷入了安静，安静得让人窒息。她迈着极轻的步子，生怕惊扰了静夜一般，慢慢地走上楼梯。

洗完澡从浴室出来，拿着吹风机吹头发，吹到一半，吹风机停止工作的瞬间，头顶的灯光也悄然熄灭了，屋子陷入了一片黑暗。她本是不怕黑的，可是一直想着心事，突如其来的黑暗令她产生了一阵莫名的恐慌，撒腿往门外跑去。还没迈出房门，就撞上一堵结实的人墙。

廖鸿翔伸手扶正她："你也会怕黑？"

她迅速整理好心头的凌乱感："没有。我想去看看是不是保险丝出了问题。"

"女人就要有女人样，不要事事逞强，修保险丝这种事是你应该干的？"头顶响起他不冷不热的声音。

站直身体，拉开与他的距离，她说："我只是看看，不一定会修。"

"今天太晚了，先睡觉。明天再打电话找物业。"说完，廖鸿翔拉着她往另一边的主卧室走去。

夏小沐挣扎了一下："我习惯睡客房，换床会睡不着。"

他冷冷地说："我习惯两个人睡，一个人睡不着。"

他不回家的无数个夜晚，是谁躺在他身侧，让他安心入眠？

在黑暗中，她敛了敛表情，忽略掉心口的疼痛感，转身往客房里走去："那就睡客房吧。"

廖鸿翔并没有跟进来，夏小沐以为他去主卧室睡了，没有多想，关上门，侧身躺到床上，用被窝把自己裹成一团。刚闭上眼，房门被推开，他走了进来。她睁开眼，眼前仍然是一片不太适应的黑，只有窗外透进来的若有若无的丝丝光点。浴室的门被打开，花洒响起水流声，他在洗澡。

她想了想，往左边挪了挪，他一向只喜欢睡在右边，偏执到非右边不可的地步。在这些无关原则的小事情上，她习惯了迁就。

他走出浴室，在床前站了会儿，双眼终于适应了屋内的黑暗，见她整个人蜷缩到左边，一副要与他楚河汉界划分清楚的样子，伸出手臂，轻轻一捞，把她从床上捞起来。

陷入迷糊睡意里的夏小沐被他这一捞，睡意跑了一半："拜托你有点时间观念，少说也已经是凌晨两点多了，别闹了，行吗？"

廖鸿翔也不知道为什么要把她弄起来，只觉得心里极度不爽，可是也不好发作，手摸到她的头发，理直气壮地说："你头发还是湿的，不擦干就睡，难道你不知道醒来会头疼？"

夏小沐任由他拉着："刚才吹到一半就停电了。不过差不多也要干了，我很困，先睡了。"

"不行。"廖鸿翔拉住她，"你坐好，我用毛巾帮你擦。"

"不用了，你把你自己的擦干就行。我真的很困，不想动。"他居然要帮她擦头发？夏小沐怀疑听错了。

廖鸿翔感觉到她软绵绵的，把她拉到怀里靠好，撩起她半干的长发开始擦拭。夏小沐靠在他怀里，头发被弄来弄去，睡意全无，干脆睁着眼睛，任由他摆弄头发。

半晌，她说："你劝过蒲箫遥了没有？"

廖鸿翔停下擦头发的手："怎么别人家的事你就这么上心？"

夏小沐纠正他："阿秋是我的好朋友，不是别人。蒲箫遥是你的哥们儿，你也不能不管。"

他不悦的声音响起："我管不了。我一个大老爷们儿凭什么要去管人家谈情说爱！"

"……这又不算什么丢人现眼的事，反正我一定要管。"

廖鸿翔听她那么维护闺密，心中大为不爽："夏小沐，你成心让我不痛快是不是？"

夏小沐感受到他的怒气，这时候不想跟他吵，伸手拉了拉他的睡衣袖子："深更半夜发什么火？好，我知道你不愿意干这事，我以后不说了。擦得差不多了，谢谢，赶紧睡吧。"说完，从他的怀里挪到床上躺下。

就在夏小沐快要睡着的时候，听到他说："放心，汪子菲以后不会再到家里来捣乱了。"

夏小沐迷迷糊糊地"嗯"了一声，又补充了一句："没事。"

廖鸿翔再一次将夏小沐从床上拖起来，力度比刚才重了很多。

夏小沐被惊到了，再加上接连被他从床上拖起来，不禁鬼火："廖鸿翔，你又发什么疯？我早就跟你说过，你要找碴儿要显示你的威风，就去找你的情人们去，不要回家来无理取闹！"

"夏小沐，我在跟你解释今晚的事以后不会再发生，你就这态度？"

"我什么态度啊！我不是回答你，说我知道了吗？你还要我怎么样？"

夏小沐很无语。

"你觉得你是一个合格的妻子吗？你有真正关心过我吗？"

夏小沐觉得他突然变得和汪子菲一样不可理喻，不想和他待在同一张床上，一下子掀开被子站起来："廖鸿翔，你太过分了！自称是你以前第几任女朋友的女人深更半夜闹上门来，跟我说些莫名其妙的话，存心不让我好过不让我睡觉，这些我都忍了，你还要我怎么样？"

"如果是正常的女人，至少应该问问那个女人和我是什么关系，你从头到尾问过我一句吗？"

夏小沐气不打一处来："廖鸿翔，什么叫作正常的女人？你的意思是如果你的情人都闹上门来，我就不用上班不用吃饭不用睡觉，必须得一个一个应对，然后详细地盘问你，吃她们的醋，甚至因为那些女人跟你大吵大闹，做一个心眼儿比针尖小吃不下饭睡不着觉整天缠着你不放，跟在你屁股后面吵来闹去，才算是正常的女人？廖鸿翔，你是这个意思吗？！"

"你为什么不闹？"

"廖鸿翔，我干不出这种事情。如果你要找的妻子是这样一个歇斯底里不可理喻的女人，五年前你就不该跟我领结婚证。"夏小沐真的快要疯了。

廖鸿翔站起来走到她面前，居高临下地看着她。虽然屋内没有灯光，可是夏小沐感觉眼前的廖鸿翔像一只发出危险信号的凶猛动物，压迫感立刻扑面而来。她本能地往后退了两步，才勉强镇住脚步。

廖鸿翔用能把人冰冻起来的声音说："对啊，你确实干不出这种事。工作中的你，只要像观音或圣母那样立在那里，身边就能升起伟大的光圈。生活上的你，就像《乱世佳人》里面的梅兰妮，明明知道老公和斯佳丽偷情，也可以勇敢地站出来把原本一团糟的局面打扫得干干净净不留一丝尘土，把尴尬留给自己，把面子交给老公和情敌。你的大度，无人能比！"

"廖鸿翔，你闹够了没有？"

他冷哼："这些年你的虚伪，我从头看到尾。"

夏小沐咬牙切齿："廖鸿翔，你知道你现在像什么吗？我想你肯定不知道，我告诉你，你就像一个不成熟的小男人，唠叨，抱怨，自私霸道，心胸狭窄，斤斤计较，乾纲不振，性格偏激，爱找碴儿，你就是一个货真价实的小男人。"

"啪！"廖鸿翔扬起手，一巴掌落到夏小沐的左脸颊，清脆的声音在两人同时安静下来的空间里，响得触目惊心。

空气凝固了。

黑暗中，他的目光一颤，表情的扭曲显示了他内心的犹豫、挣扎和不忍。

夏小沐抚着脸，脸是疼的，心里更是疼的。

她无声无息地越过廖鸿翔，静静地走到门口，打开门，看见吴妈站在门口："吴妈，你怎么还没睡？"

"我就是上来告诉你们一声，停电了。夏小姐，你没事吧？"吴妈再笨，也听出了她声音里的异样，略微沙哑，有些无力。

"我没事。吴妈，你快去睡吧。"顿了顿，又说，"还有，明天早上不用给我准备早餐了。"

"夏小姐，你要做什么就跟我说吧，我来弄。现在到处黑漆漆的，要是磕到碰到哪里就不好了。"吴妈见夏小沐要往楼下走去，赶紧跟上前去。

"我想喝杯水。"

吴妈赶紧说："你待在楼上，我下去给你端上来。"

"不用了，吴妈，我自己去厨房，你先去睡吧。"

"夏小姐，那你等等，我去点根蜡烛上来照着你下去。"

"吴妈，我说了不用。你就不用管了。好吗？"夏小沐有些不耐烦了，此刻她不想多说话。

吴妈还是紧紧地跟在她的身后，生怕她跌倒似的，紧紧盯着她的一举一动。夏小沐不小心绊了一下，吴妈眼明手快在黑暗中一把拉住了她。夏小沐没担心真的会摔倒，倒是被吴妈的紧张给吓了一下。

到了楼下，她站住："吴妈，我知道你是关心我。可是，我现在只是想一个人喝杯水，我也不想多说话，所以，我拜托你赶紧去睡觉，别再跟着我了。"

"好的，夏小姐。"吴妈说完，看着她走进厨房，再没有跟上去。

夏小沐走进厨房，从橱柜里拿出水晶杯子，倒了满满一大杯冰水。

吴妈举着一根蜡烛走了进来。她端起杯子喝了一大口，立刻感觉咽喉部和肠胃受到冷刺激，表层皮肤也受到刺激迅速收缩，嘴角不由自主地抽了一下，浑身跟着痉挛起来，抖动的身子，似在风中飞舞的落叶，不停地打着旋，就是不愿意停留到地面。可是瞬间，她的神经末梢却为之一震，整个人从里到外都变得无比满足起来。

这种感觉好极了！

她有些兴奋地端起杯子，仰起头继续喝，冰凉的水和喉咙轻微撞击出"咕咚咕咚咕咚"的声音，在安静的厨房里发出异常清晰的寂寞的声响，刺激着她的感官。

吴妈看见夏小沐浑身抽搐，呼吸困难，手脚和脸部同时在抖动，似乎无法控制，一下子慌了神，急得大叫："夏小姐！你怎么啦？夏小姐！你没事吧？"

肌肉因突然的寒冷而兴奋性增高，夏小沐只感觉四肢和头部麻木，突然之间浑身抽筋似的抖动不止，抽得疼。胳膊和腿抽得疼极了，浑身忽冷忽热。双目不自觉上翻，牙关紧闭，面部苍白如薄纸。

吴妈想起廖鸿翔也在家，用颤抖着的声音大叫："廖先生，廖先生，你快下来啊……廖先生……"

正坐在卧室抽闷烟的廖鸿翔听到急切的叫声，三步并作两步往楼下的厨房冲下来，一把抱住正要往地上倒去的夏小沐，拍着她苍白的脸："小沐！小沐！小沐……"

夏小沐感觉全身的肌肉都紧紧缩在一起，意识是清醒的，却动不了。大约两分钟之后，她浑身的痉挛渐渐缓减，背上胸前缩拢的肌肉慢慢松弛。微微睁开眼，看见廖鸿翔的脸近在眼前，她重新闭上了眼睛。

廖鸿翔放下的心又紧绷了起来："小沐，告诉我哪里不舒服？"

夏小沐手脚冰凉，浑身使不上劲，静静地闭着眼，没有说话。

"她刚刚做了什么？"廖鸿翔转头问站在一边不知所措的吴妈。

"她说要下楼来喝杯水，也不让我帮忙，之后我去找了根蜡烛点来，端进来的时候看见她正倒水喝，等我放好蜡烛，就看见她整个人不停地抖动，都不受控制了，我这一着急，就叫你了。"吴妈说完，拿起夏小沐刚刚喝过水的杯子，"看，她刚才就是用这个杯子喝的水。"

廖鸿翔接过杯子，冰凉刺骨，手一抖，杯子脱离他的手心掉到地上，转了个圈，仍然完好无缺。

吴妈捡起杯子，拧着眉头："杯子都冰成这样，刚刚喝下去的水得有多冰啊？而且还大冬天的，夜里温度又低，喝这么冰的水，她这小把身体怎么受得了，不抖才怪。"

廖鸿翔听得心里直打鼓，脸色铁青着，抿着薄薄的唇角。被他甩过一巴掌的左脸，已经高高地肿了起来，他的指印隐约可见。他看着怀里的她，心痛不已。

她这是在用虐待自己的方式，让他为刚才的行为后悔自责吗？

他又气又恼，不住吼起来："夏小沐，连单细胞动物都知道趋利避害，你怎么连单细胞动物都不如？"

他气她没有躲开那一巴掌，恼她用伤害身体的方式无声地抗议。

吴妈在旁边张了张嘴，想说什么又不敢说。

夏小沐张开眼，用力挣扎着从他怀里爬起来，用比身体还冰冷的声音说："不用你管！"

"不用我管？夏小沐，如果你真的不想要我管，就不要在我面前用折磨你自己的方式要死要活地折腾，我不喜欢看人上演苦情戏。"

用手支撑着墙壁站好，她脸若冰霜，无比淡定地说："你放心，我的死活跟你无关。"

看着她倔强而冷漠的样子，廖鸿翔两道浓浓的眉头拧得更紧，心里的火气噌噌上涨，拿起她旁边的杯子，狠狠摔到地上，还不解恨，干脆打开橱柜，拿出盘子、碗、碟子和筷子，恶狠狠地往地上摔去。

吴妈惊叫着想制止，可是又不敢去拉。夏小沐静静地看着他用餐具发泄，一声不吭，更没有制止的意思。

终于摔光了橱柜里的餐具，廖鸿翔似乎还不解气，搬起放调料的台子，恨恨地砸到地上。瓶瓶罐罐破碎的声音尖锐地划破夜空。

夏小沐突然间想起上学的时候，留着长指甲的女老师写黑板字时指甲和黑板摩擦发出的刺耳声。此刻耳边破罐碎裂的声音，听得她心尖直颤抖，感觉汗毛都竖了起来，厌恶极了。她闭着眼睛，强烈地忍受着这种厌恶。

调料从瓶瓶罐罐里泼洒出来，各种香味混杂在一起，散发出来的气味立刻在整个厨房里弥漫开来。明明是异香扑鼻，夏小沐却闻到了些许疯狂和绝望并生的味道。

直到他一把扯过挂在墙上的吊兰，摔到地上，泥土和绿叶的味道混在在调料味里，夏小沐再也忍不住了。她听人说吊兰可以有效地吸收厨房内的有害气体，抽空特意去花鸟市场选了这盆吊兰，这才摆了没几天，就被他毁了。

她淡淡地提醒他："廖鸿翔，如果你还想要点燃这幢房子解气的话，客厅里有打火机。"

"夏小姐，廖先生，你们这是要干什么？干什么呀？"吴妈已经带了哭腔，转身走出厨房，"我得告诉夫人，你们再闹下去真的会出大事的。"

"吴妈！"廖鸿翔发出警告的声音响起，吴妈回过头，看见他清冷的眸子里逼射的寒气，走向电话的脚步转了个方向，去拿打扫的工具。

廖鸿翔头也不回地走了出去。

厨房里，满屋都是锋利而冰冷的碎片，一地狼藉，满目疮痍。

廖鸿翔开车离开了。

夏小沐收拾着狼藉的厨房，头发是乱的，喉咙是哑的，眼睛里充着血。虽然夜仍是安静的，但她的心是惶悚的。

她感觉到，婚姻的绳索似乎越来越紧。

清晨，闹钟一响，夏小沐就起床了。

镜子里，黑黑的眼袋，肿胀的左脸，凌乱的长发和略显苍白的面庞，让她想起凌晨发生过的一切。历历在目的画面，令她的心口堵了起来。

她甩了甩头，洗了把脸，换了身保温性极强的衣服。今天是母亲的祭日，她要去墓地，看窗外阴沉沉的天，应该会很冷。

她开车去那家每年都会光顾一次的花店，挑了一大束俗称彼岸花的曼珠沙华，然后去 A 大接小涛。

车子被堵到绿洲大酒店门前。不偏不倚地，她望向窗外的目光落到了刚好走出酒店旋转门的一对男女身上。女的笑靥如花，挽住男人的臂弯，两人肩并肩侧头亲密交谈着。一辆豪华商务轿车停在他们面前。两人停下来说着什么，不时笑笑，依依不舍地道别，女人的目光一直停留在已经驶离的车子上。

已经看到过廖鸿翔和其他女人出入酒店的无数绯闻八卦，夏小沐自认为已经百孔不入。可是她怎么也没想到，亲眼看到和从报纸上看到，竟是截然不同的两种心情。

她趴在方向盘上，心里有说不出的郁结，丝丝缠绕，心如刀割。

偏偏也就是那么巧，廖鸿翔一转过头，就看见那辆熟悉的车拐进了另一条路。她是不是看到了他和徐露走出酒店的那一幕？俊挺的眉头渐渐地扭到一起，阴着一张脸，让人不敢看。过了一会儿，拿起手机准备拨号的手又放了下去，皱着的眉头也慢慢地松开。脸上，居然露出一抹似笑非笑、亦邪亦正的笑容。

在母亲的墓前，夏小沐哭一会儿，说一会儿，然后接着哭，又接着说。视线越来越模糊，声音越来越沙哑。

廖鸿翔是接到小涛的电话之后，才赶到墓园来的。他到的时候，看见夏小沐蜷缩在墓碑前，已经哭成了泪人，瘦小的身子瑟瑟发抖。他从没见过她这么脆弱不堪的一面。看着哭得泣不成声的她，心像是被钝刀来回割着，一刀又一刀，刀刀疼痛。

这个女人，一直以来总是淡漠地对待着他，以及跟他有关的一切是非。她是电视上那个知性稳重的女主播，也是在家里经常耐着性子忍受他无故找碴儿的温顺女人。他以为她的内心是强大的，以为她的世界不需要太多的关心和温情。他从来没有试图走进过她的世界，他甚至没有为她做过什么。

此刻，看着哭得肝肠寸断的她，他才意识到，除去身上那层耀眼的光环，她和任何一个普通女人一样，也需要呵护，需要温暖。而这个女人不是别人，她是自己的妻子。想到这些，他有些自责和懊恼，心疼不已。轻轻地走过去，脱下身上的大衣给她披上，帮她理了理凌乱的长发，轻轻地吻在她的额头。然后站起来，对着墓碑鞠躬："妈，您放心，我会好好照顾小沐的。"

夏小沐坐在一边，慢慢回过神来，眼神终于有了焦距。看见是他，下意识转过头，一把扯下他披在她身上的大衣，丢到地上。然后从地上站起来，没有看他一眼，没有跟他说一句话，迈着又轻又软的脚步，越过一排排的墓碑，穿过南洋杉招展的碎影，一步步离去。

她静静走远，单薄的背影里透露的沉默，似无声的尖叫，声声刺痛着他。

南城市中心，翔飞大厦顶楼。

翔飞集团总裁办公室，一整天都气氛紧张。进进出出的公司高层在进门前，都不由得深吸一口气。走出来之后，又都呼出一口气，脸上的表情清一色都很沉重。于是，全公司的人都知道，今天大 boss 的心情糟透了，听说动不动就大发雷霆，连他的贴身助理李伟未能幸免。

直到下午，翔飞集团紧张的气氛才缓减下来，同事们竞相疯传一件事：他们高高在上的廖总突然吩咐李伟去购买电视机。整个公司的花痴女员工开始猜廖总买电视机的目的，有的说是为了看公司股市，有的说为了看财经新闻，有的说是为了看电视购物频道为女朋友挑礼物，有的说是为了关注他最近拍拖的女星徐露为某大品牌做时尚代言活动的直播……

晚上七点半，《今日南城》直播正式开始，廖鸿翔准时打开电视。

李伟把这一切都看在眼里，不动声色地说："廖总，要把今天晚上的慈善晚会取消吗？"

廖鸿翔不假思索就说："不用，她大概11点以后才能下班。我去晚会露个面，把该做的环节完成，就可以走了。"说完，才意识到刚说的话暴露了他内心的一些东西，不自然地咳嗽了一下。

电视里的夏小沐还是那个一直以来神采奕奕、笑容明媚的亲切女主播，一条接着一条的新闻稿在她口中行云流水般顺畅平稳，语速和感情拿捏得很到位。虽然妆化得无懈可击，只是灯光打上去，眼睛周围还是能看出一圈眼袋，左脸还有一些浮肿。泰然自若的神情，也隐藏不住眉宇间浮现的那一丝丝疲惫。

相信很多人并没有看出来她的异样，除了廖鸿翔。

看着她沉稳的动作，稳重的声音，富有节奏感的速度，驾轻就熟地把语速的调节与事件内容的深浅相结合，看着完全没有浮躁感的稳重美，他的嘴角不自觉上扬了起来。

她这一无懈可击的形象，是他所不熟知的另一面。

夏小沐下了直播台，刚走进电梯，短信铃声响起。她打开一看，廖鸿翔发的：怎么不接电话？你还在电视台吗？

夏小沐没理，正想把手机丢回包里，发现有五个未接电话，都是廖鸿翔打的。她有点莫名其妙的感觉，仍把手机丢回包里，没回电话，也没回短信。

他一向是霸道的，只要有事都是直接射一个电话过来，三两句交代清楚便挂断，从来不会发短信。刚结婚那一年，她偶尔会发短信问他一些事情，他却嫌她啰唆，说她不会节约时间。在他的观念里，发短信是一件挺浪费时间的事情。

所以后来，她不再给他发短信了。和他一样，有什么事，也是一个电话解决，只是如果他一遍不接，她还是会接着打第二遍、第三遍，甚至第四遍。倒不是要查他的行踪，只是有急事而已。如果没有什么特别紧急的事情，她自己能够解决的话，她一般也不会给他打电话。

他的霸道还体现在如果他打电话给她的时候，刚好她有事没接或者没听见电话响，那么他绝不会再打第二次，等着她回去。如果她不回复，他也不会再打。可是像今天这样她接连不接电话，他还接连打了五次，而且还追加了一条短信的状况，还真是第一次。

走出办公大楼，夏小沐正打电话问赵金秋想吃点什么消夜，眼角就瞟到了熟悉的车牌，她脚步一顿，赶紧跟赵金秋说："阿秋，我突然有事，不过去找你了，改天再跟你一起吃消夜。"

夏小沐握着电话，正准备朝着廖鸿翔的车走过去，却在下一秒，停住了脚步。

不远处，任曼娇摆着腰肢，笑嘻嘻地上了廖鸿翔的车。

夏小沐不自觉地退回到香樟树浓密的树影里，看着豪华耀眼的黄色法拉利消失在滚滚车流里。

此刻载着任曼娇的廖鸿翔，并不知道夏小沐目睹了这一幕香车载美人。他匆匆从慈善晚会出来，开着车直奔电视台，是打算来接夏小沐下班的，可是打了五通电话，她都没接，发短信也没反应。他把车开到电视台不远处，走出车来，拿起电话准备再次给夏小沐打电话，任曼娇就出现了，他只是礼貌性地打招呼，可是她却缠着他不放。从电视台出来的人越来越多，任曼娇也算有点名气，聚集在他们身上的目光越来越多，廖鸿翔不想惹麻烦，只得载着她迅速离去。

夏小沐站了几分钟，感觉心口憋着一口气，就是上不来，不禁窝火。打了辆车，也没说要去哪儿。直到司机问，她才说："酒吧街。"

第二天醒来，夏小沐发现自己躺在赵金秋的大床上。头疼得厉害，胃里难受得要命，嘴唇都干裂了，舔了两下，完全不管用。

赵金秋推开门，给她端来一杯淡淡的盐水和一碗热气腾腾的粥。看她很享受地喝完粥，递给她水，问："你和慕容朝阳发展到哪一步了？"

"发展什么？"夏小沐接过杯子，揉了揉心口，感觉喝了一碗粥下去，整个人都舒服多了。

"他对你可好了。你吐了他一身，他不但不生气，还亲自开车把你送回来，用一只手驾驶，另一只手被你当作枕头睡觉，动也不敢动，压得麻痹了也不动。"赵金秋闪了闪那双漂亮的大眼睛。

是他送回来的？真的是没有印象啊……

她奇怪地问："他怎么把我送到你这儿来了？"

赵金秋没好气地说："我打你电话，是他接的，他说你喝醉了，他向我问了地址，然后就把你送来了。"

"……阿秋，雷俊宇出车祸了，现在还躺在医院里，昏迷不醒……"夏小沐想了想，还是说了。

赵金秋大叫："不是吧？你不要告诉我，你昨晚喝醉了是因为他？"

"是，也不全是。"

"哪个女孩在年轻的时候没有错爱过几个王八蛋，过去的就不说了……现在我觉得你最要紧的事情，就是把心思放在慕容朝阳身上，那么好的男人放跑了总有你后悔的一天。"

夏小沐想了一下，觉得是时候应该告诉她自己已经结婚的事实了："你想让我犯重婚罪？"

"重婚罪？"赵金秋高分贝的声音立刻响彻整个房间。

夏小沐慢条斯理地讲述了这几年经历过的事情。

从赵金秋家出来，夏小沐直接去了电视台。晚上刚下了节目，就接到徐安妮的电话，夏小沐知道她要说什么，还是耐心地听完了她的话。挂了电话，开着车在南城兜了一圈，还是去了医院。

不过才两天的时间，雷俊宇的父母就又苍老了许多，他们本该是安享晚年的年纪，却因为儿子发生意外，平添了这么多的烦恼和忧愁。夏小沐看了，不禁心酸，险些掉下泪来。

徐安妮说："你进去吧，他一直在等你。"

"一直在等着你"这六个字，一直回荡在夏小沐的耳畔，每往病房里走一步，她的心里就被硌得生疼一下，眼眶酸涨起来，泛起微微的湿意。

她迈着极轻的步子走过去，把手里的康乃馨插到花瓶里，站在床前看着雷俊宇。

这张曾经让她魂牵梦绕的面孔，依旧那么英俊逼人。曾经的岁月里，她喜欢他的脸庞，喜欢他的眼神，喜欢他身上的味道……喜欢他的所有。

静静地看着他，让她原本渐渐平淡的爱意，在心底被无端唤起。

站了一会儿，她终于慢慢地在椅子上坐下来，心狠狠地痛着。

"雷俊宇，你知不知道这两天，你父母因为你苍老了许多，他们那么迫切地希望你好起来，你却赖在床上不声不响，不吃不喝，让他们为你吃不下睡不着，为你操碎了心，这是一个儿子应该对父母做的吗？雷俊宇，你就不觉得惭愧吗？"

没有应答。只剩一片沉默。

"雷俊宇，五年前，你用一个电话结束了我们之间发生过的一切，我还来不及找到你，你就出国了。你都不肯给我一个当面问清楚的机会，你知不知道你有多么残忍？你知不知道那段时间我是怎么熬过来的？"眼里的湿润蒙住了她的视线，她伸出手，覆到他的手背上，"你对我做了那么残忍的事，没有告别就离开了我，你欠我一个解释，你知道吗？"

　　回答她的还是沉默，以及一室的空气。

　　她坐不住了，站起来，凑近他："俊宇，你记得那天晚上你说过的话吗？你说，你还爱着我。可是，我不要轻描淡写的关怀，不要被误会了之后理解的眼神，我也不要让我心力交瘁、伤透了心的爱，你懂吗？俊宇，如果你还爱着我，那你就醒过来……醒过来，用你的实际行动，证明你有多爱我……"

　　还是沉默。他还是静静地躺在床上，就像没有了生命迹象，没有了对这个世界一丝一毫的留恋和不舍。

　　夏小沐彻底崩溃了："雷俊宇，难道就因为我说了些伤害你的话，你就用死亡来威胁我吗？雷俊宇，你不要以为我会内疚，比起你当年对我做过的事，我这点程度太轻了，比起你的残忍和自私，我对你做的简直就是小儿科。你以为你很无辜很委屈很受伤吗？雷俊宇，你是个懦夫！懦夫！懦夫！"

　　雷俊宇的父母和徐安妮听见夏小沐的吼声，都冲了进来。徐安妮扶着肝肠寸断的夏小沐，安慰着："小沐，别担心，俊宇会好起来的，一定会好起来的。"

　　雷俊宇的母亲红肿着双眼，把夏小沐推开："夏小姐，就算俊宇曾经对不起你伤害了你，可他现在都成这样了，你也不能落井下石！你如果不是真心来看他，请立刻离开！"

　　夏小沐没有理会对她的责备，冲回到床边："雷俊宇，你就是个懦夫！你就是个逃兵！你就是个胆小鬼！你给我记好了，你欠我的，这辈子你必须还清！"

　　说完，不理会身后雷母的斥责和徐安妮的叫喊，冲出了病房。

　　奔跑中，眼泪就那么大滴大滴落下，无声无息，最后风干在冰冷的夜色里。

Part 7　我要离婚

回到翠园，夏小沐在前庭玉兰树下的座椅坐下，随手将包丢到一边，浑身绵软无力。

这两天，她流了太多的眼泪。已经哭不动了。

不知道坐了多久，草木上似乎都结了一层薄薄的霜，越发冷得承受不住，她才想起自己正坐在室外。挣扎着想要站起来，但双腿已麻木，几乎失去了知觉。用手揉了揉，让双腿热乎起来一点，才有力气站起来。

不远处有车灯亮起，车声越来越近。她知道，他回来了。她愣在椅子上，不知道是该立刻进屋上楼睡觉，还是应该继续躲在树影里，避开他的视线。最后她想，还是待在这里吧，她是打车回来的，车子还在医院的地下车场。如果没看见她的车，也许他会以为她还没回来吧。

廖鸿翔满怀希望地将车子直接开进车库，没有看见夏小沐的车，眉头拧了起来，脸上顿时冷若冰霜。他去了电视台，等了又等没见着人，还以找人谈事为由直接上楼去看了一圈，还是没见着她。

每天雷打不动回家的人，突然就不回家，她能去哪里？

夏小沐看着他一步一步走上台阶，在门口站着打了几个电话，处理公司的事情。后来，听不见他说话的声音，以为他进屋去了，她松了口气，重新靠到椅子里。

"给你打电话为什么总是不接？还关机！"

他突然无声无息地站到跟前，夏小沐像只受了惊吓的小白兔，一下子从椅子里蹦起来，不停抚着突突跳个不停的心口，在黑暗中狠狠瞪了他一眼，拎起包就要往屋里去。

此刻的她没有心情面对他，连一贯的敷衍了事都没有力气去做了。她最想做的事情是躺下来休息，不想被任何人任何事打扰地睡上一觉。

廖鸿翔却一把拉住她，不悦的声音在耳边响起："夏小沐，我在问你话，不要在我面前装聋作哑！"

夏小沐二话不说，甩起包就往他拉着自己的那只手狠狠砸去。她今天背的包，有一大圈镶边的链子，包里面还有两本厚厚的书，她死命砸下去，就不信砸不疼他。

果然，他吸了口冷气，放开了她的手："你又闹什么？"

夏小沐冷笑了一下。是啊，我能闹什么？不是都已经习惯了吗，为什么就不能像以前那样淡漠一点，坦然一点，为什么要因为看见他、听见他的声音就莫名烦躁？为什么要因为他那些乱七八糟的肮脏事情莫名其妙气恼？

她好累。

她不想再说任何一句话，尤其是跟他。她也不想和他站在一起，她只想一个人待在一个空间里，就像过去一个人在家时的无数个夜晚，困了就睡，醒来继续去做该做的事情。

她已经没有力气再跟他争辩什么了，他想干什么都行，只要他把她当空气就好。

她如今对他的奢望，真的就只剩这么多了。

看着夏小沐静静地转身，步子有些不稳却倔强地走过他的眼前，廖鸿翔没来由地心慌。他不想看见她静悄悄没有声响的背影，他讨厌那种她就站在眼前却感觉她离他千万里远的感觉。他受不了！

于是，他快步走到她面前，用身子挡着她："夏小沐，不要在我面前摆姿态装清高，我廖鸿翔不是能被你虚头巴脑糊弄的人！你给我记住了！"

夏小沐感觉胃里泛起一阵阵酸，有些恶心的感觉，直想呕吐，身子跟着晃了几下。

廖鸿翔见状，一把扶着她有些虚弱的身体，语气不免软化了下来，问："生病了？要不要去医院？嗯？"

她停下脚步，任由他扶着，却低着头，没有看他，也没有说话。

他见她当自己是空气，自尊心受到强烈伤害，右手一把抬起她的下巴，强迫她看向自己，却看见她闭着眼睛，苍白的脸上什么表情都没有。

他抓狂了！又是苍白的一张小脸。

最近他从她的脸上没看见过笑脸，却越来越多地看见了苍白。无力的苍白，虚弱的苍白。

他放开她，用不带任何感情色彩的声音说："不要以为你嫁给了我，就可以对我随意摆脸色，我廖鸿翔最不缺的就是女人。我好心提醒你，不要太拿自己当回事了，不然，你会死得很难看。"

夏小沐双腿不由自主地抖了抖，没说什么，抬起脚，哆嗦着往前走去。

怎么会突然这么冷？身体冷，心也仿若结冰了一般僵硬冰冷，脚步也无端凌乱了。廖鸿翔看她彻底无视他，浑身的怒火终于爆发，伸手一把扯住她的长发，迫使她回过头来。可是夏小沐死死咬着牙，愣是不肯回头。廖鸿翔狠狠地用力，她就忍受着头皮被撕扯着的剧痛，就算痛得感觉快要死去，她也绝不回头。渐渐地，她的脸上竟然有了一种决断和从容的笑容，心里也有了一种越来越急促的钝痛的快感。

她发现，比起喝冰水的痛快感，这是一种更忧郁更美丽的境界，充满痛苦而又忍不住想要期待的真真切切的快感。于是，夏小沐带着这种因暴力而产生的快感，摊开双手，迈开脚，想要继续往前走。

廖鸿翔的脸色在刹那间变成一片死灰，终于还是慢慢地松开了手，望着倔强不肯再回头的她，低哑着声音痛心地说："夏小沐，你为什么要这样折磨我？"

夏小沐听了他的话，脚步顿住，这才转过身。

她的脸上有空洞的笑容，用同样空洞洞的双眼看着他，轻轻地说："既然在一起是折磨，那么，我们离婚吧。"

廖鸿翔一步迈向前，狠狠地擒住她苍白的小脸，怒目圆睁，冲着她吼叫起来："说，你爱上谁了？你离开我，想投奔谁的怀抱？是你的初恋雷俊宇，传出绯闻的小警察慕容朝阳，还是以同事之名刻意接近你的李可？"

廖鸿翔几乎已经失控，恼羞成怒地狠狠钳制着她的下巴，她痛得眉头皱了又皱，却使劲鼓着腮帮，依然没有出声。

廖鸿翔狠狠捏着她，似乎想把她捏成碎片，歇斯底里地嘶吼着："说！是谁？你爱上的到底是谁？"

夏小沐疼得快要晕过去，拼命挤出些力气来，不慌不忙地说："我还能爱上别人，还有爱人的能力。可是你呢，你连心都是残缺不全，你知道用什么词形容你比较贴切吗？"

廖鸿翔双眼闪了闪，夏小沐咬牙切齿地说："爱无能。廖鸿翔，你真可悲！"

廖鸿翔看着夏小沐苍白的脸上浮起的刺辣辣的笑意，眼里似乎可以射出箭来，手上的力道也加重了，咬牙切齿地说："你说什么？夏小沐，你给我再说一遍！"

夏小沐痛到极致，却依然在笑，一字一顿地说："我——说——我——要——离——婚——我——不——要——跟——空——心——人——一起生活……"

廖鸿翔看着她死命忍着疼痛也要说出刺痛他的话，心里一阵一阵地寒冷起来，终于无力地放开了她，冷哼："你休想离婚！这辈子，我绝不会放你走。就算是死，你也得是我廖家的鬼。"

夏小沐脸上的笑意退去，浑身的力气仿佛在瞬间被抽光，身体慢慢地往下坠，眼里只剩下深不见底的绝望，心里在喊：那就这样吧……那……就……这……样……吧……

不顾身后扑通一声响，怒发冲冠的廖鸿翔一把推开门，几乎把前来开门的吴妈撞倒在地。

吴妈顾不得被撞得生疼的胳膊，越过廖鸿翔，冲下台阶扶起昏倒在地的夏小沐，惊恐地大喊："夏小姐！夏小姐！廖先生，夏小姐昏过去了……廖先生……"

廖鸿翔一下子又冲了出去，使劲摇了摇夏小沐，她苍白着脸，没有丝毫反应。他惊慌失措地抱起已经不省人事的夏小沐往车库走去。

这一次，夏小沐在医院待了整整一个星期，廖鸿翔每天都会抽空到医院看她。在这一个星期里，她过得很清静，看完了很早就想看的一些书。在这期间，徐安妮在电话里说，雷俊宇醒了。但是，夏小沐没有去看他。

接下来，廖鸿翔忙得昏天黑地，又是半个月都没回家。而夏小沐，也开始了忙碌的工作。

十点半，廖鸿翔结束了一个有关娱乐城合作的饭局，开车朝着回家的方向前进。路过一个酒吧，招牌在彩光灯的一熄一灭之间，不停闪耀。从外面看，里面三三两两的人，围在一起或干杯或聊天，场面热闹而温馨。突然想起助理李伟说，酒吧街有一家叫"西门驿站"的酒吧，生意一直很火爆。于是掉头，往酒吧街驶去。

其实五年前，他来过这里。也就是在这里，他第一次见到了夏小沐。

五年前跟五年后相比，西门驿站从外观到内部的风格，都有了很大的改变。廖鸿翔走进去的时候，台上有女声在唱歌，台下大部分人都在听着，只有很少的一部分，在推杯谈笑，声音并不大。他在心里庆幸自己运气不错，居然能碰见歌手在唱歌。

女歌手的打扮有几分时尚的味道。浅灰色的毛线长裙拖至脚踝，上身是一件深蓝色羊绒毛衣，塞进毛线长裙里，显得腰身纤细美好。长长的浓密黑发分别从两肩垂落下来，披散至腰间的位置。头戴一顶浅灰色低檐窄边的毛线帽子，脚蹬一双十厘米高的兔毛领口短靴。整个人给人冷冷的疏离感，微低着头忘情地唱着，双眼几乎被帽檐遮住，只露出小巧的下巴和秀气的鼻子，看得出来皮肤白皙。

问旁边的人，才知道台上唱歌的正是酒吧歌手，夏夏。

夏夏……廖鸿翔重复了一遍。

虽然看不清她脸上的表情，却感觉她是在很快乐地唱着歌，声音异常温暖和明媚。

她在唱：

花一开满就相爱，春风对雨的依赖

我等待，为你飞舞的姿态

花一开满就相爱，离开害羞的女孩

我等来，在你眼中的光彩

…………

似曾相识的声音，让廖鸿翔突然陷入了回忆。

五年前，夏小沐在台上唱歌。嗓音温暖，欢快跳动的音符与女孩不带任何杂质的音色完美搭配，有种小女孩的雀跃感，也让音乐有种接近完美的动听感。然后，坚定的眼神里有一丝若有若无的沧桑感，让他觉得她一定在经历着些什么事。几天后，他果然在医院看到她流着泪，拉着一名医生的袖子不肯放手……

恍了恍神，廖鸿翔要了杯鸡尾酒，靠在吧台上，听台上的女歌手唱歌。

远远看过去，夏夏身影纤细修长，虽处嘈杂吵嚷的环境，她整个人给人的感觉却是娴静镇定的，自有一种不食人间烟火的韵味。看着她，就像欣赏山水画，可以在山水间寻找到一份淡然和宁静。

台上的夏夏让他不自觉想起了夏小沐，她身上也有娴静和淡定的特质。

一曲终了。台下掌声如雷，久久不能停息。

夏夏轻轻地抬起头，朝台下缓缓扫视一遍，终于露出一双大而沉静的黑眸，脸上淡淡一笑，再微微颔首，对着麦克风说："谢谢！"

声音很轻，却很有穿透力。

廖鸿翔猛一震，觉得台上那女子礼貌而疏离的感觉再熟悉不过，而且那轻柔但能穿透人心的声音，始终回荡在耳边，慢慢地，和某个声音完全重合，不留一丝缝隙。

五年前，他曾在这里听她唱过歌。刚听旁边的人说，这个"夏夏"已经在这家酒吧唱了五年了。那么，夏夏有可能是她吗？五年来，她一直在这里唱歌吗？她半个月前说的那句"你想不到的事，还多着呢"，也包括这件事吗？

他心中有太多的疑问，需要被一一解开。

可是，再抬头时，台上已空空荡荡，只留狂躁不安的人群在台下继续狂欢。

掏出电话，廖鸿翔居然紧张得好几次都拨错号码。电话通了，可是没有人接听。挂断，正要重拨，一阵浓烈的香水味直袭而来，一抹身影已来到跟前，娇滴滴的声音立刻灌进耳膜："廖少，别来无恙啊！"

夏小沐从台上下来，意外地看到慕容朝阳倚在休息室的门上，对着她竖起大拇指，她不好意思地笑笑："朝阳，你怎么来了？"

慕容朝阳突然问："小沐，你有没有想过除了主持节目，还可以出出唱片、演演戏什么的？"

夏小沐拿起包，说："行了，别再夸捧我了，再夸我都要飘起来当天使了。等着我换完衣服，请你吃消夜。"

"干吗要换？这样穿着多漂亮。"

夏小沐拍了他一下："既然要伪装，我就要做得彻底些，不可露出破绽，不然我身份暴露了，以后就别想安静自由地唱歌了，明白？"

吃完消夜，慕容朝阳送她回家。在路口，她就下了车，然后走着回去。吃饱了就是舒服，胃里也暖暖的，有一种撑着的幸福。刚走几步，远远地有车驶过来。夏小沐往路边挪了几步，紧靠着灌木慢慢地走着，不慌不忙。

车子驶到她身旁，停了下来，车窗降下，从里面传出廖鸿翔的声音："上车！"

听到他的声音，她顿了一下的脚步继续往前迈去。想起他刚才在酒吧和徐露调情的场面，她的胃里竟泛起一阵胃酸，有一种想要呕吐的感觉。

他从车上下来，三两步跟上她的脚步，一把拉住她："你不知道一个女人大半夜走夜路很危险吗？"

她狠狠甩开他的手，胃里翻腾的东西竟忍不住尽数吐了出来。他赶紧给她拍后背，她却躲闪不及，一边吐，一边吼："别碰我！"

她跳开他身边，紧跑几步，手扶着旁边的梧桐树干，鼻子被呛得一阵刺痛，吐出一堆食物和黏液之后，心慌气急，四肢无力。

他跟过来扶着她，她像触电般猛地躲开，恶狠狠地说："别碰我！脏！"

他眉头一松，毫不介意地说："我不嫌脏。看你都弱得跟林黛玉似的了，还有力气闹别扭？走，赶紧上车回家休息。"说完，又要来扶她。

她避开他伸过来的手，用尽全力吼："廖鸿翔，你真脏！"

"夏小沐，不要以为最近惯了你几次，你就可以随时随地耍性子！"

"廖鸿翔，你知道我为什么吐吗？"夏小沐瞪着他，"因为你让我恶心，你一碰我，我就恶心得厉害，翻江倒海吐了出来。"

廖鸿翔被她的话激得好似一头暴怒的狮子，牙齿咬得格格作响："夏小沐！！！"

夏小沐冷冷地看着他，毫不畏惧："怎么？你又想打我？"

他握紧拳头，掉头往车子走去，走了几步，又停下来转过身："我最后说一遍：上车！"

"滚！！！"夏小沐把愤怒化作一声震人心肺的怒吼。

夏小沐不记得她是怎么走到家的。空出一大半的胃里，还有翻滚的残渣在涌动。当她手脚冰凉、目无焦距地出现在门口时，把前来开门的吴妈吓了一大跳。

吴妈一把扶住她："夏小姐，你怎么啦？"

夏小沐点了点头，又摇了摇头，不知道该说什么。

抬起头，静静地看着屋顶由水晶制成的吊灯，华丽而高贵。曾听很多人说水晶是纯洁高尚的象征，水晶灯饰同样代表着光明和希望。夏小沐看着那些透明的、闪光的坠子，想象着玻璃从屋顶坠落之后碎成一地的碎片……

她静静地走过去，一把扯出风信子，拎起花瓶，越到沙发上，咬紧牙关，将花瓶使劲往水晶吊灯掷去。

安静的房子里，突如其来噼里啪啦一阵乱响，水和碎片应声而落，灯光却依然明亮。

吴妈刚从厨房端来一杯水，看见眼前的一切，不禁大叫："夏小姐！"

"怎么啦？怎么回事？"楼上，廖鸿翔和赵锡娟闻声从房里跑出来。

廖鸿翔看见一地的碎片，再看看站在沙发上的夏小沐，花瓶里的水从她头顶淋下来，头发和下巴正滴着水，衣服湿了，白色的沙发上有水，一只红色的靠垫滚到地上，泡在水里。他有些匪夷所思地看着她，想起此时母亲正在身边，大声吼她："小沐，赶紧上楼来洗澡，你想感冒是不是？"

吴妈赶紧跑过来，递给夏小沐一块毛巾，小声说："夏小姐，赶紧擦擦，夫人在楼上看着呢。"见她没反应，吴妈看了一眼楼上，把她从沙发上拉到旁边干净的沙发上坐下，把毛巾塞到她手里，忙着收拾地上散落一地的狼藉。

赵锡娟不敢相信地看着楼下的碎片和落汤鸡似的夏小沐，张了张嘴，什么都没说，蹭蹭蹭下楼，冲过来说："夏小沐，你什么意思？我好不容易过来一趟，你就给我下马威是不是？"

夏小沐手里拿着毛巾，心里微动，身子却没动，隔了几秒钟，才吐出两个字："不是。"

廖鸿翔赶紧下楼，拉着母亲："妈，你别误会了，小沐不知道你在。"

赵锡娟火更大了："不知道我在这儿？意思是她这么闹已经不是一天两天了？小翔，你还有没有出息，一个女人你都管不了？"说完，转向夏小沐，"夏小沐，你天天这么闹，想干什么？不要以为你是女主播就了不起，我告诉你，我们廖家在南城是有头有脸的人家，光是门当户对这一条，你就不配当我们廖家的儿媳妇。"

"妈！"廖鸿翔不满。

赵锡娟指着儿子："你别想要包庇她，她这么目中无人就是你惯出来的。"

夏小沐咬咬唇，轻轻地说："对不起，让您受惊了。"

"哎哟，我可不敢接受你的道歉，回头你要是把气都撒在我儿子身上，我更心疼。你有什么不满有什么委屈，都冲着我来好了，别欺负我儿子。"

廖鸿翔走过来，抽出她手里的毛巾，帮她擦拭头发上和身上的水，在她耳边小声说："别和我妈顶嘴，她说什么你听着就行了。"

赵锡娟见儿子和夏小沐嘀嘀咕咕不知道说了什么，更不高兴了："知不知道你和我儿子站在一起是什么感觉？哼，就像一座低矮的茅草屋旁边有金碧辉煌的宫殿，就像穿草鞋配西装，不搭调又滑稽。我们廖家的儿媳妇可是要大户人家有教养的女孩子，不是随便什么人都可以当的。"

廖鸿翔有些急了："妈！她是我妻子，是你的儿媳妇，你怎么可以说出这么难听的话？"

夏小沐长这么大，第一次听到这么侮辱人的话，她实在是接受不了，

"噌"一下从沙发上蹦起来，却被廖鸿翔一下又拉回沙发上，紧紧抓着她的手，示意她不要顶撞。夏小沐也知道赵锡娟此刻正在气头上，一顶撞肯定没法收场，可是她心里的火气也旺，却又不得发泄。于是坐在沙发上，憋着一口气，恨不得双耳立刻失聪，什么也听不见。

"怎么？才说你这么几句，就要急着跳起来跟我吹胡子瞪眼了？"

夏小沐忍着一肚子火气，尽量心平气和地说："我知道我做得不对，您大人有大量，先消消气，有什么话咱们好好说……"

"你都在我眼前砸东西给我儿子气受给我脸色看了，我还能好好说话吗？夏小沐，我知道你们结婚已经这么长时间了，我也好几次跟我儿子说了带你回家吃饭，你倒是架子挺大，不肯跟我儿子回家就算了，居然连声招呼都不打。怎么？你以为我们廖家真的这么好欺负？"

夏小沐看了看廖鸿翔，他什么时候跟她说过？她只记得吴妈跟她提过一次。

廖鸿翔坐到母亲身边，拉着母亲说："妈，这事赖我，我最近太忙了，忘记跟她说了。你要骂就骂我吧，改天我一定带她回家陪你跟爸吃饭。别生气了，你看，你一生气连皱纹都出来了。"

赵锡娟甩开儿子的手："你给我闭嘴！"

"妈，这是我们两个人的事，让我们自己解决，你就别掺和了，行吗？"

赵锡娟理直气壮："我不掺和能行吗？我是你妈！"

"你当然是我妈。可你还是赶紧回家吧，我爸肯定到处找你了。"廖鸿翔催母亲离去，他不敢保证再待下去，夏小沐不会说些气话出来。

其实，他不知道，她纵然对他有百般不满，但是她也不会在长辈面前放肆。

"好好的跑这儿来找气受！"在廖鸿翔的劝说下，赵锡娟回家去了。

廖鸿翔送完母亲回来，夏小沐已经洗完澡，躺在床上。她依然睡在客房。听到敲门声，她充耳不闻，直到敲门声有不开门誓不罢休的阵势，她才爬下床打开了门。

"谈谈好吗？"廖鸿翔迈开长腿进入房间。

她没有关门，返回房间，看到廖鸿翔坐到床上，她便坐到沙发上："谈什么？"

他问："你今晚回来这么晚，去哪里了？你今晚不用上节目吧？"

"廖鸿翔，如果你想重复你妈的那些话给我听，你可以出去了。我不想听，我也不想解释什么。"

廖鸿翔看着她，脸上没什么表情："你是不是去酒吧了？"

夏小沐冷冷地笑笑："廖鸿翔，我们还是各做各的工作，各交各的朋友，各过各的生活，谁也不要干涉谁。"

"夫妻怎么可能各过各的？"

"五年来我们不都是这么过来的吗？这样很好，大家相安无事，和平共处。"

廖鸿翔微怒："夏小沐，你以为我们是假结婚吗？"

"谢谢你为我们的关系找到了一个这么贴切的词。"

他冷笑："假结婚是一种更赤裸裸的实用生存工具，大家都是各取所需，那么你是为了什么？"

夏小沐把玩着手指头，漫不经心地说："我当然是为了你的钱，为了你的家族势力，为了你的身家，也为了你的美色。"

总之，不是因为爱，更不是因为离不开你。

廖鸿翔看着眼前的夏小沐，才发现她那貌似娇小柔弱的身子里，有一颗多么强大的心。当年那个柔弱、青涩的夏小沐在生活安定平稳、事业风生水起之后，一天比一天更为明艳动人了，青涩和忧虑褪去的她，美和成熟与纯真掺半，不管她愿意或不愿意，只要一站出去，如今的她都能吸引所有男人的目光。更要命的是，她那种可有可无、不争不抢的性子，让人心痒难耐。

她是他的妻子，可是她的美，她的心，却不是属于他一个人的。她眼波流转，却不是对着他释放温情。她白衣蹁跹，不是为他而穿。她不温不火，优雅从容的笑容，却不是为他绽放。她的无所谓，让廖鸿翔突然不自信起来。

夏小沐咬着牙："廖鸿翔，难道你不知道这种时候你越是帮我说话，你妈只会越讨厌我吗？"

"不要无理取闹，我是帮你。"

夏小沐从沙发上站起来："廖鸿翔，每次我跟你说正事，想要跟你好好沟通的时候，你就说我是在无理取闹，说我不懂事。这五年，你有好好听我说过话吗？"

电话响起。廖鸿翔从衣兜里掏出电话站起来，走了出去。夏小沐按住胃部的不适，倒在沙发里，双腿蜷缩。不一会儿，廖鸿翔走了进来，说："我有事出去一下。"看她紧紧抱着自己，他也没说什么，转身出了房门，不多时，响起车子驶离的声音。

在冷气氤氲的街头孤独乱走的时候，夏小沐对自己说："只要一杯热奶茶，只要现在谁能递给我一杯热奶茶，我就跟谁走，天涯海角。"

然后，她接到了慕容朝阳的电话。他问："你到家了吗？正在做什么？"

她其实正在已经没有几个人的街头瞎逛，不知道应该往哪里走去。廖鸿翔出门以后，她也不想待在家里，想出来透透气，可是不知道能去哪里，只是穿过了一条又一条街，就一直这么走出来了。可是她的自尊心让她用欢快的语气说："早到家了，我正在敷面膜，哎呀，敷着面膜说太多话，会生皱纹的，我先挂了。"

话音刚落，她的面前突然出现了一杯奶茶。大杯的，杯身是透明的，杯口那里簇拥着温暖而洁白的泡沫，泛着微微的光芒。顺着握住奶茶的那只大手看上去，是慕容朝阳微笑着的灿烂脸庞，像一朵绽放在午夜的向日葵，明亮又璀璨。

见她愣着，他说："快拿着，暖暖手。大冬夜里，就是要喝一杯奶茶，暖暖胃，才有能量抵抗寒冷。"

夏小沐接过来，喝了一大口，然后眼泪就流了下来。

慕容朝阳送她回去的时候，车子到别墅区路口，夏小沐就下车了。她不想让慕容朝阳知道她住在哪一幢，心底里，她也有些担心万一廖鸿翔在家看到有人送她回家，会跟她发脾气。这么晚了，她已经没有力气再应付他。

慕容朝阳从车上下来，看着夏小沐跟他挥了挥手，然后一步一步朝着远离他的方向走去，他忍不住叫了一声："小沐。"

"嗯？"夏小沐回过身，看着站在不远处的慕容朝阳，觉得只要有他在，心里就很踏实。

慕容朝阳想了想，只说："没什么，回去赶紧睡一觉吧。"

夏小沐走在影影绰绰的树影里，感觉大脑疲倦到了极点，脚步都有些飘浮起来。

"小沐。"慕容朝阳从后面跟了上来。

夏小沐转身："你怎么跟来了？"

"太晚了，我怕你一个人走在树影里会害怕，还是送你到家门口吧。"

夏小沐心里涌起一股暖意，已经很久没有人对她这样体贴了。可是她还是说："朝阳，这条路我常常走的，我不害怕。"

慕容朝阳站定："那我就站在这里，看着你走。你走到尽头，转了弯，我就走。这样总可以了吧？"说得很认真。

夏小沐忍不住笑："好吧，批准你站在这里目送我。"

慕容朝阳站在身后看着她，觉得有些落寞，其实他不想一直站在她身后看着她，他最想做的是，牵起她的手，和她并排走。

"小沐。"慕容朝阳还是叫住了她。

"又怎么啦？"夏小沐再一次回头。

"我可以向你问路吗？"慕容朝阳问。

夏小沐愣了愣，问："这么晚了你要去哪里？"

慕容朝阳用极清晰的声音说："去你心里。"

夏小沐以为自己听错了，或者是会错意了，或者是他口误了。站着没动，脑海里不断重复着"去你心里"的含意，半天没出声。

慕容朝阳又说："小沐，你能不能告诉我，我要怎样才能到达你心里？"

夏小沐万万没有想到慕容朝阳会在这个时候跟她表白。

"抱歉，此路不通。"突然，树影里走出来一个人影。

夏小沐一回头，就被廖鸿翔给结结实实地搂在怀里。慕容朝阳两步冲过来，一把推开廖鸿翔，厉声道："你干什么？耍流氓是不是？"

廖鸿翔悠悠地说："没干什么，也不耍流氓，我只是来接我老婆回家。"

慕容朝阳走近了才看清楚是廖鸿翔，不禁吃惊："廖少，你怎么会在这里？"

夏小沐怕两人打起来，赶紧把慕容朝阳往回推："朝阳，我再走几步就到家了，你赶紧回家吧，别再问了。"

慕容朝阳纹丝不动，看了看夏小沐，又看了看廖鸿翔。

廖鸿翔霸道地将夏小沐紧紧搂在怀里，亲昵地说："老婆，难道你都没有告诉过他，你已经是个结了婚的女人？"

夏小沐咬着唇，使劲推了推廖鸿翔："你先放开我！"

慕容朝阳的脸上露出不可思议的表情："小沐，你结婚了？"

"嗯。"夏小沐点点头，心里纠结不安。她从来没想过会以这样的方式告诉他这个事实。

慕容朝阳指着廖鸿翔问她："你嫁的人是他？"

"嗯。"夏小沐再次点点头，闭着眼睛，连呼吸都变得沉重起来。

廖鸿翔搂着夏小沐："走吧，老婆，回家了。"

"放开！我自己走。"夏小沐挣扎。

廖鸿翔不理她的反抗，当着慕容朝阳的面，半推半抱地拖着夏小沐走了。

夏小沐想要回头跟慕容朝阳说点什么，却被廖鸿翔狠狠地箍着，无法回头。

转了个弯，在慕容朝阳看不见的地方，廖鸿翔终于主动放开了她，冷冷地说："疯到现在才回来，几点了？"

夏小沐走在他后面，什么也没说。

廖鸿翔走得很快，不一会儿就走得没影了。等夏小沐到家的时候，他正在厨房里，不知道在干什么。夏小沐和等在门口的吴妈打了声招呼，就直接上楼了。

吴妈在后面喊："夏小姐，喝杯牛奶再上楼吧，廖先生已经在热牛奶了。"

夏小沐听了更是加快脚步，蹬蹬蹬冲上了楼。刚到房间，关上门，包里的电话就响了。

接起电话，慕容朝阳温润暖和的声音响起："小沐，你没事吧？"

"我没事……朝阳，对不起，我不是故意隐瞒着你的。一直以来，我身边的人都不知道我已经结婚的事，慢慢地，我也不想说了。对不起！"

慕容朝阳说："你别再自责了，我不怪你。你不说，肯定有你的苦衷，我理解。可是，你过得并不幸福，我看得出来。"

"朝阳……"夏小沐还没说完想说的话，门外响起了急促的敲门声，一声大过一声。

"怎么了，小沐？我怎么听到你那边有什么响声？"

夏小沐赶紧说："没事，你听错了，是电视里的声音。"说完，挂了电话。

门外的廖鸿翔开始砸门了。

夏小沐重重地呼了一口气，丢掉手机，走到门边猛地拉开门，廖鸿翔重心不稳，跟跄着进门来。

此时的慕容朝阳快要急疯了，他总感觉廖鸿翔会欺负夏小沐。他跑着进入到了别墅区，可是密密麻麻的别墅，他不知道哪一幢里有夏小沐，只得乱转。电光火石之间，他想起给赵金秋打电话。

廖鸿翔黑着脸："夏小沐，不要试图给我戴绿帽子，你应该知道惹怒我的后果是什么。希望你洁身自爱，你本身是个简单的人，不要把你自己搞得这么复杂。"

夏小沐不屑："我还真没想到，你这么了解我。"

"你有几斤几两，你自己不清楚，我心里还是有数的。"

夏小沐脱下外套，漫不经心地说："是吗？"

电话突然响起，廖鸿翔看到夏小沐的手机丢在床上，顺手拿起来，夏小沐急着去抢："廖鸿翔，这是我的手机。"

廖鸿翔举着手机，直接按下了免提键，赵金秋的声音传了出来："小沐，慕容朝阳刚才问你家的门牌号，我不知道也就没说，我估计他这会儿正到处打电话问人呢，你得有个心理准备，万一他真的冲去你家找你了，还不得和廖鸿翔打起来啊，两个大男人打架，你肯定劝不动的。你听见没有，赶紧地，想办法让他别去你家……"

楼下，门铃大振。廖鸿翔和夏小沐两人同时愣住了。趁廖鸿翔愣神的空当，她一把夺过了手机。躲闪的时候被他的长腿绊了一下，一屁股跌坐到地上。她太累了，几乎没有什么力气，索性整个人坐在地毯上，懒得站起来。

廖鸿翔夺着她的手机，翻开最近的通话记录。

夏小沐气得大叫："廖鸿翔，你能不能不这么无聊？"

廖鸿翔不理她，继续翻看她的短信箱，一边翻一边数落她："真是个愚蠢的女人，都跟你说多少遍了，发短信是浪费生命浪费时间，你看看你，还发这么多短信。调教了五年，怎么还是这么不长进？愚蠢！"

楼下，吴妈一打开门，慕容朝阳就往屋里冲，在客厅里四处看了一圈，就往楼上冲去。一间一间找过来，终于在客房看到夏小沐跌坐在地上，而廖鸿翔背对着门，手里拿着什么东西在看。

慕容朝阳认定夏小沐被欺负了，顿时散失了仅存的一点理智，冲进去，左手拉过廖鸿翔的衣领，右手重重一拳冲着他的左脸挥了上去："居然打女人，廖鸿翔，你浑蛋！"

夏小沐在惊呆之前，条件反射般大叫："朝阳，你怎么来了？"

慕容朝阳放开廖鸿翔，赶紧弯下身子拉起夏小沐，紧张兮兮地问："小沐，他打你哪里了？疼不疼？要不要去医院？"

廖鸿翔被打得两眼冒金花，捂着脸，看见是慕容朝阳，又惊又气："慕容朝阳，你是警察，应该知道私闯民宅是犯法的吧？"

"犯法？廖鸿翔，你这样的男人，早该千刀万剐。法律制裁不了你，我就不信我治不了你。"

"我这样的男人怎么了？总比你对着别人的老婆表白强多了吧？"廖鸿翔顿了顿，"如果传出去，慕容家的公子破坏别人的婚姻……"

夏小沐听不下去了："够了，廖鸿翔，你别再胡说八道了！"

"夏小沐，奸夫都找上门来了，你还不许我说两句？"

慕容朝阳跳上前，瞪着廖鸿翔："你说谁是奸夫？"

夏小沐怕又打起来，赶紧站到慕容朝阳前面，冷冷地对廖鸿翔说："廖鸿翔，你干脆说我是淫妇得了！你侮辱我没关系，但是，朝阳，他是我的朋友，我不允许也不准你侮辱他！"

"看看，他不过跟你表白了喜欢你的心，你就帮着他对付你丈夫，你真行！"廖鸿翔双眼充血，怒气逼人，"夏小沐，你是不是没被男人爱过没被表白过，突然冒出来一个人随口说几句甜言蜜语，就分不清东南西北了？"

慕容朝阳又一次挥起拳头，朝着廖鸿翔甩过去："廖鸿翔，你居然这么说自己的妻子，你算什么男人！"

被挥了两拳的廖鸿翔不甘示弱，立刻挥起拳头，给了慕容朝阳一拳，膝盖屈起，朝慕容朝阳的腹部顶去。一瞬间，两个身形相当的男人打了起来。练过擒拿和防身术的慕容朝阳明显占了优势，他对廖鸿翔的愤怒一发不可收拾，全部化作拳头里的力量，一拳又一拳都是他对夏小沐的感情和对廖鸿翔的憎恨。廖鸿翔身手虽不如慕容朝阳矫健，但是被强烈的自尊心和浓浓的醋意包围，完全不管不顾地打起来。

夏小沐看出都是玩真格的。情急之下，她冲到门边关了灯，又焦急又无奈地吼："都给我住手！"

灯光熄灭的一瞬间，打斗中的两个男人都安静了一下，随后又响起了搏斗的声响。夏小沐凭借着记忆冲到桌前，拎起古董瓶往泛着微光的梳妆镜狠狠砸过去："你们两个还不给我住手！"

两个男人终于在听到她几乎崩溃的吼声，和瓶子撞击镜子发出的巨大声响之后，狠狠推开对方，停止了打斗。吴妈颤巍巍地摸索着打开灯，屋内的三个人都陷入了短暂的沉默。

夏小沐二话不说，拉着慕容朝阳就往门外走去。来到楼下，找来急救箱，给他清理眼角、唇角和手上的伤口，一边清理一边生气地说："出手这么狠！真是不要命了。"

廖鸿翔走下来，一把抢过急救箱："这是我的急救箱，凭什么给他用。"

说完指指夏小沐,"还有你,夏小沐,谁允许你帮他清理的? 过来给我包扎,快点!"

夏小沐一把抢回药箱,看都没看他一眼:"吴妈,帮他弄一下。"

廖鸿翔冰冷的声音响起:"夏小沐,叫你过来,听见没?"

"干什么? 还想打一架?"慕容朝阳站起来,冷着脸。

"坐下!"夏小沐一把拉他坐回沙发,继续给他清理伤口。看着他额头上的瘀青估计要好几天才能消散,冷着脸说,"你以为自己多能耐是不是?"

"他欺负你就该揍!"慕容朝阳忍着痛,任由她在他脸上抹来涂去。

廖鸿翔坐在一边,冷冷地看着为慕容朝阳忙碌的夏小沐,心里很受伤。从来没有哪个女人,敢对他视而不见,除了她。他一直以为自己想要的,从来就不会失手,包括她。五年来,她一直静静地站在他身后,不抱怨,不折腾,不哭,不闹,不争也不抢,总是安静得似乎不存在。他从来不担心有一天她会消失在他的世界里。他以为只要他愿意,只要他想,她会一直在那里。一回头,总能看到她。所以,他很放心。

此刻才发现,自己拥有了一切,除了她。

独独她,是他睁眼可见,却隔着千山万水的风景。他走不进她心里。

突然在这一刻,他也很想知道,通往她心里的那条路,该怎么走?

Part 8 圣诞礼物

送走慕容朝阳后,夏小沐一回来就见廖鸿翔双手交叉抱在胸前,盯着电视看。

"看夏主播难为情的样子,不会是和当下很多公司白领一样,玩隐婚吧?"

一抬头，发现电视上又在重播她不久前接受记者采访的片段，夏小沐忍不住在心里叹了口气。又不是广告可以轮番轰炸，关于她的那点事迹，都过去那么久了，居然还会被翻出来重播。她都有些怀疑自己是不是已经红得发紫了。

廖鸿翔薄薄的唇角紧紧抿着，阴着的脸色在电视画面不停切换下一闪一灭，眉头微蹙，双眼紧紧盯着电视画面，阴鸷的目光，似乎要把电视望穿，粉碎那些不想看见的画面。

他眼睛始终盯着电视，用没有任何情绪的语气说了一句："演技不错！"

夏小沐心里也有些火气，听到他这句不阴不阳的话，很不爽："这五年来，我每天看你演戏，早已经习惯了，你的演技，我一直是望尘莫及。我只是偶尔演一次，而且还磕磕碰碰，你就权当是看笑话好了。"

想了想，她不甘心，又说："说到演戏，你很不职业你知道吗，你都不走心的，只用一副空皮囊在演。怪不得到了最后，你那些女搭档都冲着你的钱去了。"

廖鸿翔挑眉："因为愿意和我搭档的女演员太多了，我走不走心都无所谓，和她们站在一起足够惊艳足够吸人眼球就够了，其他的不重要。至于钱，我给得起，我也乐意给。"

居然跟她摊开来谈论他的那些莺莺燕燕。

夏小沐觉得廖鸿翔真的没有把她当妻子看，一点都不尊重她。心狠狠痛了一下，恨恨地说："你挑什么女人我不管，也不屑于评价，但是，你总得挑干净点的女人，别弄了一身烂病回来，我可不想成为你滥交的受害者。"

他不生气，反而笑了："夏小沐，性爱是男女欢娱之事，对生理和心理极有好处。这么有益健康的运动，到了你嘴里，怎么变成了这么不堪的事？"

夏小沐冷笑："廖鸿翔，不堪的人是你，不堪的事情，也只有你才做得出来。"

看着她愤怒得想要吃掉他的样子，他居然发现心情很好，很受用："还是我这几年都没有让你愉悦过，所以，你才这么排斥这件事？既然说到这个话题了，你能不能告诉我答案？其实，我一直很想知道，你是真的从心底里排斥做爱，还是只对我没有性趣？不能满足我的生理需求，那至少，也该满足一下我憋了这么几年的好奇心吧？"

夏小沐知道他无耻，可是却万万没有想到他是这般无耻。还拿无耻当有趣，真是猪狗不如。咬着唇，狠狠瞪着他，怒意逼得她眼眶涨红，眼里有一股雾气升腾，似乎快要喷薄而出。可怒到极致，她居然笑了出来："做了五年的夫妻，对你，我还是了解的，我有些话从来没告诉过你，想听吗？"

看到他示意她继续说下去，她才说："你全身上下哪都长，就一个地方最短。全身上下哪都硬，就一个地方最软。全身上下哪都粗，就一个地方最细。做什么事都慢，就一件事最快。你就是一个大护垫！"

果然，他那张死人脸终于有了反应。

看着他脸一阵紫一阵白，双眼瞪圆了，似乎要吃了她，夏小沐笑得眼泪都出来了。这一次，她把骂一个男人最狠最毒的话语，毫不犹豫地变成锋利的箭头，直直射向他，她不相信他会放过她。以为他会冲过来，给她一耳光，或者，狠狠地占有她。

可是，他最终除了怒视着她，并没有其他的动作。

这似乎是这五年来，发生在她和他之间的第一次真正的大吵，到了相互攻击，毫不留情的地步。以前他们从来不吵架的，他找碴儿，她就见招拆招；他惹她生气，她就晾着他，不理不睬。最多不过冷战。可是时间一长，气就都会消，依旧不咸不淡地过日子。他和她的相处，有时像朋友，有时像陌生人，甚至有些时候，更像应酬。但是，就是不像恋人，更不像夫妻。

"你觉得这样有意思吗？"他终于缓缓开口。

夏小沐摊了摊手，再摇了摇头："没意思啊。可是不是你挑起来的？我看不惯你那副只许州官放火不许百姓点灯的嘴脸。凭良心说，这些年你在外面花天酒地，过着声色犬马的生活，我从来没说过什么，所以你也没资格说我什么。更何况，我只不过是在无意之间拒绝承认已经结婚的事实，你不是也从来不承认你已婚的身份吗？所以，没必要受你的气。"

廖鸿翔拿起遥控器"啪"一下关掉电视，放下交叉的腿："说出这些恶毒的伤人的话，难道你很开心？夏小沐，这不是你，这种有杀伤力的话你以前从来都不会说的，你也不屑说。可是为什么要突然这样？五年来，我们不是一直都好好地过来了吗？请不要把你自己变得面目全非。这样没意思。"

夏小沐心里一抖，突然觉得很伤心。

她也不知道五年来相安无事的婚姻为什么在最近频频发生碰撞，让她有些承受不了。可还是倔强地仰起头，把即将滑落的眼泪给逼了回去。

廖鸿翔看着她伤心的表情，心里并不好受，可还是说："这些年，我以为你已经习惯了这样的相处方式。你别忘了，当初我只答应跟你结婚，除了钱，并没有承诺过要给你一颗心，我给不起也给不了，你明白我的意思吗？"

"不明白！"夏小沐突然淡定不了，歇斯底里起来，恨不得将眼前这个看着自己在他面前失魂落魄却无动于衷的男人生吞活剥。

他还是平静地看着她，淡淡地说："除了一颗心，其他的，什么都可以给你，明白了吗？"丢掉遥控器，站起来就要往楼上走。

夏小沐一下子站起来，弱小的身子，倔强地挡在他面前，狠狠地说："不可理喻是吧？受不了了是吧？那你就别回家，滚回你的情人身边装大爷去！你这个道貌岸然的伪君子！"

抬起头，看到他一脸不耐烦地看着她，脸上青筋微微凸暴，看得出来是在隐隐克制着即将爆发的情绪。夏小沐并不怕他，这口怨气憋在心里好久了，她再也受不了，再也不要当个受气包，她不要看他的脸色过日子，绝对不要！

于是，也死死地瞪着他，没有半丝退让的意思。

他正要说什么，书房里的电话铃声响起。他向旁边跨出一步，打算越过她去接听电话。夏小沐也跟着越过去一步，再一次挡在他面前。她扬起苍白的脸颊，咬着牙，努力睁大氤氲着雾气的双眼，透过薄薄的水汽瞪着他，倔强地，誓不罢休地看着他扶住额头。

电话铃声继续大振。两人依旧对峙，谁也没动摇。

终于，他冷笑了一声，原本不耐烦的脸上增加了明显的不屑。那一声冰冷的笑意消失之后，眼睛里微微的怒气转化成越来越深的冷漠。夏小沐突然发现此刻的她自己，像极了一个胡搅蛮缠的俗气女人。而他脸上的表情，是在明明白白告诉她：刚刚的那场争执，是她一个人在无理取闹。此刻的纠缠，是在增加他对她的厌恶和不屑。

一下子，心脏猛地抽痛起来，连带着瘦小的身子，也痛得晃了晃，几乎站不稳。她终是轻轻让到一边，低下头，看到他的浅灰色棉质拖鞋迅速越过她的脚边，衣角忽地擦过她的手臂，有迫不及待逃离的感觉。她别过头，抚住心脏的位置，紧了紧咬住唇角的力度。

他走过时带起的一股凉意，围绕着她，缓缓才散去。听着他径直进了书房，关了门，她徒然坐倒到沙发上。

在他面前一直拼命隐忍的泪水，终于滑落腮边。一滴又一滴，落得越发急切，滴在心尖，泛起一层又一层的寒意，然后迅速扩散至全身每一节神经末梢，每一个细胞。她把双腿伸到沙发上蜷曲起来，头轻轻地靠上去，感觉浑身冰冷。她打着冷战，伸出双手紧紧抱着腿，瘦小的身影在沙发上不停地颤动。

在他面前，她还是太笨了。不过是想让他好好地正视她一次，换来的却是他更深的冷漠和不屑。她一直充当听话的小妻子，默默隐忍他流连花丛的秉性。她想，总有一天，他会回到她身边。可是不行，他还是一如从前对她的种种行为忽略不计。她想要换一种方式，可是目前，她所能想到的就只是跟他争吵，甚至是无理取闹。即使是知道这样做，只会让他越来越烦她，她还是想要试一试。

而这些年，似乎每一次争执，他都会毫无新意地显示出不耐烦，然后就不再理她。反正每一次争执之后，他们都会避开一段时间，等到再见面，她的气消了。而他，自始至终都没有解释过什么，似乎从没有参与到与她争执中，更没有说过一句软化她的话，更别提哄她。

低头认错，是他一辈子不可能对她做的事。

他从书房出来，匆匆上楼收拾了些衣物，提着行李箱下来，走到蜷缩成一团的她面前，想伸手摸摸她的头，可最终还是在她的沉默和安静里放了下来，只轻轻地说："我会出差一段时间，你在家，要好好照顾自己。嗯？"

夏小沐没动，也没说话。

看着她腮边的泪痕，廖鸿翔强迫自己别开眼去。

门外，响起车声。

不一会儿，李伟按了密码锁进来，说："廖总，该走了，不然会赶不上飞机。"

廖鸿翔站起来，套上大衣，最后看了一眼夏小沐，匆匆地走了。

这一夜，夏小沐躺在冰凉的大床上，蜷缩在陌生气息的被子里，一个人默默地垂泪。不知道凌晨几点，哭累了才静静地睡去。

转眼又是半个月过去了。

经过大量的前期准备工作，《名流前线》的一系列流程均已准备妥当，就在节目组即将在电视上打广告的时候，赞助商程万熊突然提出要见夏小沐之后才能最终确定主持人是否合适的要求。夏小沐心底里是抗拒的。她不想参与这些乱七八糟的商业应酬，只想做好节目。可是她若不点头，整个节目组就都得等着，甚至连原定好的开播时间也得往后延迟。她不能容忍因为自己一个人而影响整个节目组。

虽然忐忑，夏小沐还是去赴了程万熊的饭局。

怀着大义凛然的心态，夏小沐走进以私房菜在南城声名显赫的水云阁。显然，程万熊早已打好招呼。夏小沐一走进去，侍者便笑着带领她走进二楼顶级豪华包厢。夏小沐心里极其不舒服，觉得那些侍者脸上的笑容别有意味。大概在他们眼里，夏小沐跟程万熊以往带来吃饭的每个女人一样，不过是他众多情人之中的一个。略略低着头，夏小沐裹紧大衣，跟着侍者上了二楼。

就在侍者推开包厢门的那一瞬，夏小沐意外地看到一张熟悉的脸，她有些尴尬地愣在原地，不知道是要转身，还是该走进去。

"夏小姐，快请进。"程万熊立刻迎了上来。

说话间，夏小沐还来不及腾出拎着包的右手，程万熊双手已经紧紧握住了她的左手，迟迟不愿拿开。

"你好，夏小姐。很高兴见到你。"雷俊宇说时迟，那时快，也向她伸出了手。

程万熊见雷俊宇伸出手，只好放开夏小沐，介绍道："俊宇，这就是我跟你提过的我们雄风电器这次要赞助的节目——《名流前线》的主持人夏小沐！"完了对着夏小沐说，"这是我们公司的法律顾问，宇通律师事务所的雷俊宇，雷律师！"

夏小姐？他居然叫他夏小姐。心里一阵阵寒意升腾而起。不就是要装作陌生人吗？那有什么难度。这些年对着机器播报新闻，她自然也学会了要怎么做，才能让自己的面部表情看起来既自然又生动，她也会表演。

"你好，雷律师，久闻大名。"夏小沐反倒大大方方地伸出了右手，主动握了上去。

雷俊宇看到她表情自然，坦然地伸出右手，还是愣了一下。

他的手掌温热，指尖却微凉。

记忆的触须立刻爬满夏小沐全身每一个细胞，很多瞬间在脑海闪现。像是鼓励似的，雷俊宇右手忽然紧了紧。夏小沐却触电般赶紧缩回手，装作未看见他眼底一闪而过的失落，向包间里走去，落座到程万熊为她拉开的椅子上。

程万熊不怀好意，把夏小沐狠狠夸了一番，频频向她举起酒杯。雷俊宇有意想要替她挡酒，可程万熊是什么人？总是能变着法让夏小沐喝下去。夏小沐平时没怎么应酬过，即使是电视台举行的聚会，她也只说自己不会喝酒，同事也就放过她了。她心眼实，不知道怎么拒绝，只能实实在在喝下去。连啤酒都不怎么会喝的她，几杯由各种白酒红酒黄酒掺杂在一起的杂酒下肚，胃直打战，更何况都没怎么吃东西就开始喝。

雷俊宇一个劲地向她使眼色，可她偏偏装作看不见。

她不想在他面前出丑，更不想要他的帮助，她也有她的骄傲。不是都已经当她是陌生人了，还装什么好人？她负气般一杯接着一杯，把自己当作千杯不醉的酒鬼。

程万熊自然没看出雷俊宇和夏小沐之间的微妙气氛，也显然没想到夏小沐这么给面子，喝酒这么豪爽。更是一个劲地让她喝，丝毫不怜香惜玉。夏小沐也不含糊，话不多说，把酒喝得就像喝饮料一般，喝到后来，连眉头都不皱一下了。

直到喝得意识模糊，胃里翻江倒海，大脑昏昏沉沉，夏小沐感觉快撑不住了，才拿着包站起来，抱歉地说："对不起，我去一下洗手间。"

推开包厢门，一阵冷森森的风刮来，夏小沐打了个冷战，撩了撩被风稍稍吹乱了的长发，往侍者所指的洗手间方向走去。可是越走，步履越凌乱。忽然，她被人拉了一把："我先送你回去，你不能再喝下去了。"

夏小沐趔趄了两步，一把甩开他："不要你管！"

"你傻呀！你没看出来那个姓程的故意灌你酒吗，你还真喝？你以为自己是酒仙还是酒鬼？"雷俊宇一把扶住前倾后仰的她。

"对！我就是傻。我是个大傻瓜！"夏小沐一把推开他。

俊宇又拉过她："沐沐，别跟我闹了，我知道你很难受，我们先离开这里再说，好吗？"

"不要你管！"夏小沐再一次狠狠推开他，跌跌撞撞往洗手间奔去。忍受着天旋地转的眩晕，吐了好久。吐得差不多了，才用冷水洗了把脸，又在冰凉的地上坐了会儿，才渐渐缓过来一点儿。

她出来时，看到雷俊宇背对着洗手间在接听电话，便立刻朝一楼走去，头也不回地走出水云阁，随手拦了辆出租车离开。

水云阁大厅里，李伟看着夏小沐逃也似的冲出大厅，乘坐出租车离开。显然，她没听见他在后面叫她。

廖鸿翔接完李伟的电话，临时从机场掉头回到家的时候，夏小沐已经歪在沙发上睡着了。他轻手轻脚地走过去，蹲在她身前，伸出手抚上她光洁的额头，撩了撩她的长发，接过吴妈递过来的薄毯，轻轻地盖到她身上。其间他的电话响了一次，他忙不迭地接起来，走到门外的芭蕉树下接听。后来怕吵到她睡觉，他索性把电话调成了静音。

廖鸿翔坐在沙发上，偶尔翻看一下带回来需要处理的急件。大多数时间，都静静地望着正蜷缩在沙发上熟睡的夏小沐。突然觉得即使她就这样安静地睡在他身边，他的心情也会慢慢放松下来，感觉一切都没那么糟。一抬头看得到她安详静谧的容颜，心里就柔软起来。

这样陪在她身边，商场上尔虞我诈的硝烟，正一点一滴从他的身上消失。

现世安稳，岁月静好。

居然是这种感觉。

原来，他要的并不多。

掐指一算，他惊觉着低喃："五年了。"

猫咪，原来你已陪我这样久。

她醒来睁开眼的时候，看见廖鸿翔坐在身旁，硬朗的背影，宽厚的臂膀，坚毅的脸庞，光线打在他的侧脸，她居然看到他的脸上闪着金光。她摇了摇头，眨了眨眼，再看，仍是看到了那道金光。她真的怀疑是不是幻觉，或者是，她仍在睡梦中还未醒来。

看她醒来，他对着她微微一笑："醒啦。肚子饿吗？"

睡了一觉，夏小沐觉得整个人都清醒了，揉揉眼睛："你怎么回来了？"

他看着她："你每次看见我都要问这句话，难道我回来陪你不好吗？嗯？"

"回来陪我？"

他点点头："嗯，回来陪你。"然后又说，"以后不许去见那个老东西！"

"……你是说程万熊？"夏小沐眼里没有躲闪，说，"我不能因为我一个人影响了整个节目组的进度和信心，我必须负起这个责任。我从来不是遇到事情只会推卸责任的人，你知道的。"

其实这些，他都不知道。所以一说完，她就后悔了。

他端起桌上装着红色汁液的杯子，递给她："这是西红柿汁，是治酒后头晕最快的好东西。"想了想，他又详细解释道，"西红柿汁富含特殊果糖，能帮助促进酒精分解吸收，有解酒、醒脑的作用。我怕太酸，叫吴妈放了些糖。"

她舔了舔嘴唇，觉得胸腹难受，脑袋也有点混沌，还真的需要醒醒脑子。于是，撩开薄毯坐起来，接过他手中的杯子，先抿了一小口，发现酸酸甜甜的味道挺不错，端起杯子，大口大口地喝起来。

她喝完，把杯子递给他。他不接，她拿着杯子的手就一直伸着。

终于，他神色自若地接了过去，问："还喝吗？"

她摇头。突然闻到了一阵熟悉的、久违的香味，立刻朝着厨房叫起来：“吴妈，吴妈，你做了我最爱吃的南瓜排骨烧鲜贝是不是？”

吴妈笑着从厨房出来，说：“是啊，廖先生吩咐我做的。马上就可以吃了。”

夏小沐转过头，对着廖鸿翔说了声“谢谢”，便飞快地起身，往楼上走去。她洗了把脸，换了身衣服，下楼来，走到餐桌前坐了下来。

心情好得出奇。

她都忘了，他们有多久没有像今天这样围在家里的餐桌上一起吃顿饭了。久违的感觉，竟然有幸福的味道。

坐在餐厅里，隐隐约约听得到厨房里的响动，吴妈还在继续做菜。自来水、煤气灶、抽油烟机，还有吴妈拿着铲子拌菜碰到锅壁的声音，都充满了烟火的气息。她无端想起一句话：生活是要接地气的。

廖鸿翔也感觉到了久违的家的温馨，虽然一桌子的菜并不是她亲手所做，可是她能陪着他静静地享受一顿晚餐，已经足够。更何况，今天的气氛，和往常明显不一样。可是到底是哪里不一样，他又说不出来。

他给她夹了块肉多的排骨：“还是家里的饭菜最香。天天在外应酬吃饭，容易长胖不说，连胃都要吃坏了。”

“是吗？”夏小沐嘴里嚼着菜，含糊地应了他一声说，“好像是长胖了一些了，小肚子更大了点。廖先生，你居然有了传说中的啤酒肚。”

“真的？”廖鸿翔怀疑地看了一眼自己的肚子。

夏小沐点点头，很认真地。

廖鸿翔看了她一眼：“男人不讲外在，讲内涵。”

夏小沐突然觉得不应该继续纠结这个话题，想了想，换个话题说：“以后应酬能不去就尽量少去，总在外面吃，对身体不好。你看看现在的报道，地沟油、用于香嫩润滑的假白奶、增香膏、各种添加剂，看了叫人害怕，恶心死了。”

以前她从来不会对他说这么贴心又实在的话，廖鸿翔听了心里暖暖的，应了声：“好！”

这时，吴妈端上最后一道菜：西芹百合。夏小沐眼前一亮，贪吃地连着夹了好几筷子，生怕别人跟她抢似的。

"慢着点，没人跟你抢，都是你的了。"说完，廖鸿翔把盘子往她面前推了过去。

吴妈站在一边，看着他们俩第一次和颜悦色地吃饭，心里不禁欣慰。夏小沐看吴妈站在一旁看着他俩傻笑，赶紧说："吴妈，快坐下，一起吃。"

吴妈摆摆手："你们赶紧吃吧。廖先生，我家里有点事，我可不可以先走，明天一早再过来？"

廖鸿翔点点头："可以，你去吧。"

夏小沐嘴里嚼着百合，转过头问："吴妈，家里发生什么事了吗？需不需要我们做点什么？"

吴妈看夏小沐的吃相，笑着说："我就是回去看看儿子，有段时间没见了，怪想念的。"

饭后，夏小沐忙着收拾碗筷去厨房，看见廖鸿翔一如既往地当大爷坐在沙发上跷着二郎腿看电视，便指使他道："廖先生，别看电视了，快点来抹桌子！"

廖鸿翔皱起眉头："我一个大老爷们儿，干吗要抹桌子？"

夏小沐叉着腰问："难道你要洗碗吗？吴妈不在，我们俩必须把厨房给收拾了，是要抹桌子还是洗碗，你自己选吧。"

"那就等吴妈回来收拾。"廖鸿翔转过头继续盯着电视。

夏小沐走过去，双手叉着腰站到他面前，严严实实挡住了他的视线。

廖鸿翔移到另一边的沙发上，双手交叠在脑后，照样跷起二郎腿，得意地看了她一眼，甚至还吹了声口哨，接着看电视。

夏小沐身手敏捷地一把抢过他手里的遥控器，"啪"一声关掉电视，下命令："干完活再看！"

廖鸿翔仍然靠在沙发上，事不关己地说："家务活是女人的事，你可别指望我会乖乖听你的。"

夏小沐使出杀手锏："生命在于运动，廖先生，你就应该多干家务活，多运动。"

他阴笑："运动？我可以换种运动的方式吗？比如，在床上，和你……"

她怒了："我酒还未醒，头晕眼花四肢乏力都还要坚持洗碗，你抹下桌子会死人吗？"

廖鸿翔不满："你怎么像个母老虎似的？"

夏小沐去拉他，原句奉还："你早已付款，无法再退货了。快点，干活！"

因为那天夏小沐不辞而别，程万熊觉得自己在雷俊宇面前很丢面子，很生气。还给台长打了告状电话，说了诸多对夏小沐的不满。第二天，夏小沐一到办公室，就听肖雯雯说程万熊突然提出要在电视台多名主持人中挑选《名流前线》的主持人。

意思很明显，他要夏小沐低头。

夏小沐想通了，如果主持《名流前线》需要以践踏自尊心，违背良心和道德，或者牺牲些什么作为代价，那么这档节目不做也罢。于是，打电话约赵金秋陪她去逛家装市场。

没想到赵金秋竟然是和慕容朝阳一起出现的。

夏小沐看到他额头眼角还有隐隐的瘀青，立刻想起半个多月前他和廖鸿翔为她打架的画面，这期间再没见过面，只是通过几次电话，此刻却也有些过意不去，她指指额头问："还疼吗？"

慕容朝阳摇摇头："快好了，再说，人民警察没你想象中那么娇弱。"

赵金秋不知所以然，问："你额头怎么受伤了？执行任务时被罪犯袭击了？看来，你的专业技术不过关，居然被袭击。"

当时廖鸿翔的唇角和额头也都受伤了，可是当夏小沐再次见到他时，早已经完全愈合，看不出一丝疤痕。可是慕容朝阳的额头眼角至今还可看出点蛛丝马迹。这样一对比，她竟才发现慕容朝阳同样身形高大，看上去却不似廖鸿翔那般魁梧健壮，他身上更多的是温顺和阳光，廖鸿翔则更多的是强势和沉着。

三个人说说笑笑，往家装建材城入口走去。

到了家装市场，夏小沐才知道装修选材是一件多么烦琐而复杂的事情，而且里面不只有猫儿腻，还有很多学问。选实木地板来说，夏小沐在古夷苏木、柚木和白蜡木之间徘徊，纠结再三，觉得白蜡木还不错。她原来并不知道，一个德国的DORNBRACHT当代恒温花洒要四万五。既没有洗屁股和烘干等"新潮"功能，看上去也普普通通的德国唯宝马桶张口要价三万元，一块700×700mm的意大利Tagina塔吉娜瓷砖要两万三，还有范思哲的一个餐巾盒售价要一万七。逛了一下午，夏小沐就打算放弃亲力亲为装修新家这件事了。

廖鸿翔说得没错，还真不像想象中那么容易。

"真是贵死人不偿命。"夏小沐愤愤不平。

赵金秋嘲笑她："对你来说还贵？要是我，绝对不会来家装市场，只要打个电话给设计师和负责装修的师傅，不管什么东西都挑最贵的买。"

趁夏小沐钻进了一家窗帘布艺店，赵金秋刻意压低声音问："慕容公子，难道你知道老夏已经结婚的事实，一点都不惊奇？或者说，心里就没有那么一点点的失落感？"

慕容朝阳很认真地思考了一下，才说："刚听到她结婚的事实的时候，我的确是很吃惊，也不能接受。可是当时一门心思都在廖鸿翔会不会欺负她上，根本来不及震惊，你还不知道吧，我打电话问你小沐的门牌号那晚，我冲进去，和廖鸿翔打了一架。"

赵金秋傻眼了，看来蒲箫遥的预言果真发生过："所以你额头和眼角的伤是那晚你和廖鸿翔为她搏斗时留下的？"

慕容朝阳点点头："原本，我以为我会难过，会生气，因为小沐一直瞒着我，可是打了一架之后，我想通了。她结不结婚，都不影响我和她做朋友。"

赵金秋指着他问："不是吧？你敢说你对她没有一丝一毫的爱慕之情？你敢说吗，慕容公子？"

"我确实对她存有爱慕之心。只要她开心，和谁在一起都可以。只是，她过得并不幸福。"慕容朝阳突然眉头浮上一丝忧郁。

去电视台的路上，车子行至一高档百货店，眼角瞟过一对男女身上，夏小沐下意识地多望了几眼。男的身形高高大大，短俏的头发显得他整个人精神抖擞，皮肤有些黝黑，黑色的羊毛大衣罩在身上，硬朗而笔挺，左手里拎着几个购物袋，右手则牵着身边女子的手。女的身形纤细高挑，戴着红色的俏皮毛线帽子，还有硕大的墨镜和白色的口罩，白色的长款呢大衣，及膝长筒靴和黑色小短裙，风姿卓越。

即使隔了那么一段距离，夏小沐还是清楚地认出了那两人分别是谁。她有些不相信地盯着他们握在一起的手，忍不住拨通了廖鸿翔的电话："我记得你大嫂是叫舒乐乐？"

廖鸿翔有些不悦："她也是你大嫂。怎么突然对她感兴趣？"

夏小沐又问："舒薇薇和大嫂是不是有什么关系？"

廖鸿翔以为她看了八卦杂志上有关他和舒薇薇的绯闻："怎么？这一次八卦上是怎么写我和她的？"

"我又不看八卦。我是问你舒乐乐和舒薇薇是不是亲戚关系？"

廖鸿翔蹙眉："她们是堂姐妹。"

夏小沐"哦"了一声，不知道要不要告诉他眼前看到的这一切。

"你问这个干什么？"

车子一拐弯，那对身影也随着消失了，夏小沐只说："没事，随便问问。"

姐夫和小姨子？怎么像电视剧里的狗血镜头。

晚上回到翠园，她给廖鸿翔打电话说她决定放弃买家装材料和家具时，突然没了底气。

廖鸿翔竟十分轻松地告诉她，所有的事情，包括从设计到选材、装修、摆设，都会有一个很专业很时尚的团队来 team work。他似乎也从电话里听出了她的沮丧，安慰她说术业有专攻，隔行如隔山，没必要受打击。其实，她是感慨现在的人活得真不容易。高房价之下买了房，还需要一大笔装修费。生活压力这么大，也许都忘记了享受生命的过程。这样想来，像她这样，嫁了有房有车有钱的男人，而且房子车子钱还不止一点点，好像挺幸运。

她一直生活在他的庇佑之下，虽然他不太像一个丈夫，虽然他经常不回家，一回家总爱找碴儿折腾她，虽然他对她很冷漠，但是，她不可否认地生活在他用物质铺好的外壳之下，没有为房子、车子和票子纠结过。可以只做自己喜欢做的事，也可以任意选择喜欢的生活方式，甚至选择和他的相处模式。

在此之前的任何时候，她从来没有考虑过这么现实的问题。

廖鸿翔有一段时间没回家，也许是出差了，也许在其他女人那儿，她也不过问。她恢复了以往一个人平静而简单的生活。每天上下班，往返于电视台和家中，两点一线的生活倒是舒服简单，无须应酬，也没有太多的喧嚣。闲暇时间似乎多了出来。

每个星期天下午，她都去皇家健身会所教授两小时的瑜伽课，来学的人目的不一，有人是为了有苗条姣好的身形，有人是为了减肥，有人是为了减压养心，有的是为了改善颈椎和脊椎的问题，调整正确的坐姿和站姿。她当年学瑜伽只是因为打发无聊的时间，而现在教授瑜伽只是为了有一个特定的环境让她可以继续练习，释放压力，保持内心的平和。晚上她会去西门驿站，有时候坐到台上唱歌，有时候坐在台下看着狂欢的人群。

圣诞节终于姗姗来迟。

平安夜。大街小巷到处都在播放圣诞歌曲。在所有的圣诞歌曲里，夏小沐最喜欢的是《Rudolph The Red-Nosed Reindeer》。

当廖鸿翔打电话给她的时候，她正傻傻地站在超市卖圣诞礼物的货架前，眯着眼睛听这首欢快又充满回忆的歌曲。接起电话，她就用无比欢快的声音说："喂，廖先生，廖先生，你听到圣诞歌了吗？上大学时那个漂亮的英文老师教我们唱的就是这首歌，我跟你说，我刚刚听到差一点乐翻了，太巧了，居然被我听到。好听吧？"

廖鸿翔听到雀跃得仿若梦幻小女孩般甜甜的声音，工作上的烦躁和压力顿时消去了大半，左手拿着电话，右手一把扯开箍得脖颈儿不舒服的领结："嗯，听到了，欢快的旋律确实很适合圣诞节的气氛。"

夏小沐听了他的话，笑得更灿烂了："是吧？很好听吧！我正想着要跟谁分享我的这份快乐，你就打电话来了。"

廖鸿翔面向巨大的落地窗，俯视着南城的市中心，看着楼底密密麻麻的行人和车流，懒懒地问："猫咪，你在哪儿呢？"

夏小沐拿起一个可爱的点头娃娃："我在超市啊，你不知道，圣诞的气氛太浓了，有好多好看又有趣的圣诞礼物在卖，可是人也好多，我逛了好一会儿了，都没走出多远。"

"我还以为你是在百货公司。怎么跑超市去了，你又不买日常生活用品，去那里逛什么？"

她放下点头娃娃，又伸手去够旁边的粉色温情雪人花束："我路过的时候，看到门口装饰得很喜庆，就忍不住走进来看了，结果，就听到这首很好听的圣诞歌了。你呢，还在公司吗？"

他点点头，随即意识到她只能听到他的声音，看不到他点头的动作，才说："嗯。"

夏小沐突然很想买一件温馨的圣诞礼物送人，问："廖先生，那个，你想要什么圣诞礼物吗？"

廖鸿翔重复了一遍："圣诞礼物？"

"对呀，我看到好多好玩的圣诞礼物，可是都不知道你喜欢什么。"

廖鸿翔笑起来："你要送我礼物？"

"那个，你先告诉我你缺什么东西？"夏小沐想了想，他怎么可能缺东西，又说，"你喜欢什么牌子？"

廖鸿翔有点窘了："我也不知道，我穿的用的一直都有专人打理，都没怎么注意。"

夏小沐撇撇嘴："真是个少爷！"

廖鸿翔没听清她的嘟哝："你说什么？"

"没什么。哎呀，我看到一个很漂亮的麋鹿车，我先挂了。"挂掉电话，迫不及待地去拿麋鹿车。她甚至都不记得问廖鸿翔打电话给她想说什么。

从超市出来，夏小沐去了电视台。下了节目之后，又直奔南城市中心的广场，她和赵金秋约好在那里见面。没想到的是，车子被堵在了二环，在车上听到广播里说，已经堵了五个多小时了，市中心堵得更厉害。两人商量之后，各自回家。

回到家，发现廖鸿翔居然也在家，一边换鞋一边问："年底公司不是很忙？"

他看似漫不经心地说："今天过节，我给自己放一晚上的假。"

夏小沐放下包："你也会过节？"

廖鸿翔不回答，只说："把桌子上那个盒子拿过来。"

夏小沐没想太多，走过去看到桌子上放着一个包装精美的礼盒，拿过来递给他，他没接："打开看看。"

夏小沐皱眉，真是个大少爷。拿过来直接拆开包装纸，打开盒子，却发现是个苹果手机。她看着他："你又要换手机？"她记得他刚换过一部。

廖鸿翔笑着摇头："今天是平安夜，这部苹果手机，是我送给你的圣诞礼物。已经帮你充好电了，开机就可以使用。"

夏小沐并不惊喜："我有手机用，就算是要换新手机，我会自己去买。"

廖鸿翔似乎预料到她收到礼物时的表情和反应，没介意她的冷淡回应："就用这个，以后你想要上网查资料什么的，方便点。还给你换了台苹果电脑，在书房里。你去看看？"

"我现在的手机和电脑都挺好使的，再说也用惯了。"

廖鸿翔把手机塞到她手里："你可不可以偶尔给我个机会送你点东西？你知不知道听到你说不要这个不要那个的时候，我感觉我对你来说不是丈夫，而是一个死皮赖脸在乞求你垂怜的陌生人？"

夏小沐听了他的话，愣住了。没想到实话实说，在他那里会是这样的结果："廖先生，你要不要说得这么严重？你知道，我一向只喜欢简单朴素的生活，我对名牌不感兴趣，我也不喜欢那些物以稀为贵的奢侈品。我觉得不管什么东西，只要适合自己就好，不一定非要用那么高档的。"

"没几个钱，你实在没有必要这么计较。"

夏小沐在包里翻来翻去，却没找到手机。她又认认真真地搜了一遍，还是没有，于是把包里的东西全部倒到地上，一样一样地数来数去，就是没见手机的踪影。

夏小沐气馁地蹲在地上："我手机丢了。"

"刚好，我送得真及时。"廖鸿翔从沙发上站起来，从她撒落一地的零碎东西里，拾起胃必治，蹙着眉头问："这是什么？"

夏小沐没好气地说："不识字吗？胃药。"

廖鸿翔眯起狭长的丹凤眼，蛮有意味地看着她："前段时间是谁叫我少出去应酬，说喝酒伤身伤胃的？你自己呢？"

"我的工作性质特殊，吃饭没个准点，时间久了，胃自然不好了。"夏小沐说得云淡风轻，感觉是在说一件与她无关的事情。

廖鸿翔突然严肃起来："你以后必须按时按量吃饭，不准再饱一顿，饿一顿的。我让吴妈天天给你送饭。"

夏小沐嘴上没说，心里却嘀咕：管这么多！

廖鸿翔拎起她的包，丢到沙发角落里，向她伸出手："我的呢？"

"什么？"

廖鸿翔依然把手伸到她眼前："我已经送你礼物了，我的礼物呢？"

夏小沐吐了吐舌头："我本来是打算给你买一件礼物的，后来逛 high 了，就给忘记了。怎么办？现在商场都关门了吧？"

"夏小沐！你在电话里明明问我要什么礼物了，你现在居然跟我说你忘记了？"廖鸿翔立刻不悦起来。

夏小沐赶紧捂住耳朵："小声点，我又不是聋子。就是忘记了嘛，我哪知道你想要什么，电话里问你的时候你怎么不说？"

廖鸿翔坐回沙发里："送礼物讲究的是诚意，哪有问人家想要什么再买的！"

夏小沐装作无辜状："我怕买了你不喜欢，再说了，你是从小含着金钥匙出生的二少爷，想要什么有什么，哪会稀罕什么礼物。"

廖鸿翔蹙眉："谁说我不想要？"

夏小沐贼兮兮地凑到他身旁问："真的想要？"

廖鸿翔看了她一眼，什么也没说。

见他不开口，又问："快回答我啊，到底想不想要礼物？"

廖鸿翔还是没开口，干脆站起来就要往楼上去。夏小沐赶紧拉住他："廖先生，你还没回答你想不想要礼物！"

"你都没准备，问这个有什么意思。"

夏小沐笑："当然有意思了。如果你说想要，说不定就会有礼物。"

廖鸿翔眼里闪过一丝亮光："真的？"

夏小沐点点头："想不想要吗？"

廖鸿翔还是没回答，放开她的手，往楼上走去。

"整个一大男子主义！"夏小沐望着他消失在雕花楼梯尽头的身影，从包里掏出一个精美的小盒子，握在手里，也往楼上走去。

看他正在上网，她问："你经常用 U 盘吗？"

廖鸿翔"嗯"了一声，继续玩他自己的，不理他。夏小沐凑到他身边，打开盒子，把一只可爱的小麋鹿插到他电脑的 USB 接口上："别生气了，看看，我为你挑选的礼物。"

廖鸿翔偏过头一看，是一只红鼻子的麋鹿造型的 U 盘。

夏小沐笑嘻嘻地说："第一，这是一款不掉盖设计，你可以安心使用，不怕遗失。第二，它的尺寸小巧，收藏携带都很方便。第三，它采用环保硅胶材质制成，很环保。第四，硅胶外衣脏了还可以水洗。怎么样，很实用吧？"

廖鸿翔哭笑不得："太可爱了吧，我一个大男人怎么用？"

"麋鹿很符合圣诞节的主题啊，你看，还附送雪橇。还有你看，USB接头朝下，是藏在屁股里的，接在电脑上的时候，麋鹿就会变成坐在电脑侧边上的慵懒模样，憨厚又俏皮。还有，数据传输的时候鼻头上方有个小红灯会亮，这就是为什么不是鼻子亮而是鼻头粉刺亮的原因。怎么样，我送的礼物很有诚意，也很有趣吧？"

"不怎么样！"

"什么嘛，这可是我精心挑选了半天的礼物，你不喜欢算了，我自己用。"夏小沐说完就要去拔下来。

廖鸿翔制止了她，并把她抱到腿上坐好："已经送出去的礼物，怎么可以收回去！"

"你不是不喜欢吗？反正我喜欢，我也可以自己用。"

"不是不喜欢，我的意思是我一个七尺男儿，用一个这么……可爱的东西，你叫我面子往哪里放？嗯？"

夏小沐拍了拍他的脸："好，你的面子要紧。你用不用随便你，反正礼物我是送了。"

夏小沐不好意思把售货员跟她说的话说出来。当时售货员说："这个送给男朋友或者老公都很合适，除了可以带去温暖的祝福，你看这两只麋鹿可以手拉手地坐上雪橇，代表着你们一起努力奔向幸福，永远牵着彼此的手不放开。"

可是这些话，她才不会告诉他。

Part 9　正室风范

十二点半从西门驿站出来，夏小沐想起不久前慕容朝阳和廖鸿翔为她大打出手的画面，不想让慕容朝阳送她回别墅，坚持要先去电视台取车。等她从电视台开车回翠园，发现楼里亮着灯。廖鸿翔已经在家。

她开门进去，发现廖鸿翔没在一楼，电视却是开着的。她关了电视，上楼洗澡。洗完澡，听见楼下有电视声，便穿着冬天毛茸茸的睡衣睡裤，没戴浴帽，披着湿漉漉的一头长发下楼。廖鸿翔在看电视。走过去才发现，电视开着，他却靠在沙发上睡着了。

这人也不怕着凉吗？穿着睡袍，领口大开，光洁结实的一大截小腿裸露在外。夏小沐转身上楼抱了一条薄毛毯，给他盖上，发现他微微蹙着眉，便蹲到地上，不由得用手指去触碰他的眉头，想把他皱着的眉头抚平。谁知刚碰到，他便醒了。夏小沐低头，假装去拾起被他掉到地上的遥控器。

"你洗好澡怎么也不把头发吹干？这样会感冒的。"廖鸿翔揉了一下眼睛，从沙发上爬起来，转身上了楼。

约莫两三分钟，廖鸿翔拿着块毛巾和吹风机下楼，在沙发上坐定，拍了拍身边的位置："过来。"

"你这是要……要帮我吹头发？"夏小沐半信半疑地坐过去。

某人没出声，先用干毛巾替她擦干头发上的水珠，再撩起她的长发，拿起吹风机很耐心地吹起来。听着"嗡嗡嗡"的声音，感受他的手指若有若无地划过她的头皮，舒服极了，闭上眼睛昏昏欲睡。

廖鸿翔发现她的头发比上次见面时又长了一些。这些年，她一直留着长发，却也不见她去弄什么发型。上节目的时候头发都被一股脑儿全梳到脑后，平时她都习惯扎着，有时候也会披在肩上。尽管除了洗头时用点护发素，从来不去美发店做倒膜之类的护理，可她的一头长发又黑又亮，头发浓密，发质也很好。不管什么东西，果真还是自然的最好。

廖鸿翔吹完头发，发现怀里的人依然一动不动，低头一看，她居然睡着了。

此刻她的一整个肩膀和后背全是头发，显得她原本巴掌大的脸更加小巧，加上她睡着之后柔顺乖巧的模样，廖鸿翔心里有一个角落突然柔软起来，感觉怀里抱着的是无比珍贵的宝贝。只想吻一下，感受她的美好。

可是吻下去之后，却欲罢不能。

"嗯——"夏小沐睁开眼，唇角飘逸出情不自禁的意乱情迷，用手推了一下他。

这人，居然偷袭她。

她在酒吧时喝了点啤酒，看到眼前满脸柔情蜜意的男人，不自觉地露出清浅的笑容，调整了一个舒服的姿势，继续窝在他怀里不想动，问："廖先生，你最近回家的次数怎么突然变这么频繁了？"

"有吗？"他反问。

"嗯,有的。"她眨眨眼,扶着他的手臂,从他怀里坐起来,靠到沙发上。

他再次俯下身,深深地吻了下去。

浓密的吻,缠绵悱恻,情意难却,令夏小沐脑子一片空白。在酒精的驱动下,她情不自禁地热烈回应着他。感受到怀里人的热情,廖鸿翔再也控制不住喷发的欲望,抱着她上楼⋯⋯

早上醒来,夏小沐腰有些酸痛,发现躺在一个结实的怀抱里。一回头,便看到仍闭着眼在睡的廖鸿翔,脑海里立刻浮现出昨天晚上两人从一楼沙发辗转到二楼卧室的激烈画面,不禁脸红心跳。

她拿开被子下搭在她腰间的手,准备轻手轻脚起床。

"猫咪,早!"头顶响起沙哑迷人的嗓音。夏小沐还来不及坐起身,又被某人一把拉进被子里,一个灵巧的翻身,霸道的温柔紧接而来。

她还没来得及反抗,就已经沦陷⋯⋯

吃完早餐,廖鸿翔提出要送她上班。可她怕被同事看见,不愿意。他坚持,且答应会在路口放她下车,她才上了车。

到了办公室,听见同事议论这段时间任曼娇屡次被拍到和程万熊成双入对的身影,《名流前线》的主持人很有可能会是她。夏小沐听了,没什么反应。她已经决定放弃这档节目。

不一会儿,就接到全体人员到大会议室开会的通知。这种临时会议一般是在发生重大突发事件的情况下召开,这次不知道又是什么突发状况。

大家在会议室坐定,台长便带着一行人走了进来。

"给大家介绍一下,这位是翔飞集团的总裁廖鸿翔廖总⋯⋯"

台长一一介绍。

看着满面笑容的廖鸿翔出现在会议室,夏小沐被惊到了,直直地盯着他,后面台长还说了些什么,她都完全没听进去。

原来刚才他说有事情要到电视台是真的。可是,他为什么出现在这里?据她所知,公司和电视台并没有合作过。

旁边的肖雯雯捅了她一下:"哇,传说中的钻石王老五,很帅很酷很极品吧?"

夏小沐突然才回过神来："啊？"

"你怎么啦？怎么一副见鬼的表情？"肖雯雯叽里呱啦一阵激动。

"花痴！"夏小沐很鄙视地看了她一眼。

看见所有在场的女同事都交头接耳，窃窃私语，夏小沐很无语。原来他居然这么有杀伤力？这些人什么眼神啊。于是，很不服气地朝那个罪魁祸首瞅了一眼。廖鸿翔的目光不偏不倚正好落到她的身上，她故作镇定地移开目光，看向他身边的其他几位。可是瞬间红了的脸，泄露了她的窘迫。

肖雯雯狠狠掐了她一把："他居然朝我们这边看了！朝我们这边看了！"

夏小沐被掐得几乎要痛呼出声，赶紧扯开她的爪子。抬头又瞪了一眼廖鸿翔，这次她不甘示弱，一眨不眨地瞪着他。廖鸿翔竟然不易察觉地朝她抛了个媚眼，夏小沐装作很镇定，不再看他，心里却有些紧张，她实在是害怕其他同事看出她和廖鸿翔之间的猫儿腻。偏偏在这时候，她还不合时宜地想起昨天晚上和今早的亲热画面，再次低下头。

整个会议围绕《名流前线》进行。廖鸿翔发言并不多，但是句句都说在点上，没有废话和过多的修饰语，简洁明了，又都句句在理，观点不容人辩驳，完全一副掌控大局的王者风范。

夏小沐觉得本次会议跟自己并没多少关系，开始心不在焉，一直在本子上瞎涂乱画，倒有些奇怪为什么合作商在一夜之间突然由程万熊变成了他。

直到最后，台长宣布："经过我们台里的领导班子和翔飞集团的高层们一致研究决定，由夏小沐担任《名流前线》的主持人。"

突然听到自己的名字，一直置身事外、正在信手涂鸦的夏小沐惊得魂都没了，一下子蹦了起来。

周围的同事都笑了起来，台长也笑："小沐，你的这个反应很好，说明你意识到了身上的担子。以后有什么想法，都可以来找我沟通，也可以直接和廖总沟通。我们的目标是一致的，就是办好这档访谈节目。"

会议结束之后，廖鸿翔打电话叫她去吃午饭，夏小沐想都没想就答应了。坐电梯到停车场，一上车她就狠狠捶了他一下："你为什么不提前跟我说一下？"

廖鸿翔刮了一下她的鼻子："我以为我给你这么大一个惊喜，你会很高兴。"

"喜没有，倒是惊得我魂都快没了。"夏小沐回过神来，又问，"这个节目不是一直都和程万熊合作的吗？今天怎么突然又变成是你了？"

"难道你希望是程万熊？"一提起这个，他就有气。程万熊对她做了什么，他一清二楚。

夏小沐想了想："……不希望。"

"那不就行了。现在这档节目是你的了，打算怎么感谢我？"廖鸿翔突然眼里发光。

夏小沐瞪了他一眼："我又没要你帮忙，我本来已经放弃了。"

"这节目本来就是你的，被人抢了去，你不去努力争取也就算了，居然还好意思说出这种话？"他怒其不争。

她撇撇嘴："反正你神通广大，什么事都知道，什么事都搞得定。"

廖鸿翔突然抱住她的头，劈头盖脸吻了下来。夏小沐惊得赶紧起身反抗，这里可是电视台，要是被熟人看到，她还怎么混。可是任她怎么挣扎，某人都不打算放过她。直到最后，她瘫软在他怀里。

"猫咪，陪我吃午餐去吧？嗯？"廖鸿翔替她整理完头发，捧着她的脸，眼里充满温柔。

夏小沐感觉他温润的双眼，似乎要将她望穿。于是点点头："我要吃大餐。"

廖鸿翔带她去了南城著名的会员制餐厅——幽静汇公馆。夏小沐虽然没去过，可曾经听人提起，那里只认会员卡，没有卡，再怎么有钱也吃不了。

整个餐厅装修时尚而气派。夏小沐看到好几个南城名人在用餐。

廖鸿翔显然是这里的常客，一进去就有人热情招待："廖总，一切已经按照你的吩咐准备好了。"

一路走着，不断有人从各个包间出来进去，几乎每一个人，都会跟廖鸿翔打招呼，说话的口气大概都一致，热络而熟稔，带有些恭维的性质。但是，都无一例外地瞟向夏小沐，从头瞟到脚。夏小沐礼貌性地点头微笑，算是打招呼。

她其实并不喜欢到这种只讲排场的地方用餐："来这么贵死人的地方吃饭，到底是来吃饭，还是来受罪的？"

廖鸿翔转过头对专门为他们配备的私人秘书说："我希望你不要让这位小姐有来这里吃饭是受罪的感觉，否则明天你就可以不用来上班了。"

"是是是！"那位私人秘书刚挂好两件大衣，听了吓得腿都软了，可怜兮兮地看着夏小沐。

"你到底是来吃饭，还是来耍威风？"夏小沐赶紧制止他。

"我是老板，来吃饭兼视察业务。"廖鸿翔懒懒地说。

原来他是老板。夏小沐倒是没想到。

吃到一半，忽然外面一阵骚动。接着经理进来汇报："廖总，外面有位任小姐吵着要见您。说不见到您本人不会走。您看，您要不要……"

廖鸿翔站起："你先吃，我出去看看就来。"

虽然一直都知道他外面有人，心里还是无端添了堵。吃了几口，觉得索然无味。原本是想出去阳台透透气，看到楼下的任曼娇和廖鸿翔，实在不想再在这个地方待下去，直接从另外一个门走了。

她窝火极了。跟廖鸿翔出来吃这顿饭，完全是自取其辱。

大概是服务员报告，廖鸿翔立刻追了上来，一把拉住她："以后有时间我再带你过来吃。我已经吩咐给你办会员卡，以后你也随时可以带朋友过来吃。"

"不想来。来了，看见你那些乱七八糟的事情，心里添堵。"

廖鸿翔说："自家餐厅，就应该经常光顾，正好可以提提意见，也有利于改善经营。"

"你以后也会这么对我！"夏小沐没有用问句，而是直接用了陈述句。

"什么？"廖鸿翔回头。

"我说以后你也会像对任曼娇那样对我。不过，我想我会做好心理准备的。"夏小沐脸上没有什么表情，声音也轻飘飘的。

"夏小沐，到现在你还是没有摆正你自己的位置！"廖鸿翔脸色微变。

他怒。

怒她拿她自己跟外面那些上不了台面的女人比较，贬低她自己的身份。

她接着说："但是，请你放过任曼娇。"

"为什么？"

"你在外面怎么样都好，我可以视而不见，听而不闻，但是，她和何超然是青梅竹马的一对，你别拆散他们。"夏小沐的心一点一点钝痛起来。

他瞪着她："夏小沐，我警告你，不该管的你别管，任曼娇是什么样的女人，我比你清楚。还有，请你找准并弄清楚你自己的位置。"

夏小沐狠狠瞪回去："我就是因为一直很清楚我的位置，所以不管你在外面怎么花天酒地，我从来没说过你什么。这样还不够吗？你还想我怎么样？"

廖鸿翔从衣兜里摸出烟，抽出一根点上，吸了一口，吐了个烟圈："那是！你一向都有稳坐钓鱼台的底气和处变不惊的心态，从来都很有正室的风范。有妻如你，我很感激。"

夏小沐不再说话，也不看他，只是死死盯着前方的红灯，五、四、三、二……

突然，她快速穿过车海，冲到马路上，抬起手拦出租车。她此刻只想逃离，逃离有他的地方，逃离他的视线，逃离与他有关的一切情绪和回忆。

眼看着一辆辆载着人的出租车驶过，她心急如焚，心跳狂乱起来。眼见廖鸿翔就要来到马路这一头，正好过来一辆出租车，夏小沐一抬手，发现里面坐着人，只得重新放下。

不料出租车里的人伸出头："沐沐。"

夏小沐一看，居然是雷俊宇。看到廖鸿翔快要过完马路，而雷俊宇正叫司机停车，夏小沐打开车门，一头钻了进去。

可是上了车，面对雷俊宇的关切问候，夏小沐彻底不耐烦了："雷俊宇，你现在最应该关心的是汪子菲，而不是我，明白吗？"说完，拉开车门头也不回地走开了。

刚下了车没走几步，廖鸿翔就过来："夏小沐，别以为我不知道你和雷俊宇那些过往，你的那颗心，我并不稀罕。可是，我也警告你，你最好别做出什么不应该做的事情来。还有,别再跟我说什么你想离婚的鬼话,我告诉你夏小沐,这辈子,你跟我在一起就算是折磨,甚至你就算是死了,我也不会放你走,我绝对绝对不会成全你和他。听明白了吗?"

夏小沐脸上风轻云淡地笑着,心里却是倾盆大雨。

"廖鸿翔,我和他确实是相爱过,而且我到现在还忘不了他。可是你能怎么办?是杀了我还是灭了他?"

看着他,夏小沐一字一顿地说完,头也不回地走了。

你凭什么就不允许我有点过去?你有什么资格抓着我的过去来指责我?

第二天,夏小沐一到电视台,同事就拿着南城娱乐报来给她看。是前一天她和廖鸿翔去幽静汇公馆吃饭的照片,数十张照片只有背影或者是侧影,两人并未牵手,也无亲密的举动,所有照片都只是一前一后走着的样子。文章里绘声绘色地描述了廖鸿翔和夏小沐如何结识,如何发展,又如何逃过众人的眼睛搞地下恋,到最后的恋情曝光。整篇文章言语间确之凿凿,无法不令人信服。

当天晚上,南城电视台的另一个频道报道了南城频道即将面世的新节目《名流前线》的相关消息,同时,消息针对南城娱乐报关于廖鸿翔和夏小沐的绯闻事件做了一定的回应,称夏小沐和廖鸿翔现身完全是为了谈工作,陪同的还有南城频道的高层领导,并无涉及儿女私情。完全推翻了南城娱乐报当天上午的绯闻报道。

夏小沐苦笑。她并不想涉入这些事,可惜事与愿违。

坐到总监办公室,她还在想,也许正如网友所说的,这真的是一场纯粹的炒作,而幕后操作者就是自己的同事领导和廖鸿翔,她自己被活生生地利用了。

总监看出她心里的想法,直接道:"不瞒你说,在和翔飞集团谈合作的过程中,我们曾经向他们提出为了宣传效果而炒作的方法,可不管是廖总,还是这次合作的主要负责人李伟,都坚决不同意这样做。"

"为什么?"

总监说："他们的理由是一致的，那就是不能为了宣传，把你这个一向形象正面的主持人拉到八卦绯闻的风口浪尖。现在你还觉得这是一场有计划有目的的商业炒作吗？"

夏小沐摇摇头，可是心里还是有些不舒服，毕竟她的同事确实提出过炒作的想法，只是没有付诸行动。只是这一次的意外，却达到惊人的相似效果。

《名流前线》的准备工作已经全部完成，为了将失误化为零，头几期采用录播的形式。编导头几期安排采访了南城重量级的名流，清晰地定位"时尚、高端、品位"的节目宗旨，提高节目的品质。两期播出之后，果真赢得了不错的收视率，打了一个漂亮的亮相战。

陆续新开的两档节目都有不错的收视率，这对夏小沐是相当大的肯定和鼓励。

往后的夏小沐，越来越忙。每周除了周日，有六天晚上都要播报新闻节目和主持《目击》。《名流前线》是一周播出一期的访谈节目，夏小沐自觉自己并没有访谈经验，所以每次采访前，都要做很多准备工作，尽可能做到万无一失。虽然每一期都顺利录制，也暂时没有收视率的压力，可是一向不允许自己在工作中出错的夏小沐做得并不轻松。

又过了一个月，忙完一天的工作回到家，吴妈告诉她廖鸿翔已经回家了。她换了拖鞋，脱了大衣，却发现沙发上不见人影。书房未关严实的门缝里，灯光隐隐约约透出来。

她走进去，他头也不抬："怎么回来得这么晚？"手指仍然在电脑键盘上不停地翻飞着。

她扭了扭酸疼的胳膊，在沙发上坐下来，顺便拿起一本书随意翻看："你最近没回家所以不知道，我最近天天都是差不多这个点才回来。以后每天也是差不多这个时候才能回来。"

他终于停下手中的事情："我的助理告诉我最近《目击》和《名流前线》的收视率节节攀升，而且广告时段的经济效益也不错。可是代价却是你归家越来越晚，所以，我并不开心。"

"廖总，按照正常的逻辑思维，你应该开心才对。"

"我不希望我的妻子，完完全全变成一个只会工作的女强人。"他停了停，又说，"如果你觉得同时主持三档节目太累，可以考虑退出一档。"

如他所料，夏小沐果然拒绝："我觉得我完全能够应付，也不觉得很吃力，只是要花比以前稍微多的时间在单位，所以晚上回家会比较晚。"

廖鸿翔语气不免冷了下来："所以，你并不想为这个家，为我做出些让步，对吗？"

夏小沐点点头："我觉得有必要我做出让步的地方，我自然会做出让步。可是现在的状态刚刚好，我不觉得我需要做出什么改变。"

廖鸿翔从电脑前起身，走到她身边坐下，用不生硬也不温柔的声音说："猫咪，其实，我真的不想你这么辛苦。看着自己的女人天天这么抛头露面，在职场苦苦打拼，我的心里很不好受，你明白吗？"

夏小沐笑笑："廖先生，现在是二十一世纪，二十一世纪的女性就应该敢于选择自己的生活，有新型的价值观念、家庭道德观念及行为方式。"

他摸摸她的头："可是，也有一种生活方式，可以每天睡到自然醒，可以打扮得光鲜亮丽去参加各种时尚派对，可以随时去最想去的地方旅游度假，可以狂扫各大商场买各种名牌衣服，名牌首饰，可以只花钱不赚钱，可以……"

夏小沐打断他："廖先生，那不是我想要的生活，我也不喜欢依附任何人。我想要的生活不仅仅是精神独立，还要经济和事业独立。如果我只想要过依附男人过一辈子的生活，当初跟你结婚之后，我就会辞职安安心心做个家庭主妇了，可是，五年前我并没有那么做，所以现在，我也不可能这么做。"

廖鸿翔放开她的手，叹气："你真的就不能为了我……"

没等他说完，夏小沐脱口而出："不能。我不要求你改变，所以，你也别要求我。"

他看着她，幽深的眼似一潭深不见底的湖水，湖面平静无风，湖底却是波涛汹涌。面对她的时候，他总会产生莫名其妙的无力感，他动摇不了她，改变不了她，更影响不了她。

"关于《目击》栏目的合作……"

没等她说完，廖鸿翔一下子起身，重新往办公桌走去："关于这部分，请与公司的负责人联系。"

夏小沐追过去："你是老板，跟你说更有用。"

廖鸿翔不悦地皱起眉头："猫咪，我们不是商业合作伙伴，是夫妻，我不想在家里跟你谈公事。没什么事的话，你先出去吧，我还有很多工作要忙。"

看到他恢复至冷漠的状态，夏小沐知道多说无益，转身走了出去。

再见到廖鸿翔，是在南城电视台的迎新年晚会上。

一年一度的新年欢庆晚会，是南城电视台最庞大的活动之一，六个非常著名的主持人组成了庞大的主持群，夏小沐便是其中之一。从组建晚会筹备组到节目正式彩排，工作人员一路激情高涨，夏小沐在同事的感染下，也变得活跃起来，还主动报名出演节目。

当天晚上，夏小沐几乎是下了《今日南城》新闻联播的主播台，就直奔化妆间，化妆和做发型，然后就又站在了新年晚会的直播现场。

她今晚的第一套主持服是一袭白色的单肩礼服裙，从胸部到臀部是展现身材的褶皱设计，下面是小鱼尾造型的缎面料子，裙摆拖在地上形成美好的弧度，把站在舞台上的她衬托得更加摇曳生辉，美艳动人。跟播报新闻时专业、干练和知性的夏小沐是完全不一样的感觉。

在其他主持人说话的时候，夏小沐发现慕容常林和台领导坐在第一排，还有其他市委领导和省领导。更惊愕的是，廖鸿翔也坐在第一排，此时他正跟经常在新闻里出现的廖雄说着什么，两人显得很亲密，完全不似官商交谈应有的样子，倒更像亲人。在接下来的主持环节，夏小沐总感觉坐在廖鸿翔旁边的廖雄总是意味深长地盯着她，令她有一丝紧张和不安。她知道廖鸿翔也一直在盯着她看。

节目进行了三分之一，快要轮到夏小沐的节目，她开始到后台换衣服，准备上场献唱。配合着新年这个喜庆的主题，她穿了一件红色的几何图案礼服。花朵样的图案看起来妩媚无比，绑脖的设计和 V 字领的领口都十分性感，白色的褶皱挂件和紫色的彩袜诱惑力十足。她站在台上，光芒四射，温暖的声音通过话筒传出来："每朵岁月都有新生的光彩，希望就像春雨守护新苗的模样,愿你万事平安一切都无恙。这首《春暖花开》送给你们,希望大家来年春暖花开,心想事成!"

背景音乐响起,是黄韵玲的《春暖花开》。她一开口,现场的欢呼声、掌声就不绝于耳。略显低沉的声线,传达出的却是暖暖的感动。她撑得住音乐的厚度,唱得很有感情,轻松自然唱出来的时候,自然带出的技巧,懂音乐的人一听就知道她有扎实的音乐功底。

台上唱得声情并茂的夏小沐,引起了现场一波又一波惊叫和欢呼。一眼望过去,台下是黑压压的人头,她感觉此刻是属于自己的舞台,没有观众,她在台上唱给自己听。灯光突然变亮,她不经意地一扫视,便看到台下的廖鸿翔正和廖雄笑容满面地说着什么,然后两人同时抬头看向台上的她,露出欣赏的表情。夏小沐笑得更灿烂了,把歌曲的灵魂活生生唱了出来。

随即,整个舞台都变暗,只有夏小沐站立的位置,留有一束灯光从高处倾斜而下。突然,一个朋克打扮的年轻男子飞跃上台,捧着一束花朝着舞台中央的那束光源飞奔着冲了过去,一把抱住夏小沐。正在忘我歌唱的夏小沐身子猛地一震,只感觉自己被一个男孩紧紧抱住,声音不由得抖了一下。然后,黑暗中,一个身影冲上台,一把拉开朋克男孩,将他推下台。

灯光缓缓变亮,夏小沐看见廖鸿翔的座位是空的,人不知去向。那个朋克男孩,也已经不见。毕竟已经在酒吧唱了五年,各种各样的突发状况都碰到过,这点小插曲对她来说已是司空见惯,不足以影响她继续唱下去。

台下的人都意识到了刚刚舞台上发生的一幕,看到夏小沐仍然若无其事地唱着,又是一阵掌声和欢呼声。终于,唱完最后一个尾音,夏小沐朝着台下深深地鞠了一个躬,退回到后台。

夏小沐再次出现在舞台上的时候,换了第二套主持服。也是一袭抹胸褶皱礼服,只不过是拼色的,由粉色、紫色和深蓝色三种颜色拼接而成。微微向外扩张开的粉色似一朵绽放的莲花,勾勒出夏小沐的胸线和漂亮的锁骨,中间那一块紫色的斜坡设计充满高贵和时尚的元素,下面层层叠叠、前短后长的深蓝色波浪形裙摆,露出她纤细光洁的美腿,令人过目不忘。淡雅的蓝色与裙摆的荷叶边都给人一种浪漫的感觉,性感、霸气又活泼可人。比起第一套简单、干净和纤尘不染的白色礼服，第二套更加华丽、性感和妖媚。

报完节目回到后台，在窄窄的入口处，夏小沐被人一把搂进怀里，还未来得及惊叫，一个狂热的吻便席卷而来。在她用力挣脱的瞬间，头顶响起廖鸿翔的声音："猫咪，是我。"

夏小沐站直身子，拉开与他的距离，赶紧警告他："你注意点影响，这里是我工作的地方。"

廖鸿翔在黑暗中看着她："我已经很注意了。要不是这里是你工作的地方，我刚才就把上台占你便宜的那小子给弄残废了。"

刚才拉走人的果真是他。

廖鸿翔接着用霸道的语气说："把你身上这套衣服换掉！"

夏小沐转身就走："我还要上台主持，你赶紧回你的位置去。"

廖鸿翔一把拉住她："你先答应我把衣服换掉？"

她不解："为什么？"

廖鸿翔瞥向她露出的双腿："我不想你的美腿被其他男人看见。"

"别闹了，我在工作！"听到有人走出来的声音，夏小沐奋力挣开他的手，往后台走去。

整场晚会很顺利，结束的时候领导们纷纷上台和演员握手。和几个领导握过手之后，廖鸿翔向她伸出了手，夏小沐眉头一挑，大大方方地伸手握住他的："廖总，新年快乐！"

廖鸿翔露出宠溺的笑意，握着她的那只手恶作剧地挠了挠她的手心，一边还说："夏主播不愧是台柱子，不仅多才多艺，端庄大方，还处变不惊，实属难得。"

夏小沐被他一挠，手心酥酥麻麻的感觉传遍全身的神经末梢，心头也痒痒的，笑里藏针地盯着他说："廖总过奖了！"

整个晚上和廖鸿翔交头接耳的廖雄走过来向她伸出手："夏小姐，你的台风很稳，非常有大将风范。但是年轻人除了工作，还是要多花点时间和精力到生活上。"

夏小沐伸出手，不知道他后面一句是什么意思，只得礼貌性地说：
"谢谢！"

　　和所有走上台的领导都一一握过手之后，回到后台，夏小沐换下礼服，
卸了妆，把盘起的长发放下来，整理好之后，刚走出化妆间，慕容朝阳
就捧着一杯奶茶出现了。

　　夏小沐一边接过他递给的奶茶，一边问："刚才怎么没看见你？"

　　"我坐在后面。"慕容朝阳露出灿烂的温暖笑容："小沐，我不得不说，
你的主持和演唱都非常棒，我今晚特意来捧你的场算是赚到了。"

　　夏小沐想了想，还是说："朝阳，你应该知道，我已经结婚了。"

　　慕容朝阳闪闪发亮的双眸，暗淡了一下，随即又明亮起来，"我当然
知道你已经结婚，可是我们还是好朋友，所以，不管什么时候，一旦你
需要我这个朋友的帮忙，我都会义无反顾地帮助你。"

　　夏小沐看着慕容朝阳招牌式和煦的笑容，心里暖暖的，开心地点头：
"有你这样一个好朋友，是我上辈子修来的福气。"

　　正好刚哥有事找，两人去了西门驿站。

　　夏小沐从酒吧回到翠园，发现家里黑灯瞎火的，觉得有点奇怪。吴
妈总是会等着她回家之后才睡觉的，今天居然这么早就睡了。她打开门
进去，房子里依然没什么动静。

　　她上了楼，径直走进客房，正要顺手关门，门外有一股力量袭来，
廖鸿翔高大的身影逼近："你去哪儿了？"

　　夏小沐吓了一跳，放开门把，往房间里走，没好气地："我去哪儿不
用向你汇报吧。"

　　廖鸿翔跟进来："我在电视台地下停车场等了你很久。"

　　夏小沐回过头奇怪地看了他一眼，她又没叫他等她。

　　廖鸿翔一把拉住她："谢幕的时候，我不是跟你说我在车库等你吗？"

　　夏小沐想起他挠她手心的恶作剧，还有他那句模糊不清的话，不由
得来气："我没听见。"然后挣开他的手，"廖鸿翔，我累了，想早点休息，
麻烦你有什么话都留到明天再说。"

看到廖鸿翔还想说什么，她抬手做了一个停止的动作，说："拜托你，就算是真有什么人命关天的大事，也到明天再说，好吗？我真的很累了。"

廖鸿翔撩起她床头的一个大袋子，问："这是什么？"

夏小沐一把抢过来："你别动我的东西！"

廖鸿翔皱眉："毛线？你用毛线干什么？"

夏小沐把袋子拎到换衣间，走出来时说："廖先生，明天是星期天，我有时间。"

廖鸿翔接着说："所以，你有时间跟我回老宅了？"

"对。"夏小沐最喜欢他这种适当时候的聪明和默契，无须多说，他便能明白她想要表达的事情。在这一点上，她觉得他是一个很好的生活搭档。

夏小沐推着他往门外走去："但是我的见面礼还没准备好，如果你现在赶紧去睡觉别再烦我，我保证明天的见面礼不用你操一丁点儿心。"

"你不和我一起睡？"

夏小沐威胁道："你再啰唆，我明天就玩消失！"

这招果然有用，他不多说一句话就出去了。

看着袋子里还未完全成形的毛线，夏小沐叹了口气，进浴室洗了个澡，出来继续连夜赶工。

第二天下午五点，夏小沐拎着四个袋子和廖鸿翔出门，却始终不肯给他看。行至一个路口，廖鸿翔突然停下车子，拿出电话拨号码：

"妈，大哥大嫂今天要回家吃饭吗？"

"哦，我知道了。"

"妈，我们已经出门了，估计二十分钟就到。我正开车，先挂了。"

大哥和舒薇薇为什么会同时出现在这里，而大嫂却没有同行？只是碰巧遇到？

夏小沐问他廖家人的情况，打断了他的思绪。

她虽然面上一直都笑着，心情却很复杂。不知道是应该庆幸自己不用想法子讨好公婆，努力和大伯嫂子和睦相处，还是应该心酸结婚这么久了婆家人却不知道。

别人隐婚的真实感受是什么呢？她很好奇。

赵金秋的电话来了。一接起，就听见她在电话那头欢欣鼓舞地说："老夏，你们俩到哪儿了？"

夏小沐奇怪地说："我要去公婆家，我记得没约你吧？"

"我今天反正也没什么事，和你们去玩玩呗，就当是我给你壮胆。我已经在老宅门口了，你们快来吧。"

夏小沐扶住额头："阿秋，我今天是第一次去婆家，不是去玩，你别给我添乱了。"

廖鸿翔听了，在旁边说："让她去吧，我们家就缺人气了，她去了可以热场。"

赵金秋在电话里大叫："老夏，你老公都同意我去了，你没理由不让我去！"

车子沿着梧桐道一直进去，旁边都是现代风格的住宅小区，可是廖鸿翔并没有在任何一幢住宅楼停下来，而是一直行至千米开外，住宅楼越来越远，眼前是一排排树叶几乎落光的梧桐树，然后一座三层小楼出现在眼前，看上去好似南城的隐秘花园，把邻近的喧嚣全都隔离开来，只盛放属于自己的气息。

Part 10　拜见公婆

一进入大厅，夏小沐就见金秋正在跟廖家人聊得火热。

廖鸿翔这才说："我也是前几天才刚认出来赵金秋是舅舅家的表妹。容貌跟小时候变化太大了，完全认不出来。"

夏小沐惊讶之后，有些受伤的感觉，觉得被赵金秋欺骗了。

廖鸿翔拉着她朝着沙发走过去:"爷爷,奶奶,爸,妈,我带你们的孙媳妇儿媳妇回来了。"

众人都将视线从赵金秋身上移到廖鸿翔身上,再聚集到他身边的夏小沐身上。

赵金秋赶紧过来一把搂住夏小沐,撒娇着说:"爷爷奶奶姑妈姑父,夏小沐是你们的孙媳妇儿媳妇,也是我最好的朋友,以后你们可都不许欺负她,得像宠我一样宠她,不然我可不答应。"

廖鸿翔指着他的家人一一给夏小沐介绍:"小沐,这是爷爷、奶奶,还有爸爸和妈妈。"

夏小沐微微欠身,露出标准却有些僵硬的笑:"爷爷好,奶奶好,公公好,婆婆好。"

夏小沐这才知道昨天晚上在晚会现场一直和廖鸿翔交头接耳的廖雄,竟然就是自己的公公。感觉像做梦一样不真实。怪不得昨天晚上他总盯着她看,原来是在观察儿媳妇。

何清秀看见夏小沐,眉开眼笑:"这孩子,叫什么公公婆婆啊,直接叫爸爸妈妈多好听。"

赵锡娟拉着脸:"妈,她肯叫一声公公婆婆,已经很为难她了。"

赵金秋在一边给夏小沐使眼色。

夏小沐小声在她耳边嘀咕:"我叫不出来。"

赵金秋赶紧解围:"姑妈,看你说的,不是小沐不肯叫,这种叫法是她们老家那边的习俗,姑娘嫁了人家,都叫公公婆婆,不叫爸爸妈妈的。"

廖鸿翔把夏小沐安顿到身边的沙发上坐好,指着赵金秋问何清秀:"奶奶,她真的是小时候那个流着长鼻涕整天跟在我后面要糖吃的小丫头?"

赵金秋立刻抗议:"谁流着长鼻涕?谁整天跟在你后面?谁跟你要糖吃了?谁又是小丫头?"

何清秀乐呵呵地笑起来:"两个小鬼,要吵出去吵去,我还想跟我孙媳妇说话呢。"

夏小沐拎出四个袋子,逐个递给四位长辈:"爷爷奶奶,公公婆婆,这是我亲手织的围巾和拖鞋，一点心意，希望你们不要嫌弃。"

何清秀掏出袋子里的围巾和拖鞋，欢快得像个孩子："好漂亮的围巾，还有拖鞋，颜色还是祖母绿，我最喜欢的颜色。"然后望着其他同样拿着袋子的儿子儿媳和老伴说，"这孩子，可真有心。这么些年，所有人送的礼物中，就今天这礼物最合我心意。"

赵锡娟看着紫色的围巾和紫色的毛线拖鞋，是她喜欢的颜色，有些不相信地看着夏小沐："这些真的是你一针一线亲手织出来的？"

夏小沐点点头，有些不好意思："是我织的。一开始我还苦恼着买些什么好，想来想去都觉得不合适，就想着亲手做的总比买的有诚意，也算是我对你们的一点孝心。"然后，对廖雄说，"我听说今年是公公的本命年，都说本命年挂红可以避邪躲灾，所以拖鞋我选了红色配黑色。"

廖雄笑着点点头："有心了。"

廖致远把深灰色的围巾围到脖子上说："真暖和！"然后又拿起拖鞋，"小沐，这四条围巾的花色都不一样，看来你不只会织，还会很多花样啊。"

夏小沐笑："爷爷，我小时候看见我妈妈织，跟着她学来的。可是好多年不织，花样都忘光了，这四款花样还是我央求毛线店的老板娘教我的。"

廖鸿翔没想到她还会这一手："所以，吴妈说你这段时间总是躲在房间里，就是织这些围巾和拖鞋？"

夏小沐点点头："总算在允许的时间里按质按量完工了。"

廖鸿翔不满地说："我的呢？"

赵金秋也不甘落后："还有我的。"

夏小沐笑："放心，有你们的。说不定明年这个时候，你们就能收到了。"

两人形成统一战线，抗议道："不是吧？要等一年那么久？"

夏小沐眉头一挑："一年能不能送到你们手里，那还得看我的心情，要是你们俩惹我不高兴了，我就不送了。"

廖鸿翔拉过她的手，发现她的中指上已经有了一层厚厚的新茧子，皱眉："都生茧子了，看来这毛线活也是种体力活。"

赵锡娟本来还想数落夏小沐之前两次惹她生气，看到她中指上的茧

152

子，终于把憋到嗓子眼儿的话都咽回到肚子里。

"曾祖父曾祖母爷爷奶奶，我来啦。"门口传来一声稚嫩的童音。

廖鸿飞和舒乐乐跟在廖一后面进来。

赵锡娟对廖一伸出双手："一一，来，到奶奶这儿来，让奶奶看看我们家小宝贝最近有没有长高了点。"

廖一一蹦一跳地蹭到赵锡娟身边，眼睛却盯着沙发上的围巾和拖鞋："奶奶，这是什么？"

赵锡娟把廖一抱进怀里，在他脸上亲了一口："这是你小婶婶织给奶奶的，好看吧？"

"好看！"廖一清脆地回答，然后看了看夏小沐和赵金秋，"奶奶，谁是小婶婶？"

赵金秋指着夏小沐说："这位就是你的小婶婶，我是你表姑哦。你就是一一呀？真可爱。"

廖一立刻又从赵锡娟怀里挣出来，蹭到夏小沐身边说："小婶婶，我也想要围巾，你会给我织吗？"

夏小沐看他并不认生，便把他抱在怀里，看着他粉嫩的小脸蛋，心里柔软起来，学着他的语气说："可以的呀。可是一一想要什么颜色的呢？"

廖一看了一圈周围的大人，然后说："男子汉都爱黑色，我也要黑色。"

他这话逗得大家一阵大笑。

舒乐乐不咸不淡地说："这围巾的花样还真好看，弟妹，你在哪儿买的？回头我也买几条去。"

赵金秋笑着说："大表嫂，这款式这花样的围巾只有小沐才织得出来，在外面是买不到的。"

舒乐乐本想呛夏小沐几句的，没想到半路杀出个赵金秋，斜视了她一眼："哟，你又是谁？可别一见面就表嫂表嫂的，我可不敢当。"

赵金秋仍是和颜悦色地，学着她的口气说："哟，表嫂，我和这两位表哥可是从小玩到大的，说起来，我在这个家的时间比你长多了，如今你嫁了我大表哥，我不叫你大表嫂，还能叫什么？"

赵锡娟打断两人："小秋啊，从今往后可得和表哥表嫂们好好相处，不许再欺负你两个表哥了，不然你两个表嫂可不会答应的。"

赵金秋坐到赵锡娟身边，搂着她说："姑妈，我才没那么不懂事。"

舒乐乐还想说什么，可是当着长辈的面，也不敢放肆，只得住了嘴。

廖鸿翔从夏小沐怀里接过廖一："来，二叔抱，你这么重，你小婶婶可抱不动你。"

舒乐乐赶紧接口说："二弟，我看你和弟妹都挺喜欢小孩的，什么时候给爸妈再添个孙子啊？"

舒乐乐的话就像是一个大炸弹，让毫无心理准备的夏小沐耳鸣心慌。她不作声，只是用手肘蹭了一下紧挨着她的廖鸿翔。

廖鸿翔逗廖一："一一，想不想要你妈妈再给你生个弟弟或者妹妹？"

廖一一听顿时乐了："好啊，我想要个公主似的小妹妹，以后谁要是敢欺负她，我就揍扁谁。妈妈，你什么时候给我生个妹妹呀？"

舒乐乐不满地瞪了廖鸿翔一眼："你二叔骗你呢，别听他的。"

这时，舒薇薇从门口进来，笑着问："谁骗谁呢？你们在说什么？"

廖一跑过去："姨妈，你不是说今晚不和我们一起吃饭吗？你骗人。"

夏小沐敏感地看了眼廖鸿飞，发现他看到舒薇薇的时候，脸上有微微的震惊，还夹杂着一些怒气和不满，只是一瞬间就消失了。快得让夏小沐感觉那不过是幻觉。同样望着廖鸿飞的还有廖鸿翔，他看到大哥脸上的表情，明白了一些什么，觉得是该找个时间好好和大哥谈谈了。

舒薇薇和大家热络地打招呼，看到夏小沐和赵金秋，也是笑容满面地打招呼。

舒乐乐有意无意地说了一句："薇薇啊，前段日子还说要撮合你和二弟的婚事，没想到二弟结了婚也瞒着家里，害得我们大家白操了一场心，你可别怨姐姐。"

舒薇薇笑着说："姐，我没那么小气。"

一大家子围在饭桌前热热闹闹地吃饭，很有合家欢乐的味道。尽管有些拘谨，可这是这么些年来，夏小沐第一次那么真切地感受到家的浓烈气息。

赵金秋吃过饭就风风火火离去了。廖鸿翔兄弟俩陪着爷爷奶奶和父母说话，舒乐乐带着廖一出门遛狗，夏小沐坐在廖鸿翔旁边，听着他们闲话些家长里短，倒也舒服自在。爷爷奶奶偶尔会问她几句，她也都一一回答，说得不周到的地方，廖鸿翔都会难得地替她圆上几句。

之后两人上楼，廖鸿翔眯了一会儿，从床上坐起来，看见夏小沐正对着一本相册傻笑。

他走过去，夺过她手里的相册："一个人傻笑什么？"

被他这一问，夏小沐笑得更厉害，腰都快要直不起来了："你小时候太丑了，我从来没见过这么丑的小孩，哈哈哈……"

"夏小沐，有本事你给我再说一遍！"廖鸿翔又窘又怒，还从来没人敢这么说他。

夏小沐乐得快晕了，"我没有乱说，你小时候真的很丑，哈哈哈哈……"

廖鸿翔看着笑得花枝乱颤的夏小沐，想着怎么收拾她时，楼下传来赵锡娟喊他的声音。

两人下楼，舒乐乐和廖鸿飞一家已经走了。只剩下四个长辈仍围坐在沙发上。

廖雄坐在沙发上，抽着烟，远远地招呼道："过来坐。"

夏小沐看了一眼神色自若的廖鸿翔，心中有不好的预感，却也只得硬着头皮走过去坐下。

果然，刚坐下，廖雄就说："你们俩，五年前就结婚了？"

廖鸿翔点头说："是。五年前就结婚了。"

"你们是认真的，还是一时冲动晕了头结婚？"

躲得过初一躲不过十五。夏小沐想，果真是要开始谈话了。

有廖鸿翔在旁边，她不打算回答这个可能被骂的问题。

廖鸿翔拉起夏小沐的手："爸，结婚又不是儿戏，我们当然是经过认真思考，想要一辈子生活在一起，才结婚的。"

夏小沐一惊，转过头看着廖鸿翔，可是他的脸上分明是极其严肃的，不像开玩笑，更不像敷衍。只是，握着她手的那只手更用力了一些。

廖雄吸了口烟："既然是经过认真考虑的，为什么要瞒着所有人，而且一瞒就瞒了五年？"

廖鸿翔很平静地说："爸，因为我们领证结婚那会儿，小沐还是在校大学生，而且我的身份……总之，我不想对她造成不好的影响。"

廖雄继续说："那有必要连家里人都不透露半个字？"

廖鸿翔依旧波澜不惊："如果跟你们说，你和我妈还不得经常叫她回家来吃饭，有应酬什么的也要拉上她，这样一来，她哪有足够的时间和精力学习。"

"就你会狡辩！"廖雄把烟掐灭，丢到桌上的烟灰缸里，厉声说，"你知道结婚意味着什么吗？就你，三天两头上八卦杂志，你觉得你对得起谁？"

夏小沐听了，很解气。

廖鸿翔依然对答如流："爸，那些都是娱乐记者捕风捉影胡乱编造的，我公司那么多事，每天忙得焦头烂额的，怎么可能有那么多时间浪费在女人身上。况且，我是有老婆的人。"说完，还将一只手搭到夏小沐肩上。

夏小沐抖开他的手，嗫嚅地看着他。

廖雄声色俱厉地说："娱乐记者为什么不写别人，就盯着你？还不是因为你是有缝的蛋！"

赵锡娟看丈夫当着儿媳妇的面数落儿子，有些不高兴："行了，别说儿子了，当着儿媳妇的面，你好歹给他留点面子。"

一直默不作声的廖致远看儿子批评完孙子，终于出声了："小沐，我听你婆婆说，已经好几次叫你们回家来吃饭，怎么一直没来？是不是工作太忙了？"

廖鸿翔眉开眼笑："爷爷，当然是因为我们俩都太忙了，实在是没时间。这不，今天一得空，我们就回家来了。"

赵锡娟不满地瞪了眼儿子："别插嘴！你爷爷是问你媳妇。就你话多！"

即使老人家给她找好了台阶下，夏小沐还是觉得头皮发麻，虽然她工作确实繁忙，可是说工作忙到没有时间拜访婆家，似乎说不过去。但是此刻所有人的目光都集中在她一个人的身上，她能感觉到每个人期待的神情。

她毕恭毕敬地说:"爷爷,我很早就想来的,可是每回都是他临时出差。"

廖鸿翔看她脸不红心不跳说谎,笑笑说:"都是我的错,每回都是我有事走不开。年底了,公司一大摊子烂事等着我处理,实在没办法。"

廖雄不满:"就你忙。忙到回家看眼你爹妈都没时间,你了不起!"

何清秀出声打断儿子:"行了,你一天不骂我孙子你就过不去,我就没见你们父子俩好好说过一次话。"然后转向夏小沐,"小沐,这以后小翔没时间你就自己回家来。按理说,小飞和小翔结婚之后本应该是住在家里的,但是小飞的工作性质特殊,乐乐呢,又是不安分的主儿,他们要搬出去住就随他们去了。你和小翔是不是可以考虑搬回家来住?"

廖鸿翔赶紧说:"奶奶,你可不能偏心,大哥他们可以自己住,为什么我们就得搬回家来住?"

廖致远在旁边说:"这怎么能叫偏心?你们平时工作都那么忙,回家住有人照顾饮食起居,省得你们生活没规律,忙起来连饭都不吃。"

廖鸿翔说:"爷爷,我们有吴妈照顾。再说了,我俩工作又不是朝九晚五那么准时,要是回家住,你们天天吃饭都得等我们,岂不是给你们添麻烦。但是您放心,我们一定会经常回家来看您们的。"

廖雄看出儿子不愿意回家住受管束,也不勉强,说:"我们也不是不通情达理的父母,年轻人想要自己的空间,可以理解。"

何清秀又说:"回来住的事以后再说,今晚你们小两口就住家里,别回你们自己的小家了。"

廖鸿翔怕夏小沐心里不乐意又不好直接说,便说:"奶奶,我明天开年终会议要用的资料都放家里了,我得回去拿,不然明天没法开会……"

何清秀打断他:"小沐,小翔要回去就随他去吧,你留下,陪奶奶聊聊天,我还不信公司离了他一天就倒闭了不成?"

夏小沐拉着她的手:"奶奶,我听您的,今晚不走了。而且,他也不准走,我们都留下来住,您别生气了。"

廖鸿翔本是为她着想,这下倒变成是他不懂事惹老人家生气了。

晚上,躺在廖鸿翔房间的大床上,夏小沐还是有点不敢相信他的家人就这样接纳了她，忍不住推了一下背对着她的廖鸿翔："你说，我两次惹你妈生气，她今天居然没为难我。还有你爸，除了骂你几句，态度居然也没想象中那么强硬。还有爷爷奶奶就更不用说了，很慈祥的老人。"

廖鸿翔翻了个身："你知道为什么我家人知道我们已经结婚之后，我一拖再拖一直到今天才带你回家吗？"

"之前不是没时间嘛。"

"如果我有心早点带你回家，你觉得你可以一直当鸵鸟？"廖鸿翔手枕着头，"从他们知道我们已婚到今天已经有一段时间，他们有时间在心理上做好接受的准备，再说已成的事实，不接受也得接受。我这招叫作策略。"

夏小沐还是不相信是这个原因："哪有这么简单！"

廖鸿翔："当然，最主要的还是你用心准备的见面礼，一下子就俘获了他们的心。"

"真的？"

廖鸿翔拉起她长了茧子的手："当然。你可能还不知道，大嫂从小娇生惯养，又是一个直性子的人，人际关系处理得很糟糕，而且整天不着家，都不知道成天干什么去了。而你，不仅事业成功，说话做事也得体，最重要的是心灵手巧，孝顺懂事，刚才还愿意陪奶奶去散步，这很难得。用句当下流行的话说，那就是上得了厅堂，下得了厨房。所以，他们把你跟大嫂一对比，就自然喜欢你了。"

夏小沐突然想起问："廖先生，如果奶奶再要求我们搬回家来住，怎么办？"

廖鸿翔反问："你愿意搬回家来住吗？"

"我还是希望自己住。一个你，就够我受的了，还要面对四位长辈，我非得夜夜失眠不可。"

廖鸿翔不轻不重地捏了一下她的脸："怎么说话呢？我怎么让你受了？"又说，"这事我会想办法让他们死心。还有，爷爷提议让我们这个春节陪他和奶奶回老家过年。"

夏小沐很好奇他们家还有老家一说，问："老家？回哪里？"

"乌青。"

"听名字,是个很美的地方。你去过吗?"

"当然去过,我小时候就是和爷爷奶奶在那里生活的。那里跟画中一样,美极了,你去了肯定不会后悔。怎么样,要不要考虑去那里过年?"

夏小沐这么多年来每一次春节不是轮到值班就是替外地的同事顶班,她都没有好好过过一个春节。听廖鸿翔这么一说,倒有些心动,可是一想到今年可能轮到值班,便打消了这个念头,说:"到时候看吧,我可能轮到值班。"

新年过完没多久,所有人都在忙着迎接春节。夏小涛和同学去旅游了,说春节也回不来。夏小沐以为今年她又要一个人悲催地过年。

农历腊月二十八晚上回到家,廖鸿翔告诉她行李收拾好了,明天陪爷爷奶奶回乌青过年去。而且连假,他都替她请好了。

上楼,打开行李箱,夏小沐发现她的行李果真都被收拾妥当,摆放得有条不紊,连生活用品都一应俱全,甚至连卫生巾、护垫和手机充电器这些东西都准备了,不禁问:"吴妈呢?"

廖鸿翔靠在门框上:"我让她一早就回家过年去了。你的行李是我帮你收拾的。"

夏小沐不可思议地看着他:"吹牛吧?你一个衣来伸手饭来张口的二少爷哪会做这些?"

"真是我收拾的。"廖鸿翔说得很认真,"我一年四季出差经常需要收拾行李,在外地待的时间比在南城的多,我的行李不自己收拾,还能有谁收拾?"

他是在抱怨她从没替他收拾过行李?

他在她额头亲了一下:"今年终于能和你一起过年了,真好。早点睡,明天才能早点走。"

夏小沐晕乎乎地,感觉有些东西变得不一样了。

第二天一早,夏小沐因为头一天晚上想了些连她自己都不记得的乱七八糟的事情,导致起晚了。她来到楼下,发现早餐都摆上桌了,廖鸿翔从厨房端出一杯牛奶给她："快点吃，吃完就出发。"

她指着桌上的煎鸡蛋、培根和粥，问："你做的？"

他看了她一眼，问："嗯。不好吃吗？"

她摇摇头，没说什么，开始吃早餐。

夏小沐吃完早餐，廖鸿翔已经把两人的行李都拎到车上放好了。直到坐上车，她都觉得这是一种前所未有的感觉，期待又惆怅，欣喜又忐忑，激动又紧张。因为，这是她和他做五年夫妻以来，第一次一起出远门，而且还是和他的家人一起，更重要的是，她要和他们一起过春节。

乌青果然很美。

车子一驶进乌青的范围，看到一望无际的金黄色花海，夏小沐就激动不已。蓝天下，碧水间，成片壮观盛开着的油菜花，简直美得令人眩晕。空气里，都飘荡着阵阵清新的油菜花香，感觉无限舒畅而美好。

他们到的时候，爷爷奶奶已经坐在家中喝茶了。夏小沐打了招呼，迫不及待地欣赏起这座充满着醇厚的经典气息的四合院。

整个房屋表现出一种清新雅致的情趣，趋向于一种纯朴之美。墙体的砖柱和贴砖都刷灰勾缝，墙心粉白，檐口彩画宽窄不同，饰有色彩相间的装饰带。格子门、横披、板裙、耍头和吊柱的部分都刻有精美的木雕，卷草、飞龙、蝙蝠、玉兔等各种动植物图案，玲珑剔透的三至五层透漏雕和多层次的山水人物、花鸟虫鱼都表现得栩栩如生。夏小沐走出去一看，发现在乌青这个纯朴的地方，都是这种充满着田园牧歌的诗意般的古雅民居。

下了车，夏小沐一路沿着黄色走，不知不觉就走到花田间，无数只小蜜蜂"嗡嗡嗡"在花丛中飞来飞去。廖鸿翔找到她的时候，她正蹲在花田间观察蜜蜂采花蜜。他转动手中的相机，按下快门，记录下她美丽动人而又天真率性的无数瞬间。

她看见他，笑着站起来，想起他们俩还从来没有过合影，于是说："廖先生，我们拍一张合影吧。"

廖鸿翔摇头："我不拍，要拍就拍你吧，美女配花海，刚刚好。"

看见不远处过来一个小伙子，夏小沐拉着廖鸿翔走过去，让他帮忙拍照。然后拉着廖鸿翔坐在花田间照了一张,觉得还不过瘾,又摆了些不同的姿势,连拍了好多张。

回到家,已经有一桌子丰盛的家常饭菜等着他们,闻起来香极了。廖鸿翔坐到桌子边,就要拿筷子夹菜吃,夏小沐狠狠在他手背上拍了一下:"你脏不脏啊,走,先去洗手去!"

何清秀看他们小两口打打闹闹,笑着对身边的廖致远说:"老头子,我看,他们是时候给咱们生个重孙子了。"

廖致远点点头:"小夫妻挺恩爱的。要是再有个孩子,就更完美了。"

吃完饭,夏小沐拉着廖鸿翔回到他们的房间翻看相机里的照片,才发现他偷拍了很多她的瞬间,每一张上的她都笑得眉飞色舞,脸好像绽开的白兰花,溢着满满的愉悦和快乐。

看着看着,她郁闷地说:"廖先生,你怎么都不笑?"

廖鸿翔凑过来一看,果然很严肃。

夏小沐一边翻看相片,一边说:"不行,明天还要拍,到时候你不准再这么严肃。"

廖鸿翔想了想,说:"因为这是我们第一次合影。"

夏小沐不明所以:"所以呢?"

他答:"所以我很紧张。"

夏小沐瞪着他:"你这种天天生活在聚光灯下的人也会紧张?"

"我说的话你怎么都要质疑?"廖鸿翔说完就要凑过来吻她。

夏小沐不让他吻,一边躲一边说:"别闹了,走,下楼贴春联去,我刚才看见桌子上摆了一大堆。你好意思让爷爷去贴吗?"

于是两人下楼贴春联,给小孩子发红包。

第二天吃过午饭,廖鸿翔不知道从哪里弄来两辆自行车,说要带她去花田游玩。刚开始,两人各自骑着车,依路而行,后来夏小沐干脆把自行车丢下,坐到廖鸿翔的自行车后座上,搂紧他的腰,高兴得恨不得飞起来。两人骑着自行车,穿行在弯弯曲曲的金灿灿的油菜花田间,阳光暖暖地洒在身上,舒服极了。纵横几十里油菜花波浪,美得叫她快没法呼吸。她甚至闻到了沁人心脾的花香，以及淡淡醉人的泥土味。

一整天，手机的短信铃声响个不停，都是些新年祝福短信，而且还是群发的。夏小沐逐条看了看，找到一条比较好的，也群发了出去。

晚上，夏小沐跟一帮小孩子放烟花玩得不亦乐乎，嬉笑声不断。看他们玩得差不多的时候，廖鸿翔走过去，从身后抱着她，看着她手中的锥形万花筒里发出璀璨纷呈的花火，宠溺地问："玩够了没有？"

夏小沐摇摇头："太好玩了，我还要玩。"

廖鸿翔把她搂在怀里，看似不经意地说："雷俊宇刚才给你打电话，我叫了你好几声，你忙着放烟花没听见，我就接了。"

夏小沐看着手中的火树银花，问："他说什么？"

廖鸿翔说："他说，祝你新年快乐。"

夏小沐继续玩着手中的烟花："那你告诉他我很快乐没？"

看着夏小沐神色自若，不躲也不避，一副心怀坦荡的样子，廖鸿翔的脸上泛起笑容："我接了你的电话你不生气吗？"

"我干吗生气？手机是我丢给你的。"夏小沐看了他一眼，继续玩手中的万花筒。

廖鸿翔突然发现夏小沐有很多面。出现在电视屏幕上的她，可以很成熟稳重，知性又有距离感。生活里，她有很孩子气的一面。他惹恼她的时候，她冷漠又疏离，拒他于千里之外。可是，只要他对她好一点点，她就可以忘记所有不愉快的过往，对他和颜悦色，对他的家人亦是真诚宽容，掏心掏肺。

大年初一一过，家家户户轮流请客吃饭，吃完这家吃那家，顿顿都是丰盛的家宴。夏小沐第一次见乌青的这些亲戚朋友，一开始还有些拘谨，等到吃完一圈下来，发现他们都是很朴实很好客的人，渐渐和大家打成一片。听着他们家长里短的聊天内容，完全是另一种她之前不了解的生活状态，竟也觉得很温馨。

大年初六，终于轮到自家请客。这天早上，夏小沐起了个大早，自告奋勇和保姆张阿姨一起去菜市场买菜。看着张阿姨熟练地拣选新鲜水果蔬菜，挑选肉类及蛋类，夏小沐觉得自己像个不食人间烟火的人。廖鸿翔突然兴起，还亲自下厨做了几道菜。这是夏小沐第一次看他做菜。

吃完饭，夏小沐离开了闹哄哄的饭厅，来到离家门不远的广场上。看到一堆小孩扎堆玩老鹰捉小鸡，她抱着手，站在一旁看一张张稚嫩又无邪的笑脸，不由得扬起唇角。

一个姐姐过来，笑着说："小沐，我看你们俩都挺喜欢小孩子，打算什么时候生一个？"

夏小沐大窘，不知如何作答。

廖鸿翔出来找她，刚好听见，接过来说："生孩子这事不能着急，得好好计划。"

"还计划什么？一个家庭就得有个孩子，才能和睦温馨。小翔，姐是过来人，你听姐的准没错。"

廖鸿翔仍是笑："好好，听姐的！"

等人走了，廖鸿翔弯腰毫不费力地拦腰抱起她："老婆，你这几天也吃得挺香的，可是怎么都吃不胖，还是这么轻？"

夏小沐得意地抬了抬下巴："我怎么吃都不会胖。"

廖鸿翔凑近她耳边："吃胖点，好给我生个宝宝。"

夏小沐听了一惊，一下子挣扎着跳离他的怀抱，没好气地说："生什么生！"

廖鸿翔眸子冷了冷，不动声色地说："你就这么不愿意给我生孩子？"

夏小沐杵着没动，眼睛望着其他地方，也没说话。

廖鸿翔扳过她的身子，让她面对着他，冷冷地说："你想给谁生？"

夏小沐收回迷离的视线，看着他："廖鸿翔，你是不是大过年还想跟我吵架？"

廖鸿翔站着没动，也静静地看着她，看着看着，眼里的怒气慢慢消散，伸出手拉着她的手："猫咪，我年龄不小了。你知道，我那些同学朋友，孩子都……"

"你说过不逼我的！"夏小沐打断他的话，平静的脸上，隐藏不住满满的倔强。

廖鸿翔皱眉："我没答应。"

夏小沐不甘示弱："可你也没否认，通常你不直接否认的事，就说明你是答应和赞同的。"

廖鸿翔看她坚定的眼神，知道她不会那么容易妥协，说："好，我不逼你就是。"说完拉着她转了个身，往家的方向走去。

一回到家，廖鸿翔又被他的一干亲戚拉着喝酒。夏小沐上楼看了会儿书，直到困了，还听到楼下举杯共饮的吵闹声。廖致远下楼来命令不准再喝了，大家伙才散去。

夏小沐扶着醉醺醺的廖鸿翔上楼，被他的一身酒气熏得直反胃。一进卧房，廖鸿翔一脚把门踹了关上，就劈头盖脸吻下来。

"一身酒气，别碰我……"

酒后的廖鸿翔力气无比大，还出乎意料地野蛮，夏小沐三两下便被他脱光了压到床上，连挣扎和反抗的机会都没有。

早上醒来，夏小沐发现身边早已空了。床头有张字条：公司有急事，我先回去了，明天一早派司机来接你。

简明扼要。看来他走得很匆忙，连字迹都潦草到几乎来不及写完。

公司的事永远排第一。廖鸿翔一贯的风格。

乌青的傍晚很美。

且不说那些被油菜花的花海包围的一幢幢黑瓦白墙的民居古朴而浪漫，就算是走在小镇里的任何一条巷子里，都感觉像走在浓墨重彩的油画之中。

一阵风刮过，廊檐下的窗台上，风铃叮叮当当响起来，夹杂着风声，响彻了整条石板路，像是谁在思念着谁，又像是故人即将到来。

正处在这种错综复杂的思绪里，一抬头，便看见了雷俊宇。

夏小沐站在风里，微眯着眼睛，惊讶之余，没忘了跟他打招呼："俊宇，你怎么来了？"

风吹起她的长发和长裙，大衣被风吹翻了衣领，一样的面孔，却是触目惊心的凌乱美。

雷俊宇看着她，泛起暖暖的笑意："来旅游。"

夏小沐笑笑，没再追究他为什么出现在这里。这种时候，有些话说透了，便无法再继续交谈。她也不想在这个离开前的黄昏，破坏欣赏风景的雅致。

晚上，夏小沐想要招待雷俊宇到家里吃饭，却被他拒绝了。

第二天一早，廖鸿翔果然派司机来接她。廖致远和何清秀打算再多住些日子，仍然留在乌青。

看着车窗外繁盛的油菜花，夏小沐突然有些舍不得走。她突然想起，这些日子，廖鸿翔手机多半时间处于关机状态，不用外出应酬，也不频繁接电话。每一天，几乎都陪在她身边，一起起床，一起看风景，一起晒太阳，一起漫步在小镇里，悠闲得都有些不真实。

夏小沐觉得，这五年来，只有这几日，他才真正属于她一个人。

至于以后……

她不敢多想……

Part 11　节目求婚

春节回来上班没几天，还没找回上班的状态，就到了徐安妮的生日，邀请了一帮旧时同学和朋友聚会。虽然知道雷俊宇可能会去，纠结再三，夏小沐拿着自己自制的生日卡片和礼物，还是去了。

正在切蛋糕的时候，夏小沐感觉衣兜里的电话在震动，掏出电话看了一眼，想了一下，还是接了起来："喂？"

"你在哪里？怎么那么吵？"

夏小沐说："天宇大酒店。"

"我就在这附近，现在过来接你，你到大堂等着。"

一贯的霸道语气。夏小沐听了很不爽。凭什么他不问问她的事情有没有办完，也不问问她的意愿，就命令她？拿着电话转了个身，刚想说"不要"，就感到旁边有一道火辣辣的眼神直视过来，她突然改口说："好。我等你。"

十五分钟之后，廖鸿翔那辆耀眼的凯迪拉克停在酒店外，夏小沐推开旋转玻璃门走出去，上了车。

赵金秋出去接了个电话，回来就不见了夏小沐的身影。看到雷俊宇坐在角落里一个人喝酒，走了过去在他旁边坐定："小沐呢？"

雷俊宇举起手里的酒杯，喝了一大口："走了。"

"走了？"这家伙走的时候也不打声招呼。赵金秋心生不悦。

雷俊宇说："有人接她走的，放心。"

"谁接她走的？"

"……不知道。"雷俊宇漫不经心地说。

其实他知道。夏小沐前脚离开，他后脚就跟了出去。在大堂看见她坐在沙发上，眼睛不时看向外面，似乎是在等什么人。看着那抹娴静的背影，宛如安定人心的定心丸，静得让人感觉不到她的存在，但是又无处不在。

雷俊宇正想走过去，外面车灯一闪，一辆凯迪拉克停了下来。夏小沐从沙发上站起来走出去，凯迪拉克上下来一个挺拔的男人，快步走到她跟前，搂着她往车子走去。夏小沐丝毫不抗拒，顺从地被搂着。

看得出来，两人的关系，很亲密。

雷俊宇原本以为，只要他回来，他们还可以重新开始，甚至回到从前。可是，此刻他才知道错了。五年来，他一直一厢情愿地以为夏小沐也和他一样期待着能够破镜重圆，同归于好。

他居然忘了，这五年，也许她的身边早已有了别的风景。

雷俊宇慢慢咽下口中的酒，问赵金秋："这五年来，她过得好不好？"

赵金秋奇怪地看着他："你都回来这么几个月了，难道你没问过她？"

雷俊宇摇摇头："一直想问，但是一直都不敢问。"

赵金秋看见包厢门口进来的汪子菲，拍了拍他："你的富家女找你来了。"然后起身离开，加入到旁边一群女人的聊天里去。

凯迪拉克车内。

廖鸿翔闻着夏小沐身上的酒味，瞪了一眼歪在副驾驶座椅上闭目的她：“喝酒了？”

"嗯。"

"喝了多少？"

夏小沐靠在座椅上，仍是闭着眼睛，皱起眉头：“现在我喝也喝了，你还问那么多干什么！”

廖鸿翔眼睛盯着前方路面，淡淡地说：“不会喝，就少喝点。酒不是什么好东西，能不喝就不要喝。”

夏小沐觉得自己好像也没喝多少，可是感觉还真有点蒙了。再加上她从酒店出来的时候吹了点冷风，酒劲似乎一下子就上来了，头疼得厉害，喉咙干涩难受，胃部也很不舒服。

是不是心情不好的时候，就特别容易喝醉？

她揉了揉眉心，又掐了掐鼻梁骨：“老同学过生日，大家平时各忙各的，好不容易聚到一起，一高兴，难免多喝几杯。”

"高兴不一定非要喝酒。"廖鸿翔似乎不想停止这个话题。

"你烦不烦！我不就喝了点酒吗，你有必要揪住这个不疼不痒的话题不放吗？再说，我喝点酒怎么了？管得着吗你！我什么时候干涉过你喝酒？"夏小沐特烦他得理不饶人。

尤其是在她心烦意乱的时候，简直是烦死了。

廖鸿翔在她的脑门戳了一指头：“都喝成醉猫样了，脾气还不小。最烦女人喝醉了耍脾气。”

夏小沐转个脸，一把拂开他的手：“我也没求你来接我，有本事你现在就放我下去，我自己回去！”

廖鸿翔安静地开车，不再说话。

夏小沐乐得耳根子清净。突然睁开眼，熟悉的一角一晃而过，大叫："停车！"

"还没到家呢，你干什么？闭嘴，睡你的觉。"廖鸿翔显然被她吓了一跳，车子突然晃了一下。

"北辰银月！我要去北辰银月！我要去！"夏小沐把头伸出窗外，在寒风中大叫。酒精似乎开始发挥作用，令她一阵一阵地兴奋不已。

廖鸿翔靠边停车，把她拉进车里，关好窗，冷着脸说："这里还没装修好，我们回翠园住。"

正在兴奋头上的夏小沐哪里管他的脸色是好还是不好，更不管他说什么，一味地嚷嚷："我要去！我要去！我就要去！"

廖鸿翔只得好言相劝："乖！我们先回翠园。等到装修一完成，就立刻搬过来，好不好？"

"不好！我就要现在去！"说完，夏小沐就要去开车门。

廖鸿翔急得一把拉住她："别闹！坐好，我现在带你去。"

夏小沐这才乖乖坐好。

廖鸿翔在路口掉了头，往回开。

两人乘电梯到20楼，门锁着，廖鸿翔问："你带钥匙了没？"

"没有。"

"……"

"你也没带？那你带我上来干什么？"夏小沐扯着他的大衣，借着酒劲顺势倒进他怀里。

"是你闹着要来的，怎么又怪起我来了？"廖鸿翔伸手搂着她，不让她倒下去。

"那我要来这里干什么？"

"我怎么知道？问你自己。"廖鸿翔无语了，不满地捏了她一下。

夏小沐一把拂开他的手："我想起来了，我要去楼顶摘韭菜、摘青菜。"

廖鸿翔半推半抱，重新带着她走向电梯。

凯迪拉克穿梭在霓虹闪烁的夜空下，车里静静地没有声音。突然，进入半梦半醒状态的夏小沐大叫一声："我不要灰白色，我要暖色。"

廖鸿翔吓得不轻，厉声斥责："夏小沐，别闹了！我正开车呢，你一惊一乍的，想出事是不是？"

夏小沐睁开眼，回过头说："我不管，我就要暖色的家具，我不要一个人在家的时候感觉像住在冰冷的灰白色世界里。"

原来她说的是家里布置的色调。

以前北辰银月的房子，装修布置确实是以灰白色调为主，连家具也都是清一色的灰色，显得清冷而沉静，就像他的性子，给人不寒而栗的感觉。

廖鸿翔怕她一激动又做出什么不寻常的事，赶紧说："好，我知道了，一切按照你的要求弄。别闹了啊，你先睡会儿，到家我叫你。"

夏小沐果然很听话，乖乖地缩在座位上，安静地闭上了眼睛。

到了翠园，廖鸿翔怎么都叫不醒她。抱着她上了楼，把她放到床上，替她脱掉鞋子，换上睡衣，再给她盖上被子。他刚起身，还未来得及转身，夏小沐就一脚蹬开了被子，身子扭来扭去，脸颊红扑扑的。

廖鸿翔站在床边，想看着她还要怎么动。扭了几下身子，夏小沐似乎找到了舒适的姿势，闭着眼睛静静地睡着不动了。他重新替她拉上被子，刚把西服外套脱下来，正要解领带，被子又被她蹬开了。

廖鸿翔拍了一下她的腿，夏小沐就一下子从床上坐了起来，睁着眼，一脸疑惑地问他："打我干什么？"

廖鸿翔伸手在她眼前晃了一下："一惊一乍的不打你打谁！"

夏小沐往后一倒又睡了回去。等到她入睡，廖鸿翔又一次拉过被子，给她盖上。等他从浴室洗完澡回来，夏小沐又是整个人缩在床上，被子被掀到一边。

廖鸿翔摸了摸她通红的小脸，担心感冒，重新给她盖上被子。谁知夏小沐一下子掀开被子，嚷嚷着："热死了，不盖！"

廖鸿翔狠狠地在她腰上捏了一下："简直是一只闹腾的醉猫！"

夏小沐一下子翻起来，睁开眼睛，看着他，伸手摸了摸他湿漉漉的头发，一脸严肃地说："你洗好啦？"

"别闹了！睡觉！"廖鸿翔不满地把她推回床上，也上了床。

廖鸿翔刚上床躺下，脑袋还在晕乎乎的夏小沐就势滚到他怀里，"吧嗒"在他脸上亲了一下，然后撒娇似的说："不睡！"

廖鸿翔无奈地看着她："不睡觉？那你想干什么？"

夏小沐眨巴着眼睛，把她那颗滚烫的脑袋往廖鸿翔微凉的胸前蹭，一下一下地。被凉意侵袭的感觉很舒服，夏小沐闭着眼睛，唇角不自觉上扬。

廖鸿翔一下子就被点了火似的，又热又烦躁，用手掰开夏小沐不停乱动的小脑袋，制止她毫无知觉的"惹火"行为。发现她的脑袋滚烫，慌了一下："猫咪，你是不是感冒了？"

"我肯定是喝多了……"夏小沐一边说一边往他怀里钻，想要找寻更多的凉意，以抵消她身上的热。

廖鸿翔耐不住她三番五次的撩拨，按捺不住，翻身压住了她。

夏小沐死死推他："你先起开，别压着我，好热！"

"磨人精！"廖鸿翔起身倒到一边。

夏小沐从床上蹦起来，跑向浴室，嘴里喊着："好热啊，我要洗澡。"

随即，浴室里就传来惊叫声和东西摔碎的响声。廖鸿翔从床上蹦起来往浴室冲，推开门就看见一屁股坐在地上的夏小沐，以及摔了四分五裂的各种瓶瓶罐罐。

廖鸿翔一把将她从地上拉起来："摔到哪里了？"见她只顾着抬脚站起来，赶紧伸手抱起她，"小心！地上有碎片！"

廖鸿翔将她抱出浴室，放到床上，看到她没事才松了口气，拧着眉头："夏小沐，满地是玻璃碎碴儿你居然还能大大咧咧地到处乱踩，你是不是欠玻璃扎？"

夏小沐还处在迷迷糊糊的状态，见他一脸怒意，站起来抬手抚上他的脸，笑嘻嘻地说："廖先生，我哪里又惹到你了，你干吗又生气啊？总爱生气，很容易变老的。"停了停，把手放下，坐回床上，又说，"不过你还是变老点好，你老了，就没魅力了，那样一来，外面的女人就看不上你了，你就会乖乖回家……"

廖鸿翔一脸黑线。

夏小沐还在呵呵傻笑："我没醉……我很清醒……"

早上醒来，夏小沐怎么也想不起昨天晚上是怎么从徐安妮的生日party 回到翠园的。

难道是赵金秋送回来的？可是没印象啊，失忆也不应该啊……

敲门声响起。

她一听就知道，只敲两下，还未等有回应就推门而入的，只有廖鸿翔。翻身坐起来，看见廖鸿翔端着白色的小瓷碗和一杯白开水走进来。

廖鸿翔把白开水递给她："先喝点白开水，清理肠道垃圾，再喝稀粥。"

"可是我想喝牛奶，或者浓茶。"夏小沐并没有伸手去接。

"不行。牛奶不易消化，浓茶喝了会不舒服。"廖鸿翔把水杯递到她手里，用眼神示意她喝下去。

夏小沐愣了一下，还是接过杯子，喝了几小口。廖鸿翔把粥端给她："喝了。"

夏小沐闻到一股粥的清香味，才感觉肚子确实饿了，接过来，拿起小白瓷勺小口小口喝了起来。廖鸿翔看着她喝粥，直到她刮完碗底最后一勺，才从她手里接过碗，走了出去。

胃里暖暖的，舒服极了。夏小沐重新爬上床，不知不觉睡着了。一觉醒来，周围很安静，分不清是白天还是晚上。窗帘不知被谁拉上了，屋里一片黑。

她穿好衣服，趿着拖鞋下楼，问吴妈："他呢？"

"廖先生在书房。"吴妈朝书房指了指。

他居然在家。

夏小沐推开书房门，埋首于文件中的廖鸿翔抬起头，随即站起来："走，吃点东西。"

吴妈很快端上饭菜，夏小沐没什么胃口，扒拉着碗里的米饭，有一口没一口咀嚼着。

廖鸿翔看着她没怎么吃，夹了一筷子水煮肉片到她碗里："你不是最爱吃水煮肉片吗？我特意吩咐吴妈做的，酒醒之后嘴巴里总会淡淡地没味道，水煮肉片味浓，刚好符合你现在的胃口，多吃点。"

夏小沐抬头看着他，不禁腹诽："我爱吃什么菜，你什么时候关心过。"

吃过饭，廖鸿翔开车载她到北辰银月。

他没去公司，是为了要陪她去摘菜。

来到楼顶，夏小沐吃了一惊。自从搬到翠园，她就没来过这片她一手开辟的田园。原以为一品红因为无人浇水，早已叶黄脱落，没想到眼前是鲜艳的红色，长势出乎意料地好。菊花也开出了红白黄的簇生花朵，在微风中摇曳。韭菜、薄荷、葱、蒜、白菜和萝卜等蔬菜都长势良好，绿油油的一片，青翠欲滴，连同衍生的杂草也长得很旺盛。

最惊喜的是，她栽种的草莓居然结果了。看着一颗颗呈心形的草莓，夏小沐蹲到地上，托起一颗颗鲜美红嫩的草莓，闻到了浓郁的草莓芳香。

廖鸿翔跟着她蹲下，摘下一颗，直接丢进嘴里，夏小沐拍了他一下："还没洗过，小心拉肚子！"

"真甜，好吃！"廖鸿翔又摘了一颗丢进嘴里，见夏小沐不可思议地瞪着他，又摘了一颗硬塞进她嘴里，"你也尝尝，真的很甜很鲜美。"

夏小沐咬下去，果然味道很好，酸酸甜甜的，自己伸手挑了一颗又大又红的，也丢进嘴里，然后再也不敢多吃。

廖鸿翔说："摘些菊花回去泡喝吧。"说完开始动手摘菊花。

夏小沐疑惑地说："奇怪，好像有人打理过。"

廖鸿翔淡淡地说："我叫物管派了人专门照料。"

夏小沐傻眼："他们有没有说我占用公共资源？"

"整个楼顶我已经买下了，以后你想怎么弄都可以。"廖鸿翔说得轻描淡写，仿佛这是一件不值一提的小事。

夏小沐回到翠园，正在厨房洗菊花准备泡喝，门铃响起。

吴妈在外面问："老先生老太太，你们找谁？"

一老太太的声音："找我孙子和孙媳妇。"

夏小沐觉得这个声音好熟悉，可是又一下子反应不过来到底是谁的声音。拉起围裙下摆边擦手，边走出厨房。

来的是何清秀和廖致远。

"爷爷奶奶，你们什么时候从乌青回来的？"

吴妈似乎是被夏小沐口中的称呼吓到了，愣愣地站在原地，没想起请老太太和老先生坐，也没端茶倒水。直到夏小沐提醒，她才突然醒悟似的忙活去了。

何清秀在沙发上坐下，说："我和你爷爷刚从乌青回来，一回到南城，都没回家，就直接奔你们来了。小翔呢？"说完，四处寻找廖鸿翔的身影。

"他上午一直在家，下午去公司上班去了。"夏小沐拉着何清秀的手，"爷爷奶奶，你们就在这儿住一段时间，好让我们好好陪陪你们。"然后对厨房里的吴妈说，"吴妈，把刚摘回来的菊花好好清洗几朵，泡两杯来给爷爷奶奶喝。"

廖致远听了问："孙媳妇，从哪里摘来的菊花？"

夏小沐笑笑："爷爷，我自己栽的。今天还摘了些青菜和草莓，今晚我们可以吃到无污染的环保青菜了。我先去洗草莓，等会儿也可以吃了。"

何清秀好奇地问："你在哪里栽的菊花？"

夏小沐一边笑一边往厨房走，有些得意地说："北辰银月的顶楼被我变成了一片蔬果基地，除了菊花和草莓，还种了好多时令蔬菜。奶奶，改天带你去看看我的蔬菜瓜果。"

廖致远不明所以，问："北辰银月？"

何清秀答应完夏小沐，抬手指了指老头子："瞧你这记性！就是五年前小翔公司建盖，后来还获得什么奖项的那个豪华小区，地段很好，寸土寸金。要说小翔，小时候调皮捣蛋也没少让家里人操心，没想到做生意还真是一把好手。"

说起孙子廖鸿翔的生意头脑，何清秀满脸都是自豪和骄傲的表情。

何清秀这才说："小沐，快打电话叫小翔回家。我再把你公公婆婆和小飞一家叫过来，今晚吃个团圆饭。"

夏小沐应了一声，拿出电话拨通了廖鸿翔的手机，没想到刚响了几声就被无情地挂断。

正在和公司管理层开会的廖鸿翔听到会议桌上的手机震动，口中的话语继续，随手拿过手机，看到来电显示是"一只醉猫"，不禁笑了起来。

这是他今天早上才改的称呼。

一大会议室的高管听到 boss 的话音突然毫无预兆地停止，都抬头望向他，却见刚才还板着脸教训人的 boss 居然在笑。

廖鸿翔出乎意料地抬手示意等一下，拿着手机走了出去。回来时，已经恢复成高高在上的 boss 模样，满脸严肃地继续他打电话前的话题。

下午，廖鸿翔拎着一袋青菜和一袋草莓下车，廖鸿飞一家三口也刚到门口。廖一看到二叔手里拎着的草莓，小跑过去，抢过来拎着冲进屋去。

舒乐乐进来说："弟妹，你可真厉害，把我们家老二变成居家好男人，居然都会去菜市场买菜了。"

夏小沐接过廖鸿翔手中的袋子，笑着说："嫂子，他哪会做买菜这种事，想要给你们尝尝鲜，我特意嘱咐他在回来的路上顺便给摘回来的。"说完翻开袋子，"嫂子，你看看，摘点菜都毛手毛脚的，该摘不该摘的都弄了回来。他哪是什么居家男人！"

廖鸿翔不满了："我可是照你说的做了，还这么多抱怨。"

夏小沐撇撇嘴："你们看看，连说都说不得了。"

饭桌上，一家人团团围坐。

赵锡娟突然说："小翔，你俩做好当父母的准备了吧？"

夏小沐刚扒饭进嘴，被噎了一下，憋得满脸通红。

赵锡娟继续："准备什么时候生？"

廖鸿翔夹了一筷子菜："妈，这个要问你儿媳妇愿不愿意生。"

赵锡娟一拍桌子："什么叫愿不愿意生？你们倒是说说，这天底下哪有不要孩子的夫妻？你们是不是想气死我？"

夏小沐气死了，干吗要把战火引向她？于是，在桌子下狠狠踢了廖鸿翔一脚。

廖鸿翔又说："妈，现在都提倡优生优育，优育在我们家是肯定没问题的，可是优生得好好规划一下。我们俩也不是不愿意生，只是现在还不是时候，生是一定要生的，对吧？老婆。"

夏小沐硬着头皮点了点头。

赵锡娟索性把筷子也撂下了："你们凭什么不给我生孙子？"

廖鸿翔声音软了下来："妈，没说不生，可这事毕竟是大事，总得容我们好好规划一下吧。"

廖雄把筷子重新递给赵锡娟："行了，既然小翔都答应了，就再多给他们一点时间。你都等了这么些年，难道还不能多等一段时间？我好不容易回家来吃一顿团圆饭，你就别生气了。"

赵锡娟又说："小沐，我们廖家的儿媳妇就该安分守己，种地这种事会降低身份，传出去让人笑话，到时候你让我们廖家的颜面何存！"

"我……"夏小沐噎着的饭还没来得及咽下去，就被这么一通指责，心里又委屈又难受，眼眶都湿了。

何清秀放下筷子："种菜这事以后就交给我和老头子，省得我们闲不住。以后家里的蔬菜，我包了，免费提供。"

"妈！"赵锡娟气势不觉低了下来。

她在教训儿媳妇，婆婆出来解围，叫她以后还如何在两个儿媳面前树立威严？

何清秀一抬手："别说了，就这么定了。"又转向夏小沐，"小沐，你什么时候带我去看看你的那片秘密蔬果基地？"

这顿饭，除了夏小沐，其他人都吃得挺开心。

《名流前线》经过三个月的录播，邀请了十多位政治、经济、文化、社会等各领域精英翘楚，坐而论道。在夏小沐一次次有亲和力的、知性的沟通访问中，观众可以感受成功人士深邃的智慧、传奇的人生经历和丰富的内心世界。

夏小沐的采访节奏感强，提问具有跳跃性，问题与时代联系紧密，具有较强的财经、商业、政治方面的专业背景。访问往往是以成功为线索，着重于展示嘉宾成功所具备的特别素质，探讨卓越与自我提升。问题紧凑，一环扣一环，和嘉宾交锋频繁，观点碰撞，总结语言理性，极其富有思想性。

节目被越来越多南城市民的知晓和喜爱，收视率一路攀升。根据夏小沐的临场表现和整档节目的播出需要，台里决定不再采用求稳的录播方式，而是直接采用现场直播的方式。

第一期的现场直播嘉宾，正是早已在美国扬名，刚回国创业不久的精英律师雷俊宇。夏小沐看了看采访稿，大多问题都是围绕着他的成功和律师这一行业，并没有涉及他的私人感情部分。

夏小沐在节目开始前，特意去化妆间，和雷俊宇简单地沟通了一下与节目相关的事项，雷俊宇表现很平和，两人沟通的效果不错。夏小沐一直悬着的心，也总算是放下了一些。

节目一直很顺利，只是问题问得差不多了，时间却还早。这时，负责整理问题的同事在摄像机拍不到的角落里举起一块大大的牌子，上面写着：问他的感情问题……

夏小沐既不想他回忆和她的那一段情感，更不想知道太多关于他和汪子菲的事情。更要命的是，节目开始前的交流，她还刻意避开了感情这一块。现在突然要提问，会不会太唐突？

可是时间还未到，没办法，只得问。夏小沐在雷俊宇回答她最后一个问题的空当，稍微整理了一下思路，微笑着抛出一个问题："雷律师，你的事业已经做得这么成功，那么对于感情，是不是一直也很顺利？"

雷俊宇沉思了一下，说："我一直觉得，感情是可遇而不可求的东西。"

"雷律师相信一见钟情吗？"

雷俊宇换了个坐姿："相信。只不过在现在这个社会，一见钟情往往会成为一见钟性。"

"雷律师是怎么看待婚姻的？"

"大多数人都认为婚姻是爱情的坟墓。不过，围城理论也有一个误区。并不是所有的城里人都想出去的。幸福的婚姻大多平平淡淡。"

夏小沐觉得他变了很多。

他终究，成长为一个睿智和锋利的男人了。

雷俊宇见夏小沐看着他不说话，似乎还在等着他说下去，又说："在婚姻里，需要不断学习，不断努力。婚姻不是爱情的坟墓，只是爱情一个新的起点。如果没有为这段旅程做好准备，也许就会摔倒在路上了。"

夏小沐恢复到专业主持的状态，她不问他有没有女朋友，而是直接问："雷律师打算什么时候结婚？"

雷俊宇笑笑："关于这个问题，就需要节目配合一下，先播放一段VCR，看我最想要结婚的对象是不是愿意嫁给我。"

怎么还有这么一段？夏小沐看向导演，看到他比了一下"OK"的手势，说："那我们就先来看一段视频画面，看看雷律师想要跟女友说些什么。"

视频还未出来，吉他声先响起，旋律却是夏小沐再熟悉不过的。心尖一颤，慌乱地看了一眼雷俊宇，却看到他和导演在用眼神交流着什么。他们之间似乎有什么秘密，可是她还来不及细想，就看到雷俊宇身背吉他，站在南城市中心的地标前，唱起那首夏小沐五年来不敢再去听的《疼你的责任》。

本来还一直揣测雷俊宇会对汪子菲说些什么，不停在心里提醒自己这是现场直播节目，脸上不能出现不妥当的表情，不管什么状况，都要冷静。

VCR里，雷俊宇身着白色T恤衫，外套灰蓝相间横条纹的针织衫，脸上是明媚灿烂的微笑，弹着吉他动情地唱着歌，像个阳光的大男孩，干净利落又直击人心。夏小沐的思绪一下子回到大二……

那时候，雷俊宇每一个星期都会带她去到市中心的地标前，为她边弹奏吉他边唱情歌。雷俊宇站着弹唱，夏小沐就在离他不远处席地而坐，托着腮认真地听，脸上是恋爱中的女孩特有的甜蜜和温暖的美腻笑容。那时候的他，是一个干干净净的阳光男孩，健康开朗大方。她是校花，他是校草，他们曾是令人羡慕的一对，以至于分手的时候，A大的很多人黯然神伤。

屏幕上，歌还没唱完，雷俊宇就停下，从裤兜里掏出一个盒子。"啪"一声打开，戒指立刻发出刺目的光，单膝跪地，对着镜头说："还记得上大学的时候，我经常在这里边弹吉他边唱歌给你听吗？这首《疼你的责任》还是你硬逼着我去学的，然后每个星期都要唱一遍给你听。那时候你老是逼我吃我不爱吃的菜，让我改掉了挑食的毛病。你老是逼着我和你一起去自习，所以那两年我从来没有挂过科。那时候觉得你很霸道，可是现在想起来，那时我只顾及自己的感受，完全忽略了你的浪漫和体贴，忽略了你对我的在乎，对不起，小沐，我觉悟得这样迟……"

夏小沐惊得猛回头看着雷俊宇，惶恐不安。

看到他坚定的眼神里溢着满满的深情，夏小沐彻底慌了，不敢再回头去看 VCR。

VCR 里，他还在说："……五年前，我离开了你，是我这辈子做出的最错误的选择，离开了你，我才知道我有多爱你。我发誓，我一定会好好爱你。小沐，你愿意嫁给我吗？"

夏小沐蒙过去之前，脑海中闪过一句时下最流行的话：人生没有彩排，每一天都是现场直播。

雷俊宇拿出视频里的那个盒子，从沙发上站起来，在夏小沐没来得及阻止的情况下，就对着她单膝下跪，含情脉脉地看着她："小沐，你愿意嫁给我吗？"

夏小沐脸色彻底苍白了，仍是扯了扯嘴角，无力地辩解："雷律师，你女朋友和我同名同姓，所以你要用我做求婚的演练对象吗？"

雷俊宇仍是跪地看着她："小沐，这辈子，我的新娘只能是你。嫁给我吧！"

夏小沐发现现场那么多工作人员，居然没有人出来救场，都很有默契地抱手围观。她才明白过来，雷俊宇上节目之前和工作人员不断耳语，和导演用眼神交流，原来都是在策划求婚的戏码。

刚刚还沉浸在美好回忆中的夏小沐，冷汗一下子就下来了。之前在酒吧也遇到过歌迷求婚，但是当时她的身份是酒吧神秘歌手，台下的人并不知道她的真实身份，所以她处理起来也没压力。可是此刻不一样，这是她自己的节目，电视机前有很多南城的观众在看，包括她的朋友，廖鸿翔的家人和她的弟弟夏小涛。

但是，节目还得继续做下去。

夏小沐吃惊片刻之后，笑着指向观众席里的一个清纯模样的女孩子："这位女孩子，麻烦你上台来。"

女孩子走上来，夏小沐问："这位姑娘，你愿意充当被求婚的对象，做雷律师的求婚练习者吗？"

女孩子羞涩地点了点头："愿意。刚好我也是 A 大学法律的，老师经常把雷律师作为课堂范例给我们授课，我一直都很崇拜他。"

夏小沐笑："雷律师，这位小师妹是你的忠实粉丝，想对她说点什么？"

雷俊宇仍是跪着，斩钉截铁地说："夏主播，我的求婚对象是你，我想要娶的女人也是你。"

夏小沐脸上有那么一瞬间掩饰不住的无助，可是立刻她就笑着对女孩子说："姑娘，你看出来了吧，你师兄还是个痴情男人，看来这次被练习的对象只能是我了。谢谢你，姑娘，请回去就坐，希望未来的某一天，你也能成为像你雷师兄这样成功和出色的法律人，伸张正义，维护法律的威严。谢谢！"

送女孩子下台之后转身的瞬间，她调整好了脸上的表情，大大方方地伸出手："雷律师，看在你跪了这么长时间的分儿上，我愿意充当一次你的女朋友。"然后对着摄像机似认真又似开玩笑地说，"雷律师的女友，如果你此刻正在收看我们的节目，请你淡定，这是节目需要，并不是真的，而且，你也看到了，我也是被逼的。"

雷俊宇把戒指套到她的手上之后，夏小沐上前去，向他伸出手："起来吧，雷律师，跪这么长时间，再不起来就该上医院了。"

台下一片哄笑声。

夏小沐趁机在雷俊宇耳边说："算我求你了，放过我吧，这是直播节目，求求你别再弄出什么花样，求你了。"

雷俊宇的脸上有类似忧伤的东西一闪而过，可是下一瞬间，他就笑脸迎人："谢谢夏主播能配合我的求婚。我很开心。"

夏小沐笑着站好，用开玩笑的口吻说："你知道，为了节目的亮点，主持人往往要充当各种各样的角色，否则会被观众们嫌弃的。"然后是结束语，"今天的节目就到这里，非常感谢雷律师能在百忙之中抽出时间做客我们的节目，从您身上我们看到了中国法律人独特的风采和魅力，希望您事业更上一层楼，也希望您和您真正的准新娘早日步入婚姻的殿堂。

谢谢大家，我们下周再见！"

节目结束，夏小沐走出演播厅，就急着找雷俊宇。她觉得非常有必要和他好好地深入地谈一次。

两人来到离电视台不远的咖啡馆，找了一个安静的角落，坐定之后，夏小沐看着他："俊宇，是我之前给你传递过什么错误的讯息吗？还是我表达得不够清楚？"

雷俊宇淡定地说："如果你是说，那次在聚会上你所说的话，我听得很清楚。如果是说你来医院病房探望我那次，虽然那时我还不能动弹，但我知道你哭了。"

夏小沐看着他："不管是在聚会上，还是医院病房，我所说的和所做的都是我的真实想法和真实反应。可是，你遗漏了最重要的事情。"

"什么事情？"

"我记得我有明确地告诉过你，我已经结婚了。你今天却在节目直播现场突兀地向我求婚，我一而再再而三地想要化解，你却硬生生把我逼到墙角，俊宇，你有没有考虑过我的感受？有没有想过我的家人和我的丈夫会看到？你到底想怎么样？"夏小沐越说越激动，有些控制不住情绪。

"结婚？难道你又要告诉我，你的丈夫是慕容朝阳？我调查过，慕容朝阳和你只是朋友，并非夫妻关系。"

小沐有些混乱地问："难道汪子菲从来没有告诉过我的丈夫究竟是谁吗？"

"子菲？"雷俊宇笑，"她怎么可能知道你有没有结婚，更不可能知道你的丈夫是谁。"

夏小沐真的想知道是雷俊宇在撒谎，还是汪子菲在刻意隐瞒。雷俊宇撒谎的目的显而易见，可是汪子菲为什么要隐瞒？她一直以为雷俊宇没有刻意再接近，是因为汪子菲把知道的一切都告诉了他。

"知道你的女朋友汪子菲为什么那么恨我吗？"

"知道，因为她知道我和你的过去。"

"不，不全是。"夏小沐摇摇头，"当年汪子菲和你一起出国，也伤害了一个男人，就像你伤害了我一样。而这个男人，正是我现在的丈夫廖鸿翔。"

"廖鸿翔？！"雷俊宇一脸的惊愕，显然没想到，也不相信，"怎么可能？怎么可能会这么巧？"

"对，就是这么巧。俊宇，如果当初没有遇到你，或许我不会是现在的我。在你的世界里，我笑过，痛过。可是你应该知道这世上没有能回去的感情，就算是真的回去了，你也会发现，一切都已经变得面目全非。唯一能回去的，只有残存于心底的记忆。"

雷俊宇怔怔地看着夏小沐："真的回不去了吗？"

夏小沐肯定地点了点头："是的，回不去了，所以，我们只能一直往前。"

雷俊宇目光坚毅，脸上是执拗的表情："可是，我也不能就这么放手。我想要好好爱你，我的心还在这里等你。"

夏小沐叹口气："俊宇，有些人，一旦错过，就不在了。我希望我们四个人的恩怨就此了结，别再纠缠不清了。我已经结婚，我们都不要执着于过去，都放过彼此，好吗？"

"不好。"

"俊宇！"

夏小沐的心里并没有她嘴上所说的那么决绝。可是这段时间和廖鸿翔以及他的家人相处得越多，她越感觉到家庭婚姻就和一株植物一样，是需要悉心照料呵护的。也许是过早地失去双亲的缘故，她特别渴望家庭的温暖，她不想破坏目前的家庭生活，哪怕廖鸿翔在外面花天酒地，只要能给她家的感觉，她就愿意和他携手走下去。

雷俊宇激动起来："可是沐沐，你怎么能嫁给廖鸿翔？他是什么人你还不清楚吗？"

夏小沐听到这个曾经深爱过的男人在自己面前说廖鸿翔的不是，心里竟很不舒服，不禁冷着脸说："俊宇，他是我丈夫，轮不到你来评判。"

雷俊宇一把握住她的手，深情地说："沐沐，我并不介意你已经结婚。如果你愿意，我可以等到你和他离婚，然后再嫁给我，继续我们未完的幸福。"

夏小沐把手从他的手心里挣脱出来："雷俊宇，你能不能盼我点好？

你以为离婚对于一个女人来讲是那么简单的事吗？雷大律师，拜托你拿出你的专业律师风范，理智点，骄傲点，别再这么异想天开了。"

雷俊宇终于低下头，沉思了一下，再抬起头："你觉得你过得幸福吗？"

"幸福"二字，令夏小沐眼前浮现出这段日子和廖鸿翔朝夕相处的时光，她不禁微微颔首："我很幸福。"

"那么，"雷俊宇眼中有复杂的情感，"你爱他吗？"

要爱情，还是要婚姻？对于此刻的夏小沐来说，是个两难的选择。

可是，她必须做出选择："我和廖鸿翔都结婚五年了，如果我们之间没有爱，你觉得能够坚持五年之久吗？"

雷俊宇听了夏小沐的话，眼中闪过一丝亮光："沐沐，你只要回答我'爱'或者'不爱'，不需要用结婚的时间长短来回避。你没有正面回答我的问题，说明你根本就不爱他。"

夏小沐本来还保留的一丝不理智和纠结，因为雷俊宇咄咄逼人的话语，彻底消失了，她终于清醒地意识过来自己找他出来是为了什么。于是，非常认真却又不容争辩地说："我没有回避。俊宇，我们毕竟爱过一场。你难道非要逼我说出赤裸裸的伤害你的话，才善罢甘休吗？"

雷俊宇看着她，似乎有很多话想说出口，可是，终究还是什么都没说。

有些痛苦，适合自己一个人忘掉。而有些话，适合烂在心底。

夏小沐在他的沉默中，起身离开。

她回到家的时候，廖鸿翔还没有回来。夏小沐洗了个澡，靠在床上看了会儿书，正昏昏欲睡的时候，廖鸿翔终于回来了。夏小沐接过他换下的衣服，说："廖先生，我有件事想跟你说。"

廖鸿翔一边解开领带一边"嗯"了一声。

夏小沐憋了一下，说："那个，你今天都做了些什么？有看电视或者新闻吗？"

廖鸿翔奇怪地看了她一眼："我今天开了一整天会，哪有时间看电视。发生什么我应该知道的大事情了？"

"没有！"夏小沐赶紧摇头否认，"我只是随便问问。"

廖鸿翔拿起睡袍："说吧，想跟我说什么？"

夏小沐推了推他："你先去洗澡吧，等你洗完澡再说。"

廖鸿翔伸手搂过她，坏坏地笑着："一起洗吧，鸳鸯浴？"

一门心思都在要怎么跟他说出白天被求婚上，夏小沐把头从他的臂膀下灵活地缩回来，推着他说："我已经洗过了。"

等到廖鸿翔洗完澡出来，夏小沐还维持着同一个姿势，靠在墙上发呆。

廖鸿翔走过去，奇怪地探了探她的额头："怎么啦？"

夏小沐酝酿了一下，终于鼓起勇气说："今天在节目现场，嘉宾向我求婚。"

"为了节目需要？"

夏小沐咬咬牙："嗯，可能是吧，导演安排的。你应该知道，节目都需要增加些亮点。"

"今天的嘉宾是谁？"

夏小沐不敢看廖鸿翔，想着总有一天他会看到或者听人说起，还不如现在就坦白，于是硬着头皮说："雷俊宇。"

"什么？"果然，廖鸿翔的反应很激烈。

夏小沐心虚，赶紧说："下了节目我已经很明确地告诉他，我已经结婚了。我都这么坦白了，你不会还介意吧？"

廖鸿翔愣了几秒钟，才说："很好，你的态度让我很满意。"然后，逼近她，用食指勾起她的下巴，重重地吻了一下她的唇，才放开，"但是以后，你必须远离雷俊宇那小子。明白？"

在他高高在上的强烈气场下，夏小沐居然都没有像以往那样顶撞一句，只是乖乖地点了点头。

知道她正在生理期，廖鸿翔伸手将她搂进怀里，双手抚上她的小腹，慢慢地搓揉着，宠溺地说："这里会不会痛？"

夏小沐点点头，声音不觉有些软软的腻腻的感觉："嗯，会痛。"

廖鸿翔没说什么，只是一下，一下，又一下地揉着她的小腹，耐心地、力量均衡地揉着，问："猫咪，你每次生理期都很痛吗？"

"嗯。"夏小沐往廖鸿翔怀里缩了缩，"几乎每次都痛。痛了这么多年，也都痛习惯了。"

"猫咪？"

"嗯？"她舒舒服服地躺在他宽厚温暖结实的怀抱里，都有些意识模糊了，听到他唤她，便哼了一声。

廖鸿翔诱导她："也许生了孩子，就不会痛了。你想不想试试看？"

夏小沐笑："我才不信。"

廖鸿翔有些郁闷了："那你准备什么时候给我生孩子？"

出乎意料的是，夏小沐并没有抗拒这个话题，而是在他怀里转了个身面对他，轻声细语地："老公，你想要个男孩还是女孩？"

廖鸿翔有一时的怔怔和不安，这是结婚五年来，她第一次叫他"老公"。他甚至像个青春期的小男孩那样有雀跃和欣喜的感觉，不禁搂紧她，在她额头上亲了一下，柔声说："老婆，只要是你生的，只要是我的，我都喜欢。你呢？喜欢男孩还是女孩？"

夏小沐不假思索地说："都喜欢。"说完转过身，把他的双手重新拉到她小腹的位置，撒娇似的说，"痛，揉揉……"

廖鸿翔在黑暗中绽放出灿烂的笑容，吻了吻她的长发，轻轻地揉了起来。

夏小沐在睡过去之前，迷迷糊糊地说了一句："好幸福。"

Part 12　隐婚曝光

这天，赵金秋出差归来，夏小沐开车去机场接她，等飞机降落期间，遇到了在机场执勤的慕容朝阳。两人说说笑笑间，一群记者冲过来。

慕容朝阳护着夏小沐："快！先离开这里！"

184

说话间庞大的记者团已将夏小沐和慕容朝阳围困在大厅中间。

　　挤在最前面的记者问："夏主播，听说昨天在《名流前线》直播现场向你求婚的，正是五年前抛弃你出国的初恋男友，你拒绝他的求婚，是对他曾经的背叛不能释怀，还是已经不爱他了？"

　　夏小沐笑笑："不好意思，昨天的求婚是导演组为了节目的效果特意安排的戏码。"

　　"夏主播，几个月前你和雷俊宇曾在A大校园广场热情相拥，是不是从那时起，你们就已经旧情复燃开始地下恋情？"

　　还没等夏小沐回答，接二连三的问题就噼里啪啦地抛了过来：

　　"你身边的慕容警官也曾和你传出过绯闻，今天你们同时现身机场，是不是要去度假？"

　　慕容朝阳护着脸色有些苍白的夏小沐，不停地说："不好意思，这些问题属于夏主播的私事，不方便回答。请让让！"

　　不远处正在执勤的警察也闻讯赶过来帮忙，和慕容朝阳一起护送夏小沐离开记者的包围圈。

　　就在快要摆脱一大帮记者的时候，一个鸡蛋直直地丢到夏小沐的额头上，碎了的蛋清和蛋黄哗啦一下顺着她的脸颊滑落，样子狼狈极了。

　　慕容朝阳直接冲到丢鸡蛋的记者面前，大声制止他下一步的行动。

　　戴着深度近视眼镜的男记者似乎也就准备了这一个鸡蛋，拍了拍手之后来到夏小沐跟前，阴笑着："夏主播，请问你是怎么做到不被媒体、同事和你身边的朋友发现你已婚五年的？"

　　这话，像一枚定时炸弹，周围的目光全集中到夏小沐和爆料的记者身上，摄像机的镜头也统一对准夏小沐。刚才已经渐渐散开的人群又一次围困过来，夏小沐心尖颤抖着，只感觉整个人被不断涌过来的人推搡着，几乎站不稳。头发上，脸上，还有蛋清的痕迹，有一部分蛋清已经滑进了衣领，凉飕飕的，她想要从手袋里掏出纸巾擦拭一下，可是根本就来不及。

　　在突如其来的混乱之中，夏小沐突然想起那次和廖鸿翔去美膳酒楼吃饭，正要离开的时候，看到徐露在不远处的广场上被一帮记者围困，廖鸿翔轻而易举替她解了围。她想：要是此刻他在场，他又会怎么解围？

慕容朝阳赶紧挤进来护着她，用身体推开不断挤压向她的记者。她紧紧抓着慕容朝阳的警服，头也下意识地往他怀里躲。

记者们的问题就像一道道咒符，"唰唰唰"扫射过来：

"夏主播，你真的已经在五年前就结婚了吗？"

"你为什么要隐婚？"

"你老公是谁？他是做什么工作的？"

"你们有小孩了吗？是男孩还是女孩？"

"夏主播，你还在上大学就结婚，是不是有什么难言之隐？"

夏小沐的脸色已经一片死灰，整个人都有冷汗淋淋的感觉，她甚至感觉自己整个身子都在晃动，腿也不听使唤地抖动起来。慕容朝阳大声喊着他同事的名字，在三个身着警服的同事挤进来帮忙之时，慕容朝阳在推挤之中艰难地脱下他的警服外套，罩到夏小沐的头上，然后扶着她往大厅的出口方向慢慢地移动。

这么劲爆的八卦，记者自然不会错过，都想要抢到头版头条。数十名记者一路围追堵截。慕容朝阳和他的同事们费了好大一番力气之后，才摆脱那帮缠人的记者。而在混乱之下的夏小沐，只感觉耳鸣眼花，被拉着推着挤着一路走，耳边的声音是缥缈的，眼前的一切也似是幻觉，像是某个午后被阳光暴晒之后出现的短暂的眩晕。

到了电视台门口，夏小沐下车，正要关上车门，突然从两边冲出来十多个人，话筒递过来的同时，摄像机"啪啪啪"闪出一道又一道刺目的光。

"快上车！"慕容朝阳话音刚落，夏小沐返身跳回了车上，车门应声关上。

车子被记者们围困在电视台门口，迟迟不能开动。慕容朝阳从后座找出一顶鸭舌帽给夏小沐戴上，翻出一个口罩给她罩上，再用她的长发遮住两边侧脸，然后说："这样一来，看不到你清晰的正面照，明天八卦杂志也不好胡扯了。这些道具平时都是同事们随便丢在车里的，没想到今天还真派上用场了。"

时间一分一秒地过去，等记者注意力没有那么集中的时候，慕容朝阳突然来了一个漂亮的倒车和旋转的漂移，终于华丽丽地驶离了记者们的包围圈。高超的飙车技术，不多时便把那些车远远地甩下了。

七点半，夏小沐依然准时上到主播台，依然是平和、安适、端庄大方的形象，就像五年以来的任何一天晚上那样，有条不紊地播报着一条条新闻稿件，笑容的展现也恰到好处，在主播台上从容镇定、挥洒自如。

直拨热线直接瘫痪，无数人打进热线电话都是为了求证夏小沐是否已婚。整个晚上，整个楼道里都回荡着此起彼伏响起的电话铃声，久久不能平静。

虽然领导尚未找她谈话，但是她所主持的三档节目的主要负责人都已经被领导紧急召集去开会了。

她心里比以往的任何一天都不平静。一直害怕被曝光的已婚事实已经被发现，相信过不了多久，他们一定能找出廖鸿翔来。而从事情发生到现在，她都没有给廖鸿翔打过一个电话。她一直不打，是因为害怕。她害怕他的反应会令自己失望。

不知道从什么时候开始，她开始慢慢在意他的看法。害怕他所说的所做的会令自己失望，害怕他依然和以前一样冷漠，却又害怕他和以前不一样。

自从过完年，这种矛盾的心情，已经让她不安了好多天。

工作中的她并没有受到影响，专业干练。当她走下主播台，回到现实生活里，看到同事们异样的目光，她的心里很不是滋味。

但是，她依然和往常一样，对每一个人都谦和有礼，慈眉善目。

回到家，她连鞋也没换，把包一丢，直接靠到沙发椅背上。心里凌乱成一片，身体懒懒地，一动也不想动。

吴妈端了一杯热牛奶出来："夏小姐，我看你好像很累，喝了这杯热牛奶，上楼早点休息。只要睡一觉，所有的疲惫都会烟消云散的。"然后，又意味深长地说，"人啊，总有疲惫的时候，偶尔也要停下来休息休息，再接着走下去。只要方向是对的，前面的路只会越走越宽阔，越走越有奔头。"

吴妈一向在生活上对她照顾得很周到，平时除了该说的，其实很少会跟她说这些。夏小沐挣扎着坐起来，端着牛奶喝了几口，听了吴妈的话，也不喝奶了，只是静静地坐着，似乎在沉思着什么，又似乎只是在安静地休息。

吴妈从鞋柜里拿了她的拖鞋过来："换鞋吧。"说完，就要替她脱鞋子，夏小沐赶紧把牛奶放到桌子上，制止她："吴妈，我自己来就好。"

"没事。你太累了，今天就让我帮你脱吧。"吴妈手里没停，"夏小姐，你在电视上很风光，在南城也很有名，可是，我知道你付出的不是一般人能够想象得到的，背负的压力也很大，风光背后的付出，并非常人所能接受。我虽然没什么文化，但是这些道理我还是明白的，你的努力和付出我也都看在眼里……"

见夏小沐一直不说话，只是静静地坐着，也不知道有没有在听她说话，吴妈有些不安："夏小姐，是不是嫌我啰唆了？"

安静了一两秒，夏小沐才摇了摇头："不是的，吴妈，其实我很感激你能跟我说这些话。有时候，我也需要人安慰和鼓励，就像今晚。"

她其实很想倾诉一下，至少发泄一下也是好的。可是，她不知道要怎么跟吴妈说出她心里的那些感受。最终，她只是一口又一口地，慢慢喝光了杯子里的热牛奶。她需要牛奶来帮助入眠。

"对了，"吴妈这才想起说，"廖先生傍晚六点多的时候打电话回来，问你在没在家，他说你的手机打不通。"

"我手机今天下午丢了，还没来得及告诉他。"

吴妈问："夏小姐，你不给廖先生打个电话吗？"

夏小沐抬头望了望墙上的壁钟，发现已经这么晚了，于是摇摇头，揉了揉眼睛，轻声说："太晚了，明天再打。"

不知过了多久，电话铃声响起。

夏小沐本来是想要挣扎着站起来上楼睡觉的，可是在沙发上靠着靠着就迷迷糊糊睡了过去。电话铃声突兀地在房间里空响起来，把她生生吓醒了。

吴妈接了电话说了几句，便说："夏小姐，廖先生的电话……"

夏小沐这才从沙发上站起来，过去接起电话："喂。"

廖鸿翔停顿了大概两三秒才说："……你声音怎么怪怪的？感冒了，还是累着了？怎么有气无力的？"

夏小沐清了清嗓子，说："没有，我很好。"

他又说："你手机没电了吧？下午一直没打通。"

夏小沐这才说："我手机丢了……你打电话找我有事？"

廖鸿翔果然问："怎么丢的？"

"去机场接阿秋，不知道怎么的，就弄丢了。"

关于手机他没再多说什么，问："工作还好吗？"

"嗯，还行。你……在哪里？"

"我出差，不在南城。你想要什么礼物吗？我回来给你带。"他声音里透着疲惫，听起来却很舒服。

夏小沐自然拒绝："不用了，你该忙什么就忙你的，我什么都不缺。"

"……"

夏小沐感觉到他似乎不高兴了，因为她拒绝他送礼物。

忍了忍，她还是问出了口："你什么时候回来？"

他说："这边的事忙完就回去。"

他那边静悄悄地，应该是在卧室，正要准备休息了吧。

她正想着要不要跟他说隐婚被曝光的事，就听见他那边传来李伟的声音："廖总，这里还有一份明早要用的文件，请你过目一下。"

夏小沐抬眼看了看壁钟，问："这么晚了，你还在工作？"

"嗯。"

夏小沐听见他翻看文件的声音，想说的话便咽了回去："你忙完工作，就早点休息，别太累了。"说完，挂了电话。

夏小沐上楼时，吴妈已经替她放好了洗澡水："夏小姐，泡个热水澡吧，我已经放了点中草药和精油进去，泡完了你好好睡上一觉，明天早上醒来，就什么都好了。"

泡完澡，头发还未干透，夏小沐就缩进了被子里。可是却怎么也睡不着。她还是爬起来，找吹风机吹头发，在"嗡嗡嗡嗡"的响声里，突然就想起他为她吹干头发的那天晚上。

她想，要是他在就好了。他在，心就不会这么乱。她甚至可以爬到他怀里入睡。可是下一秒，她就觉得自己不应该有这种想法。

她想，最近是不是太累了，才会突然想他？

一整个晚上，夏小沐都睡得不踏实。梦里是乱七八糟的场景，不管到哪儿，总有人在后面不停地追着她问，她在前面不停地奔跑，筋疲力尽。等她挣扎着醒来时，天已经大亮。

赵金秋来找她，一本正经地问："你们隐婚被媒体曝光的事，你告诉他了没有？"

"还没。"

赵金秋看着夏小沐："你说你，结婚就结婚呗，干吗还遮遮掩掩的，感觉见不得人似的。而且，结了婚的日子过得比我这个单身的人还冷清，你说，你到底图个什么？"

夏小沐脸上冷冷淡淡的："忍，不过是心字头上一把刀。这么多年都一刀一刀挨过来了，能被割伤的地方也都痛过那么多次了，哪还有力气计较那么多。"

"好，先不说这些。"赵金秋不解地说，"不管发生了什么，你们既然是夫妻，就应该同心协力共同面对。你怎么不告诉他昨天的事情？"

"他在外地出差，我不想打扰他。"

"老夏，你不觉得你的思维方式有问题吗？"赵金秋奇怪地问，"夫妻之间怎么能说'打扰'这种词呢？我真的不知道你们结婚这五年是怎么相处的。"

夏小沐悠悠地说："习惯了不打扰。我们一直以来都是各过各的，不会干涉对方的生活，也不插手对方的事情。"

赵金秋愕然："我还真是没见过像你俩这么别扭的夫妻！"

打开电脑，网络上铺天盖地的娱乐八卦里，有关于她的新闻果真都在显眼的位置。之前的绯闻也被再次挖出来晒到网络上。看着各种关于她的匪夷所思的信息，她关了电脑，顺便将或恶意或善意的网民评论也从脑海中强力清扫干净。

在吴妈的帮忙下，夏小沐在后院忙活了三个多小时，种了太阳花、满天星、矮牵牛、玛格丽特等适合春天播种的花籽。看着眼前自制的平整的花圃，夏小沐心里平和多了。

到了下午，她不得不去想上班的事情。

记者肯定守在电视台门口等着她，还有一些有特权的记者肯定躲在电视台地下车库的某一辆车子里，等着她出现。

正苦恼该怎么去上班，屋外来了一辆车，司机自称是廖总派来接她去上班的。夏小沐中午打过电话，廖鸿翔的手机关机没打通。这会派司机来接她，肯定是知道这两天发生的事情了。

看到车是一辆很不起眼的大众，夏小沐问："你们廖总在哪儿？"

司机说："我只是接到了上头的通知，来接您去上班，其他的不清楚。"

一路上，看到司机都在专注地开车，夏小沐也没有和他过多交流。

估计是廖鸿翔派人打了招呼，所以车子开进电视台，门卫没有阻拦，一路畅通无阻。来到电视台的地下车库，夏小沐在车里坐了两三分钟，发现周围并没有什么动静，这才打开车门下车。

刚走了没几步，从不远处的一辆车子里下来六个身形高大威猛的男子，看起来像职业保镖。看着他们快步走向她，夏小沐突然很害怕，她怀疑是不是有人雇了人要绑架她或者怎么的，掉头就要准备往回跑。

"夏小姐。"走在前面的男子叫住她的同时，身体挡住了她的去向。其他几个男子也同时围了上来，其中一个人俯身低声对她说："是廖总派我们来保护你的。"

夏小沐心里的防线完全松懈，急着问："廖总在哪里？"

这时，从四面八方的车子里钻出一些人来，有人开始举起相机。

又是一帮记者。

"这边请！"带头的保镖说完，六个人护着她朝着另一个方向走去，夏小沐快速跟上他们的节奏，只想快点见到廖鸿翔。

车门一打开，夏小沐快速灵活地钻进了车子里。廖鸿翔果然在里面，她坐进去，顾不上他的表情是什么样，欣喜地说："你怎么来了？"

廖鸿翔没看她，也没有说话。

夏小沐凑向前，拿下他脸上硕大的墨镜："昨晚你不是还在外地吗，什么时候回来的？"

廖鸿翔终于转过脸来，盯着她看了一会儿，才说："夏小沐，你智商是不是有问题？你到底知不知道什么叫自我保护？"

"干什么？"夏小沐想过他会生气，可是没想到他会说出责备她的话。

廖鸿翔指着站成一排围在车前的保镖："刚才他们就那么一说，你还真就跟着他们过来了？你就没想过他们会不会是不怀好意的人派来抓你的？"

原来他说的是这事。

夏小沐笑笑："他们说是你派来保护我的，又说你也在这里，我一听就跟过来了。"然后说，"你想太多了吧？人家抓我干什么，我又没跟人结下过深仇大恨。你的竞争对手也不知道我是你老婆。"

听了最后一句，廖鸿翔脸上冷冷的表情有了缓和："你知道我有竞争对手，以后提高点警惕心，不要人家一提我就傻傻跟着走。"

夏小沐直接问："你好像很担心的样子。是担心我，还是担心被人挖出你是我丈夫？"

他不冷不热地扔过来一句："你说呢？"

夏小沐想他可能是在介意她没第一时间告诉他，解释说："昨天晚上本来是要跟你说的，后来听到李伟在催你看文件签字，我就没说了。中午打你电话，你手机关机。"

"那个时候，我在飞机上。"廖鸿翔叹了口气，才搂过她，"你害怕吗？"

他指的是记者的围堵，还是她已婚的事情被曝光，还是他即将被媒体挖出来？

夏小沐还没回答，廖鸿翔又说："要是外界知道你老公是我，你会不会有压力？"

夏小沐不假思索地说："会！当然会！没听过树大招风吗？你这么大

192

一棵树，我会被招来的大风给吹飞的。"

廖鸿翔情不自禁在她额头亲了一下："那怎么办？不能公开你我的关系，又不能让记者像这样天天缠着你。"

"你不怕吗？"夏小沐问，"要是你被曝光已婚，身份大跌，你的那些……红颜知己怎么办？"

廖鸿翔放开她，微怒："夏小沐，你能不能不要时时刻刻在我面前表现你的大度？"

她其实也不想说，可是她说的是实话。

这种时候不适合吵架和赌气，夏小沐看着车外面的记者，头瞬间变大了："我要怎么上楼？"

廖鸿翔将手里的手机递给她："你先用我的手机，有事随时打给我。等会儿他们会护送你上楼，不会耽误你上节目。"

"那你用什么？"然后想起他不止一个手机，又说，"万一有女人打过来，我要不要接？"

廖鸿翔这下真怒了，狠狠弹了一下她的额头："你这算吃醋吗？"

夏小沐疼得咧了一下嘴，随即笑笑："太紧张了，开个玩笑缓和下气氛。"

廖鸿翔伸手把夏小沐的大衣帽子翻到头上，把他硕大的墨镜往她脸上一戴，说："先去上节目。"说完，给她打开了车门。

六个保镖一路护送着她穿过记者的包围，送她进入电梯之后，并没有跟着进去，带头的那人说："夏小姐，我们就送到这儿了。"然后，六个人把准备爬楼梯追上去的记者堵在了角落里。

总算是有惊无险地到了办公室。

同事们看她的眼神里，有羡慕嫉妒恨，有赤裸裸的鄙夷和不屑，有的人当她是病毒似的，唯恐避她不及。夏小沐一颗心凉透了，很不是滋味。她想，如果这种事情发生到同事当中的任何一个人身上，就算是她不会说多么动听的安慰话语，但是她也绝对不会像他们这般冷漠无情。

只有肖雯雯，除了和平日里一样和她嘻嘻哈哈地开玩笑，还跟她说了很多安慰的话。还有李可和何超然，和平时并没有什么两样，却也没有特意安慰她。这让她欣慰了不少。

很多时候,我们不得不承认,同事,真的只能成为同事,不可能做朋友。

新闻热线仍然被打爆了。夏小沐去找总监,主动坦白了她和廖鸿翔的夫妻关系。毕竟是她的私生活,总监只说要她保持冷静,别影响工作。

下了节目,吴妈打电话说翠园已被记者包围。

廖鸿翔来接她,并带她到了另外一处房子。

一幢独立的二层小楼,外观和内部装修都是日式风格。庭院是日式的庭院,有幽深感的院门,带有木质拱桥的池塘,架空的木平台,用于活化庭院的乔木、灌木和各色花草。最喜人的是,那两三棵樱花树已经结满了密密的花苞,粉嫩嫩的一片,春意盎然,生机勃勃。

以廖鸿翔的实力和关系,处理这样的八卦易如反掌。所以,第二天,娱乐杂志暂时消停了。廖家长辈自然也知道了,两人抽空回了趟老宅院安抚长辈。

这天傍晚,夏小沐从健身俱乐部出来,直奔旁边广场写字楼里的咖啡馆。一进咖啡馆,就看见廖鸿飞在靠窗的位子朝着她抬手招呼。

夏小沐扎着难得一见的马尾,戴着一顶压得极低的鸭舌帽,穿着柔软合身的专业瑜伽服,简洁、大方、利落的款式,清爽、淡雅的色彩。远远走过来,就像是一个活泼青春的大学女生,还是运动型的。

她笑盈盈地走过去:"大哥,不好意思,等很久了吧?"

待她走近了,廖鸿飞才看见她额头上细细密密的细小汗珠,问:"小沐,你这是运动去了?"

"嗯。"夏小沐点点头,在廖鸿飞对面的位子坐下来,然后摘下鸭舌帽,"我在旁边的皇家俱乐部做瑜伽老师,有空的时候都会去教课。"

"不错。"廖鸿飞点点头,露出赞赏的目光,"瑜伽可以提高人生理、心理、情感和精神方面的能力,是一种达到身体、心灵与精神和谐统一的运动,有益健康。"

夏小沐笑笑:"大哥,大嫂平时都爱做什么运动?我上次忘了问她要不要和我一起练习瑜伽。要不回头你问问呗？"

廖鸿飞说："你大嫂没你这么注重健康和运动，她平时最爱的就是和阔太太们搓麻将，逛街购物和参加各种 party。"

夏小沐想想舒乐乐的性格，觉得确实是这样。运动在舒乐乐看来，大概是浪费时间的无聊事情，又问："一一好吗？好久没见他了，怪想他的。"

"还行。"廖鸿飞眉头出现了一丝若有若无的无奈感，"我一向都忙，你大嫂也没时间好好管他，现在让他上寄宿学校去了，一星期也才回家一次。"

"大嫂不是不上班吗？"夏小沐奇怪为什么舒乐乐会没时间管儿子。

廖鸿飞欲言又止，皱眉道："她是不上班，这两年来，她每天都忙着和她打麻将认识的那些太太们穿梭于各种聚会和活动，从来就没有消停过。最近，连家都很少回了。"

不知道为什么，夏小沐听出了一些异样，敏感地抬眼看了廖鸿飞一眼，感觉他心里藏着很多心事："大哥，你和大嫂是不是发生了什么事？"

"没有。"廖鸿飞立刻摇头，转移话题说，"我看小翔和你都很喜欢孩子，你们也结婚这么些年了，打算什么时候要个孩子？"

夏小沐躲避着他的眼神，望向窗外人来人往的广场："孩子不是想生就能生的。"

"小沐，这些年，你跟着小翔受委屈了。"廖鸿飞意味深长地说，完全是一副长辈的口吻，"他在外面那些不靠谱的事情，我都知道。在外人看来，也许我这个弟弟是放荡不羁的公子哥，可是我知道他只是还没有遇到一个可以真正让他收心并踏实下来的女人罢了。"

"大哥，你不会以为我是那个能让他收心的人吧？"夏小沐从未想过自己能够让他浪子回头，也从未想过要去改变他什么。

"这事除了你，别人还真办不到。"

"为什么？"

廖鸿飞说得很肯定："因为小翔对你跟别人不一样。"

夏小沐觉得不可思议地笑了："怎么可能！"

"我自己的弟弟，我很了解。甚至老太太和老爷子都没有我了解小翔。他虽然表面上是一副风流和喜新厌旧的样子，以征服各种女人为乐趣，可是在他的眼里，世上的女人只有两种分类，别人和爱人。对于他来说，你是爱人，其他所有人都是别人。"

夏小沐没想到廖鸿飞会这么说，听起来头头是道，可是她并不确定他所说的是不是完全正确。他毕竟不是廖鸿翔。在她看来，这个世界上，没有谁是真正了解谁的。连自己都没有办法真正地了解自己，更何况是别人。

廖鸿飞看她不相信，接着说："小沐，你有没有想过，小翔在外面这么花天酒地，也许只是为了要引起你的注意，希望你在意他，关注他。也许很多八卦只是媒体捕风捉影，并不是真的。他能靠自己的能力把企业做到这么大，不是那么容易的，他不可能有那么多时间天天泡在女人堆里。你毕竟和他生活在一起，你有没有想过，他也许只是作秀给你看？"

夏小沐笑了："作秀给我看？大哥，你想象力太丰富了，他一向都很知道自己真正要的是什么，从来不是那么无聊的人。"

说了这么半天，都在说她和廖鸿翔的事情，夏小沐不禁问："大哥，你今天找我来，就是为了说这些吗？"

廖鸿飞喝了口咖啡，有些犹豫："刚才我说的这些，都是真心话，希望你能够听进去。我和小翔前一段时间发生了些不愉快，今天找你来，是想让你替我劝劝小翔，别再跟我置气。"

"大哥，他都把你打住院了，不会只是置气这么简单吧？"夏小沐想了想，还是决定敞开天窗说亮话，"大哥，你有没有为——想过，如果有一天你真的和大嫂离婚，他该怎么办？？"

廖鸿飞有些惊讶，但是立刻又面色如常："你都知道了？"

"嗯。"夏小沐点点头，实话实说，"有一天在大街上，我看到你和舒薇薇在逛街，而且那天在老宅里，我也听到你和舒薇薇在厨房里的对话了。"

"我和薇薇其实没什么，真的。即使有，那也是她单方面的，毕竟是亲戚，我也不能不见人家，也不能做得太绝……"

夏小沐顾不上辈分，打断廖鸿飞："可是大哥，我已经从刚刚一开始的话语里，听出了你对大嫂的不满和抱怨，说实话，你是不是已经对舒薇薇动心了？"

廖鸿飞大概没想过夏小沐会这么直接，看着她，有些迟疑。

"大哥，我其实从小就一直希望有个哥哥，这样我在外面受了什么委屈，都可以跟哥哥诉说，然后让他帮我出气。"夏小沐说得特别真诚，她希望廖鸿飞也能真诚地和她交谈，而不是顾忌她们之间的关系，"所以，我第一次看到你，就觉得你和我一直以来想象中的哥哥的样子很符合，我希望我们不仅仅是大伯和弟妹的关系，还可以像朋友那样交谈。"

廖鸿飞的眼眸里闪了闪，才说："我对乐乐确实有一些不满，刚结婚那会儿还好，可是近两年来，她越来越不顾家，经常只顾着她自己一个人玩乐，不管我，也不管儿子。前段时间，我听到一些她在外面的风言风语，和她认真地谈了一次，结果她还负气回了娘家。那段时间，薇薇经常来家里照顾我和——的饮食起居，让我感受到了久违的家的温暖。"顿了顿，又说，"小沐，大哥跟你说实话，薇薇给的这种家的温暖，我很想要牢牢抓住，不想松手。"

夏小沐听了有些着急："可是舒薇薇她是你的小姨子，你是她姐夫。而且大哥，她们舒家和咱们家在南城都是有头有脸的家族，你有没有想过你们这样继续下去的后果？"

廖鸿飞点了点头："想过。这段时间我内心经历过怎么样的挣扎，没有人知道。薇薇也是，她说她愿意为了我，放弃她的事业，甚至是和家里断绝来往。可是，我不能让她这么做，不能让她跟家里决裂。"

夏小沐越听越皱眉，没想到他们已经进展到这种地步了，她一直以为只是舒薇薇单方面的单恋："大哥，你们这是在玩火自焚！"

"我知道。"

"——还那么小，你有没有想过他？这些年我做节目，见过无数离异家庭的孩子，发现他们在性格上或多或少都存在缺陷，父母的离异对他们的成长有很大的负面影响。"

廖鸿飞苦涩地一笑："以前，我很不能理解那些离异的夫妻，觉得跟谁过日子不是过，至少为了孩子，无论如何都不应该离婚。可是现在，我才明白，很多东西是不能一直这么将就下去的。"

"大哥，难道你跟大嫂真到了非离婚不可的地步？"夏小沐有点吃惊从廖鸿飞口里听到这些话，"一点回旋的余地都没有了吗？"

廖鸿飞点点头："近半年来，我们几乎每次见面都要吵架，吵完了她就离家出走，几天都不露面。所以，现在我都不太回老宅院，一是经常找不到她的人，二是怕爸爸妈妈看出什么端倪，——是小孩子说话没遮没拦的，怕他说漏嘴，让爸妈担心。"

"这些话，你也跟廖先生说过了吧？"

"廖先生？"廖鸿飞一头雾水地看着夏小沐。

夏小沐这才想起解释，不好意思地说："我习惯叫他廖先生。"

"那天他来找我，我跟他照实说了，所以，他才那么愤怒地对我动了手。"廖鸿飞说完，指了指额头的一处青紫色瘀痕，"这就是他的杰作，这么长时间了，还没完全消散。"

"真够暴力的！"夏小沐皱眉，没想到他还能对自己的亲哥哥动手，"他和你打架这事也是上次回家时爸爸逼问他，我才知道的。但是，他也没跟我说过为什么和你打架，在爸妈面前也没承认，只说你们是闹着玩儿。"

廖鸿飞凝住笑意，说："嗯，我就知道他不会说。要是爸妈知道，家里还不得翻了天。离婚对我自己的事业肯定会有影响，但是我更担心的是薇薇，更何况她还是一个公众人物，必定要受到世人的唾骂和耻笑，这是我最不愿意看到的。"

听了廖鸿飞的话，夏小沐想到自己这些天的经历，心里有些开始担心舒薇薇即将要面对的流言蜚语，有些不落忍："大哥，如果你们再继续，要面对的风险就真的太大了。一旦你们的关系被公开，能不在南城掀起一场腥风血雨吗？"

廖鸿飞隐隐暴露的青筋，显示出他此刻内心的纠结不安和挣扎："爱情很美好，可是现实很残酷。"

听到廖鸿飞这样一个铁骨铮铮的男人口里说出这么感性的话，夏小沐心里不知道是何种滋味。她本来还想要好好劝劝廖鸿飞，可是听到这里，再看着人越来越多的咖啡厅，竟然有些不知所措，也不知道还能再说什么。

爱情这东西，真的是来去不由人。

廖鸿飞又想起说："小沐，也许你们真的应该生一个孩子，多少过来人都说，孩子是家庭和谐的润滑剂。有了孩子，说不定小翔的心就会完全收回来了，也省得爸妈和爷爷奶奶天天念叨。"

夏小沐想了想，还是说出了憋在心里很久的话："大哥，因为这事我和他争吵过很多次，可是，你知道我为什么一直不同意要孩子吗？"

"为什么？看得出来你也很喜欢孩子，为什么不想要？"廖鸿飞不解。

"因为我害怕有一天，我和廖鸿翔也会面临分手，那个时候，孩子会是最大的受害者，我不希望在我还不能确定自己能不能给他一个完整的家庭之前，就生下他。我不允许自己这么做，不想做这么不负责任的妈妈。"说这些话的时候，夏小沐眼睛是望向窗外的某一处，神情有些迷茫和不知所措。

尽管她和廖鸿翔因为生孩子的问题有过好几次争吵，可是这些话，她从来没有跟廖鸿翔说过。好几次话已到嘴边，可是还是没能说出口。

"小沐，你怎么会这么想？"

夏小沐摇摇头："大哥，这五年，我们一直都互不干涉地走过来了，我原本以为是可以一直这么走下去的，可是不行，我现在越来越感觉婚姻的绳索正在越勒越紧。以前，家里不知道我们结婚的事情，我们可以按照自己的方式走下去，可是现在，一有什么风吹草动，就得担心家里会不会知道。就像这几天我被媒体追着不放，我已经听到廖鸿翔好几次背着我接听婆婆的电话，从他的话里，我能知道婆婆对我的不满。"

廖鸿飞安慰道："我妈那儿，你好好跟她说说，她会理解的，毕竟你也是公众人物，在这个炒作不息的时代，难免不被卷进各种是非里。小翔不告诉你，那是因为他怕妈说你，他这也是为了你好。"

夏小沐一想到这些天报纸和网络关于她隐婚的八卦新闻，就觉得不舒服："没错,这些问题现在还不能成为真正的问题,可是总有一天得面对,甚至要面对的会是更多。"

廖鸿飞想到自己同样是一团糟,可还是说："小沐,这就是家庭的责任。可能你还没有意识到你应该担负起一部分家庭的责任。"

夏小沐点点头："我承认我对家庭责任这个词还没有多少概念,那是因为这么多年来,我们的家不像家的样子,我们之间的关系也不像夫妻。所以,一下子还未适应。"

廖鸿飞又说："不管以后要面对多少事情,但是如何增加小翔对家庭的责任感,就是你目前所要面对的。"

"大哥,你觉得我该怎么做?"

廖鸿飞啜了一口咖啡："你是妻子,你做一个小女人就是了,去崇拜那个男人,让他体会到他在家里的重要性。"

"大哥,我一直觉得增加男人的家庭责任感,首先要建立在夫妻默契、相处和谐的基础之上,如果没有这个基础存在,想建立不是那么容易的。"

"那就需要先去改善和解决你们之间的关系。"廖鸿飞看着夏小沐,"大哥能看出来你很想改善你和小翔之间的关系,只要你有这份心,就一定可以做得很好。大哥也会好好说说他的,放心。"

夏小沐突然想起问："难道大嫂一点都没有察觉到吗?"

"她?"廖鸿飞苦笑一声,"她只活在她自己那个充满时尚和聚会的世界里,根本不会留意到家里任何大大小小的事情。现在,家对于她来说,不过是她可以随时登门入住的酒店。"

夏小沐听到廖鸿飞那一声苦笑,心里不由得凉了。虽然舒乐乐对她一直也不怎么热情,甚至还抱着看她好戏的架势,可是毕竟同为女人,她还是有些为她难过。她想,廖鸿飞是真的对舒乐乐死心了,不爱了。从前因为爱,可以将她宠上天,可以纵容她所有的任性,接受她身上所有的缺点。可是现在,因为不爱了,所以不再包容,也不想再将就。

最后一句话,听在耳里似曾相识。她也曾对廖鸿翔说过,家对于他就是酒店,想住就住,想走就走。

Part 13　公开关系

从咖啡厅出来，接到夏小涛班主任的电话，说夏小涛失踪了。

来不及多想，夏小沐把电话簿里所有能和小涛沾得上边的人都联系了一遍，可都说这几天没和小涛联系过。开着车，夏小沐把以前和夏小涛一起去吃过饭、买过东西和玩过的地方统统都找了一遍，还是没有夏小涛的身影。

随着天色越来越晚，夏小沐心里的担忧和焦虑，变成一丝一丝的绝望。她在心底里懊恼和后悔平时没能多抽点时间关心和陪伴弟弟。她不敢想象如果小涛出了事，她还有没有勇气活下去。

经过绿洲大酒店，在望向酒店门口的那一瞬间，夏小沐突然想起看见廖鸿翔和徐露走出酒店……

那一天，是母亲的祭日。

夏小沐果断且迅速掉转车头，飞奔在去郊外墓园的路上。她到达墓园的时候，天色已经微黑了，一排排枝叶繁茂的南洋水杉在夜风中招展，发出一阵又一阵似呜咽的声音。走在一节又一节的台阶上，夏小沐心中对母亲的思念，开始无限蔓延。

果然，远远地，看见一个黑影紧靠在墓碑前。夏小沐几乎是一路狂奔着过去："小涛！小涛！"

一把将小涛搂在怀里，夏小沐蓄积已久的泪水终于喷薄而出。

"姐。"好半天，夏小涛才慢慢地从姐姐的怀里挣扎出来，"对不起，姐，让你担心了。"

夏小沐忍不住拍了他一下："小涛，你说你都多大的男子汉了，怎么还玩失踪，你想急死我是不是？"

夏小涛轻轻地扯着姐姐的袖子，可怜巴巴地说："姐，我以后不会再这样了，你别生我气了。"

"但是你得跟我保证，以后不管发生天大的事情，你都要告诉姐姐，不管你要去哪里，也都要和姐姐说一声，不能再这么不声不响地离开了，懂吗？"夏小沐拉着小涛的手，深深地呼了一口气。

夏小沐正要问他，夏小涛抢先说："姐，你和姐夫离婚吧。"

夏小沐拉着夏小涛往外走，可是夏小涛不肯走："姐，这些话必须要在妈妈面前说。"

夏小沐皱眉："听话，有什么话咱们姐弟俩出去说。"见夏小涛杵在原地，再次拉过他，"夏小涛，你能不能懂事点，难道你想让妈妈在九泉之下都不得安宁吗？"

夏小涛挣扎了一下，终于还是跟着姐姐走了出去。快要走到门口，夏小沐停下脚步，转过身问他："现在可以跟我说说了吧？你为什么一个人不声不响就跑来墓地，又为什么说出要我离婚的话？"

夏小涛面无表情说："廖鸿翔是个浑蛋，他不值得你这么死心塌地！"

夏小沐不希望弟弟这么放肆，不悦地提醒他："夏小涛，他是你姐夫。"

"我姐夫？"夏小涛冷哼一声，"我宁愿没有他这个姐夫。"

夏小沐不满地瞪着他："你这孩子，什么时候学会说话如此刻薄了？"

"姐，我已经不是孩子了，我都已经快要大学毕业了。"夏小涛抗议，"不是我看不上他，是他真的不值得你从一而终。姐，你告诉我，你爱他吗？"

"你懂什么是爱？别再胡说八道。"

夏小涛的目光坚毅又淡定："我有资格跟你谈论这个话题，我懂爱。"

"你懂什么懂！"夏小沐吼他，"给我上车！"

"他对你不好，我就是不喜欢他。"夏小涛站着不动，"这些年他不断在外面拈花惹草，你就像是个影子只能静静地站在他身后，没有名分，没有尊严。你这么委屈自己，可是他呢？他根本就没有把你放在眼里，你为什么还要跟他在一起？你打算还要委屈多久？"

夏小沐脸色变了变，深深地呼吸了一口，重复道："给我上车！"

"姐，你是这么没有骨气的人吗？这种隐婚的憋屈日子你打算过一辈子吗？"

"我的事，不用你管，你给我上车。"夏小沐微怒。

"姐，我知道，你其实根本就不爱他。"

夏小沐一把拉起他："我说了，我的事情你别管。"

"我就是要管！"夏小涛一把甩开姐姐的手，"你这个破婚姻，我管定了！"

夏小沐不可思议地看着自己的弟弟："小涛，你是不是受什么刺激了？"

夏小涛从包里甩出厚厚的一叠报纸："你自己看看这几天的报纸，都是他每天带着不同的女人穿梭在百货店、餐厅和夜场的画面，你为什么要一直忍气吞声，看到这些画面你都不觉得难堪吗？你到底图他什么？"

"夏小涛，我是你姐，你不能用这种口气跟我说话！"夏小沐怒了，但还是尽量控制着情绪，压低声音说，"他出现在这些场合，也是工作需要，不过是记者捕风捉影罢了。还有，我告诉你，这种三流报纸，你以后少看。"说着，抢过小涛手里的报纸，顺手丢进旁边的垃圾桶里。

"你还在替他说话？"夏小涛的脸上隐藏着哀伤，眼里似有一滩清泉，明晃晃地，刺得人心疼，"姐，你究竟为什么要跟一个不爱的人生活在一起？你是不是为了他的钱？"

夏小沐抬手就要一巴掌打过去，可是看到夏小涛一脸坦然的样子，还是咬牙忍住了，声音有些低沉："在你眼里，姐姐就是一个拜金女吗？你就是这么想姐姐的吗？"

夏小涛继续问："姐，我一直想问，当年妈妈做手术时的那笔钱，是不是姐夫出的？然后他是不是用这个作为条件，逼迫你跟他结婚？"

"你想象力未免太丰富了。"夏小沐扶着他的肩膀，面对面地看着他，"当年妈妈住院的费用，是我跟很多个朋友和同学借的，这五年，姐姐已经陆陆续续都还清了。"

夏小涛仍然不相信："我不信。别以为我不知道，妈妈过世没多久，你们就去登记了，你还敢说这两件事没有关系吗？"

"当然没有关系。"夏小沐说得很肯定。

"姐，你别骗我了，我已经长大了，不再是那么容易哄骗的小孩子了，你应该告诉我真相，我有权利知道。"

"真相就是我刚才所说的。信不信由你。"夏小沐走到车子前，打开车门，"赶快上车！"

夏小涛很坚持："我是不会走的，除非你告诉我真相！"

"你到底走不走？"夏小沐不禁提高音量。

夏小涛固执地站着不动，依然一副倔强到底的样子。

夏小沐打开车门，坐了进去。心里有百般滋味，却不知该如何排解。

不远处，夏小涛还是站着不动，脸上的倔强清晰可见。

终于，夏小沐打开车门，走回到夏小涛面前，轻声说："你不是要知道真相吗？姐姐告诉你。妈妈的医药费真的是姐姐跟同学朋友凑齐的，我还回去找了舅舅借钱，但是现在都还清了。姐姐一直不告诉你，是不想你担心。"

夏小涛吃惊地问："你还去找过舅舅？"

"嗯。"夏小沐点点头，"毕竟他是我们在这个世上最亲的人，不管他过去对我们做过什么，他在妈妈住院急需用钱的时候也帮了我们，所以，不要再记恨了，好吗？"

夏小涛没回答，又问："那么，你为什么不能离开廖鸿翔？"

夏小沐看着弟弟，淡淡地说："因为婚姻是一辈子的事。"

夏小涛摇了摇姐姐："姐，一辈子说长不长，说短也不短，你为什么要委屈自己将就呢？"

"姐不觉得委屈。"夏小沐耐着性子，缓缓地说，"小涛，这世上的很多事情，不是那么容易说清楚的。但是，姐姐可以告诉你，姐姐知道自己在做什么。"

夏小涛低着头，半天没有说话。夏小沐拉着他上车："这里风有点大，姐姐有点头疼，咱们先上车再慢慢说，好吗？"

坐上车，夏小涛还是不说话，头转向车窗外，脸上也没什么表情。夏小沐开车将夏小涛送到 A 大门口，夏小沐叫住他："弟弟，你是我在这世上最亲的人，姐姐不希望你和姐姐产生隔阂。不管做什么，姐姐都希望能得到你的理解和支持。"

也许是听到了夏小沐不常说的那一声"弟弟",夏小涛脸上的表情生动起来,抬了抬眸子,终于露出了浅浅的笑容,说:"姐,我只是希望你过得幸福快乐。"

夏小沐点点头:"好,姐姐答应你,一定会幸福快乐地生活。"

回到日式建筑的房子,就接到廖鸿翔的电话:"明天晚上是公司十周年的晚会,今天李伟已经把礼服送到家里,你试试看合不合身。明天晚上我会去接你。"

"嗯。知道了。"

现在正处于风口浪尖,她不想现身任何活动。可是出席公司十周年晚会,是之前就答应过他的。她一向不喜失信于人,答应过的事,怎样都会做到。

挂了电话,夏小沐在樱花树下的靠椅上坐了会儿,才往屋子里走去。

夏小沐躺在床上,有些辗转难眠。不断地回想起和小涛的对话,那些八卦的标题和画面总在脑海里闪啊闪……

在夏小涛说出要她跟廖鸿翔离婚的时候,夏小沐清清楚楚地记得自己的心是痛的,就像被什么尖锐的东西猛地狠狠刺了一下,心痛不已。虽然五年的婚姻并不如她所愿,廖鸿翔给她的待遇远远少于丈夫应该给予她的,虽然他留给她最多的只有满室清凉和一地寂寞,还有持久的疏离感,可是她从未想过有一天会真的离婚,虽然她曾经也亲口说出要离婚,可在她心里结了婚就得走完一辈子。

可小涛的话,确实在她心里敲下了重重的一锤,那强烈的痛感狠狠地刺激到了她已经沉睡已久的感官和神经,让她不得不正视这一切发生的可能性。

第二天,夏小沐被电话吵醒的时候,已经是中午时分了。她从床上翻身起来,拿起手机,另一只手拉开日式绣花窗帘:"喂?"

听到她刚起床之后略显沙哑和慵懒的声音,电话那端的廖鸿翔有些愣住了。心脏肺腑在瞬间被一种东西刺中,竟不知该如何开口。

夏小沐看着窗外,又问了一声:"喂,你好,我是夏小沐。"然后拿开手机看了一眼来电显示，"廖先生，你在听吗？"

办公室的敲门声和夏小沐恢复到清醒状态的声音，让廖鸿翔回过神来，他对着门口摆了摆手示意稍后，对着手机说："刚起床？"

"嗯。"夏小沐想他打这通电话可能是想提醒她，别忘了答应过晚上要陪他参加公司宴会的事情。

果然，他问："礼服试了吗？"

"试了，挺合身。"不用试也知道，一定很合身。他一向都知道她的尺寸，虽然没问过她。

廖鸿翔又问："你今天要出门吗？"

夏小沐想了想："阳光这么好，是该出去走走。可是狗仔队不知道会潜伏在哪儿呢，还是在家吧。你晚上来接我吗？"

"嗯。"挂了电话，廖鸿翔才知道，刚才击中他的这种东西，叫柔媚。

放下手机，夏小沐才想起问吴妈礼服在哪儿。打开一看，果然是从头到脚一整套都已经搭配好了，包括手袋和内衣。昂贵的牌子，奢侈的配饰。这一次，是她五年来第一次陪他参加宴会。那天答应了他之后，她其实就后悔了，可是既然答应了也不能食言。

现在一看他准备的礼服，显得这么隆重和奢华，竟让她的心里产生了一丝不安和抗拒。

赵金秋在电话里听夏小沐说了廖鸿翔为她准备的礼服之后，也激动得当即就说要挑一套华丽的礼服参加晚宴，埋单的自然是蒲箫遥。听到蒲箫遥的名字，夏小沐心里还是不舒服，可是劝说了这么久，赵金秋还是这么坚持和蒲箫遥在一起，她不禁想，也许是她的担忧太多余了。

夏小沐觉得廖鸿翔有些得寸进尺。

答应做他的女伴出席公开场合已经是她的极限，可是在离晚会只有不到三个小时的时候，又要她去当主持人。到今天她才发现，廖鸿翔简直巧舌如簧，死皮赖脸磨起人来，真的可以把死的说成活的，把假的说成真的。所以到最后，直到放下电话，夏小沐都不知道自己是怎么被他说服的。

打车赶往晚会现场，李伟等在门口，见到她就说："廖总还在公司开会，他说主持的部分对你是小菜一碟，让我先过来带你去见晚会导演，熟悉一下晚会的大概流程，到时候舞台交给你，你尽情发挥就好。"

夏小沐突然想起服装问题："我是直接从咖啡馆过来的，礼服还在家里。"

李伟仍是公事公办的样子："小沐姐，这个你别担心，廖总已经派人过去取，马上就到。主持要穿的礼服也已经按照你的尺寸准备好了。"

夏小沐原本以为只是廖鸿翔公司的一个简单的周年庆活动，可是一看节目单和节目流程，才发现这台晚会是翔飞集团在公司成立十周年之际，联合南城市民政局、南城市慈善总会和南城广播电视台举办的南城首个大型公益晚会节目。

她刚熟悉了一下主持的流程，李伟就拎着礼服袋子和一个便当盒进来化妆间："小沐姐，你先吃点东西，然后再化妆。"

夏小沐一看便当盒就知道不是外面买的："你哪里弄来的便当？"

李伟把便当盒的盖子打开，递到她面前："廖总一早就吩咐吴妈做的，刚才去取礼服的时候一起拿过来了，时间刚刚好，你先吃点东西，化化妆，差不多晚会也该开始了。"

夏小沐看着便当里的食物，胃口大开。

直到晚会开始，夏小沐都没见到廖鸿翔。

七点半，夏小沐拿着话筒走上舞台，直到宣读参加晚会的人员名单时，她才看到廖鸿翔坐在台下最中间的位置。身上是名贵的定制职业西装，一丝不苟的言笑和高高在上的冷漠感，是她不太熟悉的样子。

很多关于廖鸿翔的画面在脑海中重复上演，那一刻，夏小沐突然觉得这个世界，廖鸿翔这个人，包括台下的赴宴者，都好陌生。

夏小沐的思绪虽然有些抽离，可是主持依旧继续进行。

"翔飞集团作为南城一线主流企业，创建 10 年来信守并履行企业公民责任，积极参与环境保护、城市生态、灾区救助、教育扶贫、敬老爱老等公益事业，并成立了'南城翔飞教育扶贫基金会'，建立起企业长效、健全的公益运行机制。有数据显示，截至目前，翔飞集团先后公益投入累计已超过五十亿元……下面有请翔飞集团总裁廖鸿翔先生讲话。"夏小沐站在台上风采奕奕，主持词就像在水中快活游动的鱼儿口里吐出的气泡，从她口中顺溜吐出。

廖鸿翔上台，接过夏小沐手中的话筒，手指若有若无地划过她的手心，一阵清凉的酥麻感立刻传来，夏小沐缩回手，镇定地走回到边上，站定，然后微笑。

廖鸿翔浑厚有力的声音从话筒清晰地传到每一个角落："尊敬的各位领导、各位来宾、各位同事：大家晚上好……翔飞集团通过'阳光慈善夜'这样一种特殊的形式，一方面是对于翔飞集团 10 年公益历程的分享和见证，更为重要的是，翔飞集团希望与各界一同对企业社会责任及企业公益事业进行探讨，并号召更多的人和企业加入社会公益事业……"

晚会进入一段歌舞表演之后，夏小沐去了卫生间。正好听到几个女人关着门在聊八卦：

"你们听说了吗？廖总前段时间定制了一套相当昂贵的礼服和配饰。"

"听说光那条项链就价值连城，是请世界著名设计师 Scott 专门设计，由世界知名钻石商费时 6200 工作小时才完成制作的。我还听说那条项链总重 1399 克拉，由 7645 粒钻石镶嵌而成，其中 55 粒为永恒印记钻石。据悉，该项链因其价值高昂，被评为历届奥斯卡中最贵重的珠宝。"

"还有，那双和礼服搭配的高跟鞋，也是世界顶级定制珠宝商 Nicholas 设计的，标价 10 万英镑，约合人民币 102 万元。虽然价格超贵，但保修期长达 1000 年哇，哇哇哇哇哇……"

"你们说，廖总是打算送给他的哪个女伴？"

"徐露吧，最近两人还传出绯闻呢，我相信他们一定有某种关系，无风不起浪嘛……"

"我猜会是舒薇薇，她不仅很红，更主要的是出身名门望族，和廖总很配呢……"

…………

夏小沐匆匆离开了洗手间。

"阳光慈善夜"晚会结束之后，还有一个舞会，地点就在晚会旁边的大厅里。于是，男男女女相邀相偕，移步前往舞会大厅。

"你还在发什么愣？赶紧地呀，都要开始了，你老公今晚是主角，你不是他的舞伴吗？"赵金秋一进化妆间，就看见夏小沐在对着礼服发愁，一副愁眉不展的样子。

"我刚在洗手间听他们公司的人八卦，说这套礼服从头到脚的搭配都是请世界名设计师特意定制的，价值不菲，听得我都不敢往身上穿了。你说他弄这么奢侈干什么？"

"我看你是经常把你自己的真正身份给忘记了。"赵金秋拍了她一下，"你别忘了，你是廖夫人，没有什么是不能穿的不敢穿的！你需要费心思考虑的是够不够惊艳，能不能把所有在场女性都给比下去，为你老公争光！"

"怎么还没换衣服？"廖鸿翔来到门口。

"表嫂，你还是赶紧换衣服吧，我家表哥都不高兴了。"赵金秋对着廖鸿翔做了个鬼脸，恶作剧地开玩笑之后，在夏小沐逮住她之前，一溜烟儿跑了。

夏小沐不安地站起来："这一身你到底花了多少钱？廖先生，你知道我不喜欢奢华和浪费的……"

"好啦。"廖鸿翔打断她，将她摁到椅子上坐下，"礼服这种小事就不用你费心了，你现在只要把它穿在身上，陪我出席舞会，跳支舞。"

"这么贵的礼服，我真没勇气穿上。"

"我廖鸿翔的女人穿的用的，自然是要比其他任何女人的都要好。我挣这么多钱就是为了让你穿最贵的，吃最好的，过最好的日子，当然，还为了咱们的孩子。"

夏小沐恼了："又提孩子？"

"行行行！不提！不提！"廖鸿翔把礼服递到她手里，"你可是答应过要做我今晚的女伴的，别磨蹭了，舞会还等着我开场，快！"

夏小沐换上黑色晚礼服，搭配她的清新裸妆，温婉怡人，既神秘又性感。在金碧辉煌的背景下有大俗大雅的气质。她把头发梳起来，露出脖颈，露出闪闪的钻石项链，有一点小平头、露脚趾的名贵细跟鞋，露出脚背，显得她的腿特别修长。

挽着廖鸿翔的手臂，一走进舞会现场，夏小沐毫无疑问地成为全场最引人瞩目的焦点。

面对众人瞩目的场景，走在廖鸿翔身边的夏小沐显得很平静和淡定，脸上是优雅得体的笑容，既不张扬又不怯场。廖鸿翔回过头看了她一眼，脸上是迷人的神情和酷酷的笑意，拍了拍她挽着他的那只手："有我在，别紧张。"

夏小沐从每一个经过的人脸上的表情可以看出来，所有人都以为她不过是廖鸿翔刚刚结识并确定的新欢，不久以后也不过是他的第 N 个旧爱而已。

突然蹦出的一个念头，令夏小沐有些激动。她想，她是不是不应该一直就这样躲在他的身后，是不是不应该再任他像放养的野马无拘无束地驰骋下去？如果她这辈子的幸福注定是与他有关，那么，她是不是应该为自己的幸福去做一些很必要的努力和争取？

"怎么了？"廖鸿翔察觉到了她的异样。

夏小沐从容地对着他展开笑脸："我在想，我应该更加努力地生活了。"

"嗯？"廖鸿翔自然不解她话里的真正含意，随后又笑笑，俯身在她耳边说，"努力生活总是好的。可是，有我在，你不需要很努力。"

来参加晚会这些人自然是认识她的，从电视上。

夏小沐甚至已经听到旁边有人在谈论她的职业和身份了。

廖鸿翔一直带着夏小沐走到舞池的台子上，拿起话筒之后，改为紧紧握着她的手："各位，在舞会开始之前，请容许我先讲几句。今天到场的除了翔飞集团的员工和商业界的各位同仁朋友之外，还有南城各大著名媒体和电视台的记者朋友们。所以，趁这个机会，我想公开宣布一件事情……"

夏小沐敏感地回头看着他，不知道他要宣布的事情跟她有没有关系。她在心里默念，希望不要牵扯到她。廖鸿翔感受到她的注视，握着她的左手更用力了，回过头来，给了她一个安心的眼神和表情。

台下的人开始骚动起来，等着廖鸿翔即将宣布的消息。

廖鸿翔接着说："我身边站着的这个女人叫夏小沐，相信大家都在电视上见过她，不论是播报新闻，还是主持民生节目，甚至是访谈节目，她都做得无懈可击，我相信她带给大家的除了大量的信息之外，还有心灵的愉悦和亲切感，传递的都是正面的能量。可是这段时间以来，她受到了媒体施加给她的前所未有的压力，这种压力不仅影响到了她的生活，甚至影响到了她的工作，所以，今天借这个机会，我想跟各位媒体朋友们说，这段时间你们一直试图找出来的那个站在她背后的男人，就是我。今天我们在这里公开承认已婚的事实，希望大家能够给我们一些空间，并且能够祝福我们。"

台下大概安静了三秒钟之后，爆发出一阵高过一阵的交头接耳声。夏小沐不可思议地看着廖鸿翔，脸上的平静和笑容转化为震惊和怒气。他怎么可以在没跟她商量的情况下，就宣布这么重大的事情？把她当作一个局外人、一个旁观者和一个必须服从于他的安排的人？这并不是他一个人的事情，她也是主角，她有知情权和发表意见的权利。他就这么硬生生地剥夺了她的知情权，让她只能接受，连反抗的机会和余地都没有。

"请大家静一静。"廖鸿翔接着说，"本来，结婚是我们两个人的私事，幸福也是我们两人的，不需要炫耀和拿出来与人分享，更没必要告知世人。公不公布对于我是没有关系的，我是一个男人，对于媒体的追杀已经司空见惯了。可是鉴于近几年来，媒体记者总喜欢揪着我不放，经常捕风捉影地乱写我和娱乐圈女明星的绯闻，也严重影响了我和我夫人的生活。所以，考虑再三，我还是决定公开我们已经结婚的事实，现在我郑重地告诉大家，我们在五年前就已经是法律上的夫妻。至于为什么没有公布婚讯，是因为一开始的时候也没人问过，所以随着时间的推移，我们也越发觉得没有必要大张旗鼓地宣布，只要两个人彼此相爱，认真地过好属于我们的每一天就好。"

夏小沐听了他的话，有些被打动了，刚才滋生的责备他的怒气也渐渐消散了。只是五年的婚姻生活，用这一席话概括出来，还是觉得有些恍惚的错觉。

"我要感谢我的夫人对我一如既往的支持和信任，这几年不管外面的人如何看我，也不管记者如何描述我，她都五年如一日地信任我，包容我。我身边的这个女人，她不是衣来伸手、饭来张口的娇娇女，不是名牌控，不是一个只贪图华衣美食的虚荣女人，她不仅仅有战无不胜的美貌，她还有坚定决绝的性格，她从不患得患失，也从不变动游移，不管外界如何评判我，她都甘愿站在我背后，和我兀自过着我们想要的生活。她是我的最爱，也是我今生的唯一挚爱。"然后，廖鸿翔转向夏小沐，"谢谢你，这些年对我的理解和包容，老婆，我爱你！"说完，廖鸿翔在她的脸颊上吻了一下，将她搂进怀里。

台下陆陆续续响起掌声，摄像机"咔嚓咔嚓咔嚓"响个不停。

夏小沐闭着眼睛问："廖先生，我是在做梦吗？"

廖鸿翔搂着她："不是做梦，我们的隐婚罪名已经不存在了。五年了，我们不能再这么隐瞒下去。既然被曝光，我们就应该勇敢地承认，然后求得大家的谅解，相信大家都会祝福我们。"

夏小沐在他怀里挣扎了一下："你为什么都不跟我商量一下？你这算是惊喜还是惊吓？"

"我不希望媒体和舆论再对你进行不公平的指责。既然这件事都已经影响到了我们的生活和你的工作，作为你的丈夫，我就应该站出来公开这一切。"

廖鸿翔的一席话，说得声情并茂，感人肺腑，完全颠覆了他在八卦杂志上荒淫无度的纨绔子弟形象。在场的所有人，望着他，像是在看一个他们第一次见面的陌生人。他的这一番话，既是对近日来给夏小沐施加压力的媒体重重地一击，又表现了他忠贞不渝、深情待妻的一面，在所有人都意想不到的情况下，扔下了一枚重磅炸弹。

终于，台下响起了掌声、欢呼声和祝福声，经久不息。

在众人的掌声和欢呼声里，夏小沐非常强烈地感觉到，自己崭新的人生，似乎已经从刚才廖鸿翔宣布他们已婚的那一刻开始。

说起来，连她自己也感到奇怪。不过是刚刚公开了他们已婚的消息，但是她的心里却特别踏实，特别笃定，有了一种归属感和安定感。即使是面对这么多不认识的陌生人，她都觉得异常亲切，要是以前，她一定会觉得这些人和她并非同一世界。

而此刻，廖鸿翔就站在她身边，可是和以往任何时候的感觉都是不一样的。她觉得他或许没有完全属于她一个人，可是，至少现在的他是她触手可及的人，是可以和她一起分享喜怒哀乐的人，她也愿意和他共同看世间繁盛，愿意陪他看生命中的细水长流。

原来，她内心里是极其没有安全感的。她一直渴望能有一个人懂她爱她疼她，在她害怕的时候给她勇气，在她寒冷的时候给她温暖，在她难过的时候陪在她身边。这种普通女子内心会有的渴望，一直根植在她二十五年的生活里。似乎在这个晚上，她才清晰地意识到存在内心深处这么久的渴望。

物质上的富足给不了她安全感，事业上的成功给不了她满足感，而独独是一个被大众所认知和祝福的姻缘，才是她最渴望的。

她的眼里，已经雾气环绕。如果她身边的这个男人，给了她五年的空壳婚姻，那么此刻，她愿意原谅他所有的伤害，以及他所有的过往。

在他说出这一席话之前，她决定要为自己的幸福做些努力和争取，是正确的。只是，此刻，她明白她所要努力的不仅仅是她一个人的幸福，而是他和她两个人的幸福。

廖鸿翔拥紧她，她亦小鸟依人般靠着他："猫咪，五年来，委屈你了。"

夏小沐听了这句话，眼泪险些滑落。就算五年来她受了那么多委屈，就算他给了她无尽的失望和寂寞，可是，听到这一句话，她就不觉得委屈了。

原来，所有的伤害和疏离，需要的不是时间来愈合，而仅仅是一句话，就可以弥补心灵上的创伤。虽然，仍有疤痕，可是，淡淡的伤痕，也许才能见证她曾经的坚持和隐忍。

或许，她真的不是一个贪婪的人，所以，才能容忍这样寂寞和惆怅的五年婚姻。所以，不管什么时候，她的要求都这么低。低到只需要他的一句话，她就心甘情愿继续飞蛾扑火的旅程。

只是这旅程，需要倾尽她一辈子的决心和勇气去完成。

"廖先生，"夏小沐抬起头，静静地注视着他，"你会不会后悔？"

"后悔什么？"

"这样一公开，你以后就不能再在外面胡闹了。"

"猫咪，其实这些年，我并没有胡闹，那些花边新闻不过是记者夸大事实为了报纸杂志的销量胡编乱造罢了。你信吗？"

夏小沐挑衅般抬起下巴："信不信不重要了。现在最重要的是，以后他们会替我看着你，看你还敢不敢乱来。"

洗手间，夏小沐对着镜子补妆。整理礼服的时候，夏小沐突然就对着镜子笑了起来。她想起那句话：女为悦己者容。

"夏小姐心情不错嘛，自己一个人都能偷偷乐。"

转过身，夏小沐顺着声音传来的方向望过去，看见了一张有着精致立体妆容的脸，身上的礼服看起来很合身，自然也价值不菲。

"人活着就是幸福，当然应该偷着乐乐。"夏小沐敛起淡淡的笑容，"你慢用。"

"夏小姐，等等。"女子急切地唤住就要转身走出去的夏小沐。

夏小沐转身的瞬间，得体的微笑礼貌性地挂到脸上："这位小姐，你有什么事吗？"

"你……认识我吧？"女子一脸怪异的笑。

夏小沐细细地打量了她一下，然后摇头："抱歉，我想我不认识你。"

女子突然笑起来："最近都没在电视上见到你，是不是被雪藏了？"

"谢谢你对我的关注。最近几天我休假了，不过很快，你就能再见到我。"夏小沐还是笑，脸色并无变化。

身后传来微怒的声音："夏小沐，别装了！"

夏小沐优雅地转身，面不改色："我没必要装什么。"

"你肯定认识我。此刻看到我，是不是很不爽？"女子走近夏小沐，一脸肯定地说。

夏小沐仍然是淡淡的口吻："我这人记性一向不差，我说不认识你，那就是真的不认识。"

"夏小沐，你的演技果然不比我差。"女子笑得有些放肆，"既然你记性好，那你一定记得那次在广场上，廖鸿翔还为我解围，后来我一路跟随你，还问过你和鸿翔是什么关系……"

"抱歉，小姐，我不知道你到底在说些什么。像你这种粉丝我见多了，不过我能理解你们的行为，谢谢你对我的喜欢和支持。"夏小沐说完，一刻也不停留，快步走出洗手间。

"我才不是你的粉丝！"身后传来一声愤怒的嘶吼。

夏小沐当然认识她。

她正是娱乐圈的话题女王徐露。除了经常在电视、报纸和杂志等媒介上看到关于她的消息和报道，夏小沐还对她有过三次刻骨铭心的记忆。

第一次，七星级绿洲大酒店。那个清晨，徐露笑靥如花地挽着廖鸿翔的手臂，两人肩并肩侧着头，亲密地边交谈边从酒店的旋转门里走出来，然后依依不舍地道别。而要去墓地看望母亲的她，在不远处的车流里，心如刀割地看着这一切。

第二次，西门驿站酒吧。她从台上下来和慕容朝阳准备离开时，看到徐露和廖鸿翔贴着面耳语热聊。徐露不时忘我地大笑，头也顺势枕在廖鸿翔的胸口，两人态度十分亲密，记者的闪光灯在周围此起彼伏，他们全然不管不顾地亲热。她觉得廖鸿翔很恶心，回家之后扔起花瓶去砸头顶的水晶灯，然后被婆婆无情地辱骂。

第三次，美膳酒楼前面的广场。她和廖鸿翔吃晚饭出来，看到徐露被上百人围观，廖鸿翔无情地丢下自己去为她解围。临上车的时候，廖鸿翔有意无意的视线令她也被一干人围观推搡，还被踩了几脚。后来，徐露开着廖鸿翔的车一路尾随她，还理直气壮地质问她和廖鸿翔是什么关系。那时，她淡淡地说，她并不认识廖鸿翔。

从前都懒得搭理她，更何况现在。

刚走出洗手间不远，夏小沐就被雷俊宇以一阵风的速度拉到了大厅外面。

雷俊宇有些气急败坏地说："沐沐，你真的打算和他共度一生？你知不知道你们已婚的事情一经公布，以后你想要自由就更加困难了，你要面对的不仅仅是他和他的家人，还有媒体和大众舆论……"

"够了！"夏小沐抿了抿唇角，眼眸黯淡下来，很坚决地说，"俊宇，我最后说一遍，做朋友，是我和你之间关系的极限。如果你不能接受我们只能做朋友这个事实，那我们还是退回到最初的状态，做路人吧。"

说完这番话，夏小沐头也不回地返回了舞会现场。

曾经执着的是她，现在却换作了他。这段爱情，终究不能免俗，也终究逃脱不了错位的宿命。只是，这自我毁灭般的错位爱情，伴随着残缺的本质，还能算是真正的爱情吗？

一直以为，命中注定会有太多的遗憾和错位，才成就了各人心中特有的爱情的美丽模样。她也已经认真地想过，既然无法挽回，就要学会珍惜。因为她知道，在她的心里，会永远有一个角落为他留着，它出现在夜深人静的辗转中，徜徉在秋虫呢喃的雨雾里。

为什么两个人的爱情里，总有一方要给记忆抹上不美的痕迹？

不是不心痛的。

刚进大厅，就感觉所有人的目光都聚集到她的身上，夏小沐心里虽然抗拒这种瞩目，也还是挂上得体温婉的笑容。

廖鸿翔迎着她走过来，霸道地搂紧她："你跑哪里去了？别忘了你可是今晚的女主角。"

"我只是出去透透气。"夏小沐对着他莞尔一笑，有些倾城倾国的韵味。

廖鸿翔看得心花怒放，一边笑一边搂着她往里走："走吧，我介绍些朋友给你认识。"

夏小沐跟着廖鸿翔转了一圈，认识了他的朋友们。这些人，夏小沐早已耳熟，都是商场和官场上的精英，非富即贵。但是也绝非是等闲好应付之辈。

夏小沐一向深居简出，除了电视上，没人见过她主播身份之外的样子。偶尔出现在人们的视线里，也仅限于媒体和八卦杂志的小道消息。所以，廖鸿翔的朋友们见到她，都备觉新奇，对她表现出出乎意料和不合身份的热情，非常不淡定。而夏小沐的脸上，自始至终都挂着得体的笑容，既不谄媚，也不自卑。不用廖鸿翔帮忙，她都能轻易地接招拆招，应对自如。

舞会中间，廖鸿翔当众宣布，将赠送一辆粉红色的玛莎拉蒂GranCabrio 给夏小沐，作为公开他们关系的礼物，更是将车钥匙挂到她的脖颈上。引得全场的女士们尖叫不已，羡慕嫉妒恨的表情全然跃至脸上。

纵然夏小沐不是爱慕虚荣和贪图财富的女人，可是廖鸿翔当众送给了她这么贵重的礼物，算是从内心对她的疼爱和重视，更重要的是表明了他对她的态度。所以，夏小沐也很配合，做出因惊讶而掩面、感动到流泪的一系列反应，当众吻了廖鸿翔，忘情地紧紧拥抱他，给足了廖鸿翔面子。

Part 14 龙凤对戒

廖鸿翔选择在公司十周年庆和慈善晚会举行的同时，公开他们的婚姻关系，显然是经过慎重考虑的。在这样美好的夜晚和欢乐的气氛之下公开，也算得上是锦上添花，没人会揪住他们隐婚五年这个梗不放。正可谓是皆大欢喜。真的想叫人不动容都难。掌声和祝福声自然顺应而来。

第二天，廖鸿翔和夏小沐已婚的消息占领了各大媒体的头版头条。

夏小沐碰到廖鸿翔，天雷勾动了地火，火星撞上了地球。豪门、女主播、三角恋、隐婚等等太多能够引起注意力的八卦关键词成为天赐给各个大小报纸一个免费炒作与宣传的良机。

夏小沐刚起床，就接到电视台总监的电话，说下午为她安排了一个记者会，要她务必出席。趁着舆论还明显偏向于她的时候，趁热打铁彻底消除这段时间笼罩着她的负面舆论。

收拾整理好自己，夏小沐便直接去了电视台。不论生活中发生多少变故，工作总是要继续进行的。她想，已经休息了几天，她也该重新集中精力投入工作中了。

路上接到廖鸿翔的电话，他在电话里说要陪她一起出席记者会。夏小沐拒绝了，她觉得自己能应付。昨天晚上廖鸿翔单方面的公开，算是他面对媒体给出的一个交代，那么今天，也该轮到她出面和给出交代了。

下午两点半，记者招待会正式开始。

主持记者会的同事发言："针对今天早上媒体对于夏小沐隐婚的报道，召开这次临时记者招待会，并由夏小沐本人来回答各位的提问，限时是二十分钟。各位，可以开始了。"

第一个记者提问："之前也有媒体报道过你们俩隐婚的消息，却一直没被证实。直到昨天在你丈夫公司的十周年庆祝舞会上，你们携手响亮公开承认已婚的事实，引起了极大的轰动。你们两人都曾被媒体爆出过绯闻，但是和你相比，你丈夫似乎更是八卦杂志的宠儿，和无数女明星传出过绯闻，堪称情场老将。夏主播，嫁给这样一个情史甚多的男人，你担不担心？"

夏小沐落落大方地回答道："我觉得我丈夫他是一个被媒体描述得太多的人，实际上，外界的猜测和八卦报纸的说法和真实的他自己有着很大的差距。大家都知道，我丈夫经营着一家集团公司，公司的经营范围不仅仅是房地产，还涉及军火、矿业、高级连锁百货商场、汽车、娱乐等等行业，他手下有上千名员工，他每天除了要处理大量的公司业务之外，也要对他的这些员工负责，哪里会有时间风花雪月、寻花问柳呢？而且我丈夫不是子承父业，他的创业是靠自己的力量挖到了第一桶金，他也不是生来就会做生意的，现在的公司发展到今天这么大的规模，他付出的汗水和心血，绝对是常人难以想象得到的。我承认，他确实出身富有，他也谈过一些恋爱，然而就此将他描述成一个不学无术的花花公子，我觉得这样对我老公是很不公平的。"

第二个记者发问："众多周知，廖先生一向只喜欢追求女明星，对于娱乐圈，你有什么看法呢？"

夏小沐面色如水，回答道："我刚才说了，我老公只是被外界描述得太多而已。况且，他的公司经营范围也涉及娱乐界，所以和女明星有接触也是正常的。再说，男人喜欢漂亮女人也不是错吧。至于娱乐圈，我一直以为我是主持界的，和娱乐圈接触甚少，在这里就不做任何评论了。"

第三个记者发问："据不完全统计，夏小姐你也和不少于四位男士传出过绯闻，请问廖先生怎么看待你的绯闻？"

夏小沐淡淡地笑："这位记者朋友，你的统计完全正确。目前为止，和我传出过绯闻的也就四位。除了我的丈夫,另外三个我都可以解释清楚。慕容朝阳是我去年十月份在救人现场认识的朋友,直到现在我们也都是很好的朋友,他和我丈夫也是认识的。那位心理学专家除了在救援现场见过一面之后,再没见过面,报道称他为了我抛弃妻子完全是虚假的炒作。雷俊宇律师是我的大学同学也是我的初恋,我们有过美好的过去,但是现在我们都有了各自的生活,彼此也都找到了可以共度一生的伴侣。我丈夫自己也常常被绯闻缠身,所以,他很清楚这些报道和事实存在的差距,很理解我,也很信任我。"

演播厅的门重新被推开,记者纷纷转过头望向门口。人群开始骚动。

夏小沐侧头看向门口,只见廖鸿翔领着几个助手,威风凛凛地走进了演播厅。他的阵势不像面对记者,而是面对一群可能随时会伤害夏小沐的豺狼虎豹,而他扮演的,正是拿着猎枪准备随时击毙冲出来的猛兽的猎人。

也许是迫于廖鸿翔的威力和气场,记者的问题开始温和起来。

一个善于审时度势的记者突然将问题的内容转向廖鸿翔:"廖先生出身名门望族,听说为人很绅士,是众所周知的 Mr.Nice,是这样吗?"

夏小沐笑着看了看廖鸿翔,点点头:"对,他久在商场,身上自然不可避免地带有商人的味道,那也是他在商场上的魅力和魄力。但是在生活里,他其实很儒雅,他的绅士不仅仅是对我,对所有人都是。他很疼我,也很包容我身上所有的缺点,我总觉得他是上帝派来照顾我的天使。"

廖鸿翔脸上的表情并无明显的变化,但是看着夏小沐的眼神就像一块将欲融化的巧克力蛋糕,浓密而香甜。

"夏主播,在很多人心里,你是又一个嫁入豪门的例子。你如何理解豪门?对于想要嫁入豪门的女子,你有什么经验可以分享吗?"

夏小沐很坦然地说:"我不知道大家理解的豪门是什么,是有花不完的钱?走到哪里都被当作 VIP 的虚荣?高高在上的快感?还是浑身上下被名牌 logo 包裹的装容?每个人都有追求荣华富贵的权利,但是女人最重要是要找到自我的价值,我最欣赏小 S 说的一句话,'挑男人没别的,就是要疼你,任他再有钱、再有才华、再帅、口才再好、智慧再高、能力再强、孝顺感动天、大爱助众生，不疼你，一点屁用都没有'，我建议女孩子嫁人要嫁对的人，而不是冲着有没有钱。我嫁给他时，并不知道他的身家多少，也没接触过他的家庭。我嫁给他，只因为他是一个好人，一个好男人，而碰巧他的家庭环境不错，他自己的事业很成功，如此而已。"

"你刚才说廖先生是一个好人？在你眼里，他是商人，还是好人？"

夏小沐不疾不徐地说："他是商人，但是在我眼中，他更是好人。五年前我母亲去世，他一直陪在我身边，帮助我走出丧母之痛，让我重新站起来，面对自己新的人生。我一直很感激他在那个时候给予我温暖和帮助。"

"有报道指廖家二老不喜欢你，要你遵守二十条家规，有这回事吗？"

夏小沐很耐心地说："廖家世代为官，其实是个十分绅士的家庭，从来没有家规一说。我的公公和婆婆非常开明，他们一直强调生活以快乐为原则，从不给我们制定条条框框。廖家的每个成员也都很有礼貌，也非常尊重和呵护女性。"

二十分钟的时间已到。

廖鸿翔拉着夏小沐的手站起来，淡淡地扫视着全场："这是第一次也将是最后一次召开记者会说明跟我们的婚姻有关的问题。希望大家给我们更多的空间，谢谢各位！"

澄清近段时间的负面舆论之后，夏小沐的工作恢复了正轨。《名流前线》的栏目总监要求策划一期夏小沐和廖鸿翔夫妇的专访，被夏小沐婉拒了。在现实社会里，拿恋情来炒作，利用恋人上位的明星们的例子数不胜数，但是夏小沐不想靠这样的方式炒作自己。她能说的已经都说了，不想再将自己的私生活秀出来。她希望大家关注的是她主持的节目和她自身的能力，而不是她的婚姻。

晚上，廖鸿翔开车带着夏小沐去幽静汇公馆吃饭。这次再踏进去，夏小沐总算有了点女主人的感觉。领班也是个很有眼力见儿的人，也许是廖鸿翔提前打了招呼，也许看了八卦新闻，看到夏小沐，便恭恭敬敬地喊她为"夫人"。夏小沐虽不太习惯这个称呼，但也没像要求李伟那样要人喊她为小沐姐，只是淡淡地笑笑。对于早已为她做好的会员卡，她也欣然接受。

她一直记得廖鸿飞的话，说他还没有意识到自己应该承担起家庭的责任，她也记得廖鸿飞教她作为一个妻子，要学会做一个小女人去崇拜自己的丈夫，让他感受到他在她心里和家里的重要性。

这些，她正在慢慢试着改变自己，学着去做。

还好，所有的事情，都在朝着她预期中的好的方向发展。

上次遇到的是任曼娇，这一次遇到的却是徐露。

当她和廖鸿翔吃完饭走出包房，不偏不倚地遇到徐露和南城一位商界大亨正上楼来用餐。显然，廖鸿翔和那位商人是认识的，两人客气地打着招呼。

徐露和廖鸿翔打过招呼，便望着夏小沐："夏小姐，我们又见面了。"

"哦？是吗？"夏小沐做出努力回忆的样子。

"夏小姐可真是贵人多健忘，已经见过这么多回了，还是对我没印象。廖总，我们好歹，也算……旧识，你难道没有介绍过我吗？"显然，她并不情愿说出"旧识"二字。

夏小沐亲昵地挽着廖鸿翔的手臂："你不是说你所有的朋友都在舞会上给我介绍过了吗？可是我记得当时介绍的人当中，并没有这位小姐。"

徐露脸上有些挂不住，还是笑着说："夏小姐，我叫徐露，我们在舞会的洗手间见过。"

"是吗？不好意思，我记不太清楚了。"夏小沐得体地笑笑，"既然你们是我老公的朋友，那这一顿，我和我老公请了。"然后招手叫来服务员，"把这位先生和小姐的账记到廖总名下，记住，给他们上最好的补品和最好的酒水。"

俨然一副老板娘的模样。

廖鸿翔从没见过她当廖太太当得这么称职过，自然乐得清闲，在旁边很配合地说："对，你们老板娘的意思就是我的意思，你们照她的吩咐去做就是。"

作为老板，廖鸿翔做得很称职，对于每一个来这里用餐的人，不管生意场上有没有过交集，他都能一一叫出客人的名字，根据各个人不同的兴趣爱好套近乎。

出门的时候，廖鸿翔问："那天晚上徐露在洗手间跟你说了什么？"

夏小沐摇摇头："我不记得在洗手间见过她，她可能是记错了。"

有时候记性太好，不是好事。有些过往，她宁愿选择失忆。

情人节前夕，廖鸿翔带着夏小沐来到南城某知名时尚杂志的拍摄现场，为该杂志拍摄了一组极具文艺色彩的情人节时尚大片。在片中，两人的表现形式非常具有张力和戏剧性，一点也不输给那些知名模特和明星。这组情人节大片特别有温情感，显得格外让人印象深刻。

杂志社为这组时尚大片取名为"我们是彼此最好的礼物"，称他们的爱情正如早春的风。夏小沐看出来廖鸿翔接受杂志社的邀请并不是为了名，也不是为了利，拍完回去的路上，还是忍不住问："你为什么会答应拍这组照片？能告诉我它最吸引你的是什么吗？"

"当年咱们仅仅领了证，没有举行婚礼，连婚纱照都没拍，所以，当杂志社找到我的时候，我突然觉得拍一组这样的照片也不错，至少可以弥补当年的一些遗憾。"廖鸿翔说着牵起夏小沐的手，"这组照片会用作情人节特刊的封面，还可以送给我们一套精装照片，也算是我们在这个情人节里一个浪漫的记忆。"

夏小沐笑嘻嘻地问："廖先生，难道这算是你的情人节礼物？没别的了吗？"

廖鸿翔露出高深莫测的表情，说："暂时保密。"

情人节当天晚上，廖鸿翔特地到电视台接夏小沐下班。当她在主播台上看到廖鸿翔站在导播旁边，两人还不时热聊，她第一次在主播台上分了心。

这一刻，她的心是柔软轻盈又膨胀的，她强烈地希望节目时间哗啦啦一下子就过去，然后她就可以什么都不管不顾地飞奔向他。

她更想知道，廖鸿翔会给她什么样的情人节惊喜。

下节目卸妆的时候，陈颖走过来，靠在墙上面对着她："你俩都结婚五年了，怎么还这么腻歪？"

"有吗？"夏小沐一边继续卸妆，一边故作平静地问。

"他特地来接你下班，还有切换镜头时你在台上柔情蜜意的眼神，我可是全都看见了的。"陈颖露出无奈的表情，"我和我老公也刚好结婚五年，彼此都见过对方最邋遢最丑的一面，现在面对彼此的时候，就像是看见自己身体的某一部分，熟悉得完全没有激情，除了平静还是平静。"

"我记得你以前说过你和姐夫是灵魂伴侣，难道我记错了？"夏小沐以前也常听人说婚姻都会趋于平淡，可是没想到陈颖姐这么出色的女人，仍然抗拒不了婚姻走向平淡。

陈颖笑："哪里会有什么真正的灵魂伴侣。婚姻，都会从激情变成一种亲情、一种责任，所谓伴侣，不过是两个人相互牵挂，相互体贴，有个能对你知冷知热的人。"

"陈颖姐，你们的生活里真的就一点激情都没有了吗？"夏小沐虽然结婚五年，但是她对于婚姻的领悟还处于开始阶段。

"现在有的不是浪漫的激情，而是搭帮过日子的激情。"

坐上廖鸿翔的车，夏小沐突然问："你觉得婚姻的保鲜期是多久？"

廖鸿翔回头看着她："可能是一天，一年，十年，也可能是一辈子。"

夏小沐有些郁闷："这么不确定？"

"时间是一个磨盘，总会磨平一切感情。要让婚姻持久保鲜就需要不停地投入情感。任何婚姻都会出现问题，但是用感情、理解和包容去化解婚姻中出现的问题，两个人共同面对，那么就是一份健康良好的感情。"

夏小沐听了他说的大道理，还真吃了一惊："没想到你说起来还一套一套的，你怎么懂这么多？"

"没吃过猪肉，还能没看过猪跑吗？这些年我看我爸我妈我哥我嫂过日子，悟出来的道理。"廖鸿翔笑，"你怎么想起问这个了？"

"刚才陈颖姐在化妆间跟我说了一堆关于婚姻平淡的话，听得我直发毛，越听越难受。"

廖鸿翔说："她肯定是看到咱们这么甜腻，才发出的感慨。你是不是特别担心咱俩以后也跟他们一样趋于平淡，很害怕？"

夏小沐没好气地说："这五年不也平淡无奇地过来了吗，谁怕！"

如果是以前，她不害怕。五年来除了工作上的挑战，过着一成不变的生活，早已经习惯了。可是现在，她突然有些害怕了，她很担心如果有一天他们的生活日趋平淡，甚至出现婚姻危机，那该怎么办？

夏小沐甩甩头，赶紧驱赶掉脑海里异样的想法，对着廖鸿翔伸出手："我的情人节礼物呢？"

廖鸿翔看到她像小孩子讨要礼物一般期待又紧张的神情，不由得伸手拍了拍她的脸颊："礼物肯定是有的。但是，现在我要先带你去一个地方。"

廖鸿翔带她来到一家位于 32 楼的 Revolving restaurant。旋转餐厅的地板下面有轨道移动，可以使整个餐厅呈现 360 度旋转，食客可以一边用膳，一边饱览户外的美丽景色。

可是她一次也没有来过。所以，一踏入旋转餐厅，看到全透明落地窗，她就雀跃得像个对世界充满新奇感的小孩子，攀到玻璃窗上往外望，惊喜地大叫："哇，我看到南城动物园、南城海洋馆、南城广场、人民公园、图书馆、美术馆、步行街……"

廖鸿翔走过去拉住她，宠溺地在她头上弹了一下："要是让人听到我廖鸿翔的老婆居然连旋转餐厅都没来过，你让我的脸往哪儿搁？"

"还能往哪儿搁，就搁你脖子上呗。"夏小沐摸了摸被他弹了有点小痛的额头，看了看四周，发现空无一人，"怎么都没人？今天是情人节，不是应该有很多人吗？"

"因为我包下了整个餐厅。"廖鸿翔说完拉着她坐下。

夏小沐瞪大双眼："你疯了吧？你包下能容纳几百人的餐厅干什么？再说了，你也不能在这个节日霸道地用钱买断其他人享受的机会啊。"

廖鸿翔不理会她的质问，只说："这个餐厅转一周需要两小时，我就包了两个小时，正好也可以看到完整的南城夜景。"

廖鸿翔笑笑，对着她举起酒杯："Cheers！"

夏小沐也举起酒杯："Cheers！"

服务生穿着典雅的服饰，往来穿梭地为他们俩服务。

夏小沐指着贵宾包房说："廖先生，其实你包一个贵宾包房就好了嘛，你看看里面：有豪华富贵的大圆桌，有高背靠椅和休闲沙发，还有金碧辉煌的背景灯光打在冰花玻璃上，美得跟人间仙境似的。你到底会不会算账？"

廖鸿翔叉了一块提拉米苏塞到她嘴里，理直气壮地说了三个字："我乐意！"

夏小沐硬生生地被他的这三个字给噎到了。

此时此刻，窗外夜色阑珊，桌上烛光摇曳，四周爱意涌动。夏小沐边吃着美味佳肴，边看着窗外的夜景，竟有了此生无憾的感觉。

这时，廖鸿翔站起来，走到她身边，单腿跪地，"啪"一声打开一个精致的钻戒盒子。

"干什么？求婚啊？"夏小沐有些不敢相信地看着廖鸿翔，提醒道，"廖先生，我们是已婚五年的夫妻。"

"这是一对龙凤奇缘对戒，寓意龙凤完美绝配，互相致意再续前缘，终身相依白头偕老。"廖鸿翔的脸上和眼里满是柔情，有些激动地说，"猫咪，你愿意戴上这枚戒指，和我一起白头偕老吗？"

夏小沐一下子泪意涌动："讨厌，你干吗突然说出这么煽情的话感动我？"说完，抹了一把眼泪。

"愿意吗？"廖鸿翔仍然笑看着她。

夏小沐伸出左手，泪光中带笑："Yes，I do！"

廖鸿翔给她戴完，夏小沐从盒子里拿出另一枚，笑嘻嘻地说："来，亲爱的，我也给你戴上。"

夏夏沐看到戒指内侧有些字母，好奇地问："LTOAICB？是什么意思？"

廖鸿翔煞有介事地念出来："Live to old age in conjugal bliss！白头偕老的意思。"

夏小沐忍不住乐了起来："想不到你还有这么煽情的一面。"然后凑近他，啵了他一下，"不过，我喜欢。"

"我知道你一向不喜欢高调，也不喜欢太奢华，所以，上面镶嵌的钻石才弄了这么小一颗的，可不是我小气。"

夏小沐仔细一看，发现戒指上的钻石果真只有一克拉的样子，戒身上是朵朵祥瑞之云，双圈可以任意转动，神龙张口旋身回首望着凤，再看看自己手上的凤戒，翔凤展翅翘尾举目眺龙，龙凤默契携手。

夏小沐在心里默念："终身相依，白头偕老！"

廖鸿翔见夏小沐一直盯着戒指发呆，双手轻轻地抚着她的脸："瞧，一个戒指就把你感动成这样，而且这个钻石不够闪也不够亮更不够分量，真是个容易满足的可爱笨女人！"

"对啊，我就是一个美丽的笨女人！"说完，夏小沐哼起了《美丽笨女人》的旋律。

廖鸿翔打了个响指，进来一队人，每个人手上都拿着乐器。夏小沐不明所以地看着廖鸿翔。

一脸笑意的廖鸿翔向她伸出手，做了个请的手势："可爱的笨女人，你愿意陪英俊潇洒的聪明男人跳支舞吗？"

夏小沐半信半疑之间，将手递给了他。那一行人在旁边站定，朝着她们俩鞠了个躬，然后拿起乐器开始拉起了音乐。

舒缓的华尔兹舞曲响起。廖鸿翔搂着夏小沐的腰，夏小沐搂着他的脖子，踮起脚尖，迈着轻盈的舞步，两个人跟着舒缓的音乐轻轻摇摆。整个餐厅里，静静流淌着浪漫而抒情的旋律，服务员再没上前打扰，而是退到远处，静静地看着他们俩跟着音乐的节拍舞动。

两人的姿势很亲昵和暧昧。廖鸿翔闭着眼睛，下巴顶在夏小沐的额头上，手搂着她盈盈一握的腰肢，神情安详而放松。夏小沐双手搂着廖鸿翔的脖颈，偏头看着窗外璀璨如星的夜景，脸上挂着安静甜美的笑容，一副幸福小女人的模样。

这样的日子，这样的夜，这样的气氛，这样的场景，只存在于夏小沐的梦境里，而且还是多年前当她还是个懵懵懂懂的爱幻想的小女孩时候的梦境里。只是那时候她幻想的王子，并不是他。

"廖先生……"

"嗯？"

"你为什么对我这么好？"

"你这话恰恰说明了我一直对你不好。"

"你怎么会这么想，我可不是这个意思。"

"因为我还没开始为你做什么，你就觉得我对你很好了，不是说明我一直对你不好吗？"

"那也只能说明，我是个容易满足的人，知足常乐。"

"看你在工作上那么刻苦和拼命，还以为你是个贪心的女人，没想到，是个简单的笨女人。"

"那是因为，只有工作的时候，我才能找到我自己，不至于迷失。"

"猫咪，以后，我不会再让你一个人寂寞，我会陪你。"

"嗯。其实，你只要能偶尔回家陪陪我就好。"

廖鸿翔温柔地笑："知不知道，你的要求真的很低。"

"廖先生，你最近变了很多。能告诉我为什么会突然变得这么好吗？"

"就是前段时间接受一家财经杂志的访问，涉及商业上的问题我都能对答如流，可是当记者问我每次事业上取得成功的时候，会不会很想和某个人分享，让他为我骄傲，我却愣了半天都没答出来……"

"为什么没答出来？难道你就没有特别想要分享的人吗？比如说你爸妈，或者是你的某个铁哥们儿……"其实她还想说，比如我。但是，话到嘴边，还是没敢说出来。也许是从心底里害怕他的答案会让她失望吧。

"我在想，其实我最亲最应该分享的人是你，可是这么些年，我很少和你交流，就像你说的一样，经常是十天半个月都不回家一趟，不光冷落了你，从另一种程度上也伤害了你。而你，一直在纵容我，我却老说你任性爱胡闹。其实真正任性胡闹的人，是我。所以，我觉得我应该好好对你了。就这么简单。"

夏小沐真没想到他能跟自己说这么些掏心窝子的话，特别感动，从他胸前抬起头来，手从他的脖颈移动到他的脸上，拉扯着他的腮帮子，笑呵呵地说："廖先生，你终于长大了。能够见证你的成长，我表示很开心，也很欣慰。"

廖鸿翔任她拉扯腮帮子："你高兴就好。不过，你也变了很多，不再是以前那个冷冰冰的刺猬公主，会撒娇，会示弱，会讨好，会对着我说些柔情蜜意的话，能说说你突然变这么温柔的原因吗？"

"这是大哥教我的。"

廖鸿翔一脸不相信的表情："大哥？廖鸿飞？"

"干吗这么惊讶，我和大哥就不能像朋友一样交流？"夏小沐想起廖鸿飞的话，"大哥说，你对我跟对其他任何人都不一样，他说你是爱我的，对吗？"

廖鸿翔有些尴尬："大哥跟你说的？"

"对呀！"夏小沐点点头，"他还跟我说，作为你的妻子，我只要做个崇拜你的小女人就好，这样才能唤起你对家庭的责任感，让你彻底回归家庭生活。我觉得大哥说得很对。"

"那你是不是很崇拜我？"

夏小沐反问："那你是不是很爱我？"

廖鸿翔不回答，却突然说："他自己的事情都弄了一团糟，还好意思给你支招。看来是被我揍得还不够！"

"干什么？上次爸因为你打大哥的事大发雷霆，你这么快就忘了吗？你还想被爸臭骂一顿是不是？"夏小沐推了他一下，顿了顿，又说，"不过，我觉得大哥是真的爱上舒薇薇了。"

廖鸿翔大怒："他敢！"

夏小沐拍了他一下："小声点！刚才还嫌我丢人，你现在这么大吼大叫的，就不怕丢人了？"

然后又说："以大哥的性子和谨慎度，如果不是他和薇薇发展到相爱至深的一步，是不会和我说出这些话的，看得出他也是身不由己。你想想看，爱情这东西，来去全不由人，他能怎么办？总不能为了面子，委屈下半辈子吧，而且，听大哥说起来，大嫂也真的做得不对，天天不着家的，大哥能忍她一辈子吗？"

廖鸿翔对夏小沐为廖鸿飞说话的态度很不满，戳了一下她的脑门："你倒是成为他的忠诚小跟班了，这么维护他。他要是真敢跟大嫂闹离婚，我第一个不放过他！"

"我知道你是怕大哥和大嫂离婚了，一是会对一一的成长造成不好的影响，二来，会影响大哥的仕途和发展，第三个，廖家和舒家在南城是有头有脸的家族，这种事传出去会影响两家的声誉，特别是长辈们没那么容易接受，说不定还会闹出什么乱子。"

廖鸿翔又戳了她一下："你分析得头头是道的，到底是利大还是弊大你挺清楚的嘛，为什么又要维护大哥？"

"讨厌，别戳了，疼！"夏小沐拂开他的手，"说实话，我也不希望他们离婚，那天我也劝大哥要三思而后行，别干冲动让自己后悔的事。可是，如果未来这一切真的发生的话，我们能怎么办？"

廖鸿翔急了："如果他们真的要离婚，我肯定站在大嫂那一边。你呢？是和我站在同一边支持大嫂，还是支持大哥离婚？"

夏小沐也不满了，在他腰上掐了一把："干什么要我做这样的选择，又不是我们要离婚，你跟我急眼干什么？"

廖鸿翔也觉得自己不应该这么着急上火，缓了缓，说："那回到刚才的问题，你现在是不是特崇拜我？"

夏小沐点头："对啊，我很崇拜你维护家族名誉、为大哥的前程担忧和为一一的成长考虑的行为，但是我不赞成你为了别人离不离婚的问题和我争执。"

廖鸿翔笑："对啊，大哥大嫂还没闹离婚呢，我们俩就在这儿吵什么吵！"

夏小沐看着他："就是！走吧，陪我去窗边看会儿夜景。"

乐队退下，两人依偎在窗前，一起看夜景。南城护城河两岸的摩天大厦亮起五彩缤纷的灯光，加上大厦外墙的广告牌及附近住宅的照明灯光，构成一片美丽的夜景。

"廖先生，我又想唱歌了。"看着眼前这一切如梦如幻的景象，夏小沐哼起了许佩哲的《旋转餐厅》："我一个人坐在旋转餐厅的顶端，左边是山，右边是海，转啊转啊转……"

廖鸿翔也学着她伸出手："猫咪，我的情人节礼物呢？你不会是没准备吧？"

夏小沐拎过包，掏出一个精美别致的小礼盒递给他："打开看看。"

廖鸿翔打开一看，是英国品牌登喜路推出的做工精细、纯银打造的龙形袖扣："品位不错。"

夏小沐毫不谦虚："那当然，也不看看是谁挑的！"然后又从包里拿出一个袋子，"看来这个牌子还算入得了你的眼，那我就放心了。礼物还有呢，给！"

"什么？"廖鸿翔接过袋子。

"登喜路推出的龙年系列配饰精品，领带、钥匙扣和手机链。"说完，夏小沐又赶紧补充了一句，"袖扣是用我自己的钱买的，不过这个袋子里的东西是用你给我的银行卡刷的。"

廖鸿翔一把搂过她："虽然你把你的钱和我的钱分得很清楚，这一点我觉得你太矫情，不过，这些礼物我很喜欢。谢谢老婆！"

夏小沐就着他手腕上的手表看了眼时间："时间差不多了，咱们走吧，我还有礼物要给你。"

夏小沐带着廖鸿翔来到了西门驿站。

刚哥看到她，走过来给了她一个拥抱："这些天我看到网络上祝福你的人很多，丫头，从此以后，工作要努力，生活也要加油，哥永远支持你！"

"谢谢！"听到刚哥的话，夏小沐突然鼻头一酸，泪湿了眼眶。

一直坐在吧台的慕容朝阳突然上台拿起话筒，看着她们的方向说："下面这首歌，送给我的一位好朋友，希望她此生幸福快乐，也希望她旁边的男人能够好好善待她，不再让她寂寞，不再让她在深夜的大街上流泪。你们要快乐，要天长地久！这首《你们要快乐》，特别送给你们俩。"

"……你们要快乐要天长地久，你们没有错，爱是自由，走出这扇门后，至少我还有辽阔，你们要快乐要紧紧牵手，你们不幸福我会难过，成全最爱的人不是为了看着她寂寞……"

夏小沐听着台上慕容朝阳的歌声，心里百般滋味一齐涌上来。

廖鸿翔在旁边很不高兴："知道他为什么要特意唱这首歌给你听吗？"

"不是说是唱给我们俩的吗？"

廖鸿翔酸溜溜地说："你听听，还'心酸比心痛难受'，明明就是他第三者插足，还装出一副很委屈的样子。"

夏小沐狠狠拧了他一下："人家好心好意唱给我们听，你怎么这副德行！"

"我的礼物呢？"

夏小沐有些不耐烦地说："别急，等会你就知道了。先听完朝阳唱歌。"

廖鸿翔不满地用手转过她的头："别看了，别看了，反正这么远你也看不清他的脸，还是看我吧。"

"夏夏姐，好甜蜜哦！"小乐和秦依阳凑到夏小沐身边打趣道。

"他们又是谁？"廖鸿翔不满地将夏小沐拉离两个男孩子身边。

夏小沐一一为他介绍："这位是小乐，是这里的调酒师，调的酒都很棒，还拿过大奖。另外这位是秦依阳，是酒吧的管理人员，我们都叫他二老板。"

廖鸿翔问："那大老板是谁？他爸？"

三个人愣了一下，然后都很有默契地笑了起来，夏小沐解释道："大老板是刚哥。"

秦依阳眼珠子骨碌碌乱转，然后很是遗憾地说："我爸要真是刚哥就好了。"

廖鸿翔笑了笑。再看看台上的慕容朝阳仍在唱，赶紧拉着夏小沐加入小乐和秦依阳的讨论中，反正就是不想让夏小沐继续听歌。

廖鸿翔第一次见刚哥，却一见面就能和刚哥热聊，一见如故。他也是第一次见小乐和秦依阳，却也积极努力地找话题和他们猛聊。

"廖先生，我知道你之前来过这里，但是你和刚哥、小乐他们之前有说过话聊过天吗？"夏小沐对于廖鸿翔今晚过于表现出的殷勤有些奇怪，凑近他耳边问。

"夏夏姐，别在光棍跟前秀甜蜜哦，我这人很容易受刺激的。"小乐抗议。

听了小乐的话，廖鸿翔反而毫不避讳地当着他们的面搂紧夏小沐，和她耳语："没和他们聊过。但是，你怎么知道我来过这里？"

因为有些吵，夏小沐的唇贴着他的耳边，微微提高说话的音量："告诉你个秘密。"

"什么？"廖鸿翔很期待地侧耳倾听。

"这里是我的地盘。所以，我知道你来过。"

"我也告诉你一个秘密。"

夏小沐挑高眉头看着他。

"我也在这里见过你。"

她不信："吹牛吧你就。"

"真的。"廖鸿翔微微蹙起眉，像是在回忆一件久远的事情，"我还听过你在台上唱歌，五年前。"

"五年前？"夏小沐笑笑，抿了口小乐递过来的酒，脸上没什么特别惊讶的表情。

五年前，你即使看见了我，大概也不知道我是谁，更想不到我会成为你的妻子。

"看来你不信。"廖鸿翔拍了拍她的小脸，又说，"前段时间，我也在这里听过你唱歌，那首那英的《花一开满就相爱》。就是那一次再听到你的声音，我才想起其实五年前，我就在这里听过你唱歌。只是那时候的你，还是个不谙世事的小女孩，单纯无辜的眼神，特别具有杀伤力。"

他说得很认真，生怕夏小沐不相信似的，一个字一个字地蹦出来。脸上的表情很柔和，坚毅的脸庞蒙上了一层温软的色彩，迷人又欲罢不能。

夏小沐看到他正儿八经的样子，忍不住想笑，可是一想起那天晚上在这里见到他和徐露毫无顾忌地打情骂俏，心里就像被瞬间灌入了一瓶醋，酸溜溜地痉挛着："你那晚不是忙着和人勾搭，还记得台上正在唱哪首歌？"

刚好，慕容朝阳唱完了《你们要快乐》，台下掌声如潮，欢呼声不断。

廖鸿翔没听清楚，凑近她，问："你刚刚说什么？"

"没什么。"夏小沐转念一想，既然廖鸿翔公布他们已婚消息的那天晚上，已经决定原谅他所有的过往，决定要重新开始，那么这些不愉快的记忆就不要重提，也不能成为横亘在他们两个人之间的障碍，于是，她撑起笑容，淡淡地说："没什么。"

然后，夏小沐转身，对着小乐拍了一下，说："小乐同学，你给我调的是什么酒？这么难喝！简直就是世界上最难喝的调酒了，你整我是不是？"

小乐突然跳得远远地："姐，别怪我，我只是看到你这么甜蜜，觉得应该给你尝尝其他的味道而已。"

"小屁孩！"

夏小沐钻进柜台，用抹布擦了擦柜台。然后娴熟地从酒柜里拿出两个酒杯，再从酒架子上认真地挑选了几瓶酒，摆到柜台上，挑衅似的看着小乐："看着，姐给你露一手。"

廖鸿翔看到她有模有样的派头，突然想起不久前一起喝红酒的那晚，她不以为然说出的那句"你想不到的事，还多着呢"，当时她还摇晃着手里的红酒杯，说："比如，我不仅会品红酒，我还会调制各种酒，而且还是花式调酒。"

犹言在耳。他笑了笑，索性坐到她对面的高脚凳上，故意手杵着下巴，作出小学生认真听老师讲课的样子："拭目以待。不过，可别让我失望。"

对于他的有意刺激，夏小沐风轻云淡地回了一句："事先得给你打个预防针，待会儿看完了，可别太崇拜我。"

"哟，这是要调酒？"慕容朝阳从台上下来，径直来到吧台。

夏小沐冲着他笑笑："我只有一个要求，就是你们看完之后，别太佩服我就行！"

"别卖关子了，赶紧的。"小乐已经急不可耐地想要看看她的真功夫了。

Part 15　旧时情分

　　夏小沐不慌不忙地拿出一只两截调酒壶、滤水器、吧勺、盎司杯、冰铲等工具，又准备需要用的酒品、辅料以及装饰物。准备好之后，用冰铲在摇酒壶的壶身中加入七八块冰，然后指挥小乐："先给他们普及一下鸡尾酒知识，铺垫一下。"

　　"我姐，遵命！"小乐领命认真地噼里啪啦起来，"鸡尾酒，英文名叫 cocktail。属于混合型酒精饮料。常以朗姆酒、琴酒、威士忌以及伏特加等烈酒作为基酒，配以利口酒或果汁、糖浆、牛奶、碳酸饮料等辅助材料，搅拌或摇晃而成，偶有柠檬片、水果或薄荷叶做装饰。"

　　"说得不错。还有，鸡尾酒跟鸡尾扯不上任何关系，只是西方人习惯将乱起名字表示纪念的传统贯彻到底而已，酒精才是灵魂所在。"然后，夏小沐笑意盈盈地说，"花式调酒表演即将开始，劳烦各位看官给点掌声！谢谢！"

　　慕容朝阳带头鼓起掌，廖鸿翔不甘落后，小乐和秦依阳也带劲地鼓起掌来。周围的一些人看到夏小沐要调酒的架势，也都围了上来。

　　"依阳，来点劲爆的音乐，越 high 越好。"

　　音乐一起，夏小沐便将一个个瓶抛起来，双手开始熟练地翻瓶。手心横向或纵向地旋转酒瓶，背后抛掷酒瓶，正面翻转酒瓶两周，起瓶倒酒，抛掷酒瓶向外反抓等等一系列动作轮番上演，三个瓶子在她手里反转自如，花样调酒中很多空中抛接瓶的动作做得很流畅，看得在场的每一个人心花怒放，连声叫好。

　　近处远处的人群开始朝着吧台的方向移动，都够着脖子往前看。在劲爆的音乐渲染，以及众人的欢呼声和掌声中，酒吧的气氛骤然高起来。

夏小沐脸上的表情没什么变化，一如开始时那般淡定和从容。从容得不像是在表演，而只是在做一件极小极简单的事情，似乎没有观众，只有她一人在慢条斯理地摆弄几个瓶子。她的眼球跟随着手中的动作不停转移，瓶子在空中飘来荡去，毫无险象，顺畅自如。

在大家眼里，她像一个表演者，带给在场的人视觉上的享受，同时又在控制着他们的呼吸快慢和心跳的频率，一个个惊艳的抛接翻转动作，吸引着无数双眼睛注视。

不一会儿，台上就摆出了她调制出来的六杯鸡尾酒。

夏小沐拍拍手："我调制了十款经典鸡尾酒当中的四款，送给我的四位好朋友刚哥、朝阳、小乐和依阳。另外的两杯是我自创的，今天刚好是情人节，我想送给现场的其中一对情侣。"

夏小沐将玛格丽特给慕容朝阳："玛格丽特是偏苦涩的鸡尾酒，在杯沿画了一圈盐边，每抿一口，酒中有盐，会是咸苦的味道。"

然后她又将自制的两杯送给一对看上去超级甜蜜的小情侣："这两杯酒我取名为'天生一对'，以牛奶和奶泡为主，分别配以波士蓝橙和咖啡酒，酒精含量低，口感甜美，正好适合情侣共享。祝你们情人节快乐，爱情甜蜜。"

廖鸿翔指着小乐他们酸溜溜地问："他们是你的朋友，你怎么能给他们调却没有我的份儿？我是你老公，不公平！"

小沐冲着他眨眨眼："别急，肯定有你的份儿。"说完，从柜台里端出一杯，"这杯才是给你的。"

廖鸿翔一看，透明的冰面下浮动的颜色像极了蓝色的珊瑚，蓝色的形态多呈树枝状，细腻而柔韧，均一地铺陈在酒杯中，清新怡人的感觉。

廖鸿翔抿了一口，尝出了一点琴酒和伏特加的味道，但是味道又跟蓝珊瑚的味道不一样，问："这酒的颜色有点像蓝珊瑚，可是口感和味道又跟一般的蓝珊瑚鸡尾酒的味道不一样。它叫什么名字？你自创的吗？"

"对啊，我加入了一些自己的秘密调料，算是自创的吧。名字嘛，暂时还没有，看这颜色和形状，有幸福的预兆，不如就叫'幸福脚印'吧。"

廖鸿翔又抿了一口，让酒在舌尖反复流连，才慢慢地咽下去："为什么？"

"这酒的颜色像蓝珊瑚。你知道吗，古罗马人认为蓝珊瑚具有防止灾祸，给人智慧的寓意，而且蓝珊瑚在佛典中被列为七宝之一，自古酒被视为祥瑞幸福之物，它代表高贵与权势，是幸福与永恒的象征，脚印正好可以是永恒的记号，所以，这个名字刚好很贴切。"

廖鸿翔坐在高脚凳上，慢慢地品着。基酒浓烈，辅酒甜美，口味偏甜，但酒精度非常高。一开始喝那一口很呛人，后面再喝，就有了微醺的感觉。

如果说"幸福脚印"这个名字只是伴酒的谈资，那么杯里的酒精却像是被冰镇的热情，一口一口喝下去之后，在身体内散发，回肠荡气。一种很惬意的感觉，就在身边慢慢飞扬。就像眼前神采飞扬的夏小沐，让他有了薄醺醺的幸福感。

看着她忙着清理吧台，他问："你怎么不为自己调一杯？"说完，把手里的酒往她嘴边送，"喝一口，让我们幸福的脚印成双成对地延伸。"

夏小沐就着他的手抿了一小口："好啦，廖先生，你自己慢慢喝，我还有礼物要送给你。"

正被温热的情感笼罩着的廖鸿翔还没消化完她的话，夏小沐就已经抱着吉他坐到了台上。

"今天情人节，我想在这里唱一首歌，献给我生命中最重要的男人，希望等到风景都看透的那一天，你还能够陪在我身边，一起看细水长流。倘若人生的长河里，注定是幸福与苦难同在，成功与波折同行，那么我会一直在你身旁，与你牵手，陪你共看细水长流。"

廖鸿翔一抬头，顺着声音的方向，就看到了台上熟悉的身影和暖融融的笑脸。

夏小沐安静地坐在台上，笑意怡人地对着他的方向说："廖先生，情人节快乐！"

廖鸿翔端着她为他调制的酒杯，对着台上的她展露笑颜，心底温热的情愫在蔓延。此刻，他眼里的她，就像插着翅膀的美丽天使，驱散了他身上刚强硬朗的状态，让他成为一个柔软的温润男子，轻盈丰润，细腻而迷人。

他知道，她所说的生命中最重要的男人是他。

无数人喜欢王菲，喜欢她的音色。觉得她的音色质感很美，犹如澄净深邃的天空，穿透感极强。通透的感觉让人聆听之后有种醍醐灌顶的快感，又如盛夏咀嚼冰片般的惬意。可是她的这首《红豆》在夏小沐口中唱出来，旋律依旧，却不再是凄冷唯美的旋律。意境动人，却不忧伤。夏小沐温暖的声线，让人听歌的时候，有着被阳光晒得暖洋洋的感觉。真切的情感里，多了一份对未来的期待和从容，以及永久的守望。

在长长的一生中，说来长，却也短，时光总是匆匆，没有谁会是谁的永远，可是她依然希望台下的廖鸿翔，等到所有风景过后，还能陪着她，与她牵手，闲看庭前花开花落，淡看天上云卷云舒。

这就是夏小沐所想要表达的感觉。

"她对你很小心翼翼，却也很用心。我希望你好好对她，不要试图给我机会。"不知不觉之间，慕容朝阳站到了廖鸿翔身旁。

廖鸿翔对着慕容朝阳举起酒杯："放心。你无机可乘。"

两个男人并排站在台下，静静地看着在台上唱歌的夏小沐，眼神一样的深情，却是两种不同的心情。

廖鸿翔用手肘捅了捅慕容朝阳："还在为她抱不平呢？我说，慕容警官，她是我老婆，可是你老惦记着她，这样不合适吧？"

"我没惦记，只是为小沐觉得不值。她把一个女人生命中最美好的年华都花费在你身上了，结果你还毫不领情。"

"警官，这是我们夫妻之间的事情，这个不属于警察该管的范围。"

"廖鸿翔，我真的希望你别再让她哭了。"慕容朝阳突然冷静地说，"你知不知道，她曾经因为你，大半夜的不睡觉，一个人在马路上伤心徘徊？"又指着角落里的一张桌子说，"她也曾在这里，就是这张桌子上，啤酒一瓶接着一瓶往嘴里灌，神情恍惚，眼神完全没有焦点，不说话，也不理人，只是一个劲儿地喝酒，最后喝得烂醉如泥，也是因为你……"

廖鸿翔打断他的话，不满地说："慕容朝阳，你是不是想说，那些时候，是你陪在她身边照顾她，安慰她？"

慕容朝阳用冷硬的声音质问："廖鸿翔，她因为你痛苦流泪用酒灌醉自己的那些时候，你又在哪里？这些你都知道吗？我想，你肯定不知道，因为你根本就不关心她。"

听了慕容朝阳的话，廖鸿翔心里很不舒服，也许是因为内疚，也许是因为被戳中了疼处，更因为那些时候陪在夏小沐身边的不是他，所以，他突然间有些不耐烦起来："慕容朝阳，我警告你，我们已经公开了婚姻关系，而且你也看到了，她的心思都在我身上，她给我买了情人节礼物，她唱的歌是给我听的，更重要的是她是我老婆，跟你没有关系。你最好，别再打什么歪主意！"

慕容朝阳非常讨厌他一副你奈我何的样子，提高音量："廖鸿翔，我也警告你，别用你的阴暗心理来揣测我的心思！"

"你俩在这儿嚷嚷什么呢？夏夏在台上这么用心演唱，换你俩在这里互掐，什么个意思啊你俩？"刚哥看他俩神情不对，赶紧走过来劝。

廖鸿翔不说话，端着酒杯喝了一口，眼睛盯着台上看。慕容朝阳也不说话，眸子暗了暗，隐忍着胸口升腾的怒气。

刚哥看见他俩谁也不想理谁的阵势，才走开了去。

唱完《红豆》，夏小沐对着麦克风轻轻地说："我相信在我们每个女人的一生中，总会有一个蓝颜知己，他不是恋人、不是朋友，而是居住在你精神领域的那个人，他成熟、睿智、善解人意。是那种比朋友多一点，比情人少一点的关系。下面这首《不能跟情人说的话》送给我的蓝颜知己，慕容朝阳。今天是情人节，虽然你的情人未能陪在你身边，但是还有我陪着你。"

夏小沐轻轻地唱了起来。

…………

谢谢你总是陪我分享

不能跟情人说的话

我反反复复你也从不笑我

老是骂他却又离不开他
谢谢你总是替我收藏
不想跟情人说的话
我胡思乱想
你一直握着我手
让我释放
然后慢慢宽广
…………

　　慕容朝阳坐在台下认认真真地听着，想起他和夏小沐之间发生过的种种，眼眶没湿，却湿了心房。

　　廖鸿翔有些醋意丛生，但是看到慕容朝阳被感动的神情，也有些动容。他想了想，夏小沐的朋友并不多，慕容朝阳算是其中一位，心里又不自觉地为她感到高兴。

　　于是，廖鸿翔笑着对慕容朝阳说："蓝颜知己，以后也麻烦你多多关照我老婆。"

　　"说真的，"慕容朝阳一本正经，"给你做老婆很不容易，你要理解她，别再冷落和敷衍她了，就算是我最后一个请求。"

　　"慕容警官，我怎么觉得你今天晚上特别啰唆，搞得跟最后一次见面似的，你到底要干什么？"

　　慕容朝阳目光坚定，脸上欲言又止的样子，最终也只是淡淡地说："没干什么。只是希望你们能幸福，一直牵着手走下去。"

　　凌晨一点多，和慕容朝阳道别之后，驱车回家。在酒吧街出口处，有一个人对着行道树狂呕吐，身影在车窗上一闪而过。

　　"停车！"夏小沐大叫一声。

　　"怎么了？"廖鸿翔赶紧紧急刹车，"凌晨了，咱们得回家睡觉了。"

　　说话间，夏小沐就出了车门，朝着那个扶着行道树在呕吐的人径直走过去。廖鸿翔不知道她要干什么，也只得推开车门跟着下了车，一路跟着她走过去。

那人估计是喝多了，身上凌乱不堪，西装褪到一半，身影萧瑟，一看就是个醉鬼。

看到夏小沐越走越接近那醉鬼，身后的廖鸿翔大叫起来："老婆，你别靠近他！"

夏小沐似乎没有听到身后的焦急声音，特别淡定地迈着匀速的脚步走了过去，然后替那人轻轻拍打着后背。

廖鸿翔有点不明白她的举动，周围也有醉鬼在路边呕吐，为什么她独独就走向了那人，还替他拍背，也不嫌人脏。她一向是有洁癖的。

等他走进，只听见夏小沐一边拍着背，一边轻声说："你怎么喝那么多酒？现在难受了吧？"

她的声音是轻轻柔柔的，有些责备，也有些心疼的韵味在里边。

廖鸿翔有些气恼，走过去把她拉离那人："一个醉鬼而已，就算你同情心泛滥也不能这样。走，回家！"

"别闹了，廖先生，你先放开我。"夏小沐挣扎着，想要挣脱廖鸿翔的钳制，"他不是醉鬼，他是雷俊宇。"

雷俊宇这时才转过身来，眼神迷离，歪歪斜斜在原地倒腾了几步之后才勉强站稳，看到夏小沐，似乎有些不敢相信，又揉了揉眼睛，待到看清楚之后，反而不觉得惊讶了，扯起唇角笑："沐沐，你怎么……也在这里？你也打算来个……情人节买醉？"然后整个人靠到行道树上，浑身无力的样子。

廖鸿翔看见雷俊宇的脸，脸色更臭了。本来拉着夏小沐的手已经松开了，这下，他又紧紧地拉着她，不让她靠近雷俊宇。

看到雷俊宇邋遢的穿着，以及消沉的样子，夏小沐已经很不悦了，但是又被廖鸿翔死死拉着手，她心里更是堵得慌，皱着眉头，瞪着廖鸿翔，口气很强硬地说："别闹了，放开！"

廖鸿翔大概是被她的语气刺到了，悻悻地放开她，不满地说："你打算这么办？"

"能怎么办？至少得送他回家。总不至于让他在大街上流落一晚吧？

如果我没看见，我就管不着了，但是现在我既然看见了，肯定得管他。"夏小沐从包里掏出纸递给雷俊宇，"擦擦。"

见他擦得左一下，右一下，夏小沐实在看不下去，重新拿了一张纸替他擦了擦唇角。然后扶着他一步一步地朝着酒吧街出口的方向走去。

廖鸿翔一直在旁边站着看，没想要过去帮忙。夏小沐恼了，吼他："你到底帮不帮？不帮就趁早先走，别在这儿碍眼。"

"帮，我帮！"廖鸿翔平时最见不得喝醉了会吐的人，他嫌人身上那股刚呕吐过的味道太难闻，但还是硬着头皮走过去，"真要送他回家？要不我们在附近找个酒店给他开间房吧，大半夜的别折腾了。"

夏小沐看着他："好啊……"

廖鸿翔赶紧拿出电话准备订房："好，我这就订房间。"

夏小沐把没说完的话补充完："但是，把一个喝成这样的人留在酒店不妥，所以，你得留在酒店照顾他。"

"那就打出租车，让司机送他回去。"

夏小沐淡定地说："我们有车，干吗要叫车。走，扶他去车里。"

廖鸿翔和夏小沐一左一右搀扶着雷俊宇上了车。看到夏小沐也坐到后排，廖鸿翔不悦地说："你坐到前面来，别坐他旁边，小心他吐你一身。"

"你再啰唆，小心他吐你一车。"夏小沐一个头两个大，"廖先生，他都喝成这样了，你还计较这么多，你能不能大度点，潇洒点？"

廖鸿翔接着也上了车，痞痞地说："我越来越发现和你斗嘴，真是其乐无穷。"

夏小沐没搭理他。

雷俊宇一上车就靠在椅背上睡了过去，身子倾倒在扶着他的夏小沐身上，廖鸿翔看了心里非常不爽，不耐烦地说："我给汪子菲打个电话，叫她过来照顾她男人。"

一听到汪子菲，夏小沐头更大。她要是真来的，不知道还要胡搅蛮缠到什么时候。于是，夏小沐当机立断地说："算了，都这时候了，就别再骚扰人家。今晚就让他住咱们家去。"

廖鸿翔当即抗议："不行！我最讨厌男人没事喝醉成一摊烂泥。随便让他去哪儿都成，就是不能去咱们家里。"

"你忘记你喝醉时什么德行了吧？比他还烂泥呢！还好意思说这话。"夏小沐瞪了他一眼，"他好歹也是我的朋友，我不能不管。"

廖鸿翔无奈了。夏小沐的固执他是见识过的，她决定要做的事情，不可能那么轻易改变。雷俊宇蹙着眉头睡着了，头一开始是靠在车窗玻璃上，后来因为车子拐弯被甩到了座椅背上。慢慢地，他的头靠到了夏小沐的肩头。

廖鸿翔很不乐意："把他扶正了，让他坐好。"

夏小沐不理他："你别纠结了，他这会儿睡得已经没有意识了。"

最后，雷俊宇的头一路往下倒，直接倒在了夏小沐的怀里。廖鸿翔怒火中烧，紧急停车之后，一把拉开雷俊宇一侧的车门，打算将他弄到副驾驶位上。夏小沐赶紧制止他，将雷俊宇的头放倒在后座上，主动坐到了前面。

到了翠园，将雷俊宇安顿好，已是凌晨三点多钟。夏小沐躺在床上，反而有些睡不着。

她捅了廖鸿翔一下："廖先生，今晚你醋意大发的样子，真的很幼稚。"

"我从来不吃醋。"廖鸿翔翻了个身，烦躁地说，"怎么睡不着了？"

夏小沐笑笑，也不戳穿他，只说："那就聊聊呗。"

"砰！"

外面传来一声响。

夏小沐赶紧从床上坐起来："大概是雷俊宇摔下床了。"

廖鸿翔也跟着起身，利索地说："你睡你的，我去看看。"

推开门一看，雷俊宇果真睡到了地上。那声响是因为台灯被他连带着滚到了地上。纵使廖鸿翔身形魁梧，可是要把身高差不多的雷俊宇抬上床，还是需要费很大的力气，更何况雷俊宇还很不配合，整个人一个劲往地上坠。廖鸿翔连拖带拽，好不容易才把他扶上了床，随手替他盖好被子。

走到门口，廖鸿翔又返回到床前，使劲拍了拍雷俊宇的脸颊："你这家伙，不会是故意装醉，想趁机靠近我老婆吧？"

尽管脸颊被拍得"啪啪"响，雷俊宇只是眉头稍稍皱了下，转过脸，依然睡得很香。廖鸿翔不解气，又狠狠拍了一下，雷俊宇一伸手，在他腰上挥了一拳，然后转过身，又接着睡去。

廖鸿翔冷不丁被挥了一拳，心里郁闷得紧。睡着了还能准确无误地打到他，廖鸿翔觉得他是故意的。刚要拖他起来，夏小沐就来到门口，看到他正准备拽雷俊宇的样子，奇怪地问："你在干什么？"

"没干什么。"廖鸿翔站直身子，顺便替雷俊宇掖了掖被子，"这家伙什么毛病，睡着了还能滚下床！还有，死沉死沉的，我可是费了九牛二虎之力才将他弄上床的。"

夏小沐走进来看了一眼，发现床头柜上的杯子已经被喝光了，又接了一大杯放好，对廖鸿翔说："走吧，回去睡觉了。"

"他记得喝光杯子里的水？这家伙肯定是故意的。"廖鸿翔气得咬牙切齿，恨不得又冲回去抢他两拳头。

"什么故意？"夏小沐转过头看了看身后的廖鸿翔，觉得他像个没长大的大男孩，头疼地说，"廖先生，你怎么一个大男人还有这种嘀嘀咕咕的坏毛病？幼稚不幼稚！"

廖鸿翔这下子也意识到自己这一天所有的行为确实都有些幼稚可笑，有些恼火，又有些尴尬，悻悻然地说："没有。"然后头也不回地走了出去。

夏小沐跟上他："汪子菲也太不靠谱了，情人节不是应该和雷俊宇一起过？怎么能让他自己喝成这样！"

廖鸿翔回头警告性地说："人家两个人的事，你少掺和。"

夏小沐来气了，在他背上拍了一下："你们男人是不是有毛病啊？一个个前仆后继地往她身上扑去？"

"谁扑了？不就那个醉鬼扑吗，别往我身上扯。"

夏小沐气呼呼地数落道："廖鸿翔，你别以为我不知道她曾经是你的女朋友。当年就是因为她抛弃你出了国，你才突然决定跟我结婚的。"

"你生什么气？"廖鸿翔反手搂着她往卧室走去，"哪个男人还没点过去？没过去那叫男人吗，是吧？现在你是我老婆，吃她的醋也太不合适了。再说，我当年确实迷失了，不过幸好我及时遇到了你，所以回头找到岸了。"

夏小沐还是有些气："少跟我说好听的！你还别觉得你委屈，我做事光明磊落，我要是真有什么想法，也不会当着你的面帮他。"

廖鸿翔看见她生气的样子，心里无端紧张起来，赶忙哄她："别生气，别生气，生气容易长皱纹。乖，睡觉。"

夏小沐推开他，正色道："廖鸿翔，我告诉你，我今天晚上帮助雷俊宇并不是想和他有什么瓜葛，仅仅是因为他是我的朋友，我碰巧看到他了，而他需要帮助，如此而已，所以你别用你商场那一套商战利益标准来揣测我的动机。"

"是是是，我知道错了。现在回去睡觉吧，我困得眼睛都睁不开了。走吧，睡觉睡觉！"廖鸿翔不想跟她争执这些，半闭眼半睁眼地拉着她往卧室走去。

"廖鸿翔，我和雷俊宇早已经不可能了。"夏小沐拽住他，双手分别拉着他的手，很认真很肯定地说，"我和他就是朋友，而且最多也只能做朋友。所以，你今天帮他，其实就是帮我。"

廖鸿翔听得出她说的是真心话。

对于夏小沐突然软化的态度，廖鸿翔心底没有触动是不可能的。她能当着他的面给慕容朝阳唱歌，说一堆他的好话。也能在雷俊宇需要帮助的时候，也爽快地伸出手帮助，即使雷俊宇曾经那么深地伤害过她，即使她知道雷俊宇对她的私心还存在，但是她还是帮了，而且还是当着他的面，说明她的心里真的没有什么不堪的想法。她所有的行动和言语都显示出她内心的坦荡和善良。

所以，说到底，她其实是个傻女人，总是掏心掏肺地对待别人。

廖鸿翔有些心疼地拍拍她的脸，无奈地叹口气，宠溺地说："知道了，我的小傻瓜。"

夏小沐接着说："虽然你宣布我们已婚的那天，我曾跟他说如果他不能保证和我回到朋友的状态，我和他就只能做陌生人，但是，今晚看到他喝成这样没人照顾，我发现自己还是狠不下心来和他做陌生人，不是因为现在还爱着他，而是因为我们以前曾有过的旧时情分。"

那天她曾和雷俊宇谈过？廖鸿翔此刻听她说起来，突然想起那天在现场的时候，她曾说想要更加努力生活。也许她的努力里，也包括和雷俊宇划清关系。

"你是念在和他的旧情上才帮他，我知道了。"廖鸿翔将她拉进卧室，才想起说，"明后天我们俩得回一趟老宅，自从公布已婚的消息之后，我们还没回去过，老头老太太该念叨了。"

虽然心里害怕婆婆再提生孩子的事，有些不愿意回去，可夏小沐一想到婆家人也是她的家人，便点头说："好，是很久没回去了，总得回去陪他们吃吃饭聊聊天，以尽孝道。"

第二天早晨，夏小沐是被吴妈给叫醒的。她下楼的时候，看到雷俊宇正站在大厅里的玻璃窗前，看着外面，背影跟当年记忆里确实已经不一样了。

更何况，现在，她已经有了她的归宿，而他的身旁，也有了别的风景。

吴妈正在上早餐，见到她下楼，低声说："雷先生起来有一阵了。"

夏小沐点点头，又问："廖先生呢？"

吴妈说："一大早就上班去了，说公司有急事需要处理，早餐都没吃就走了。"

雷俊宇听到脚步声，回过头来，脸上有些不自然，轻声说："早！"

夏小沐走过去，大大方方地问："昨晚睡得好吗？"

"好。昨晚，谢谢你了。"雷俊宇有些不好意思。

夏小沐笑笑："都是朋友，别这么客气。快过来吃早点吧，你昨晚喝了酒，现在胃里肯定很不舒服，吴妈煮了粥，你喝点粥和牛奶，这样胃才能舒服些。"

雷俊宇走过来说："我只是想等你起来跟你说声谢谢。早餐就不吃了，我还赶着去上班。"

夏小沐不客气地招呼他："别客气，快过来坐下吃吧，反正你也得吃早餐，吃了再去也不迟。再说我一个人吃也没什么胃口，你就当是陪我吃顿早餐，行吗？"

夏小沐都把话说到这份儿上，不声不响地为他化解了一些不必要的自尊心和面子，雷俊宇自然不好再拒绝，走过来坐到餐桌前。夏小沐把粥和牛奶移到他跟前，把小磁勺递给他："来，喝粥。吴妈煲的粥很棒，包你合胃口。"

雷俊宇喝了一口，不停地点点头，对着吴妈竖起大拇指，称赞道："吴妈好手艺，太好喝了！"

吴妈被这么一夸，反而有些不好意思，笑眯眯地说："好喝就多喝点，锅里还多着呢。夏小姐，我也给你盛一碗。"

"好啊！"夏小沐主动将碗递了过去。

看到她将碗里的稀饭吃得一点不剩，很美味的样子，雷俊宇忍不住说："记得刚上大学那会儿，你不爱喝豆浆吃油条，每天早晨都是一碗稀饭加一瓶牛奶。"

夏小沐并不忌讳谈以前的事情，点点头，笑着说："是啊，记得你每天早晨都会给我带一瓶牛奶，以至于时间一长，没有牛奶我就吃不下早点。可是那时候对于我来说，能喝上牛奶就已经很不错了。不过，我到现在也不喜欢吃油条，总觉得油炸的东西不健康，而且看起来干翘翘的难以下咽，豆浆倒是能喝一点了。"

"油炸食品确实不健康。"雷俊宇说着，放下碗，"我吃好了，谢谢你请我吃早餐。"

夏小沐一直送他到能打到车的大路。临别前，情真意切地说："俊宇，以后别再喝那么多酒，记得要爱惜自己。"

晚上，廖鸿翔亲自来电视台接夏小沐下班。这是公布已婚的事实之后，廖鸿翔第一次以夏小沐老公的身份亮相电视台。

廖鸿翔事先让李伟准备了好几大袋消夜。疲惫工作了一天的记者、编辑、摄影师们看见美食，都呼啦啦地炸开了锅。特别是肖雯雯，大叫着挑了好几样喜欢吃的，问李伟："帅哥，你是谁的家属啊？第一次见面就这么给力，以后我一定力挺你。"

大家看到李伟身后的廖鸿翔，都各自缩回到座位上。肖雯雯奇怪大家由热情转为冷淡的反应，一抬头，看见了李伟身后的廖鸿翔："哟，廖总，久仰大名，今天总算是见到活人了。"

肖雯雯也是第一次近距离看到廖鸿翔。以前总在媒体杂志上看见他，一直感觉他和自己的世界差着十万八千里远，此刻就站在眼前，反而有些不真实的感觉。再加上他的另一个身份是夏小沐的丈夫，肖雯雯也有些顾忌，不敢怎么说，只拿了杯牛奶，便也回到了座位上。

廖鸿翔并不介意大家的态度，主动拎起一袋，逐个分发："大家经常加班熬夜的，辛苦了。我们家小沐经常跟我说你们平时挺关照她的，一直没机会感谢大家，今天来接她下班，顺便给大家带了点消夜，这是我和小沐的一点心意，谢谢大家一直以来对她的关照和爱护。大家都别客气，尽管拿，不够我再出去买。"

肖雯雯听到廖鸿翔说的话还挺客气，话语也不像想象中那么强势和花哨，走过去看着几大袋消夜，开玩笑地说："这消夜可真够丰富的。廖总以后没事多发发善心，常给我们送些过来，可以吗？要不然你把我们的胃养刁了，以后不吃这些美味消夜就不习惯，那多不好。"

"可以，相当可以。"廖鸿翔笑着说，"听你一说话，我就知道你是肖雯雯。小沐经常在家提起你，说你是她的忠实拥护者。"

"讨厌！她才是我的粉丝。"肖雯雯不满地大叫。

"她说你挺仗义，也挺帮助她。"廖鸿翔笑着，递给肖雯雯一盒已经削好并已切成小块的水果盒子，"给，多吃点低糖、高纤维的水果，补充水分及各种营养，能填饱还不会长胖，对于爱美的女士，水果是最佳选择。"

肖雯雯不客气地接过水果，对其他人说："同志们，别客气，廖总想用这么点消夜就将咱们收买，那是不可能的，对吧？"

"对呀，对呀，廖总把咱们这么能干漂亮的小沐都娶到手了，一顿消夜哪成，我们必须要狠狠宰你一顿。"其他同事见廖鸿翔也不像想象中那么难以接近，都纷纷围过来加入他们的话题，开始分享廖鸿翔带来的消夜。

廖鸿翔痛快点头，一边张罗大家吃消夜，一边说："谢谢大家捧场，改天，我请大家吃饭去。到时候，可以带家属一块儿来，都别跟我客气啊！"

肖雯雯吃了块苹果，说："吃饭的地点要由我们选，我们要吃最贵的，吃完饭要去唱歌，然后你再请我们吃消夜，可以吗？"

"可以，没问题。"

夏小沐从演播厅出来，就听到哄闹成一团的声音，走到办公室，看到廖鸿翔和她的同事打成一片，有点意外。

最近的他变了很多，不再是那个一直以来冷冰冰的廖总，而是充满了温情的廖先生。他的运筹帷幄里多了份气定神闲，不动声色里有一种热力缓缓散发，会说些甜言蜜语，会为她考虑，对她的耐心也比以前好很多，还会来接她下班，为了她愿意跟她的同事们搞好关系。这些都是他的改变，而她，更喜欢现在的他。

在回家的车上，两人有一搭没一搭聊着天。

夏小沐说："廖先生，最近的你特别有人情味，由内而外散发出温情的魅力。不再像以前总是冷峻剽悍，威严无比的样子，气吞万里如虎似的张扬也收敛了不少。"

廖鸿翔笑："成熟睿智的女人，才懂得品味温情男人身上温暖的真情、可贵的品质和别样的情怀。看来，我老婆够成熟，够睿智。"

廖鸿翔有很深的阅历，能看破很多东西，了解世事最基本的规律。他从容不迫，一切难题他都能够游刃有余地解决掉，跟他在一起，夏小沐特别踏实，好像斜阳洒落她的肩膀，之后穿过婆婆的浅树林，最后融化在远处的蓝天和大海里，平和而温暖。

突然，一个身影打乱了她的思绪："我好像看到大嫂了。"

"哪里？"

"刚刚开过去的那辆跑车里。我看到大嫂和一个男的……"夏小沐扭着头往后看，可是车子早已没了踪影。

廖鸿翔镇定地说："我也看见了。"

夏小沐有点焦心："大哥大嫂这是演的哪一出啊？"

"咱们现在先去看看——。"廖鸿翔掉转方向，往廖鸿飞家驶去。

廖一之前被舒乐乐送到寄宿学校，一周回家一次。廖鸿翔觉得住校对他的个性发展不利，便做主为他转了学校，住回到家里。怕转学影响他的功课，还特意为他请了一个大学生家教。

夏小沐和廖鸿翔到的时候，廖一在家教老师的指导下，正在认认真真地写作业。

廖鸿翔和夏小沐没打扰他，坐在大厅里等。家里的保姆正在做消夜，一问才知道舒乐乐已经半个月没回家了。

廖鸿翔听了很气愤："大嫂真是胡闹，怎么能半个月不回家，就算她不关心大哥，她也应该问问她儿子吧？"

夏小沐发现他对待家人的时候，总容易发脾气，低声劝他："别发火，你之前不也常常十天半个月不回家吗？"

廖鸿翔声音软了下来："你别这么看着我。我不回家是因为忙着谈生意办正事，可不是像她这样在外边胡闹。"

廖一从房里走出来，看见她们，又惊又喜："叔叔婶婶，你们怎么来了？我爸爸妈妈呢？"

"来，到二叔这儿来。"廖鸿翔伸手将廖一抱到怀里，"你爸爸妈妈最近都特别忙，所以他们特地让我和你婶婶过来看看你。作业写完了吗？"

廖一转动着水灵灵的黑眼珠子，用软软糯糯的声音说："写完了。老师刚刚还表扬我作业写得好呢！"

"廖先生。"家教林锋走了出来。

廖鸿翔招呼他到沙发上坐，然后问："小林，最近——的学习怎么样？有进步吗？"

林锋在沙发上坐下来，脸上挂着腼腆的笑："——很聪明，虽然以前的功课落下了一些，但是这段时间经过我的辅导，已经有了很大的进步，前几天数学测验，还考了九十八分。其他科目上的进步也很明显，照这样下去，这学期期末考都能考进全班前三名了。"

廖鸿翔从钱夹里拿出厚厚一叠钱，递给林锋："小林，谢谢你让——

的学习进步得这么快，这个算是奖励，你先拿着。另外，基本工资会按照约定的时间照样发。"

林锋拒绝："不行，廖先生，你每个小时付给我的钱已经很高了，我不能再拿你的钱。让——学习提高是我的责任，你花了钱请我，我肯定会好好用心的。但是这个钱，我真的不能要。"

廖鸿翔将钱塞进林锋的口袋里，按着他的手说："小林，听话，拿着。我听你们副院长说你是一个挺有上进心的好学生，我很欣赏你，希望你好好学习，以后做个对社会有用的人，或者毕业了也可以到我公司来发展。我很喜欢积极向上的年轻人，这个钱，算是我对你的鼓励吧，以后也请你对——多用心。"

夏小沐也是从穷学生过来的，她在校的时候也做过家教，知道困苦家庭出身的孩子上大学除了要面对学业，还要考虑每个月的生活费，比家庭条件好的同学不容易很多倍，也跟着说服他："小林，拿着吧，我们也是从学生时代过来的，知道你不容易。你只要好好学习，有空的时候多辅导——，我们会很欣慰。"

廖鸿翔和夏小沐将廖一接到翠园，打算让廖一先和他们住一段时间。

回到翠园，赵锡娟居然也在。

廖一朝着奶奶奔去："奶奶，你怎么都不来看——，我好想你。"

"奶奶也想你啊，所以来看你来了。"赵锡娟看着廖鸿翔，"怎么是你们带——？小飞和乐乐呢？"

廖一揉着眼睛，委屈地说："奶奶，我爸爸妈妈现在都不回家，他们是不是不要我了？"

赵锡娟奇怪地问："你爸爸妈妈都不回家？"

廖一认真地点点头，有些奶声奶气地："我好长时间没见着妈妈了。爸爸在家的时候，小姨经常来看我，给我买好吃的，可是现在爸爸不在家，小姨也不来看我了。"

"怎么回事？"赵锡娟回头问廖鸿翔，"小飞和乐乐不回家陪孩子，都上哪儿去了？"

廖鸿翔想了想，说："妈，大哥这几天出差了，估计大嫂也跟着他一块儿去了，所以，我们打算把——接过来住一段时间，直到大哥和大嫂回来为止。"

赵锡娟生气地说："这个小飞，越来越不像话了，出差也不说一声。还有乐乐也不像话，哪有当妈的把儿子往家里保姆跟前一扔，就自己出去潇洒的！这两人到底怎么当父母的！回头我得好好说说他们。"

"妈，——跟我们住在一起也挺好的，你就别操心了。但是大哥和大嫂，你真应该好好说说他们了，确实不像话。"廖鸿翔也很气愤。

赵锡娟点点头："我一定要好好教训一下他们。"然后说，"正好，我打算搬过来和你们一起住，现在好了，我帮忙接送——上学放学，你们俩也可以好好安心地工作了。"

"你搬过来和我们住？"廖鸿翔看了看同样有点吃惊的夏小沐，问，"妈，你怎么突然想起要和我们一起住了？"

"你妈想要跟你一起住，不行啊？"赵锡娟佯装生气地说，"小沐，我儿子不同意我跟你们一起住，你呢？"

夏小沐赶紧坐到赵锡娟旁边："当然欢迎，我们俩这段时间都没回去看你们，心里挺自责的。这样吧，干脆您和我爸，还有爷爷奶奶都一起搬过来住吧，我们都住在一起，每天热热闹闹的，这样才像一家人。"

赵锡娟脸上立刻高兴起来，还不忘瞪了儿子一眼，拉着夏小沐说："还是儿媳妇好，不嫌弃我这个老太婆。"

廖鸿翔赶紧说："妈，你过来了，我爸爸怎么办？还有奶奶爷爷呢？"

赵锡娟瞪着儿子："你这个不孝子，你爸爸都出差好几天了，你也不知道过问一下。还有，你爷爷奶奶去你姑姑家玩去了，昨天刚走。"

"我这段时间有点忙……"廖鸿翔辩解，"本来我们打算明天就回家看你们去的。妈，你搬过来了正好。可以给我做好吃的。"

夏小沐趁机说："你们先聊，我这就上楼给您收拾房间去。——，走，跟婶婶上楼，看看你的房间要怎么弄。"说完，拉着廖一上了楼。

楼下，赵锡娟在廖鸿翔脑门上戳了一指头，有些恨铁不成钢地说：

"现在你们都已经公开已婚事实了，是不是应该认真考虑要个孩子了？你说你傻不傻，她不肯跟你生孩子还不知道是安的什么心呢，你还袒护她。要拴住一个男人的心，就要拴住他的胃。你知不知道要拴住一个女人最好的办法是什么？"

廖鸿翔呵呵笑起来："怪不得我爸这辈子都这么疼你，原来是你死死拴住了他的胃。"

"严肃点！"赵锡娟挺直腰板教训道，"要拴住一个女人最好的办法，就是让她生孩子。事业心再强的女人，生了孩子那就完全不一样了，肯定会把更多的时间投入到家庭和孩子身上，这样才能激发出她作为妻子和母亲的责任心，你懂不懂？"

"妈，原来你是怕她跑了才催着我们生孩子啊。放心，你儿子魅力大着呢，再说，我也不会让她离开我。"

赵锡娟语重心长地说："儿子，我这可都是为了你好。你知道咱们家的家规之一就是：一旦结婚，不管因为什么原因都不准离婚。所以，你们俩赶紧要个孩子，也好缓和一下你俩的关系。你别以为你妈真的是老太婆什么都不知道，你们俩这几年是怎么过日子的，我心里一清二楚。"

廖鸿翔一下想起廖鸿飞和舒乐乐来，但是没敢提，只是拍了拍母亲的手："行行行，妈，孩子我们肯定是会生的，迟早的事。"

赵锡娟不满地说："那我问你，你还想再拖几年？你老婆现在是最好的生育年龄，再过几年，就难怀上孩子了。你大嫂也只比她大两岁，可是——都这么大了。女人年龄大了，生育会有难度的。既然都要生，何不早点生？"

"妈，关键是生孩子这事不是我一个人的事，不是我说生就能生的。"廖鸿翔有些头疼地说，"再说，我答应过她，在这件事情上，不逼她。除非她自己提出来愿意生。"

"作为一个妻子，这是她应尽的义务。"

"妈，你以为这是你们那个时代呢，女人一旦嫁了人就得生儿育女，相夫教子，一切都听丈夫的。"廖鸿翔淡淡地说，"她是新时代的女性，而且还是女强人，有能耐着呢，脾气又倔强，逼紧了，说不定她这辈子都不肯生了。"

赵锡娟指着廖鸿翔，气极了："行，你就惯着她吧，以后有你好果子吃。"

Part 16　错爱是罪

夏小沐收拾好廖一的房间，便拿出回家前刚在商场给他买的遥控车、变形金刚和魔法玉米，让廖一自己在房间玩，然后又去给婆婆收拾房间。

"叫吴妈收拾就行了，你怎么还亲自来收拾房间了？"

夏小沐从衣柜里回头，便看到赵锡娟站在门口，笑着说："没事，我怕吴妈弄得不细致，我自己弄更放心。"说完，继续将赵锡娟的衣服从行李箱拿出来挂进衣柜里。

赵锡娟走进来坐到沙发上，说："先别收拾了，衣服等会儿我自己挂就行。你先过来坐下，我想和你说说话。"

"哦。"夏小沐应了一声，便停下手里的活，走过来坐到沙发上，"您说吧。"

"最近工作还好吧？"

"嗯，挺好的。"夏小沐不明白婆婆问她工作的事干什么，但是她隐隐约约觉得肯定跟生孩子这事有关。

赵锡娟接着说："好就好。作为女人，除了工作，更多的幸福还是应该来自家庭。不管在外面多么要强的女性，回到家关起门来，依然还是可以做回小女人，享受爱和被爱，没必要把工作的状态带到家庭中来。"

夏小沐点头说："是啊，我也这么觉得。女人在外工作不容易，有时候是必须要强势一点才行。但是回到家里，在丈夫面前做个小女人就好。"

赵锡娟点头之后又摇头："我看你也挺明白的。可是怎么在生孩子这事上又这么糊涂呢？"

"啊？"夏小沐还是有些缺乏思想准备。

果然还是绕到了生孩子的问题上。

"我也觉得女人一定要有工作，不仅仅是为了有一份稳定的收入，在经济上独立，更重要的是工作是和社会接轨的渠道，可以更自尊自立，不至于被社会淘汰。但是孩子是婚姻的纽带，不能为了工作就不生孩子。"

"确切地说，孩子在婚姻中，既存在着矛盾，又是必然的纽带。夫妻两个人感情再好，也会有话题尽、感觉疲倦的时候。夫妻间更多的话题和生活动力延续，是需要孩子这条纽带存在的。"

夏小沐没有反驳，只是静静地听着。

赵锡娟继续说："看着孩子成长，对于父母来说是充满希望和憧憬的事情。夫妻两人无论经历什么样的事情永远都会因为孩子而心系一处，这样的情感才是真正亲密的情感。别嫌我啰唆，我是过来人，说这番话也是为了你们好。"

"是是是。"夏小沐赶紧说，"您说得全对，我也一直都是这么认为的。"

赵锡娟当机立断地说："那就赶紧生一个。孩子生下来我来负责带，你调养好身体之后也可以继续去上班，这个我们绝不拦着你。"

夏小沐点头："嗯。"

赵锡娟看她只是一个劲地点头答应，也不知道心里怎么想的，不免有些着急："小沐啊，你妈妈已经不在了，有些话可能没人提点过你，毕竟你还年轻，在这方面没什么经验。我也是把你当成我闺女才说的。"

"嗯，我知道。"婆婆能和她这样说，夏小沐心里很感动。

赵锡娟又说："你想趁着年轻多玩几年，这我都能理解。但是，女人哪，有了孩子才能称为完整的女人。而且有了孩子，对于家庭的稳固和谐也是至关重要的。我的儿子我了解，要是有了孩子，他的心就完完全全收回到家里来了。我说的这些，你都明白吧？"

"嗯，明白。"夏小沐点点头，眼睛有些湿润。自从母亲走后，没人跟她说过这些。

"在说什么？嘀咕这么半天，而且还背着我。"廖鸿翔也上楼来。

夏小沐从沙发上站起来："——明天还上学，该洗澡睡觉了，我先去帮他洗澡去。"

"妈，你跟她说什么了，怎么感觉怪怪的？"

"你放心，她是你老婆，我对她好，也就是对你好，这个道理你妈我还是挺明白的。我只是站在一个母亲的立场上，和她说了说作为一个母亲可能会对女儿说的话。"赵锡娟站起来整理衣物。

廖一玩得正 high，夏小沐好不容易才哄着他收了玩具，抱着他坐到浴缸里。这个年龄段的小男孩毕竟淘气，在浴缸里翻来滚去的，还不停拍打着沐浴泡泡，弄得夏小沐从头到脚都是泡泡。

夏小沐转身拿毛巾，看到廖鸿翔抱着手站在门口看着他们，也不来帮忙，有些气，将毛巾丢到他怀里："你给他洗澡，我去检查一下书包，看有没有什么东西忘记塞进去了。"

不一会儿，听到浴室传来两人打闹的声音。夏小沐检查好廖一的书包进去一看，叔侄两人正在浴缸里你泼我一下，我洒你一下，浴缸里的水都漫了出来，毛巾、洗发乳、沐浴液等物品丢了一地，满地狼藉。

"干什么呢你们俩！"夏小沐看着一地的烂摊子，一个头两个大，"廖鸿翔，你几岁了，能不能成熟点儿有个大人的样子？"

廖鸿翔撇撇嘴："你出去吧，我来给他洗。"

廖一的脸上还有雀跃的表情，看看廖鸿翔，又看看夏小沐，不停地捧起泡泡用嘴吹着玩。

夏小沐忍着怒气，叉着腰："廖鸿翔，你现在给我出去！立刻，马上！"

廖鸿翔嬉皮笑脸地伸手拉夏小沐："你也一起来洗吧，咱们三个人一起洗。"

夏小沐二话不说，拿起花洒，打开就往廖鸿翔身上冲下去。廖鸿翔赶紧从浴缸里出来，抹了一把脸上的水，不满地说："真狠，对老公真是一点都不温柔。"

夏小沐关了花洒，将一件浴袍丢给他："去卧室洗去。"

廖鸿翔还想说什么，她抢先说："你看看现在几点了，——明天还要早起上学，如果他明天迟到了，你负责？"

廖鸿翔这才拿了浴袍乖乖地走了出去。出门前，还不忘对着廖一做了个鬼脸。

夏小沐笑起来："幼稚！"

"婶婶，你终于笑了。"廖一对着她露出天真的笑脸。

夏小沐哄他："听话啊——，你明天还上学呢，早点睡明天才能早起不迟到呀。你上学迟到的话，这个月的小红花就没有了。你要是拿不到小红花，你爸爸妈妈肯定会很不高兴的。你不想他们不高兴吧？"

廖一果真点了点头。

夏小沐见他还要玩泡泡，板着脸说："你要是再像刚才一样胡闹，婶婶可要打你屁屁了。"

连哄带骗加恐吓，总算给廖一洗好了澡。给他吹干头发，夏小沐坐在床头给他讲故事，讲着讲着，廖一就睡着了。

回到房间，廖鸿翔不在。

等她洗完澡出来，廖鸿翔才从外面进来："没想到你还挺会哄孩子的。刚才我妈还夸你来着。"

"你妈？"夏小沐一想，估计是母子俩刚才都在门外看她怎么给廖一洗澡，怎么哄他睡觉了。

"要不，咱们俩也生一个吧？"廖鸿翔走过来一把搂她入怀，"要是生个男孩，肯定像我一样聪明能干，要是生个女儿，肯定会像你一样漂亮。"

"你想什么呢？"夏小沐一把推开他，"你不是答应过我，不逼我生孩子的吗？怎么你妈才说了几句，你就变卦了？"

"这怎么能叫逼你生。我是看你也挺喜欢孩子的，而且哄——也很有一套，要是咱们自己生一个，岂不是更好？"

夏小沐坐到床上："廖先生，喜欢孩子和生孩子是两码事。再说，咱们俩现在都这么忙，哪有时间生孩子？"

廖鸿翔走过去抱着她，将她推倒到床上，亲昵地说："怎么没时间，咱们现在就有空生孩子。"

夏小沐推他："别闹了，你妈和廖一可都在咱们家呢。"

廖鸿翔仍是黏在她身上不肯起来："我妈他们在怎么了？难道还不许咱们亲热了不成？你放心，他们都已经睡着了，而且这房子隔音效果很好的，没事。"

夏小沐听他越说越放肆，使劲推他："说什么呢你，快起开！"

廖鸿翔开始吻她的耳垂，他知道那儿一向是她的敏感地带，一吻一个准，保证她弃械投降。双手也不闲着，开始解她的睡衣。

夏小沐躲着他的吻："别闹了，我明天有个会，要早起……"

廖鸿翔不理会她，腾出双手扶住她的头，用力吻她，很霸道……

突然，门口传来声音。

夏小沐推开他："有人……在门口……"

廖鸿翔重新抱住她："别胡思乱想，没人。"

夏小沐再次推开他："真的有……不信你听……"

"叔叔婶婶！开门！我是——……我是——……"

果然，门口传来廖一的声音。廖鸿翔这才翻身起来，快步走到门口，打开门，一把抱起廖一，问："一一，你怎么醒了？"

廖一揉着眼睛说："我一个人睡不着。"

夏小沐赶紧起来拉好睡衣，理了理头发，走过去问："做噩梦了吗？"

"我想爸爸妈妈，我梦见他们不要我了……呜呜呜……呜呜呜……"说完，委屈地哭了起来。

夏小沐从廖鸿翔怀里接过廖一，拍着他的背哄道："一一乖，不哭了，不哭了噢！爸爸妈妈怎么会不要你呢，你是他们的心肝宝贝呀，他们怎么舍得不要你呢。乖哦，不哭不哭，还有奶奶和叔叔婶婶陪着你呢。咱要做好孩子，不哭噢，不哭……"

廖一搂着夏小沐的脖子，一边哭一边说："婶婶，我想爸爸我想妈妈……呜呜呜……呜呜呜……我想他们……"

夏小沐抱着廖一进屋，把他放到床上，说："一一乖，今晚先跟叔叔婶婶睡，等明天一大早，叔叔婶婶带着你找爸爸妈妈，好吗？"

廖一马上破涕为笑："真的吗？"

夏小沐抽了几张纸给他擦了擦眼泪和鼻涕，摸着他的小脸说："当然是真的。婶婶什么时候骗过一一呀？但是，你现在要乖乖听话，赶紧睡觉，明天睡起来，就带你去找好不好？"

"拉钩钩。"廖一终于不哭了，伸出白白嫩嫩的小拇指，要和夏小沐拉钩。

夏小沐笑着摸摸他的小脑袋，说："好，咱们拉钩。"

廖一哽咽着说："拉钩上吊，一百年不变。"

廖鸿翔不满了，走过来抱着廖一往外走："一一乖，咱们跟奶奶睡去。"

"哇……"廖一重新放声大哭了起来。

夏小沐赶紧一把抢过廖一："乖乖乖，一一不哭，你叔叔逗你玩呢。咱们不跟奶奶睡，就在这儿睡。乖，别哭了哦。"然后瞪着廖鸿翔，"你一个大男人大半夜地欺负一个小孩子，你丢不丢人？"

"他睡这儿不是妨碍咱们办事嘛……"

夏小沐打断他："你再说！再说就出去！"然后把廖一放到大床中间，给他盖好被子，自己也钻进被子里，将一一搂在怀里，"一一乖，快点睡吧，咱们一觉醒来就去找爸爸妈妈，好不好？"

"好。"廖一奶声奶气地说完，乖乖闭上了眼睛。

廖鸿翔也钻进被子里，企图将廖一从夏小沐怀里拉出来，被夏小沐狠狠掐了一把，他才龇牙咧嘴地躺好。

半夜，夏小沐在睡梦中迷迷糊糊听到手机响，紧接着是廖鸿翔走出去接电话的声音。

迷迷糊糊间，又听到他在穿衣服。

夏小沐挣扎着坐起来："你干什么去？这都几点了，有什么事不能等明天吗？"

廖鸿翔说："没事，你接着睡你的，我出去一会儿就回来。"

夏小沐这才睁开眼睛，窗外已经有隐隐的亮光从窗帘缝里透进来："你还真要出去呀？"

廖鸿翔一边接着穿衣服一边说："刚才有人打电话说大嫂喝醉了，大哥又在外地出差，我得接她去。"

这下，夏小沐睡意彻底全无，掀开被子站起来说："我和你一起去。"

廖鸿翔走过来将她按到床上，说："你别去了，还是在家陪一一吧，一会儿他醒来见身边没人，又该哭了。"

"不行。"夏小沐重新站起来，"大嫂喝醉了，你一个人也不方便照顾她，我和你一起去，也能帮着照应着点。你现在先把一一抱过去和妈睡。"

"那也行。"廖鸿翔抱起廖一，对她说，"你快点！"

一上车，夏小沐就问："大嫂在哪里？"

"好像是在酒吧街，电话是酒吧的酒保打来的，说大嫂已经喝得不省人事了。"廖鸿翔脸上有些冷冷的，眼睛里有怒气在喷发。

他一下子想起母亲刚说的那句话：你知道咱们家的家规之一就是：一旦结婚，不管因为什么原因都不准离婚……

现在他们俩生孩子的事情不着急。着急的是廖鸿飞和舒乐乐的婚姻面临着巨大的考验。按照两人各朝一边的趋势发展下去，总有一天得走到非离婚不可的地步。到时候廖一怎么办？两家的老人如何能接受？廖家和舒家的颜面何存？

想到这些，廖鸿翔更是心烦意乱，忍不住叹了口气。

夏小沐转过头看着他："你叹什么气？"

"我妈今晚刚跟我说，廖家的家规之一是廖家的子孙一旦结婚，无论如何不准再离婚。"

"难道她已经知道大哥和大嫂……"

"那倒没有。"

凌晨的街道上，几乎没有什么车，廖鸿翔将车开得飞快。

廖鸿翔和夏小沐从酒吧街的街头找到街尾，没有看到舒乐乐的身影。准备放弃寻找的时候，夏小沐还是坚持说要再找找看。

最后，在酒吧街隔壁的一条狭窄的小巷子里，看到舒乐乐被一个醉汉半拖半抱地往巷子深处走去。廖鸿翔怒气丛生，几大步冲上去狠狠揍那个醉汉。直到夏小沐上去死死拉住他，他才握紧拳头停下来。

醉汉被揍得鼻青脸肿，嘴里胡乱嚷嚷着，想扑向廖鸿翔，却被他的气势和暴怒的眼神给吓到，转过身跌跌撞撞跑开了。

廖鸿翔二话不说，抱起舒乐乐就往巷子外面走，也不管舒乐乐的外衣和手袋掉到地上。等夏小沐捡起衣服和包跟上去，他已经走出去很远一段。夏小沐害怕他一时忍不住会将所有的怒气发泄到已经醉得人事不省的舒乐乐身上，赶紧小跑着跟了上去，从后面喊他："这里这么黑，你也不等等我吗？"

一路上，廖鸿翔都不说话，将车开成赛车的速度，脸色冰冷到极点。脸上似乎贴着标签：怒发冲冠中，请勿靠近！

夏小沐第一次看到他这么冰冷可怕的样子，也不敢乱说话，怕哪句话说错了刺激到他，发生什么意外。

车窗外，一片漆黑。南城正在等待黎明，以重新焕发出勃勃生机。车上除了舒乐乐睡得正香甜，廖鸿翔和夏小沐的心里都有些沉重。

早上，廖一果然一醒来就喊着找妈妈，看到躺在床上的舒乐乐，才开开心心地坐上廖鸿翔的车去学校。

舒乐乐醒来，发现自己在翠园，并没有觉得惊讶。在楼道里遇到来看她醒了没有的夏小沐，也只是轻轻地抬了抬眼皮子，算是打招呼。并没有问她为什么在这里醒来，更没有问一句关于廖一和廖鸿飞的事情。

夏小沐有些看不下去了，叫住她："大嫂，我们能聊聊吗？"

"聊什么？"舒乐乐脸上没有什么表情，想了想，又说，"我倒是有个事情早就想找你聊聊了，一直没找到机会。"

夏小沐有些意外她会有事情找自己聊："哦，是吗？那就现在聊聊？"

"其实特简单，我就是有一句话想问问你而已。"

"大嫂，你说。"

舒乐乐站定，转过身，口气轻飘飘地问："你愿意跟小翔离婚吗？"

夏小沐以为她是想说她应不应该和廖鸿飞离婚，所以拿她做假设，也就没在意，反而劝道："大嫂，我觉得为了一一考虑，你和大哥也应该好好的。"

舒乐乐终于抬起眼皮正眼看着夏小沐："我就是为了一一考虑，才觉得你应该和小翔离婚。"

"什么？"夏小沐以为是自己听错了。她和廖鸿翔离不离婚跟廖一的成长有什么关系？

舒乐乐接着说："我堂妹舒薇薇的条件比你有过之而无不及。你应该也知道，我一直想撮合她和小翔，想让她做我的弟妹。以前不知道你和小翔已经结婚，现在即使知道你们已经结婚了，我依然有这个想法。"

夏小沐感觉吃了什么恶心的东西，一阵一阵反胃："大嫂，这种话，不论是作为嫂子，还是作为女人，你好像都不应该说吧，而且还是当着我的面。我知道你一直不怎么喜欢我，但是，我从来也没有得罪过你，甚至为了你和大哥的事，我一直忧心忡忡，你怎么能说出这种话？"

舒乐乐脸上依然没什么表情："好吧，你的态度我知道了……"

"小沐，乐乐醒了吗？醒了叫她立刻下来见我，我有话要跟她说。"

赵锡娟的声音从楼下传来，舒乐乐的脸色终于有了变化。夏小沐看到她从惊讶到恐慌，再到无措，最后归于挣扎，才觉得她有了些活人应该有的反应。

"你跟妈说一声，我洗漱之后就下楼。"舒乐乐转身又回了房间。

夏小沐站在楼道里，百思不得其解舒乐乐为什么就能那么平静地对她说出刚才那番话。深深地憋了一口气，直到慢慢地平静下来，才转身离开。

大概半个小时之后，舒乐乐才磨磨蹭蹭地收拾好下楼，和赵锡娟在楼下谈了很久。夏小沐一直待在楼上，不想下去参与她们的谈话。估摸着时间差不多，她下楼去，发现赵锡娟一个人坐在沙发上，脸上有些不高兴。见到夏小沐，平静地说："你去上班吧，不用特意在家陪我。"

夏小沐知道她是被舒乐乐气到了，走过去说："我今天晚点再去电视台，在家好好陪陪你。"

婆媳俩回了廖宅。

下午五点，廖鸿翔和廖鸿飞一齐接廖一回来，跟着来的还有舒薇薇。

夏小沐看到廖鸿飞和舒薇薇，心里有些别扭，走过去问："大哥，你不是在外地出差吗？怎么这么快就回来了？"

赵锡娟坐在沙发上："我打电话叫他赶回来的。"

何清秀接口道："可不是吗？——都哭着喊着找爸爸妈妈了，能不叫他回来嘛。来来来，都别站着了，过来坐。薇薇，快过来坐。"

赵锡娟没见舒乐乐，问大儿子："小飞，你媳妇呢？不会是因为早上我说了她几句，就怨恨起我来，连家也不回了吧？"

"妈，瞧您说的，大嫂没那么小心眼儿。她可大度着呢，大度到……"廖鸿翔看了廖鸿飞和舒薇薇一眼，再加上夏小沐在旁边拉了他一下，才没往下说。

赵锡娟抱着廖一，看他们都杵在原地，问："你们怎么都一脸不高兴的样子？小飞、小翔，你们哥俩从小到大都没红过脸，最近怎么有点水火不容了，又打起来了？"

夏小沐仔细一看，可不是嘛。廖鸿飞整个人心事重重的样子，廖鸿翔一脸想发脾气又隐忍的表情，而舒薇薇则淡淡地笑着，也不似以前来家里那般开朗活泼了。于是，赶紧拉着廖鸿翔坐到沙发上。

"我把——的书包先拿上楼去。"廖鸿飞说完拎着书包上楼去了。

舒薇薇看样子是想跟着上楼的，无奈被何清秀招呼着坐到她身边，和她聊起来。

廖鸿翔也站起来："我也上楼去打个电话。"

赵锡娟和何清秀没看出什么异样，自然没有丝毫怀疑。

夏小沐跟着站起来，跟上廖鸿翔，轻声说："有什么话都要好好说，你可千万别动怒，爷爷奶奶都在这儿呢。"

廖鸿翔点点头，上了楼。

夏小沐转身招呼廖一："——，今天你们班里都发生了哪些好玩的事情呀？"

廖一放下手中的玩具，奶声奶气地说："今天我们班里有一个小朋友退学了。"

"来，到曾祖母这儿来。"何清秀对廖一伸出手，把他抱到怀里，"跟曾祖母说说，那个小朋友为什么退学？"

"因为他的爸爸和妈妈离婚了……所以，他要跟他妈妈回姥姥家去。"廖一瞪着水汪汪的大眼睛问，"曾祖母，为什么他爸爸妈妈要离婚呀？"

夏小沐条件反射般地看了一眼舒薇薇，发现她脸上的表情很复杂。

"因为……"

还没等何清秀说完，楼上有什么东西碰撞的声音传来。

赵锡娟站起来："又怎么啦？不会又是打起来了吧？"

夏小沐赶紧站起来："我去，我去，我去看看，你们接着跟一一玩儿。"

夏小沐匆匆忙忙爬到三楼，果然看到廖鸿飞一边从地上站起来，一边还擦着唇角的血渍。他刚站起来，站在旁边的廖鸿翔就两大步跨过去，拎起廖鸿飞的衣领，怒吼道："廖鸿飞，你这是在玩火自焚，你知道吗？"

"不是叫你别动怒吗？松开……松开……快松开……"夏小沐赶紧冲上去，费了好大劲才让廖鸿翔松开手。

"小沐，怎么样？没打起来吧？"赵锡娟在楼下问。

夏小沐扯着嗓子说："有东西从橱柜顶上掉下来了。没事，他们好着呢。"然后又对廖鸿翔哥俩态度强硬地说，"别再动手了！谁再动手我跟谁急！"

廖鸿飞坐到沙发上，有些低落："小翔，你怎么就不能理解我？"

廖鸿翔更生气了："理解？这世上的事情不是理解就行的，我可以理解你，但是爸妈和爷爷奶奶那儿呢？你觉得他们能理解吗？"

"小点声。"夏小沐拉了拉廖鸿翔，"爷爷奶奶和妈可都在楼下。"

楼下。

赵锡娟问舒薇薇："你姐姐呢？怎么没跟你们一起过来，倒是你和你姐夫一块儿来了。早上我也就说了她几句，还没说完，你姐姐就说有急事着急走了。她有没有跟你说她去哪儿了？"

舒薇薇脸上的笑有点快要挂不住了："……我姐姐今天没跟我联系，我是去接一一的时候碰上姐夫的……刚好我今天晚上也没什么事，就跟着一块儿过来蹭饭吃了。"

赵锡娟笑着说："这孩子，还说什么蹭不蹭的，这儿你随时都可以来。以后别说这话了，咱们都是亲戚，就应该多走动走动。"

"姐夫应该知道姐姐去哪儿，要不，我上去问问姐夫？"舒薇薇站起来，就要往楼上去。

赵锡娟点头："好，你去问问，然后再让你姐夫打个电话催催。"

舒薇薇一上楼来，就感觉到气氛有点不对劲："鸿飞，你唇角怎么流血了？"

廖鸿翔看着她，一脸严肃地说："舒薇薇，'鸿飞'不是你应该叫的。你应该叫他姐夫。"完了又强调，"叫姐夫，明白吗？"

夏小沐也说："是啊，薇薇，要是长辈们听到你这么叫大哥，该说你不懂事了。"

"你们俩这一唱一和的，还真是模范夫妻。"舒薇薇笑，"你们也别想教训我了，我知道你们早就知道我和鸿飞之间的事，为了他，我可以不顾一切。"

"不顾一切？你理解什么叫不顾一切吗？你知道不顾一切的后果是什么？"廖鸿翔冷冷地说。

舒薇薇很坦然，说："不管后果是什么，我都会承担。从我十六岁那年第一次见到他，我就爱上他了，等了他这么多年，我不在乎还要等多久。反正，能和他在一起是我这辈子最大的梦想。实现梦想，是需要时间和努力的。我不在乎。"

廖鸿翔皱着眉听她继续说。

"早几年我看到我姐姐和他很幸福，我心里很痛，但是很开心，我一边流泪，一边在心里祝福他们，希望他们永远幸福美满。说实话，本来我是打算将这份深情埋藏在心底一辈子的。可是，慢慢地，我知道他们并不幸福，尤其是近两年来，我看着鸿飞又是当爹又是当妈地照顾——，还要忙着工作，再苦再累他都一个人扛着，从不抱怨也从不吭声，我心里很疼。所以，我决定勇敢地面对自己内心的情感，即使这份爱可能得不到家人的理解和支持，会遭到朋友的阻拦，也会受到世人的唾骂，我也不能放开他，不能不爱他。"舒薇薇说得云淡风轻，但是内心真实情感的流露显而易见，脸上是倔强到底的表情。

夏小沐都有些被她情真意切的言语给打动了，沉默着不知道该说些什么。

"廖鸿飞，你呢？"廖鸿翔毫不客气地直呼哥哥的名字，"也要跟她在一起而抛家弃子吗？"

夏小沐用手肘顶了一下廖鸿翔，却似碰触到了他那根最为敏感的神经，惹得他暴跳起来："舒薇薇，你知不知道你现在的身份是破坏别人家庭的小三？而且破坏的还是你姐姐的家庭，你心里就没有罪恶感吗？"

舒薇薇看着廖鸿翔："鸿翔，你为什么这么激动？不要装作很正义很专情的样子，别忘了，你没资格在这里对我说三道四。"

廖鸿翔突然冷笑起来，对廖鸿飞说："对啊，大哥，她和我也传过绯闻呢，你就不介意吗？"

"我知道。"廖鸿飞说着，意味深长地看向夏小沐。

赵锡娟赶紧上楼来："你们一个个的都上楼来干什么？喊人吃饭也不答应，——为了来叫你们下去吃饭还摔了一跤。"又对廖鸿飞说，"赶紧打个电话给你媳妇，一会儿你爸都该回来了。"

廖鸿飞接过廖一："她关机了，可能有事情吧，咱们自己吃，不用管她。"

赵锡娟转过身，吩咐道："再打打。"

在母亲的要求下，廖鸿飞又拨了一次。这一次电话倒是通了，但是一直没人接听。廖一知道他妈妈的电话打不通，开始哭着喊着要妈妈。

等一群人终于把小祖宗哄乖了，菜也上齐了，就等着廖雄和舒乐乐回家开饭。舒乐乐却一阵风似的走了进来，脚步飞快，脸色死灰。廖一朝着她飞奔过去，抱着她的大腿，仰着头问："妈妈，你为什么不来接我放学？"

舒乐乐想掰开他的小手，可是廖一抱得紧紧地不肯撒手，似乎是怕母亲再次消失在眼前："妈妈，你今晚会陪我写作业，会给我讲故事，哄我睡觉吗？"

"乖，撒手。"舒乐乐脸上的表情终于在儿子柔软的黏糊声里软化了一些，弯下身，将廖一抱了起来，"想妈妈啦？"

"嗯。"廖一点点头，"这些天你和爸爸都去哪儿了，你们怎么都不理我呀，——好害怕你和爸爸都不要我了。"

舒乐乐在他的小脸蛋上亲了一下："妈妈不是回来了嘛。"说完，把廖一放到地上，径直走到沙发前，问廖鸿飞，"你这些天上哪儿去了？"

"我能上哪儿去？出差。"廖鸿飞说得轻描淡写。

舒乐乐接着问："出差？去哪里出差？和谁？"

廖鸿飞淡淡地说："这些年我干什么你不是都不关心也不过问的吗？今天突然问这些干什么？"

"廖鸿飞，请你正面回答我。"舒乐乐的脸上是坚持又坚决的模样。

舒薇薇站起来拉她："姐，你这是干什么呢……"

"你给我闭嘴！"舒乐乐突然提高分贝对着舒薇薇吼起来，"我跟我老公说话，你没资格来插嘴，我对你已经够忍耐了，别不知好歹！"

"你这是干什么？"廖鸿飞站起来，拉着她坐下。

"你让我变成一个傻瓜白痴！"舒乐乐一把将手里的包朝着廖鸿飞劈头盖脸地砸过去，廖鸿飞躲闪不及，捂着眼睛叫起来。

赵锡娟出声制止："乐乐，你闹够了没有？你爷爷奶奶还在这儿呢，当着长辈的面，像什么样子！"

赵锡娟又问廖鸿翔："你不是说你大嫂和你哥一起去外地出差了？怎么回事？"

廖鸿翔淡定地说："那可能是我记错了。"

舒乐乐矢口否认："妈，我没跟他出差。跟他去的肯定是没羞没臊的狐狸精。"

廖志远插道："乐乐，好好说话，别夹枪带棒的。"

"我……"

"谁夹枪带棒了？"廖雄从外面走了进来，一副风尘仆仆的样子，"看来你们都在等我吃饭。"

"可不是，就差你了。"赵锡娟马上站起来，走过去接过他手里的公事包，"出差顺利吗？事情办得怎么样了？"

"很顺利,所以才提前回来了。"廖雄抱起朝着他跑过来的廖一,"——想爷爷了没有啊?"

廖一重重地点头说:"想。——可想……可想爷爷了。"

赵锡娟催促道:"赶快去洗手准备吃饭,一会儿小沐还得上节目呢。"

憋着一肚子委屈的舒乐乐在公公面前不敢放肆,抱着廖一和大伙一起坐到饭桌前,却选择了离廖鸿飞最远的一个位子。舒薇薇却自觉地坐到廖鸿飞旁边,一点也不避嫌。

夏小沐把这一切看在眼里,有些着急,却又不能道破。她旁边的廖鸿翔也格外沉默,一语不发地拿起筷子端起碗,给她夹了几筷子菜,淡淡地说:"赶紧吃吧,吃完了我送你去电视台。"

因为廖鸿翔和廖鸿飞的沉默,饭桌上的气氛有些怪怪的。夏小沐突然问:"爸,咱家没酒了吗?"

廖鸿翔转头问:"你要喝酒?"

然后对保姆说:"去,把那瓶上好的佳酿拿来。"

"我去,我去。"夏小沐跳起来跟着保姆去拿酒,然后又忙着给大家倒酒,很欢快地说,"吃团圆饭怎么能不喝酒。除了——,每个人都得喝一点才行。"

夏小沐把舒乐乐的酒杯倒好,正要递给她,舒乐乐的手机响起,于是将酒杯放到舒乐乐跟前,又四下看了一圈,说:"这下都满上了。"

舒乐乐拿起手机翻开短信箱。

夏小沐刚走回座位,正要提议大家一起喝一杯,却看见一个不明物体"嗖"一下从眼前飞过,"啪"一声落到不远处的地上。紧接着,就听到廖鸿飞捂着额头惊呼了一声:"舒乐乐,你是不是疯了?"

舒乐乐拍着桌子站起来大骂:"廖鸿飞,你浑蛋!你无耻!"

"姐,你这是干什么?"舒薇薇第一个站起来,冲着舒乐乐吼道,"你干吗老是欺负他!"

舒乐乐一下子冲过去,狠狠地指着她的鼻子说:"别叫我姐!你不配!舒薇薇,从此咱们不再是姐妹。如果不是念在你叫了我这么多年姐姐的分儿上，我早让你身败名裂了！"

廖鸿飞一下子站起来，将舒薇薇护在身后，然后一把拉起舒乐乐："有什么话出去说！"

"都给我坐下！"廖雄"啪"一声放下筷子，威严的声音令人不寒而栗，"你们眼里还有没有长辈！"

廖一似乎还没明白过来是什么状况，却被爷爷的震怒声给吓到了，再一次哇哇哇大哭起来。夏小沐赶紧抱着他往庭院里走去。让孩子亲眼目睹父母对峙的场面，真是太残酷了。夏小沐哄着廖一，心里又担心屋里的情形，突然想起廖一喜欢骑着脚踏车满院子绕行，赶紧叫保姆拿出他的脚踏车，还好，廖一一看见脚踏车，注意力就被分散了。

吩咐保姆看好廖一，夏小沐赶紧返回去，刚到门口，就见舒乐乐一阵风似的冲了出来。夏小沐拉住她："大嫂，你这是要去哪儿？"

舒乐乐推开她，抹了把眼泪，跑了出去。

夏小沐走进去，发现所有人已经从饭厅里移到客厅的沙发上，桌子上摆着一大堆照片，夏小沐一眼瞟过去，看到的几张都是廖鸿飞和舒薇薇的亲密生活照。眼神眉梢透露出的幸福感，和随性的亲昵姿势，一看，就知道是被偷拍的。

廖雄一脸郑重其事的表情："小飞，你跟我进书房来。"

夏小沐看见刚才的"不明飞行物"也在桌子上，本来是想拿起来看一眼摔坏了没有。结果她一触摸到触屏，就看见一张廖鸿飞和舒薇薇手拉着手在海边散步的照片。忍不住划动屏幕，又有一张在餐厅用餐时舒薇薇喂廖鸿飞吃菜的，再滑动，又一张手拉手在街头的照片……一共有十几张，都是廖鸿飞和舒薇薇似情侣般的亲密照。

"谁发的这个？"夏小沐一抬头，发现所有人都看着她，显然他们都已经看过了。

夏小沐低头再看，发现照片是一个陌生的手机号码发过来的。

这么说来，舒乐乐是早就察觉自己的丈夫和妹妹有一腿了，却一直忍着，就是为了搜集这些证据？按照正常人的逻辑思维，不是应该趁早阻止他们在一起吗？

还有，她为什么问自己愿不愿意离婚？既然知道廖鸿飞和舒薇薇有情况，为什么还说要撮合舒薇薇和廖鸿翔？

夏小沐有些晕了。

"薇薇，我们一直当你是自家孩子对待，可是你和小飞，你和小飞怎么能做出这种事来？乐乐是你姐姐，小飞是你姐夫啊，薇薇！"赵锡娟似乎老半天才从这一幕中震惊过来，激动和抗拒并存，"廖家和舒家在南城是数一数二的大家族，你们这样，让我们两家的脸面往哪儿搁？你说说，我们这几张老脸要往哪儿搁？"

舒薇薇乖巧地坐在沙发上，一副柔柔弱弱的模样："伯母，这些我都知道，可是感情这个东西，它不是理智就能控制得了的。"

"不能控制也得控制！"赵锡娟火气上来了，"做人要有底线，也要有羞耻心，你的行为不仅破坏了你姐姐的家庭，也非常不道德。这事传出去，你还在娱乐圈待得下去吗？"

"伯母，要是我姐姐和姐夫能幸福，我可以祝福他们，也可以放弃这段感情。但是问题是他们过得并不幸福，在一起只会互相折磨，人生就那么几十年，为什么就不能让他们彼此解脱，各自去寻找属于他们自己的幸福呢？"舒薇薇越说越激动，"我和鸿飞是真心相爱的，希望你们能祝福我们。真的，伯母，我一定会好好对他，一定会好好对——，我一定做个好妻子，好妈妈，好儿媳的，你要相信我，伯母！"

赵锡娟一下子接受不了从舒薇薇口中听到这个事实，挺直腰板吼道："够了！"

廖致远一直在聆听她们的谈话，半天才开口："薇薇，你是个好姑娘，但是你太年轻了，不管做什么事情，都不能伤害亲人。"

何清秀也坐到舒薇薇旁边："薇薇啊，总有些东西，是不能逾越，不能碰触的。你一直很懂事，可是这回，奶奶不支持你，也不能支持你。"

舒薇薇眼眶开始泛红："可是奶奶，我真的爱姐夫，我不能没有他，他也离不开我。"

何清秀拍了拍她："薇薇，人这一生除了爱情，还有许多东西值得我们去追求和拥有，奶奶希望你，不要意气用事，也不要一条道走到黑。"

书房里，隐隐约约传来廖雄和廖鸿飞不断争执的声音。坐在沙发上的几个人，表情清一色都显得凝重，听着断断续续从书房里传来廖雄父子的争吵，都有些担忧，连空气都有了重量般，时间过得很缓慢。

廖鸿翔不久之前上了楼，再没下来，夏小沐很想跑上楼看看他在干什么，可是这时舒薇薇开始抽噎，压抑而顿挫的呜咽声，令夏小沐心里也压抑起来。

不多时，门口响起一阵紧急的脚步声，楼梯口也出现了廖鸿翔的身影。门口的脚步声来自舒乐乐，她不知道出于什么心理，跑出去之后又返回来，也不理廖一在院子里看到她之后的呼喊声，噔噔噔往大厅中央走来。在众人皆不知道该如何开口安慰她，或者招呼她坐下的时候，她已经来到舒薇薇跟前，用有些沙哑的声音叫了一声："薇薇！"

声音极其微弱，却饱含着复杂微妙的情感，听得出来声音有刻意地压制。

舒薇薇一直陷入在自己的思绪里，显然被舒乐乐异样的叫声惊到了一下，抬起头，一下子站了起来，有些迷茫和无措地叫了一声："姐？"

"啪！"舒乐乐抬起左手，顺溜地甩了舒薇薇的左脸一巴掌。

"啪！"在大家还震惊于刚才这一巴掌之时，舒乐乐又伸出右手，甩了妹妹的右脸一巴掌。

"姐……"舒薇薇抚着脸颊，眼里全是惊讶，她似乎不相信姐姐会下这么重的手，但是，她并没有打回去。

夏小沐赶紧扶住舒乐乐："大嫂！"

舒乐乐推开夏小沐，脸色铁青，面无表情地说："舒薇薇，这两巴掌算是轻的了，如果换作是别人，我可能会直接往脸上泼硫酸。本来我不想打你的，但是不行，我心里疼得紧，我无法给自己一个交代。"

"舒薇薇，我从小到大一直对你那么好，那么好，好到连一句重话都没舍得说过你，到头来，你却在背后狠狠地捅了我一刀。"她说得有些缓慢，浑身气得有些发抖，有些咬牙切齿，"我怎么也想不通，破坏我家庭的第三者，居然是我妹妹。舒薇薇，你知道这些日子我是怎么过来的吗？当你和廖鸿飞假借出差之名一起去度假鬼混的时候，我的心每一分每一秒都像被一把钝刀切割一样，来来回回地钝痛。那种痛你不会明白，但是我时时刻刻都在体会。被丈夫和妹妹同时背叛的滋味，不是两巴掌就能解恨的。"

廖鸿飞一下子从书房里冲出来，也不顾父亲的震怒，一下子冲到舒乐乐跟前："你有什么气，全都冲着我来。"

"心疼她啦？"舒乐乐眼里有悲伤在流动，"廖鸿飞，你心疼她脸上的痛，可是谁来心疼我心里的痛？"

廖鸿飞拿开舒薇薇的手，发现两边脸颊都已经高高肿起，上面还有明显的指印，立刻冲进厨房，从冰柜里拿出一些冰，用毛巾包好敷到舒薇薇的脸上。

舒乐乐看到廖鸿飞的紧张劲，气得一把扯过毛巾，将冰块尽数撒到地上："我让你敷！我让你敷！"

廖致远指着从书房跟出来的廖雄，气呼呼地说："你的儿子你自己管！"

何清秀也叹了口气："老头子，是不是我们活得太久了，所以才看到这些不该看到的事情发生？"

"薇薇，以后不要再和小飞单独见面，你得搞清楚你和小飞只能是姐夫和小姨子的关系，其他的，连想都别想。你现在就回家去，立刻！"廖雄的声音不大，声音里的力量却不容辩驳。

廖鸿飞立刻说："走吧，薇薇，我送你回去。"

"你给我站住！"廖雄不怒而威，"小翔，你送薇薇回去。"

廖鸿翔问舒薇薇："我得先送小沐去电视台，你不介意我先送完她再送你回家吧？"

舒薇薇点点头，看了廖鸿飞一眼，咬了咬唇角，说："你……要好好的。"

廖鸿飞点点头，顾虑到旁边还有家人在，没再说什么。

廖雄用极具震慑力的声音强调："我刚才的话并不是随便说说而已，你们两个，如果还敢私自见面，就别怪我不客气。到时候，我有的是办法，让你们心甘情愿地分开，只是到时候，别怪我现在没提醒过你们！"

一路上，舒薇薇都没有再说一句话。她身上一直笼罩着的那层明星光环不复存在，整个人安静得像一只受伤的鸟儿，失去了所有的光鲜度和活力。此刻的她，只是一个深爱着一个不应该爱的男人的女人，为了那个男人，甚至不惜背叛亲人，与世界为敌。

廖家人的态度已经摆出来了，很明显，这段恋情不可能被祝福和认可。夏小沐很想要劝舒薇薇放弃，劝她停止爱的脚步，劝她别再坚持。可是，看到她整个人像丢了魂一般，空落落的，还是不忍心说出来。只是说了些话安慰她，可是说着说着，她都不知道该怎么把话说下去，因为那些话连她自己都觉得毫无分量，不疼不痒。

原来，错爱一个人，也是一种罪。

Part 17　发现怀孕

廖鸿翔和夏小沐带舒薇薇走后，舒乐乐带着廖一开车走了，却一直没有回家，不知道去了哪里。

这一夜，廖家一家子四处分头找寻他们母子，忙活了一夜。

直到第二天下午，夏小沐接到慕容朝阳的电话，说无意间在城外的南山看到舒乐乐和廖一，正带他们母子回城。

听到舒乐乐母子的消息，一家人悬着的心终于放了下来。大概两个小时之后，廖一从慕容朝阳的车上跳下来，往廖鸿飞怀里扑，哇哇哇直哭，一边还回头看车子里的舒乐乐，有些被吓坏了。

廖雄是知道慕容朝阳的，走过来直接问："朝阳，怎么回事？"

"是啊，怎么回事？电话里也没来得及问你。"夏小沐也疑惑不解。

"今天中午我上南山的时候，在山顶碰到的乐乐姐和廖一……我发现

272

乐乐姐的情绪不对劲，怎么问她都不说话，廖一只知道要找爸爸和爷爷奶奶，也问不出话来。我就先把他们接下山来，可是到了山脚下，乐乐姐突然情绪很激动，不准我打电话，怎么都不肯上车，我怕她做什么出格的事，就陪着他们，直到乐乐姐在车里睡着了，我才敢打电话给小沐。然后趁着乐乐姐未醒，才开着车回城。"慕容朝阳指指车里，"乐乐姐到现在都还没醒。"

夏小沐一看，发现舒乐乐满脸通红，呼吸有些急促，叫了半天也没个反应，赶紧说："先把大嫂送医院吧，我觉得有点不对劲。"

到了医院，医生说是被冻到了，所以才发高烧昏迷不醒。问廖一，他才说昨晚他在车里睡了一夜，而舒乐乐则在南山的山顶坐了整整一夜和一上午，直到慕容朝阳看到他们，才被带下山。

还好，舒乐乐记得给廖一盖上车里预备的毯子，所以，廖一除了受到惊吓，情绪低落之外，身体并无大碍。

夏小沐突然想起问："朝阳，你怎么想起去南山？"

慕容朝阳思索了大概几秒钟，才压低声音说："我是去执行任务。不过这事，你别跟其他任何人说，我们正在侦查一宗特大案子，说出去就算是泄密了。"

夏小沐见他说得郑重其事，意识到事情的严重性和保密性，点了点头："你现在的任务，不危险吧？"

慕容朝阳这下子倒是笑了起来："放心，我是经过特训的，这点任务对我来说是小菜一碟，不危险。倒是你，要好好照顾自己，差不多，也该生个孩子了。"

"你怎么也说这话？"夏小沐撇了撇嘴。

"我说的是事实，你们俩之间确实需要一个孩子来维系，才能使家庭更完整。你看廖一多受宠，所有人都围着他转。你要是也生一个，估计会更得宠。"

夏小沐看了看被一家子人围着的廖一，点点头说："好吧，这个建议我会认真考虑的。"

半夜，正在睡梦中的夏小沐被廖鸿翔摇醒。

原来，舒乐乐的爷爷晚上气冲冲地来到廖家质问廖致远，说他的孙子廖鸿飞把他两个宝贝孙女的人生同时给毁了，要求给个说法。两个老爷子从前是战场上的好战友，一直情同手足，这么几十年来，两家的关系一直很好，为了能让两家的关系更加稳固亲近，两位老人暗地里撮合廖鸿飞和舒乐乐，让他们结婚生子组建了家庭。没想到，现在却闹到要离婚的地步，还让舒薇薇和舒乐乐姐妹反目。两位老爷子从没红过脸，这次却因为孙子孙女的事情，闹得很不愉快，舒老爷子当下就扬长而去。

廖致远当时没什么异常的反应，但是凌晨就开始不行了，被紧急送往医院。

手术室外，夏小沐走过去，搂着何清秀安慰道："奶奶，没事的，别担心，爷爷几十年如一日地每天坚持锻炼，身体棒着呢，一定会没事的。"

何清秀脸上虽然很平静，可是心里的担忧谁都看得出来。她对着夏小沐点点头，缓缓才说："老头子答应过我，今年也要陪我回乌青过年。他还说，你和小翔今年会给我们生个重孙子或者重孙女，咱们一家四世同堂聚在一起和和美美地过个年。他现在进了手术室，你大哥和大嫂要闹离婚，还有你和小翔，今年都快过去半年了，也没见你有怀孕的动静。这一年，怕是难得熬过去了。"

何清秀一字一句说得极其缓慢，似乎陷入了回忆里。从她颤巍巍的唇角蹦回来的话语，像是一根又一根细细密密的针尖，刺在夏小沐的心上。她想起过年的时候和爷爷奶奶在乌青度过的那些日子，想起廖鸿飞和舒乐乐的婚姻，又想起自己生孩子的压力，心里郁结的情感一起喷发，眼眶突然就湿润了。可她还是极力控制着不让眼泪滚落出来，屏住唇角，拉着何清秀有些干瘪和骨节分明的手，轻轻地说："会好起来的，奶奶。"

廖鸿翔打了几个电话，托人找国内最好的治疗脑血栓的大夫。不多时，一位头发有些花白的儒雅老者匆匆赶来，因为时间紧迫，他只是简单地和廖雄打了招呼，拍了拍廖鸿翔，一边问本次手术的主刀医生的情况，一边套上白大褂，然后进了手术室。

廖鸿翔安慰家人说："放心，爷爷一定会没事的，刚刚进去的朱大夫是南城也是全国数一数二的治疗脑血栓的专家，由他亲自主刀，爷爷一定会化险为夷。来，都趁热吃点消夜。"

可是谁都没有胃口吃东西，一家人就守在手术室外。时间一分一秒过去，偶尔有医生出入手术室，每一次手术室的门被打开，一家人都揪紧了心凑上前问手术情况。

廖雄站在手术室门前的走廊一角，闷头抽着烟，时不时盯一眼手术室。廖鸿飞坐在靠墙的椅子上，低着头，一副凝神沉思的样子，手术室门一开，就条件反射般站起来，如此反复了几次，始终垂着头没出声。赵锡娟陪着廖雄，时不时和他说几句话。夏小沐和廖鸿翔一左一右坐在何清秀身边，一唱一和地安慰。

夏小沐心里虽然也着急和不安，但是看到一家人都在身旁，心里暖暖的。这就是她一直都渴望的一家人同心协力共同面对一件事的感觉，这种感觉她几乎快要忘记了。自从爸爸妈妈过世之后，这么些年，她和小涛相依为命，她忙于工作，小涛忙于学业，姐弟俩聚少离多。

夏小沐突然觉得，一个女人不管工作上有多大的成就，能赚再多的钱，再坚强独立，遇到事情的时候依然会惊慌失措，依然会害怕，这种时候，就需要一个男人陪在身边。而她身边的廖鸿翔，可以给她足够的安全感，可以让她看到他就安静下来。她觉得自己是幸运的。

凌晨的医院，病人呼叫护士和值班医生的铃声不间断响起，偶尔有救护车驶进的声音，然后会听到一阵忙乱的脚步声，再渐渐地趋于平静。

经过四个多小时的煎熬，手术室的门终于完全打开。朱大夫边摘口罩边笑着跟廖雄说："廖省长，手术很成功，放心吧！"

廖雄的脸上终于出现了一丝笑容，握住朱大夫的手说："朱大夫辛苦了，非常感谢。老爷子这次转危为安多亏了你，改天一定好好答谢。"

廖致远被送到病房，一直处于昏迷状态。

在夏小沐和廖鸿翔的坚持下，其他人都回家休息，他们俩留下来照顾爷爷。

两人依偎着，守在病床前。病床上满头银发的爷爷，安静而祥和，额头的皱纹饱含岁月洗礼的痕迹。

　　夏小沐想到何清秀在手术室外说的话，不由得有些难过，说："廖先生，等爷爷醒来，咱们就满足爷爷的一个愿望吧？"

　　廖鸿翔点点头："别说一个，多少个都行，只要他能醒过来，怎么着都行。还有，以后每个周末，我们都抽时间回家陪陪家人，好不好？我今晚才突然感觉，不知不觉之间，他们都成为老人了，以前我光顾着事业，忽略了他们，不够关心家人，以后不能再这样了。"

　　夏小沐看着廖鸿翔，心里暖暖的："你说这些话，也正是我想要说的。任何时候，家人都应该比工作和赚钱更重要，如果没有家人一起分享，工作再出色，钱赚得再多，都没有意义。"

　　廖鸿翔揉了揉她的脸颊，亲昵地说："嗯，我们俩想一处去了，真好。"看看腕上的表，"你先去陪护床上睡一会儿，我在这儿看着。"

　　夏小沐摇摇头，说："还是你去睡吧，我中午可以回去补睡，可你公司还有一大堆事情等着你，没时间补觉的。"

　　"我没关系，你去睡吧。"廖鸿翔拉着她站起来，"公司的事情，我已经安排好了，我这两天哪儿也不去，就在医院陪着爷爷。可是你不一样，你晚上照样得上节目，如果睡眠不足，会有黑眼圈，上镜头就不漂亮了。"

　　夏小沐想了一下，说："那我就再陪你和爷爷一会儿吧。现在反倒不怎么困了。"

　　廖鸿翔坐回到柔软的沙发里，说："来，让我抱一会儿。抱着你，我就不困了。"

　　这一觉，夏小沐睡到了上午十点钟。醒来的时候，看到一家子人包括舒乐乐都在，她有些尴尬和懊恼，赶紧起来叠好被子，整理好床，走到廖鸿翔身边，在他耳边嘟哝着埋怨他："你怎么不叫醒我，害我睡到现在？"

　　"睡得好吗？"廖鸿翔反倒笑起来，眸眼明媚地看着她。

　　她抬眼看了一圈，发现大家的注意力并没有放在她身上，才稍稍松了一口气。

舒乐乐站在离廖鸿飞最远的位置，脸和身体都侧对着廖鸿飞。看来他们的关系因为廖致远住院有了一些缓解，但是还未解决，根本性的问题依然横亘在三人和两个大家庭之间。

　　开车回家的路上，和廖鸿翔说着话，夏小沐又迷迷糊糊睡了过去。廖鸿翔抱着她上楼，沾到床之后，她在被窝里找了个舒服的姿势，又睡了过去。

　　廖鸿翔看着她熟睡的样子，才发觉她最近好像特别容易犯困，比以前能睡多了。也许是最近工作累，又加上接连三天晚上没睡好，估计是睡眠不足，累着了。又或者，是天气渐渐热了，容易犯困。他觉得应该带她去医院检查一下，希望不是她的身体出了什么问题。

　　夏小沐的这一觉，又睡到了下午四点钟。醒来的时候，廖鸿翔已经不在身边。下楼来，吴妈给她端来一碗骨头汤，说是廖先生吩咐为她准备的。

　　她感觉她和廖鸿翔这样互相融入彼此的生活，才像正常的夫妻。想起这五年来两人形同陌路的冰冻关系，她都不知道自己是怎么熬过来的。可是，人都是贪心的，她希望上天还能更眷顾她一些。

　　晚上，廖鸿翔来电视台接她下班。两人去南城著名的粥铺喝粥，顺道带些过去医院给家人尝尝。

　　连日来，廖致远的病情在一点一点地好转。夏小沐每天除了去电视台上节目，都会去医院，陪廖致远聊聊天，给他送饭，他想吃什么就买什么给他吃。廖雄公务繁忙，每天有开不完的会议，没时间来医院，常常是上午打一个电话，下午打一个电话问老爷子的情况。有两天凌晨开完会，直接赶到医院，见老爷子睡着了，就在床前待一阵，可是接了个电话，又匆匆离去。

　　夏小沐老是容易犯困，有时候轻轻靠在廖鸿翔肩上就睡着了，有时候在沙发里坐着就能睡过去。赵锡娟也发现她最近特爱犯困，意味深长地催促她去医院妇科检查一下。夏小沐嘴上答应着，可是忙着单位和医院两头跑，一直没去。

　　这天夜里廖致远醒过来之后，夏小沐拉着廖鸿翔到廖致远面前，像做出重大决定的样子，蹲在病床前说："爷爷，你是不是一直希望我们给你生个重孙？"

廖致远露出开心的笑容："快点生。男孩……女孩……都好。"

"好，我答应爷爷，早点给你生个重孙。"夏小沐握着廖致远的手，"可是爷爷，你也要答应孙媳妇赶快好起来，以后你还得给孩子起名字，还得看着你的重孙子或者重孙女一点一点从一个小不点长大成人呢。"

"女儿好，咱们家已经有了一个孙子，要是再来一个孙女，那就刚好凑成一个'好'字了，多好！是吧？"赵锡娟笑着问廖雄。

廖雄点头，"男孩女孩，都好。"

廖鸿飞跟着说："小翔，生孩子这事你可是落后我好多年了，得加把劲了。"

夏小沐看见赵锡娟红光满面，笑得眉眼都弯了，突然想起第一次在翠园见到她的情形，说："妈，孩子以后就让你带，长大了性格肯定跟你一样很活泼。"

赵锡娟惊愕："你叫我什么？"

夏小沐这才突然意识到自己无意之中把之前无数次没能发出来的"妈"给顺顺溜溜地喊了出来，也愣住了，张嘴又试着叫了一声妈。

赵锡娟居然有些激动："这孩子，以前让你叫我一声妈，比登天还难，我还因为这事数落过你，现在倒是叫得挺顺口了。"

夏小沐的脸上略带些愧疚："妈，我以后都叫你妈。我妈走好几年了，我一直也无法喊别人妈，现在我把你当作我亲妈了，以后要是我做错了什么，你就像对女儿一样给我指出来，我一定改正，争取做个好儿媳。"

阳光不错的下午，廖鸿翔心血来潮拉着她去逛街。夏小沐逛了一小会儿，就感觉累极了，一看到可以坐的地方，就想坐下去，可是廖鸿翔不让："结婚这么些年，我还从来没有陪你逛过街。这段时间你照顾爷爷很辛苦，我想好好感谢你。知道你不缺衣服，但是我还是想亲自给你买一些。"

去电视台的时候，肖雯雯笑嘻嘻地说："亲，你的幸福秘诀是什么，快告诉我！"

"幸福秘诀？"夏小沐想了想，说，"幸福就是家人都在身边，并且当他们需要你的时候，你为他们做你力所能及的事情。"

对于现在的她来说，真的很幸福，丈夫和家人都待她很好，她也已在心底将他们都当作了最亲的家人。而她的弟弟也在这座城市，想见的时候随时可以去见。对于一直都渴望家庭温暖的她，这样的感觉，就是幸福。

肖雯雯恢复正经："你知不知道，这段日子以来，你整个人的状态跟以前完全不一样了。"

夏小沐正在看晚上上节目的稿子，随口问："以前的我是什么样？"

"以前的你，工作就是你生活的全部。做事非常强势，也极其认真，果断而雷厉风行，对所有人都很好很和善，但是随时跟人保持一定的距离，不让别人靠近，也从不靠近任何一个人。脸上随时贴着一块标签：本人冷血，请勿靠近！"肖雯雯停顿了一下，说，"当然了，我除外。因为是我自己硬贴上去的。"

夏小沐瞪大眼睛："我哪有那么强势？还有，我有那么冷冰冰吗？"

肖雯雯贼兮兮地说："亲爱的，最近你的婚姻生活很美满吧？看你整天都挂一张笑脸，那甜蜜样看得我心里直痒痒，忍不住想打击你。"

夏小沐摸摸自己的脸，做出一脸苦瓜样："真有这么明显吗？"

肖雯雯赶紧点点头："绝对有！"

播《今日南城》新闻的时候，夏小沐感觉特别困，伴随着疲惫。可是面对镜头，她还是得打起精神。走下主播台之后，整个人软软地，连眼睛都快睁不开的感觉。等到《目击》开播前十分钟，没见她像往常那样进演播厅，所有同事才急着到处找她。

原来，下完新闻直播节目，她坐在茶水间休息，就势趴到桌子上休息一下，一不小心就睡着了。同事找到她的时候，她眯瞪了一小会儿，精神总算恢复了一些，忍着疲惫和困意，强打起精神上节目。节目结束，刚刚切换到广告，整个人一放松下来，她就支撑不住在主播台上晕倒了。同事们吓坏了，七手八脚把她扶到休息室，等着救护车到来。

夏小沐醒过来的时候，肖雯雯正用她的电话找号码，她赶紧阻止道：

"别给他打电话。他爷爷现在还在医院，一家人已经够操心的了，我不想让他担心。"

肖雯雯坚持："我觉得还是有必要让他知道。"

夏小沐摇摇头："别打了，我真的没事，可能是今天逛街太累了，休息一会儿就好。"

她到病房的时候，廖鸿翔正和家人说他有急事要赶着去出差。

这是他们公布关系之后他第一次出差。

廖鸿翔开车将夏小沐送回翠园，再三嘱咐她照顾好自己，注意休息别太累之后，才急匆匆赶往飞机场。廖鸿翔走后，整幢房子显得特别空旷，从未有过的孤独感油然而生。夏小沐在空荡荡的房间走来走去，突然觉得心里空落落的，几乎忍不住想哭。

她发现自己越来越依赖他了。才刚分开，就开始想念他。

她摇摇头，将心底的坏情绪赶跑，说服自己必须坚强。

夏小沐发觉自己最近的状态确实不对劲，肚子很容易胀气，特别容易累，总也睡不够的感觉，人也很没精神，走几步路腿就酸酸的，口腔还上火，喝口水都疼。抽空去医院，一检查，才发现怀孕了，妊娠41天。

好巧不巧的是，她正要走出医院的时候，遇上了徐露。看见她，徐露也有些意外。

这一次，夏小沐大方地打招呼："徐小姐，真巧，你也来看病吗？"

"没有，来找一个朋友。"徐露勉强笑笑，"你来这里是？"

夏小沐转念一想，只说："有点痛经，来开点药。"

看着夏小沐离去的背影，徐露的脸上有淡淡的冷漠，眼神里有怨恨的目光，然后看着看着，高深莫测地笑了一下，这才转身进了医院。

夏小沐一坐上车，就给廖鸿翔打电话，电话响了好几声才被接起："猫咪，我可能明天就能回去了，等我。"

"你明天回来吗？"夏小沐拿着手机，正好看见车前一家三口幸福甜蜜地走过，惹得她也笑了起来，"廖先生，等你明天回来，我会给你一个惊喜哦！"

　　廖鸿翔被她的笑声所感染，也柔声笑起来，很开心地问："现在不能说吗？"

　　"No！"夏小沐神秘兮兮地说，"明天你回来就知道了。"

　　第二天，夏小沐一直没等到廖鸿翔回家。接下来的几天，连电话也没有一个。她没太在意。她想，可能是工作太忙了，忙完总会回来的。

　　廖致远总算完全康复出院了。回老宅的路上，夏小沐想，如果她把自己怀孕的事情告诉爷爷，也可以算作是送给他最好的出院礼物了。她甚至忍不住在幻想其他人的反应。可是走进古堡，看到了一张不应该出现的脸。

　　赵锡娟走过来，拉着夏小沐，有些言不由衷："小沐，这段时间你照顾爷爷太累了，还是先回家休息吧，改天再来看爷爷。况且，你爷爷也累了，让他先休息一下。"

　　夏小沐一看，廖致远正在沙发上，精神很好的样子，完全没有赵锡娟所说的劳累样。其他人都看着她。在他们的眼神里，她看出了或多或少的担忧、惊慌、无措和紧张。

　　她对赵锡娟说："妈，没事的，可以让爷爷先休息，我在这里陪你们。"然后走过去，露出得体又明媚的笑容，对徐露说，"徐小姐，欢迎到我家里来玩。你是我老公的朋友，自然也是我们家的朋友，只是现在他在出差，有什么招待不周的地方你可别介意。"

　　徐露笑意浓浓地说："我知道我这么找上门来确实很冒昧，但是我若是不来，我肚子里的孩子就成了没名没分的野孩子了。我想，你们也不希望廖家的子孙成为私生子吧？"

　　夏小沐以为自己听错了："谁是廖家的私生子？"

　　"当然是我肚子里的孩子。"徐露还是笑，"我还没来得及告诉你，我肚子里怀了你老公的孩子，已经两个多月了。"

　　"徐露，你不要胡说八道！"夏小沐根本就不相信她也和自己一样怀孕了，而且还是廖鸿翔的骨肉。打死她都不相信。

　　徐露打开携带的包，拿出一张单子，强行塞到她手中："看看，这是医院的检查结果，千真万确，我的确怀孕了。"

夏小沐心口一阵生疼，有些喘不过气来，咬着牙拿起单子，手不听使唤地颤抖。单子上是徐露的名字，检查结果显示她确实是怀孕了。而且医院正好是她去检查的南城妇幼保健院，时间也恰好是她在医院遇到她的那一天。

静静地看完之后，夏小沐尽管内心波涛汹涌，表面上看起来尚还镇定，平静地将单子还给她："不就是一张检查单子吗？这又能说明什么？你如何证明你肚子里的孩子就是我老公的？"

"我不用向你证明，只要他承认就行了。"徐露接着又从包里掏出一张支票，"这是你老公开给我的支票，100万，送给我肚子里的孩子的。"

夏小沐听了她的话，虽然不能判断她说的是真是假，可是心里一阵接着一阵慌乱，一把抢过支票一看，眼前立刻凌乱了，身子晃了晃，几乎站不稳。

上面的字迹，确实是廖鸿翔的。她很确定。

对于夏小沐来说，事情达到一个底线，坏到不能再坏之后，她反而会很镇定。此刻的她正是如此。慌乱之后，发现这几年一直担心害怕的事情还是来临了，她便不再慌乱了。

她把支票递还徐露，笑着说："没错，这是他的字迹。但是这孩子是不是我老公的，我自会问清楚。这点小钱，对于我们家来说不算什么，就当是给你的友情赞助。"

"那好啊，等我把孩子生下来，做个亲子鉴定，不就清楚了。到时候，我看你还承不承认，还能不能像这般淡定。"徐露大概没想到夏小沐能这么快就冷静下来，有点狗急跳墙的意味。

夏小沐觉得现在跟她说什么都没用，她和汪子菲从某种角度来说，是一类人。当着家人的面，她也不想再跟她啰唆什么。

于是淡淡地笑着，无所谓地说："生不生是你的自由，随便你。"

生活果然比影视剧狗血多了。只是她万万没有料到的是，这么狗血的情节竟然发生到她的身上。就在走进来之前，她还期待着想要看看家人知道她怀孕之后欢呼雀跃的场景，可这才多长时间，她的世界就颠覆了。

她甚至忘了，此刻她的肚子里也有一个小生命。

夏小沐是骄傲的。她宁愿心里滴血，笑着离开，却绝口不提她已经怀孕的事实。

可是她并不知道，徐露正是拿准了她的行事作风，才敢这么肆无忌惮。

　

播完新闻，夏小沐休息了一下，想喝咖啡提提神，想起肚子里的宝宝，改成了喝牛奶。坐在茶水间，和何超然聊着几句，听到他跟任曼娇彻底分了，不免有些伤感："你说，爱情最初美好动人的模样怎么就保持不到最后呢？"

何超然苦笑："因为除了爱情，我们还需要面对残酷的现实。"

等到下了《目击》，镜头刚切入广告，就看到很多女同事往办公室钻去。她跟过去，看到一群人正围着她的办公桌哄抢着什么东西。

而廖鸿翔，正笑盈盈地朝着她走过来。

看到廖鸿翔毫无预兆地从出差地空降到办公室，此刻那么真实地站在她的眼前，确实有些出乎意料。他下巴上青青的胡茬儿和有些深陷的眼窝，以及风尘仆仆的气息，原本想要数落和质问的字眼儿，没能说出口。

廖鸿翔凑上前，在她额头亲了一下，在她耳边低低地说："想我吗？"

夏小沐不想同事看到她和廖鸿翔这么亲密，将他推开一些："公司的事情处理完了？"

"这个不是重点，重点是我回来要我的惊喜来了。"廖鸿翔说完，又凑上前在她鼻尖吻了一下。

夏小沐赶紧跳开，瞪着他："我还没卸妆呢。"

廖鸿翔笑："涂在你脸上的，也是属于你的一部分。"

"这是我工作的地方，别闹了！"夏小沐鼓起眼珠子，警告他。

她的办公桌上，摆满花花绿绿的手机挂坠、闪闪发光的耳钉、花色各异的蝴蝶结和发卡，圆形方形心形的小镜子，各种款式的小零钱包、别致精美的手链……总之，都是些小女生爱的小饰物，可是都很别致和精美。

夏小沐确实没想到，廖鸿翔居然能从出差地带回来这么些玩意儿。无端地笑起来。有些意外，有些无奈，也有些无语。

每个女同事手里，都挑好了一大把，还有的举起手里的东西问廖鸿翔："我还可以再挑一些吗？"这些女同事里，有的是刚毕业踏入社会的年轻女子，有的是未婚的大龄女青年，有的已经是孩子的妈妈。

原来，女人不仅对初恋男友没有抵抗力，对漂亮的小饰物也毫无抵抗力。

"当然。"廖鸿翔做了个请的手势，"这些都是你们的，喜欢就请随便挑选，别客气！"

一群女人又投入到哄抢中去了。

一路上，他说了很多这些天出差的趣事。可是，就是没有夏小沐最想要听到的解释。

他不是应该跟她解释些什么吗？至少是为了他自己辩解也好。可是他净扯些乱七八糟不着边际的话题，似乎下午徐露到廖宅大闹一场跟他毫无关系。

"廖总，这么半天你说了一大堆有的没的，难道就没有什么特别的话想要跟我说吗？"回到翠园，一上楼，夏小沐就将他堵在门口，"我猜大哥后来一定打电话跟你说了今天下午发生在老宅的事情，所以，你才这么急着赶回来，还跑来我上班的地方对我的同事们献殷勤，不是吗？"

"其实我以为你看到我会大发雷霆，然后逼问我徐露肚子里的孩子到底是不是我的。但是你无比冷静，我甚至看不出你有生气或者难过，所以，我早已准备好的一席话不知道该如何说出口。"

"我需要你的解释，因为说实话，我并没有那么信任你。"夏小沐看着廖鸿翔，右手不自觉地抚着肚子，"毕竟你的过去，我可以不计较不追究，可发生这样的事情，还是有太多令我不得不怀疑的理由。"

"说实话，我很不喜欢你的这种理智和冷静。我宁愿你像庸俗的女人那样哭着闹着骂我浑蛋。"

夏小沐一脸严肃："你错了，我也是庸俗的女人。我也难过也生气也想哭，可是这些行为解决不了问题。我现在想问你，这事已经闹到家里去了，你要怎么收场？"

"这事，都是徐露一个人的独角戏……"

284

"和你没关系？"夏小沐不禁提高说话的分贝，"如果不是你招惹徐露，她会无缘无故弄出这么一出戏？为什么她不说她肚子里的孩子是别人的，非说是你的？还有，说了这么半天，她肚子里的孩子到底跟你有没有关系？"

"别急，我话还没说完。"廖鸿翔绕过她打开房门，将她往里拉，"我和徐露只是朋友，连暧昧的关系都不是。她肚子里的孩子绝对不是我的，我就没碰过她，哪里来的我的孩子？"

"那好，你先回答我几个问题，你最好别骗我，实话实说，我不能容忍你再骗我。行吗？"

廖鸿翔看她一脸正儿八经的样子，也认真起来，点了点头。

"我曾在西门驿站看到你和她当众调情，第二天还上了八卦杂志的头版头条，你怎么解释？"

"我想想。"廖鸿翔不知道夏小沐所说的是哪一次。所幸的是，他去西门驿站的次数并不多，稍微一想就想起了，"那晚上，她喝多了。说话的时候，一大股酒气直往我脸上喷，但是没有调情。只是她站得不稳，总是摇摇晃晃的，杂志上的照片看着暧昧，是因为拍摄角度的关系。"

夏小沐又问："我妈妈忌日的那天早上，你和徐露一大早就一起从天恒大酒店出来，还在酒店门口依依不舍地离别，有这事吧？"

"那天早上，在你拐上另一条道的时候，我也看到你的车子了。"廖鸿翔承认得很痛快，"但是事情的真相绝对不是你想的那样，我和她仅仅是因为头一天晚上同住那家酒店，早上在酒店大堂里碰巧遇到了而已。听起来像假话，但是事实。"

夏小沐看着他，没说相信，也没说不信，接着问："徐露说你根本就没有出差，而且这些天都在南城，一直住在她家，事实真相又是什么？"

"我确实出差了，一直在分公司，那边的同事可以证明。我是住在一个朋友家，但不是徐露家。"廖鸿翔想了想，又说，"我也是今天刚知道，那个朋友是徐露的表哥。我听说，因为她家的生意出了些问题，她父母逼着她嫁给一个可以帮助生意起死回生的人，她一直不甘心，最近都在闹。所以，今天下午她闹到家里，我还真是没想到，我以为她都在想如何退婚或者是逃婚，而不是如何找我麻烦。"

听了这些似乎想要撇清一切嫌疑的解释，夏小沐也不急躁，坐到床上："这么听起来，你还挺委屈的，是媒体、徐露还有我冤枉了你，是吗？"

廖鸿翔蹲下身子，拉着她的手，问："我说的这些，你相信吗？"

夏小沐没有立刻抽出手，虽然这一刻她很想这样做，可她还是选择了妥协："如果我不相信，事情会变得不一样吗？"

"你相信。"廖鸿翔很笃定地说，"当你决定问我这些问题时，你就在心底选择了相信我。我的态度你还满意吗？"

"廖总，我满意不那么重要吧，要怎么给我和家里其他人一个交代，才最重要。"

"你不生气就好。"廖鸿翔拉着她的手，也坐到床上，"你放心，这事我一定解决好。"

"廖先生，我还没跟你说过吧？"夏小沐突然觉得有些疲惫，顺势靠到他肩上。

"说过什么？"

"这辈子，我只打算结一次婚，只跟一个男人睡觉，只和一个男人过日子，直至白发苍苍牙齿掉光。可能我的想法在别人看来不过是天方夜谭，可是我真的是这么想的。"夏小沐抬起头，看着廖鸿翔，认认真真地说，"我希望我们能过一辈子。所以，我希望你即使是骗我，也要骗一辈子。但是，你不要有恃无恐，如果你真干了什么让我无法接受的事情……"

廖鸿翔听了这番话，感动得无法形容，但是又心疼得不得了，紧紧搂着她："傻瓜，我不会骗你。"

夏小沐推开他："这件事解决之前，我拒绝跟你同房同床。"

"不是吧？我刚回来你就这么残忍要跟我分居？"说完，廖鸿翔变戏法似的从身后拿出一个小玻璃罐子，"看看，我为你准备的阳光罐，它不用电池，自己会收集阳光，晚上会自动发出好看的光。喜欢吗？"

夏小沐点点头："我最爱这黄色，跟阳光的颜色一样，温暖而柔和。"

廖鸿翔腻上来抱着她又亲又啃的，夏小沐推开他："你这两天都没好好休息，应该累坏了，早点休息。"

廖鸿翔见她坚决分房睡的样子，不满地说："我要不抱着你，哪睡得着。你知不知道人家都说'一日不见如隔三秋'？"

夏小沐拿着阳光罐子回头冲着他挥挥："知道啊，我还知道'小别胜新婚'。"然后果断地走了出去。

Part 18　关心则乱

慕容朝阳为了救一个小女孩，见义勇为出事了。

夏小沐上直播前知道这个消息，犹如晴天霹雳。忍着心中撕裂般的疼痛，强迫自己将所有的注意力集中到直播中，用专业的态度忽略个人心头的情感。可最后镜头一切换，她就鼻头泛酸，已经止不住泪水，悲不可抑。

新闻直播之后的《目击》，重点关注慕容朝阳的英勇事迹。

自从警校毕业参加工作以来，慕容朝阳立下过大大小小的战功无数，一直是南城警察的楷模和骄傲。和他一起并肩作战多年的同事，为他写了一封信，叫《怀念我的兄弟》。

夏小沐红肿着眼睛，在节目里念了这封饱含战友深情的信，几度悲伤，几乎没有办法控制住情绪，差点没念完。

《人民警察之歌》的旋律，在电视里环绕着响起，牵动着南城百姓的心。

经过几番轮回的渐进式情感轰炸和煎熬，夏小沐在主播台上，几欲昏厥。

第一次见慕容朝阳，是在大学城，他们为挽救两条人命而认识，并传出过绯闻。后来因为刚哥，成为真正的朋友。在医院，他细心地给她买靴子、袜子、围巾和手套。在她一个人深夜徘徊于街头，想要喝一杯热乎乎的奶茶的时候，他端着一杯奶茶出现了。情人节那天，他反反复复交代她一些事情，她觉得他啰唆，像是在交代后事似的。最后一次见，是他把舒乐乐和廖一送回城来。她从来没想过，有一天他会出事。

从此，天人永隔。想想，就无限哀伤。

这个夜晚，对于南城人民来说，是个哀伤和悲痛的夜晚，所有的一切，都画上了悲情的符号，所有人的心里都有不能言说的伤痛。

夏小沐回到翠园，已经接近十二点。

"夏小沐，你到底在搞什么名堂？打电话你不接，去你单位接你又接不到，你以为你还是单身女人吗？"

廖鸿翔因为找了她一晚上，早已经气急败坏。

她什么也没说，换了鞋子，丢下包，走到沙发上坐下。根本不想理他。

累了困了就不想理人，难道这些也是孕期综合征吗？她不知道。

廖鸿翔看到她怏怏的样子，深吸了几口气。蹲下身子，看到她红肿着一双眼睛，有些不满："眼睛都红肿成桃子了，为了慕容朝阳，你就哭得这么伤心？"

夏小沐睁开眼睛，悲伤的情绪又一次席卷着她，压低声音说："朝阳走了。"说完，自己上了楼。

"廖先生！"吴妈赶紧叫住他，"把这杯牛奶给夏小姐喝了，她现在啊，是一个人喝两个人的份儿，得加强营养才行。"

廖鸿翔重复着吴妈的话："一个人喝两个人的份儿？"

吴妈愣了一下，才缓过来："廖先生，你还不知道夏小姐怀孕了？"

"怀孕？"廖鸿翔惊到了。

推开房间门，发现夏小沐蜷缩着身子，已经睡着了。廖鸿翔将牛奶放到一边，坐到床边，看了看她睡得正香的样子，还是轻轻地摇了摇她的胳膊："猫咪，先别睡，起来把牛奶给喝了。"

夏小沐哼了一声，把头往臂弯更深处埋进去。

廖鸿翔看她确实是累坏了，没再坚持。动手将她的外套脱了，再一点一点替她换上睡袍。夏小沐被他折腾来折腾去，发出不满的抗议声，却没有睁开眼睛。

廖鸿翔坐在床边，静静地看着床上的人儿，愧疚感油然而生。自从出差之后，一直到回来这几天，他都没有好好跟她说说话，也没好好陪她吃顿饭。转念一想，这五年，他和她就是这么过来的，实为夫妻，却又形同陌路。

可是人生又能有多少个五年可以浪费？

现在，她肚子里有了属于他们俩的宝宝。他想，这么些年，当繁华落尽，脱下一身的坚硬外壳，他终于可以享受人生最平常最普通的幸福了。

廖鸿翔本来打算第二天早上留在家陪夏小沐，下午再去公司的。可是早晨六点钟，手机铃声就响起。

翔飞集团旗下的翔鹏地产最近正在进行一个很大型的房屋开发建设项目，正在拆迁的那一片区有一户特别牛的钉子户，对于公司提出的种种优惠条件，死活不同意。昨晚这户钉子户的户主为了阻止拆迁，爬上楼顶挥旗抗议，失足掉下来摔死了。

他没时间多加思索，撂了电话，就立刻赶往事发地点。

夏小沐醒来时，廖鸿翔早已不在身边。找了一圈，发现没有他留下的字条。又翻看了手机，没有他的短信，也没有他的来电。

闷闷不乐地下楼，安静地吃完吴妈为她准备的营养早餐。到后院看了看她前段时间种下去的花。太阳花已开始长出花苞了，其他的花也长得很好，再过一段时间就可以开放的样子。

下午去电视台录制《名流前线》，访问的对象正是全国著名的心理学家，A大的心理学教授，也是曾和她传出过绯闻的于洋。

节目录制得很顺利。

舒乐乐患了忧郁症之后，夏小沐把于洋介绍给了她，希望能帮她恢复健康。走出演播厅，夏小沐正想问问舒乐乐的治疗效果怎么样，就看到了等在演播厅外的舒乐乐。

夏小沐有些意外，迎上前去："大嫂，你怎么来了？"

于洋替舒乐乐答道："廖太太是来等我的，我们约好今天进行第四次心理辅导。"

"都进行到第四次了？"夏小沐又一次感到意外，"本来我还想问问效果怎么样的，现在看来不用问也知道，效果一定很理想。"

于洋笑着说："嗯，廖太太很愿意配合，我想效果肯定只会一天比一天更好。"

"那就拜托你了，于教授。"夏小沐对着舒乐乐做了一个加油的手势，"大嫂，加油哦！"

送走了于洋和舒乐乐，口袋里的手机开始震动。

掏出一看，是雷俊宇的号码。夏小沐拿着手机站在楼道里，有点茫然。

当她坐到咖啡馆靠窗的位置等雷俊宇，看着窗外来来往往的人群，又开始犯困。

"你是不是太累了？"雷俊宇老远就看到她蔫蔫的样子，没有精神，几乎是整个身子都趴在了桌面上。不等她说话，便抬手找来服务员，"喝杯咖啡提神吧，想喝什么？"

夏小沐摇头："不喝了。给我一杯白开水就好。"

本来约在这里，是觉得安静的环境适合谈事说话，并没有想过喝东西的问题。

雷俊宇看了她一眼，对服务员说："一杯苦咖啡，一杯白开水。谢谢！"

夏小沐问："你找我有什么事？"

"和廖鸿翔有关的事。"雷俊宇突然露出很怪异的笑容。

夏小沐看着他脸上不阴不阳的笑，心里很不舒服："既然是他的事情，那你应该去找他，不应该来找我。"

"也与你有关。"雷俊宇仍是笑，"和你说，和他说，都一样。但是，凭我们……过去的关系，我想我应该先跟你说。"

"那你说吧，我听着呢。"夏小沐直视他的眼睛，毫不避讳，似乎是要看穿他的心。

"沐沐，我一直很害怕看见你这样理直气壮的眼神，感觉有些不屑……"雷俊宇看到夏小沐对他的冷漠态度，有些心痛，直接说，"我发生的车祸，不是酒驾事故，是有人蓄意谋杀的。"

夏小沐不理解："和我，和廖鸿翔，有什么关系？"

雷俊宇双手搭到桌子沿边，身子也往前靠了靠："当然有关系，因为在背后策划这起蓄意谋杀的人，就是廖鸿翔。"

夏小沐内心不知道是何滋味，震惊和意外并存，脸上依然是平静如水的，她站起来："那你应该找警察，告诉他们事情的真相。"

"你知道为什么廖鸿翔当年那么快就决定和你结婚吗？"雷俊宇叫住她，"因为当年汪子菲抛弃了他，而他知道汪子菲跟我出了国，他调查到你和我的关系，所以他接近你，和你结婚。和你结婚，是为了报复汪子菲对他的背叛，你只是他报复的一颗棋子。你懂吗？"

"雷俊宇，当棋子又怎么样，我愿意，不行吗？"夏小沐看着雷俊宇，觉得他突然变得很陌生，不再是当年那个干净善良的男孩。

进电梯的时候，短信刚好响起。

打开来，是一个陌生号码。迟疑了一会儿，点开，是一组由很多张照片组合成的图片。图片的内容，全部是廖鸿翔和不同女人在不同的场合暧昧调情的画面。

夏小沐看到的一瞬间，心尖激烈地颤抖起来，疼痛，且剧烈。她拿着手机，一直看，一直看，想要努力分辨画面上的男人，到底是不是廖鸿翔。她多希望，这个男人，只是跟廖鸿翔长得有那么一点相似而已，并不是他。

可是这个男人，除了廖鸿翔，还会是谁。

以前，她不在乎他在外面花天酒地，那是因为她不看不问也不关心，即使偶尔几次在八卦杂志或报纸上看到，也只是看到文字描述，夸大或者朴实的文字，并不能给她立体和清晰的感受。

但是照片不一样。照片给人的视觉冲击力往往很强烈，可以强烈到无法想象的程度。更何况，不是一张两张，而是二十一张照片。而这些女人，都是不同的。有些人，她还曾因为工作原因打过交道。

这些女人，在廖鸿翔公开和她的夫妻关系之后，是不是在背地里狠狠地奚落和嘲笑过她？她们是不是觉得她很可笑很愚蠢？

夏小沐原本是多么骄傲的人。

想到这一切，她就觉得自己是个天大的笑话。当下就将手机砸到楼梯上。抱着膝盖，静静地坐着，眼里没有泪水，脸上没有特别的表情。反而看起来异常平静。

下午，廖鸿翔派人给她送来营养煲汤，她亲自下楼去取。回到办公室，她尽力喝了很多，剩下的也不浪费，送给同事喝。

晚上的节目，依然有慕容朝阳的相关报道。在台上的时候，夏小沐克制住了，除了表情哀伤，并没有更激动的表现。可是一下节目，她就哭成了泪人，没有发出哭声，只是一个劲地掉眼泪。还不能劝，只要旁边有人劝，她的眼泪反而像断了线的珠子，越落越急。吓得同事们都不敢再劝，只好在旁边爱莫能助地干着急。即使是李可来了，肖雯雯来了，总监也叫来了，也劝不住，越劝，她的眼泪越是汹涌。

同事们都知道，夏小沐和慕容朝阳是特别好的朋友，好到慕容朝阳为了她，还曾被单位"辞退"。所以，他们都以为，她的眼泪，全是为慕容朝阳而流。

只有她自己知道，她的眼泪除了为慕容朝阳消逝的年轻生命而流，也是为她自己而流。

走出了电视台，就接到婆婆的电话："你大哥正在急救中，小翔电话打不通，你公公到北京开会去了，现在就我一个人在医院。"

夏小沐赶到医院的时候，舒乐乐也在，她整个人看起来还算平和。倒是赵锡娟，因为没有丈夫和儿子陪在身边，已经慌得六神无主，夏小沐很冷静地劝慰了一番，她才渐渐平静下来，开始打电话通知远在北京的丈夫。

夏小沐拿出手机，给廖鸿翔打电话，发现已关机。又打给李伟，发现李伟在一个吵吵嚷嚷的环境，旁边还有人爆出一两句粗口，她大概跟李伟说了情况，让他转告廖鸿翔尽快赶来医院。

在等待的时间里，夏小沐和舒乐乐聊了几句。发现舒乐乐整个人都沉静了下来，心态也很平和。对于夏小沐的安慰，她淡淡地说："你不用安慰我，我没事的。很多事情，大概都有它的定数吧，我和你大哥，大概就只能走到这里了。"

夏小沐明白她的心情。

廖鸿飞是和舒薇薇一起出事的，他们开的车在郊外的山路上撞上路旁的岩石，两人都受了伤。没有人知道他们为什么要去郊外，不知道那么平坦的路为什么会偏偏撞到了岩石，不知道他们为什么不听廖雄的警告私下见面？

这些到目前还是个谜，但是对于舒乐乐来说，绝对是又一次的巨大伤害。

廖鸿翔在两个多小时之后，还是赶来了。风尘仆仆，满脸焦虑。

赵锡娟见儿子来了，终于舒了口气，却还是忍不住抱怨。

廖鸿翔坐到赵锡娟旁边："妈，拆迁出了点事情，我一大早赶过去处理一直到现在。大哥怎么样了？"

赵锡娟看了看手术室："不知道，你大哥和薇薇都还在里面。"

夏小沐感觉有些困，于是一个人走到医院楼下的超市，买了些喝的和吃的，顺便到楼下呼吸点新鲜的空气，赶走困意。

鸿翔下来找她的时候，她正坐在一棵桂花树下的长条椅子上，因为在树影里，廖鸿翔并没有看见她。她一回头，就看到了廖鸿翔四处探寻的身影，可是她只是静静地坐着，没有出声叫他，也没有站起来朝着他走过去。

当夏小沐再次上楼的时候，手术已经结束了。

廖鸿飞只是额头撞到了方向盘上，晕了过去。舒薇薇的右半边脸，被破碎的玻璃划伤，已经毁了容，情绪十分激动。

廖鸿翔和夏小沐开车送赵锡娟回家，等到廖鸿翔将母亲送进屋回来，夏小沐已经横躺着蜷缩在后座睡着了。廖鸿翔脱下外套给她盖上。其实，夏小沐并没有睡着。她只是不想说话，在只有他们两个人的时候，她不知道能跟他说什么。

所以，当他抱着她上楼的时候，她也闭着眼睛，假装睡着了。

只是这个怀抱，她还能依赖多久？

这样想着，她的眼角，就流出了一滴泪。

她不想让他看见她的泪，所以在廖鸿翔将她放到床上的时候，她趁机翻个身，将眼角的泪痕，在枕头上蹭干净了。

廖鸿翔见她酣睡可掬的样子，唇角忍不住翘了起来，双手杵在床边仔细看了她一阵，才想起替她盖好被子。笑着在她额头轻轻地吻了一下，用手抚着她的小脸，轻轻柔柔地说："猫咪，你怎么这么贪睡呢？在我能够见到你的时候，你都睡着了，都不给我和你说话的机会，又不忍心搅醒你，只能这样静静地看着你。"

说完，他轻轻地坐在床榻边，情不自禁地轻轻叹了口气，在心里反问自己，这么忙碌是为了什么？

只是他不知道，这一声轻叹，灼伤了夏小沐的心。

她又何尝不想好好跟他说说话，何尝不想做一个被丈夫宠爱的女人？

从前，他的声音近在耳畔，都是一种奢望。可是如今，他算得上是常伴左右，心里却总想着要压抑着那份对他的依赖和渴望。

关心则乱。

一旦拥有过，就会害怕失去。

她痛恨自己患得患失的感觉，甚至觉得自己颇像怨妇。

这一觉睡到半夜，夏小沐突然醒来，就再也睡不着了。睁着眼睛在黑暗里静静地躺了会儿，便起身，添了件外套，往楼下走去。只有心里装着事想不通或者不知所措的时候，需要做出重大决定的时候，她才会半夜突然醒来。

她一向怕冷。虽说是四月里了，可是夜里，还是挺凉的。

楼道里开着几盏小的水晶灯，她双手拢着外套领口，一路走下楼梯去。

本想喝杯水，想到肚子里的宝宝，她给自己热了杯牛奶，坐在椅子上，耐心地喝完。从厨房出来，意外的一个回头，发现书房未关紧的门缝里，透露出些灯光来。难道是他忘了关灯？

夏小沐走过去，推开房门，却看见廖鸿翔趴在桌上睡着了，桌上摆着未关的笔记本电脑，一些凌乱的文件，几只笔，还有半杯早已没有了热气的咖啡。那一瞬间，夏小沐的心尖突然又疼了起来。

人前风光无限，背后几多辛酸。在外人看来，廖鸿翔腰缠万贯，高高在上，要风得风，要雨得雨，可是在这些风光背后，是他无数个日日夜夜付出的努力和汗水。

他的勤奋和努力，这几年，她多多少少看在眼里，比外人清楚得多。

夏小沐转身走回来，到沙发角落里拿起一条薄毯，轻轻地走进房间，盖到廖鸿翔的身上。一盖上，廖鸿翔就惊醒了，反倒把夏小沐吓了一跳。

她收回毯子："醒了就回房间睡，再这样会着凉的。"

"来，抱抱。很多天没有好好抱抱你了。"廖鸿翔伸出手，将夏小沐抱在怀里，在她的额头重重地吻了一下，感觉总也吻不够。

夏小沐由着他抱着，亲着，直到他下巴上短短的胡茬儿刺痛她的脸颊，她才挣扎着站起来："夜深了，快去睡觉吧，明儿还要上班。"

廖鸿翔就势搂着她的腰，将脸颊贴到她的小肚子上，有些撒娇地说："先让我听听宝宝的心跳声。听完了就去睡。"

他怎么知道的？

夏小沐一下子蒙了的感觉："你说什么？"

廖鸿翔满脸幸福："我出差回来要给我的惊喜就是我们有了宝宝？"

夏小沐脑海里出现的竟是白天听到的那些话，和收到的那组照片，顿时心底的那些柔软变得坚硬起来："我没有怀孕。"

廖鸿翔拧着眉头："吴妈都说已经看到你去医院的化验单了。"

夏小沐看着他有些不悦的脸："别忘了，你说过生孩子的事不会逼我。"

"我是说过。"廖鸿翔见她一说起生孩子就抗拒的样子，不觉有些气恼，"可是，如果怀上了，就由不得你，我说了算！"

夏小沐看不惯他拧着眉头说话的样子，似乎他在她这里受了多大的委屈，又似乎她多么强势不讲理似的。顿了顿，终于说："你不必劳神，我已经自己解决了。"

"自己解决了？"廖鸿翔一下子站起来，额头上青筋暴突，似乎要吃了她，逼近她，"夏小沐，你打掉了我的孩子？"

夏小沐扭过头，没出声。

假装默认。

"夏小沐！"廖鸿翔双眼立刻充血，双手捏着她的双肩，用力地，似乎想捏碎她一般。

夏小沐忍受着来自双肩撕裂着的疼痛，异常清醒，咬着牙，一字一句地说："廖鸿翔，雷俊宇出的那场车祸，是不是你安排人精心设计之后造成的？"

廖鸿翔猛抬头："什么？"

"五年前，你在和我认识那么短的时间之内，就瞒着家里，跟我领证结婚，是不是因为调查过我和雷俊宇之间的关系？所以，这五年来，你才对我不闻不问，直到雷俊宇和汪子菲回国，你才假装对我用心，才公开已婚的事实，这一切，是不是为了报复？"

廖鸿翔皱起眉，微眯着眼睛，脸上的怒气越发凝重，恨不得声嘶力竭地吼叫几声，发泄一下心里的那股愤怒。其实，他真想狠狠地给她一个耳光，恨恨地骂她几句。

她居然打掉了他的孩子，在他毫不知情的情况下。

看着无比冷静的夏小沐，他还是忍下心来，摊开手说："所以，你打掉了我的孩子？"

"所以，你承认了？"夏小沐的心立刻就凉了。

"那么你呢？你打掉我的孩子，全是因为雷俊宇？"

夏小沐脸色灰白："我最怕欠人东西，那种感觉极不踏实。本来，我并不欠雷俊宇什么了，从始至终，都是他对不起我，我自问从未做过愧于他的事。可是廖鸿翔，你为什么要制造那场车祸？你让我如何撇清？"

廖鸿翔脸色阴沉："你现在是我廖鸿翔的妻子，你给我记好了！"

夏小沐苍白的脸上，没有任何血色，她差一点就说，你去自首吧。

可是，还是忍住了。

然后，她拿出手机，翻到那条照片短信，举到廖鸿翔眼前："你怎么解释？"

如果这些事情都是真的，她宁愿早一点面对。

廖鸿翔拿过她手中的手机，看了一眼，脸色都没有什么变化，就将手机丢到沙发上："你觉得还有解释的必要吗？你连一个孩子都不愿意给我生，我在外面找点乐子不是很正常？夏小沐，别太拿你自己当回事！"

夏小沐气得咬牙切齿："所以，我没留住我们的孩子，是多么明智的抉择。因为，我不想要我的孩子有一个这么无耻的爸爸。"

"夏小沐，孩子是无辜的，你怎么就这么铁石心肠？"廖鸿翔烦躁地扯了一把头发。

夏小沐眼神空洞洞的，没有聚焦，喃喃地说："廖鸿翔，你对我，就不残忍吗？我到底欠了你什么，要拿我当你复仇的工具？我上辈子到底做错了什么，这辈子要来忍受你这样的浑蛋！"

平静的话语里，透漏出她此刻的心灰意冷。

廖鸿翔继续说："没欠我什么？你别忘了，是我给了你那笔医疗费。最后，我还娶了你。所以，你没有资格给我脸色看，你也没有资格为了其他任何人对着我吼。明白吗？"说完，还拍了拍她苍白的小脸。

夏小沐厌恶地别过脸："廖鸿翔，就算我当年是卖给了你，五年也该还清了。我没有义务为你生孩子，所以，你没资格指责我。"

廖鸿翔冷哼一声："谁跟你说还清了？你真以为你这么值钱？你搞搞清楚，你的价格，应该由我来定，也只有我有资格来定。在我眼里，你根本就没有值钱过，你现在不值钱，以后也不会升值。这笔买卖是我做过的最亏本的一桩生意，你从来没有还清过，你也没有还清的那一天。你最好，还是乖乖地，不要总是试图挑战我的忍耐。我的耐心，不是专门为你准备的。"

如果语言可以杀人的话，夏小沐估计自己已经在他这些伤人的话里死好几回了。

眼眸一点一点黯了下去。

她曾经幻想着也许有一天他会对她好那么一点点。可是她此刻才知道她错了，他从来对她都是那么不屑一顾。

　　可就算是受了伤，她也不会让他看见她的心痛和狼狈，更不会让他看见她卑微的伤口。

　　她死命地咬了咬唇角，淡淡地说："廖鸿翔，我知道你不稀罕我。你放心，总有一天，我会把钱还给你，连本带利，不会欠你一分钱。"

　　那一刻，她的脸，静静地写着忧伤和隐藏的倔强。那是一种会让男人心痛的表情。廖鸿翔不是看不见，只是逼着自己转过脸去，冷冷地说："连本带利？一分不欠？你知道那是什么概念吗？"

　　夏小沐极度绝望之后，反倒镇定了，转身坐到沙发上："你可以说出一个金额，看我知不知道是什么概念。"

　　"五年前的十五万，要是用来投资，到今天至少也可以赚个一百万了吧。你觉得一百万对你来说，真的不算什么？"

　　夏小沐抬起头，看着廖鸿翔，说："一百万是吗？我知道了。"

　　廖鸿翔不明白，自己为什么要说这些恶毒的话去伤害她。他心里明明不想这么伤害她的，即使他知道她打掉了他的孩子，他也不忍心这么伤害她。可是事实上，他已经伤害了，狠狠地。

　　夏小沐忍着每一步都如走在刀尖上的痛疼，站起身，往楼上走去。

　　走到一半，她说："请容许我再在这里住一晚，明天，我会自己走。"

　　"走？"廖鸿翔一惊，问，"你要去哪里？要和我分居吗？"

　　夏小沐没有回答，只是静静地走了上去。

　　廖鸿翔不知道，夏小沐的心，已像正在死亡的仙人掌上的刺，根根刺都不再尖锐，它们和她的心一样，在渐渐萎缩。不属于她的东西，她已无心再争。

　　似乎所有的坏事情，都挤到了一起。

　　还有什么事情可以更坏呢？

　　廖鸿翔的心里，也在疼，也在痛。可是他只能望着她离去的背影，无能为力。

他万万没有想到，他想要的最平凡最普通的幸福，恰恰是最不容易得到的。只是经过了流光溢彩的声色犬马生活，他想要安定的心，今后要如何应对悠悠韶华？

这一觉，夏小沐睡得极长。醒来的时候，已经日上三竿。

吴妈见她下楼，赶紧为她端出饭菜。

夏小沐叫住吴妈："吴妈，以后你不用再为我准备饭菜了，我今天下午就会离开这里。"

"为什么？"吴妈吃了一惊。

夏小沐环视了一下房子，有些悲凉："这世上就没有一个地方，是不能离开的。"

吴妈赶紧说："廖夫人早上刚来电话，说她要搬过来这里和你们一起住。你要是这时候走了，廖夫人问起怎么办？"

这倒是夏小沐没有想到的。

想了想，说："那好，我暂时不搬了。可是吴妈，那张医院化验单子，不要跟我婆婆提起。"

往后的几日，廖鸿翔都没有回家。赵锡娟忙着往医院跑，也没有立刻搬过来住。

夏小沐索性搬到赵金秋那里住了些日子。

从此，夏小沐比以前更忙了。除了电视台每天的主持工作，她还接拍了很多家广告公司的广告。每天在广告拍摄地和电视台之间连轴转，每天回来得很晚。

廖鸿翔似乎也很忙。翔飞集团不仅向全国进军，还有意要开发国际市场这类的新闻从不间断。偶尔他又会出现在八卦新闻里，说他又有了新欢。于是网络上掀起了一阵讨伐廖鸿翔水性杨花的战争，夏小沐的粉丝们也开始在网络上声援她，更有偏激的粉丝每天到电视台门口举牌，要夏小沐和廖鸿翔离婚。廖鸿翔出席的几场大型商业活动，身边的女伴皆不是夏小沐，媒体似乎也嗅到了她和廖鸿翔之间的关系出现了问题，夸大事实报道。

夏小沐没空理会这些。现在她一门心思想的都是如何挣钱，对于这些娱乐大众的话题，她谢绝参与。偶尔被记者围追堵截，问她和廖鸿翔之间已经岌岌可危的婚姻，她总是保持永久的沉默和恰到好处的微笑，闭口不谈。

每天除了繁重的工作，还要忍受身体上的劳累，支撑得很辛苦。

自从深夜里大吵那一架之后，她和廖鸿翔就再也没见过面。他会经常打电话回家，却只打在座机上。夏小沐能感觉到他想和解，可是又放不下面子和自尊，也低不下他廖家二少爷和廖总裁身份包装的那颗高贵的头颅。

可是就算他道歉，也焐热不了她已冰冷绝望的心。

赵金秋要她服软。可是，她哪里会知道这一次是谁受伤，是谁应该服软。

男人是不能惯的。更何况这一次，也不只是惯不惯的问题，而是这五年来最令她心灰意冷的一次伤害。他生生毁掉了她对生活、对婚姻的希望。

北辰银月已装修完毕。一拿到钥匙，夏小沐收拾了自己的衣服和生活用品，搬了进去。这里离电视台很近，上下班很方便。又因为在市中心，往哪里去都很方便，即使是去拍广告，谈合约，也方便省事。一整串钥匙她全部自己拿着，一把也没留给廖鸿翔。

换了个生活的新环境，心情舒畅了不少。有空的时候，她还去楼顶亲力亲为地照顾那些蔬菜瓜果，自有一番乐趣。日子，似乎又回到了从前。

一天晚上，夏小沐洗了澡躺在床上看书，听见门铃声，她疑惑着，放下书走过去，从猫眼里一看，是廖鸿翔。她返身躺回床上，不管门铃声如何大振，她既没有出声，也没有开门。大概半个小时，门外才没有了动静。

走下床来，夏小沐推开窗子，凉爽的夜风立刻灌进来，整个人清醒起来。窗子正对着那一片宁静的湖。湖边上，停着一辆显眼的兰博基尼，看着很眼熟。夏小沐知道他正坐在车里，看着她所在的方向。

在过去的五年里，他在很多个夜晚都将车停在那里，却不上楼回家。不知道那些时候，他都在想些什么。

第二天晚上，夏小沐从电视台回家，却死活打不开房门。正当她拿着钥匙反复不停试开的时候，房门突然就从里面打开了。

开门的，正是廖鸿翔。

"你怎么在里面？"夏小沐举着钥匙，大为不悦，"廖鸿翔，你自作主张换了锁？"

"你不也自作主张搬进来住，而且连钥匙都不给我一把？所以，我只好自己想办法进来了。"廖鸿翔把她拉进屋，"进来吧，我给你做了消夜。"

夏小沐直接进了卧室，锁门之前，廖鸿翔递给她一串钥匙："我明天要出差，钥匙收好了，否则你明天进不来。"说完，转过身走进了旁边的客房。

看到他开门时，她是吃惊又紧张的。她以为他会对她纠缠一番，然后趁机跟她道歉。

是她想太多了？还是他根本就没觉得那些狠毒的话会对她造成什么伤害？

过后的几天，廖鸿翔果真没有再回来。大概是真的到外地出差了。

经过这段时间密集式的奋斗，再加上这些年的积蓄，夏小沐离一百万的目标终于不远了。这天，她刚到电视台，就碰到肖雯雯火急火燎地来找她："小沐，听说你家公司扛上官司了？"

夏小沐愣了一下，才反应过来她口中的"你家公司"是说翔飞集团。

"你怎么这么沉得住气？"肖雯雯见她一点都不着急，把一份财经报纸丢到她跟前，"这次要坚持和你家公司打官司的律师，你知道是谁吗？"

谁做律师又关她什么事。

"宇通律师事务所的雷俊宇。"肖雯雯自然知道她和雷俊宇曾经的事情。

夏小沐原本平静的心，像是被丢进了一个石子的湖面，立刻激起了一波又一波的涟漪，朝着四面八方荡漾开去。她想起那日，雷俊宇嘴角阴鸷的邪笑一闪而过，说："我会让他付出代价！"

看完报纸，她拨通了雷俊宇的电话。

依然是约在米轨时光咖啡馆。

一见面，雷俊宇就胸有成竹地说："我就知道你会来找我。"

夏小沐直截了当："我想知道你帮钉子户打这场官司，是他们找的你，还是你主动要求的？"

雷俊宇自然懂她的意思，只说："事务所接的工作，正好让我负责。"

"雷俊宇，关于这个钉子户的死亡，我也播报过这条新闻。你应该知道，翔飞集团给拆迁户的拆迁赔偿条件完全符合政府的政策法规，甚至他们给出的条件超出了公司应该付出的，他的死亡完全是个人的过激行为所致，翔飞集团可以不负任何责任。你是律师，自然知道这个情况。你为什么要接这种可能败诉的案子？"

雷俊宇阴沉着脸："你觉得我会是廖鸿翔的手下败将？那你等着瞧好了。"

话说到这份儿上，夏小沐没再多说什么，起身离开。

只是，心里揪得慌。

她不明白她和雷俊宇、廖鸿翔之间，为什么就走到了今天这一步。

晚上是廖雄和赵锡娟的结婚三十五周年纪念日。为了官场上的交际需要，廖雄决定大办一场。

廖鸿翔虽在出差中，可自然是要回来参加这个 party 的。

他给她发了条短信："我想提醒你，不管我们之间发生过什么，你还是廖家的儿媳妇，今晚是我爸妈的 35 周年结婚纪念日，别迟到。"

夏小沐没理他。这种事就算不用他说，她自然知道该怎么做。

没接到电话，也没收到回复短信，廖鸿翔有些失望。虽然她残忍地打掉了他的孩子，可是这些天他还是很想见她。

夏小沐将准备好的礼物提前给了公婆。

她准备的是一张全家福，用很别致温馨的相框装着。相框里装着一家人的笑脸，看起来是一副幸福温暖的画面。和蔼可亲的廖致远，慈眉善目的何清秀，威严十足的廖雄，高贵优雅的赵锡娟，刚毅隐忍的廖鸿飞，神采飞扬的舒乐乐，率真可爱的廖一，志得意满的廖鸿翔，以及浅笑娴静的夏小沐。

看起来，多么和顺美满。

赵锡娟看着照片，不禁伤感起来："以后的全家福里，再也不会有乐乐了。"

今天赵锡娟化了浓淡适宜的精致妆容，显得精气神十足又明艳动人。穿着黑色的 Gucci 晚礼服，礼服上皮毛的缠绕设计，不仅完美贴身地勾勒出赵锡娟的和谐曲线，还增强了她整个人雍容华贵的气质。连夏小沐，都赞不绝口。

相对来说，夏小沐的着装简单得多。她穿着一身白色礼服，半薄的层纱，绮丽纯美。点缀期间的银白流苏正好挡住了微微凸起的腹部，也正好与胸前的水晶遥相辉映，活泼而朝气十足。十分符合她清纯姣好的面容。为了肚里的宝宝和自身的舒适度，她选择了一双坡跟鞋，倒也和礼服很搭。

客人陆陆续续到来，夏小沐作为主人之一，自然是和公婆忙着一起张罗和接待客人。倒是廖鸿翔和廖鸿飞兄弟俩，像是约好了似的，在聚会正式开始前十分钟赶到。舒乐乐也来了。她和廖鸿飞打招呼的时候，难免有些尴尬。曾经是夫妻，如今他们之间除了廖一，没有了任何关系。夏小沐见状，不免有些伤感。

最乐的要数廖一。一会儿拉着爸爸，一会儿拉着妈妈，咧开了嘴，一直没心没肺地笑。看得人心疼不已。

看着不停周旋于来宾之中的廖鸿翔，夏小沐不自觉想到了肚子里的宝宝，抚着肚子，心里又慌乱，又难过。

夏小沐早早上了楼。廖鸿翔上来的时候，看到她侧身躺着。他知道她没睡，在沙发上坐了一会儿，终于说："关于打掉孩子这件事，你不觉得你该给我个合理的解释？"

"不觉得。廖总，你别忘了，那天晚上你说我们之间不过是一笔买卖。"

"那是我的孩子，你亲手杀死了我的孩子，我们的孩子！夏小沐，你怎么就能那么狠，那是一条生命！"廖鸿翔终于发火了，忍了这么多天，难受了这么多天，他憋不住了。

"说这些已经没有意义了。廖鸿翔，欠你的钱，我会一分不少地还给你。"夏小沐说得轻描淡写，仿佛是在说"今天的天气很好"一样。

孩子还在她肚子里，只是要不要告诉他，她说了算。

"夏小沐，你觉得我们这日子，还能过下去吗？"

"很好。"已经迈出去的夏小沐转过身，看着他，淡淡地说，"这也是我想要说的话。所以，等到适当的时候，这个话题我们一定会谈，只是时间问题。"

　　下楼的时候，人已经全部走光了。

　　大概是看出了夏小沐和廖鸿翔之间一整晚都刻意保持的距离和沉默，赵锡娟插话了："小沐，小翔，你们俩赶紧将生孩子的事情提上日程。"

　　廖鸿翔却站起来："妈，你先说着，我出去接个电话。"

　　夏小沐知道他是故意的，却又无可奈何，淡淡笑着："妈，知道了。"

　　"你知道什么？就为着你为了工作拼命的那股劲，我才更想要你早点要个孩子，这样你的心思和精力就能多花些在孩子身上，否则，你再这么工作下去，我都担心你身子会吃不消。"赵锡娟拉着夏小沐的手，"小沐啊，你父母不在，我现在既是你婆婆，也把你当成是自家闺女看待，我说的话，你可要听进去才行。女人哪，生了孩子，才算是完整的女人……"

　　这些话，说得夏小沐鼻头酸溜溜地，眼泪在眼眶里直打转。

　　有一瞬间，她多想说出怀孕的事，可是想到廖鸿翔那些令她伤心伤肺的话，她就没有办法开口。

　　她又何尝不知道身体要紧，何尝不知道不宜过度劳累。只是再过一段时间，等她赚够了所需的钱，就好了。

　　睡到半夜，手机铃声突然响起，一个陌生的声音传来，普通话还说得极其不标准："你认识手机的主人吗？他在我们这里喝醉了，不省人事，麻烦你来弄走他，我们要打烊了。"

　　夏小沐拿开手机，发现号码是廖鸿翔的，皱眉："先生，麻烦你再打给他其他的朋友吧，我不方便过去，我和他也不熟……"

　　没等夏小沐说完，电话就被对方无情地挂断了。

　　夏小沐顾不上夜已深，给蒲箫遥打了电话。

　　赵金秋和蒲箫遥把廖鸿翔送到北辰银月后离开。夏小沐守了他一会儿，便也去睡了。睡到半夜，不放心，起来一看，放在床头的一大杯水已经喝光了，又给他接了满满一大杯放着。

她坐在床边，才惊觉这还是她第一次，这么安静坦然地坐在他身边，看着熟睡中的他。这五年来，是她一直没有机会这么看着他吗？还是他从来没有在喝得酩酊大醉之后出现在她面前？

她知道，在她睡得迷迷糊糊的很多个夜晚，他都这样静静坐在床边，久久地看着她。此刻，她才知道守候一个人是什么感觉。

他最近似乎比以前瘦了些，棱角分明的脸庞不似以前那般意气风发，影影绰绰的胡茬儿让他看起来有颓废的味道，脸色也灰暗了些，熟睡中仍是紧锁着眉头。夏小沐心头一紧，不由得伸手去抚他的眉心，可是不管她怎么抚，也抚不平他的眉心。突然发现他的鬓角，有白头发。

夏小沐感觉浑身的力量都被抽空一般，没有力气支撑身子，突然就心疼了。她轻轻地将头靠到他的胸膛上，闭着眼睛，心头是丝线撕扯般的疼痛。

决定了不见面不关心你，给彼此多一些空间。可是为何再见到你容颜，像看到一丝光线，心也这般疼？

不知不觉间，廖鸿翔的双手竟也搂住了她，呢喃间，似乎听见他在说："猫咪……猫咪……"

怔怔间，又听闻他喊了一句："小沐……"

含糊不清。她却偏偏听得真切。

他胸膛里有力有节奏的心跳声，让夏小沐的心跳也跟着有力起来，一声紧接着一声，似乎将要响彻房顶，她甚至担心自己的心脏会承受不了这样的响声而蹦跳出来。

第一次，夏小沐反复在心里问自己：我爱他吗？这个男人，我真的爱他，或者爱过他吗？

心是疼的。心疼他，心疼自己，心疼这种不远不近的关系，心疼这满腔的爱恨交加，也心疼这样静静相拥的时光。

第二天一早，夏小沐起床，廖鸿翔已经穿戴整齐，准备出门的架势。

"你等等！"夏小沐喊住他，鼓起勇气说，"那一百万，我会尽快还你！"

廖鸿翔脸色一下子沉下来，静静地拉开门走了出去，什么话也没说。

Part 19　情深爱浓

又过了一段日子，从银行出来，夏小沐按照酒店地址找过去，发现廖鸿翔刚忙完的样子，敞着双腿，一脸疲惫地靠倒在宽大的沙发上。见到她，他也没掩饰眼角眉梢的倦意，仍是懒懒地。

"累得跟狗似的，你图什么？"夏小沐忍不住说。

"如果我说，我什么也不图，就想安安静静地过日子，你信吗？"廖鸿翔伸手揉揉眉心，坐直身体。

"安安静静地过日子确实挺好，这五年我一直都在过这种日子。"夏小沐将手里重重的袋子放到他面前，平静如水地说，"钱我凑齐了，整整一百万。"

廖鸿翔看着桌上的袋子，半天没说话。

夏小沐接着说："没错，当时听了你说的那些话，我恨你恨得牙痒痒，我想，等我有了一百万，我一定要将钱狠狠地甩在你脸上，然后说我再也不欠你了。可是现在，我觉得我一直只想着你伤害我的那些话也不对，因为当年若不是你及时拿出那笔钱给我妈做手术，她也不可能多活了那么几个月，让我可以好好尽尽做女儿的孝心。所以，我应该感谢你当年的慷慨解囊，感谢你让我妈在这世上多活了一段时间。今天这钱，我并不是非要赌气或是怎么样，只是我觉得我必须要这么做。"

廖鸿翔没有打开看，指着袋子问："你哪来这么多钱？"

夏小沐照实说："我拍广告赚了一些，还有一小部分，是跟朋友借的。"

廖鸿翔似乎还没有从疲惫中缓过来，揉揉眉心："咱们能不能别闹了？"

夏小沐最恨听到从他口中说出这句话："廖鸿翔，你就不能在无话可说的时候换句台词？说了五年还不腻吗？我说了这么多，无非就是想表明我的决心和态度。我哪句话让你觉得我是在胡闹？"

廖鸿翔恢复正经："我们是夫妻，还要分你的钱我的钱吗？我当时不过是愤怒之后随口一说，你何必那么较真，还真把这么多钱拎到我面前？你是存心侮辱我，还是侮辱你自己？"

夏小沐咬紧牙根："你那些话，是我这辈子听过最难听最恶毒也最侮辱人的话，我受不了。尽管我现在已经不在乎那些话，但是钱，我必须还你。"夏小沐看着廖鸿翔，一字一句地说，"我终于不欠你什么了。但是廖鸿翔，有些事情，你也欠了我。"

廖鸿翔发火了："夏小沐，你真觉得不欠我什么吗？你在做这些事情的时候，考虑过我的感受吗？"

"没考虑过！"夏小沐说得斩钉截铁，"五年，一个女人最好的五年，都浪费了，你觉得我还有必要再为了你的感受浪费更多的时间吗？"

廖鸿翔彻底怒了，用异常冷漠的声音说："你还别抱怨你浪费了五年，当初结婚，谁也不爱谁。至于为什么结这个婚，你若是认为我把你当棋子使报复别人，也可以。"

夏小沐淡淡地笑着，离开前说："我们都好好想想，这个婚姻还要不要继续。"

接下来的一个星期，报纸杂志接连刊登翔飞集团因拆迁等问题接受调查的报道，公司的股价波动幅度极大。本来拆迁这事凭廖鸿翔的能力和廖家在南城的影响力，绝对算不上什么事。但这一次，有人在背后运作一切，存心跟廖家过不去，把廖雄、廖鸿飞也搅合了进来，变得相当棘手，谩骂声铺天盖地。

廖家的正面形象一下子全被扭曲，成为寻常老百姓的日常谈资。廖鸿翔哥俩迅速调动身边的一切关系和人脉资源，各方奔走，忙得焦头烂额，十天半个月都见不到人影。

这天晚上，夏小沐检查完廖一的作业，又哄了他睡下，才到婆婆房

307

间。和赵锡娟聊了一会儿，廖鸿翔才回来。见他焦悴的样子，有些心疼，坐到他身边，轻声提醒道："你也别给自己太大压力，身体要紧。"

因为这场突如其来的变故，他们两人之间的心结，已经变成无足轻重。

廖鸿翔握着她的手，皱了皱鼻头："你也要注意身体。这段时间你又要工作，又要照顾妈妈和廖一，真是辛苦你了。"

夏小沐摇摇头，忍着一阵阵胃部的不适，看着他说："你也提醒大哥要注意身体，别太累了。要是你们都倒下了，爸爸就更没有指望了。"

算起来夏小沐怀孕也将近两个月，虽然孕吐的反应是减少了，可是时常觉得胸部肿胀难忍，胃口也不太好，情绪也不太稳定。

在廖鸿翔出差期间，夏小沐下体流过一次血，去了医院，医生说是妊娠月经。算是虚惊一场，可是她谁也没告诉，一个人默默承受着。

从此，她格外小心，除了注意补充营养，每晚都尽量早睡。

廖鸿翔出差回来，有些惊讶："你怎么越来越胖了？"

夏小沐心里不禁咯噔一下。还真是的，这肚子一天天变大，总有一天是要被识破的。

好在自从廖鸿翔出差回到南城，所有的事情都朝着有利的方向发展。渐渐地，网络上谩骂和反对廖家的声音日渐变小，铺天盖地的信息都倒向廖家一边。但是失足丧命的钉子户家属仍旧咬着廖鸿翔不放。

看到廖鸿飞哥俩这段时间忙得黑白颠倒，夏小沐心里不免跟着着急。想来想去，她觉得她能做的也许是去见见雷俊宇。如果是以前的雷俊宇，她确信她一定可以说服他。可是如今，她没有把握。

车子开出很远，她都没想好该如何劝雷俊宇。可她心里也知道，她必须走这一趟，否则她会坐立不安。

下了车，她慢慢地朝着广场走去。远远地，她看到雷俊宇坐在窗边。即便回不到往日时光，可是他的身影，还是让她瞬间忆起那些青春岁月里的美好记忆。习惯性地抚摸了一下肚子，心里忽然就有了主意……

半个小时后，从咖啡馆出来，夏小沐踏入了翔飞大厦。既然来了这附近，她想上去看看廖鸿翔。最近他操劳过度，已经消瘦了很多。这是她第一次到公司找他，心里竟有些隐隐的雀跃与欣喜。她一边按电梯一边想，如果他不是很忙的话，就陪他去附近的餐厅吃顿饭，顺便告诉他雷俊宇答应帮忙撤诉的消息。

李伟将夏小沐带到廖鸿翔的办公室，可是等了两个半小时，廖鸿翔还在开会。后来，她靠在沙发上睡着了。等她醒来，李伟才告诉她，说廖鸿翔开完会没回办公室就直接走了。

夏小沐没料到会是这么个结果。他是存心的吧？

晚上回到廖宅，廖鸿翔正在客厅里跟爷爷奶奶聊天，很开心的样子。可是一看到她，脸立刻拉长，不再说话，站起身就往楼上走去。

夏小沐上楼，发现他正在洗澡，便开了电脑上网，还特别关注了有关廖家的新闻。正看着，浴室门打开，她也忘记了廖鸿翔白天故意放她鸽子和刚才他在楼下的反应，欣喜地叫起来："太好了，现在网络上的评论都明显偏向咱们家一边了。"

廖鸿翔没回应。

一转头，发现他一边结睡袍带子，一边往门外走去。

"你要干什么去？"夏小沐奇怪地问。

廖鸿翔不理会她。开了门出去。

夏小沐觉得他今天怪怪的。可是又一想，也许他是要忙着去书房处理公事，或者去厨房喝水什么的，估计一会儿就回来了。一个小时之后，廖鸿翔还没回房间。

她穿了拖鞋，披上一件宽大的外套，下楼去。楼下，只亮着夜灯，连佣人们都已经休息去了。去书房，黑乎乎地没人。她转身上楼，往客房走去。试着扭了一下门把，居然开了。她轻轻地走进去，廖鸿翔已经睡下了。

她的心，像是被什么尖锐的东西狠狠地刺了一下。

第二天一早，餐桌上独独少了廖鸿翔。

接连几天，廖鸿翔都没有打电话给她，短信就更没有了。电视台也很忙，夏小沐全副心思和精力都在工作上，没时间反思她做了什么让廖鸿翔突然对她这样。晚上回到廖宅，只有赵锡娟一人歪在沙发上，好像有些不舒服。夏小沐给家庭医生魏波打电话，让他过来看一下。

等夏小沐将魏医生送至大门口，廖鸿翔的车子便驶了进来。

夏小沐没有走上前，只是站在门口等着他下车。谁知等了几分钟，车子早已熄火，仍不见他下来。她只好走过去，敲了敲车窗，没反应。耐着性子，反复敲了一会儿，车窗才缓缓摇下，一股酒气直扑向她。

喝酒了还开车？

夏小沐气得掉头就往屋里走。想了想，还是叫来几个佣人去车里扶出廖鸿翔，又叫厨房准备了些醒酒汤。

她坐在沙发上，看着躺在床上的廖鸿翔，有力不从心的感觉。

如今这个家，公公廖雄长期不能回家，老太爷和老太太不想管太多，一直操持家事的赵锡娟病着，没病的廖鸿翔喝醉了，理智能主事的廖鸿飞天天忙到后半夜才回家。这么大一幢房子，一点人气都没有。

保姆端来醒酒汤，夏小沐拿着勺子，一勺一勺灌廖鸿翔喝下去。半个小时后，廖鸿翔有了些清醒的意识，睁开眼，看到夏小沐，问："我怎么在这儿？"

夏小沐看着他，一动不动，脸上也没什么表情："你终于愿意跟我说话了？"

廖鸿翔揉了揉眉心，从床上挣扎着爬起来："我以为你不愿意见到我。"

"我不愿意见你？"夏小沐皱眉，"廖鸿翔，我那天在你办公室足足等了你两个小时，你跟我玩避而不见，这些天回家你又跟我来视而不见。家里现在都乱成这样了，你还有心情跑去喝酒，廖鸿翔，你到底想怎样？"

廖鸿翔揉完眉心，又开始揉太阳穴，半晌不说话。

夏小沐见他又是不愿意跟她说话的样子，气不打一处来："廖鸿翔，我到底做了什么事惹到你了？为什么突然这样对我？这段时间我对这个家尽心尽力，累得跟狗似的，甚至我差一点就累得……我到底哪儿做错了？"

"你没做错。"廖鸿翔站起来，看着夏小沐，"只是你心不由己。"

"能好好说话吗？"夏小沐有些急了。

"嫁给我的这些年，你是不是一直觉得自己特别委屈？"廖鸿翔很平

310

静，"夏小沐，这段时间你照顾家里确实辛苦了，可是这不都是你作为一个妻子一个儿媳分内的事吗？很多事情，我也已经睁一只眼闭一只眼了，你还想怎么样？"

"廖鸿翔，我并不是要跟你邀功……"夏小沐越说越气，"什么叫睁只眼闭只眼，我做什么了？"

廖鸿翔走近她，口气慢悠悠地，很慎重地问："夏小沐，你爱我吗？"

夏小沐瞪大眼睛，像听了一件多么不可思议的事。

"有必要这么吃惊吗？"廖鸿翔冷笑，"不爱就说不爱。"

"你……为什么突然这么问？"她和他之间的交谈从来没涉及过爱不爱的问题，他突然冒出这问题，夏小沐除了惊讶，还真的不知道要怎么回答。

"夏小沐，那你告诉我实话，你是不是还在爱着雷俊宇？是不是这些年，你都在想着他？"

"……我跟他已经是过去的事情了，你现在提这个算怎么回事？"

廖鸿翔冷笑，语气却很平淡："那你告诉我，你那天去找他干什么？你们大庭广众之下搂搂抱抱眼泪鼻涕齐流，还约在我公司楼下，存心让我出丑是不是？"

"原来你是因为这个不理我。"夏小沐松口气，走过去，"那天我是有找过他，我想让他放弃官司，别再跟你对着干，并不是你想的那样……"

"结果呢？"

夏小沐笑："他同意去说服死者家属庭外和解。我这些天一直想将这个消息告诉你来着，是你不给我机会！"

廖鸿翔突然阴沉着脸："夏小沐，我有拜托你去找他吗？你把自己当什么了？我廖鸿翔无能到需要女人去为我做这些事情？和老情人勾三搭四给我戴绿帽，你这是帮我吗？"

"廖鸿翔，你没搞错吧？"夏小沐火了，"我这都是为了谁呀？你以为我愿意这样做吗？我还不是为了你！你不领情就算了，凭什么这么说我？"

"凭什么？"廖鸿翔声音也大了起来，"你要是想见他，直接去，不用打着帮我的旗号。夏小沐，我不是傻子！"

"廖鸿翔，你浑蛋！"夏小沐一下子站起来，抚着沙发靠背才勉强站稳，"不要用你那肮脏龌龊的想法来揣测我的行为！"

"我浑蛋？那你还进这个家干什么！找他去！"

夏小沐闭着眼睛，平复了一下激动的心情，有些无力："廖鸿翔，你这是赶我走的意思吗？"

廖鸿翔阴着脸："还用我赶吗？夏小沐，你不是一直都想离开我？有本事，你现在就给我走，再也不要回来！"

夏小沐的心，一瞬间凉到了极点。

走到廖鸿翔跟前，睁大眼睛看着他："廖鸿翔，是你赶我走的！"

这天，夏小沐刚踏进办公室，同事们就纷纷笑着说恭喜。夏小沐知道他们说的是廖家的事情终于雨过天晴。这些事情，并不是廖家告诉她的，她是从赵金秋那里听来的。度过危机，廖家也彻底摆脱了乌云密布的氛围。夏小沐也在心里暗暗松了一口气。

为了感恩和答谢亲朋好友出手相助让廖家渡过难关，廖家举办了一次家宴。夏小沐下了节目回到廖宅，聚会还未结束。赵锡娟、何清秀都盛装出席，笑脸待客。廖家三父子出事之后，很多从前关系要好的人立刻和廖家划清界限，恨不得从来不认识廖家人，廖鸿飞哥俩几次上门求见，都吃了闭门羹。可那些人此刻却端着酒杯和廖雄廖鸿飞父子俩谈笑风生，交谈甚欢。都说人情淡薄，可是必要的社交场合大家都免不了客套几下，表面功夫做得很足。

夏小沐一直没见着廖鸿翔。原以为他可能在某个角落和人聊 high 了，一会儿便会现身。所有角落都看遍了，也没看见他。上楼找了个遍，还是没见着他的人。拨了几次手机，都在关机状态。拨了他办公室的号码，一直无人接听。李伟的电话也打不通。终于等到客人都散去，夏小沐赶紧下楼来，佣人们正在忙着收拾整理，赵金秋一家也离开了。四个长辈都坐在沙发上，廖一玩闹之后，累得睡着了，廖鸿飞正抱着他。

"小沐，你怀有身孕几个月了？"何清秀突然问。

所有人的目光，都集中到夏小沐一人身上，然后视线又都转移到她的腹部。夏小沐双手不禁抚着肚子，脑子里一片混乱，甚至有些微微的惊慌失措。

何清秀的那双善目此刻炯炯有神："前段时间看你时不时总是犯恶心，还以为你是吃坏了肚子，可是这段时间没见，今晚一看，肚子都凸出这么明显了，也不见你紧着担心自己的身子。你这孩子，不会是还不知道自己怀孕了吧？"

夏小沐强迫自己镇定之后，说："奶奶，三个多月了。"

廖雄看着赵锡娟："这事，你怎么没跟我说？"

赵锡娟摊开双手，表情僵硬："我……我怎么跟你说？要不是妈这么一问，我还真是一点没看出动静来。"

夏小沐硬着头皮："我自己一直都很小心身体的，爸妈，爷爷奶奶，这段时间家里事情多，我不想你们为我操心，请原谅我没及时告诉你们。"

廖雄问："这事，小翔也不知道吗？"

"他原来是知道的，但是后来……他应该不知道。"夏小沐有些语无伦次，她不敢说出她曾骗廖鸿翔说孩子流产的事。

一家子围绕着怀孕的话题说个不停，甚至开始你一言我一语回忆廖鸿飞哥俩小时候的事情，兴致很高。

"二少爷？你怎么这时候才回来，老爷的聚会都结束了。"门外响起管家的声音。

紧接着，是廖鸿翔嚷嚷的声音，听不清他在说些什么。

夏小沐第一反应是他又喝醉了，赶紧从沙发上站起来，往门外走去。上前拉住他，低声说："大家都在里面，你小点声！"

她这一劝，廖鸿翔更来劲了，大叫："我为什么要小声？还有，你还回来干什么？"

赵锡娟也走了出来："嚷嚷什么？你爸正等着收拾你，有本事你就一直嚷着进去！"

廖鸿翔并没有大醉，看到赵锡娟便上前拉着她，半撒娇半无赖地说："妈，我的亲妈，连你也看我不顺眼了是不是？我到底是不是你亲生的？"

夏小沐从没看过他这副在家人面前不管不顾的样子，不由得着急了："别闹了，爸爸正在气头上，你想挨骂是不是？"

廖雄一直看着廖鸿翔的一举一动，虽然不吭声，但是看得出他正忍着怒气。

进厅里见到一大家子都在，廖鸿翔脚步并没有跟跄，稳稳当当地走过去："我的亲爷爷亲奶奶亲爸亲大哥，你们都在等我吗？"

廖鸿飞瞪了他一眼："好好说话。"

廖鸿翔大大咧咧地在廖鸿飞身旁坐下来，不以为然。

"今晚干什么去了？"廖雄架起腿，往沙发背上一靠，悠然的样子不禁让人想到暴风雨来临前的宁静。

"你不就是想问我为什么不来参加你的升迁宴吗？"廖鸿翔看着廖雄，"我没忘今晚是什么日子，我是故意不来的。"

"小翔，你这是什么态度？你怎么能这么跟你爸说话？"赵锡娟从后面拍了儿子一巴掌。

廖鸿翔问："爸，这么多年，你把我当你亲生儿子了吗？"

廖雄看着他："你倒是跟我说说看，我哪里没把你当亲生儿子？"

"从我记事以来，你有好好跟我说过一次话，有好好听过我心里的想法吗？"廖鸿翔直视着父亲，"没有！你每次都不等我说完就打断我的话，认为我除了吃喝玩乐泡妞之外一无是处，你骂了我这么多年，从来没说过一句鼓励和安慰的话，即使我不靠你的任何关系和力量，凭借我自己的能力把公司做强做大，你还是不认同我，照样训斥我。以前我以为你是为我好，怕我骄傲，但是现在我才发现，你一直没有把我当你儿子……"

"啪！"

一记响亮的耳光，准确无误地打在廖鸿翔脸上。

廖雄再次抬起的手，被旁边的何清秀死死拽着："你再敢打我孙子一巴掌试试！"

314

廖雄并不是真心想要打他，刚才那一巴掌也是一时太着急上火才出手。毕竟儿子都成家立业快当爸了，再赏巴掌也不太像话。

廖鸿翔舔了舔唇角，站起来，笑道："能挨您一耳光，还真是有幸。"

第二天，南城早报醒目的标题是：《翔飞集团总裁廖鸿翔的惊人身世——竟是遭亲生父母遗弃的私生子》。

"据知情人士称，廖雄只是廖鸿翔的养父。前段时间，廖鸿翔为了养父的事情，动用廖家多年的关系和雄厚的经济实力，多方奔走，才使得廖家解除危机。就在廖雄的事情尘埃落定之时，廖家却因廖鸿翔非廖雄亲生再起风波……"

夏小沐一直盯着报纸看，从头看到尾，越看，脑子越乱。后面的字，一个都没看进心里去。她怔怔地盯着报纸，恨不得盯出个窟窿来。

廖鸿翔失踪了。

很多天后，在一家坐落在水面之上的餐厅，夏小沐见到了廖鸿翔的生身父亲，慕容常林。而令她完全没有想到的是，廖鸿翔和慕容朝阳竟然是同父异母的兄弟。震惊之余，她听完了慕容常林和廖鸿翔的母亲廖云的故事。

慕容常林和廖云很相爱。廖云一出生就是官小姐，吃穿不愁，从小被宠着长大，慕容常林出身却不好。一开始，廖致远和何清秀很反对他们两人谈恋爱，直到慢慢地觉得慕容常林人不错，头脑聪明，也上进肯吃苦，才勉强同意他们交往。后来，慕容常林有了出国留学的机会，在他们那个年代能够出国是很困难的事情，再三考虑之后，慕容常林决定出国，并且和廖云有了三年之约，说好三年之后一回国就结婚。

慕容常林出国之后，廖致远和何清秀就忙着给廖云相亲，要她忘记慕容常林，找个门当户对的人家嫁了。后来，廖云发现自己怀了孩子并且要坚决生下来，这才罢休。廖云生廖鸿翔时大出血，虽然当时是保住了性命，可是因思念远在国外的恋人，又加上身子弱，没过多久，就去世了。

慕容常林并不知道这些情况。他回国之后找到廖宅，廖致远和何清秀只告诉了他廖云两年多前就已经过世的消息，其他的什么都没说。慕容常林大病了一场，后来就开始发奋工作，一直到遇见了慕容朝阳的妈妈，才结了婚，仕途也渐渐步上坦途……

　　下班后从电视台出来，早已经华灯初上。
　　廖鸿翔的电话仍然打不通。
　　夏小沐打车去了山腰的别墅。廖鸿翔不在，管家却给了她一份文件。
　　看到文件上"离婚协议"四个字，夏小沐一下子就蒙了。
　　好一会儿才缓过神来，问管家："廖鸿翔呢？"
　　管家摇头说不知道。
　　打电话给李伟，也说不知道廖鸿翔去了哪里。
　　这算什么？这样避而不见，就想将她扫地出门吗？夏小沐气极了，将协议撕得粉碎。知道他一定关机，可还是忍不住发了条短信过去："廖鸿翔，你别欺人太甚！！！"
　　在前院的草地上，夏小沐发现了一只猫。这只猫长着完美无瑕的毛皮，明亮的橙色眼珠子，红润的小舌头和让人不可思议的完美脸蛋，圆乎乎的。夏小沐本来不喜欢宠物，可是只一眼，就喜欢上了这只猫。
　　她问管家："这猫是哪里来的？"
　　管家说："这只猫是廖先生自己养的，外表与其温柔的性格非常吻合，叫声很轻，很乐意与人为伴。"
　　"什么品种？"
　　管家想了想，说："听廖先生说过一次，好像是叫苏格兰折耳猫。"
　　"那它叫什么名字？"
　　管家笑着说："我听见廖先生总叫它猫咪，有时候也叫它小沐。廖先生可喜欢这只猫了，每次来都会抱着它静静地待一会儿，这只猫也很听廖先生的话，很温驯。"
　　猫咪？小沐？
　　夏小沐愣了一下，弯腰想要去摸一下猫，没想到它转身就跑进了屋猫没上楼，却从一楼一扇隐蔽的门缝里钻了进去。

夏小沐问："那是什么地方？"

"不知道。"管家摇头，"廖先生有时候会进去待很长时间再出来，可是他从来不让人进去，说那里不需要打扫，大概是收藏室之类的地方吧。"

夏小沐好奇地推门进去，发现一条通往地下的通道。顺着通道一直往下，走到底，果然发现是一间很大的收藏室。一排排橱柜上，摆着很多名贵酒。除了酒，房间里还有一些艺术品，看起来都是价值连城的东西。

夏小沐在房间里找了一圈，没找到那只猫，却在楼梯拐角发现了一扇门，推开进去，发现里面黑漆漆的，传来一声猫叫声。夏小沐摸到开关，打开灯，里面的光线很微弱，像是一间暗阁。走进去，发现房间里拴了几根线，线上都用木质的夹子挂着类似照片或图片的东西，墙上也贴满了花花绿绿的照片，各个地方的风景都有。

房间里有拍照的设备。

夏小沐从来不知道，原来廖鸿翔喜欢拍照，还亲自动手冲洗照片。

她抬头，一排排沿着线上的照片看过去，全是她的照片——

油菜花、蜜蜂、青色麦苗和远处的山峰为背景，她在油菜花丛间，笑得灿烂妩媚。有很多张偷拍的生活素颜照，每一张上面的她，都笑得眉飞色舞，由内而外散发的喜悦像绽开的白兰花一样耀眼。还有几张是她和廖鸿翔两人在花田间的合照。

在乌青的美好记忆，就这么毫无预兆地纷沓而来，夏小沐有些微微的眩晕感。她闭上眼睛，似乎再次闻到了那些熟悉的油菜花香。

在这间收藏室里，还有这些年她心血来潮时送给他的小礼物，包括去年圣诞节她送的红鼻子麋鹿造型 U 盘；情人节的时候她送的登喜路龙形袖扣和登喜路的龙年系列配饰。其他的很多小物件，则是她用过之后随手丢弃在家里的，她一直以为这些东西早已经被扔了，没想到它们会出现在这里，包括：钥匙扣，环保袋，她自己做的零钱袋和钥匙包，耳钉和耳环，琉璃挂件，手工书签，DIY 手链和脚链等等。

她仔细辨认了一遍，发现这六年里，她送给他的礼物真是少之又少，都数得出来，而且，都是一些便宜的小玩意儿。

柜子里，还有几个旧旧的钱包，都是他喜欢的牌子，也都是他用过的。夏小沐好奇，翻开其中一个钱包，里面什么都没有，只有一张照片：她的证件照。她年轻的模样，单纯又青涩。把照片拿出来，发现上面还有 A 大的钢印。这照片，应该是他从她的某一个证件上撕下来的，她都忘了曾经是贴在什么证件上。

另一个钱包里，也只有一张照片，还是她的。只是这张，是她毕业之后进电视台上班的照片，不是证件照，也不是正式的照片，估计是他从什么报纸或者杂志上剪下来的。那时候的她，已经初露主持人的风范，眼角眉梢已然透露出大气沉稳的迹象。

她耐心地一个一个钱包打开看，每一个钱包里都有一张她的照片，这些照片合起来，就相当于她这些年的成长历程。最近的一张照片，是在翔飞集团的庆祝晚会上，她穿着著名设计师为她设计的昂贵礼服。也就是在那一晚，他对外宣布，她是他已婚五年多的妻子。那时候，她是下定决心要跟他重新开始，然后白头偕老的。

夏小沐的心里，除了满满的感动，更多的是惊讶。

廖鸿翔这样一个满身光环的男人，有勇有谋，刚硬强悍，却从没想过他会有一颗这么细腻和感性的心，而这些感性和细腻都用在了她的身上。

夏小沐终于明白：廖鸿翔的心里一直都有她。

他爱她，只是从不说出口，也不让她知道。如今他的心思被她无意间发现，却比他亲口表达爱意更让她感动。这样的爱，很多男人都能做得到。可是发生在廖鸿翔身上，更显得难能可贵，比每天都有惊喜和甜蜜，更加真实，更加情真意切。

可是，廖鸿翔却给了她一份离婚协议书。

一想到这里，她的心就凉了，觉得生命的颜色暗淡无光。

回家的路上，夏小沐向台里请了长假。她突然很想念廖鸿翔。这些年，是他将她逼上用满当当的工作占据全部生活的地步，现在也是他，让她准备放手工作，只为了早日找到他，陪他度过生命里最艰难的时候。

Part 20　花已开满

车子进入乌青，夏小沐便有种近乡情怯的感觉。

五月初的乌青，油菜花的花期过后，一片片满目金黄的油菜花海已经不复存在，取而代之的是一株株嫩绿的油菜，枝头上结出了饱满的油菜花籽。再过一些时日，油菜花就要进入采收期了。

当她出现在乌青老宅院时，张阿姨吓了一跳："少夫人，你怎么来了？二少爷交代谁都不让告诉，我可是半个字都没透露啊。"

廖鸿翔还真的在这儿。夏小沐松了口气。

廖家近日忙着做廖雄调任的准备，忙着打点上上下下的关系，加上来访的亲戚朋友也多，没人可以陪她来乌青，长辈本不同意让她一个人来，可她再三坚持，只好让她来了。

走在泛着亮色光泽的青石板路上，心底似一汪平静的湖水，温柔而无波。两边砖瓦木质结构的廊檐下，精美的雕花依旧显眼，一阵风吹来，铃铛"叮叮当当"开始响起。

夏小沐沿着石板路一直走，心里想，会不会在下一个转角遇见廖鸿翔呢？

这么想着，就真的遇见了。

只是她看见的廖鸿翔，是跟几个人在拐角的小饭馆里对瓶喝酒。

夏小沐走过去站到他身边，皱着眉头看他醉生梦死的样子，不禁恼火："廖鸿翔，你喝够了没？"

廖鸿翔抬头看着她，眼神涣散，全无焦点。都已经认不出她来了。

看到他这样，她的心里头又何曾好受？

爱情这东西，来去全不由人。

夏小沐想，她是真的爱上他了。

不然，这些天她又怎么会为了他食难下咽、夜不能寐？跟工作相比，她宁愿选择他。听说他在这里时，她是那般雀跃，可是这会儿见他这般糟践自己，心又这么痛。

夏小沐守了廖鸿翔一夜，直到天快亮时，才支撑不住睡了过去。等她醒来时，已是午后。她听说廖鸿翔又一个人出门去了，有些担心，匆匆出门去找他。

在沿着整个乌青流淌的河边，夏小沐见到了坐着沉思的廖鸿翔。河水清透，倒映出他有些寂寥的背影。夏小沐没有走过去，只是远远地站着看他。

不知道过了多久，廖鸿翔终于起身。

夏小沐站定，看着微微低头的廖鸿翔一直朝着她走过来。

廖鸿翔也站住不动，眼神从夏小沐的脸上转移到她凸起的肚子上，一眨不眨地盯着。

夏小沐慢慢地走过去："廖鸿翔，我们的宝宝都已经四个多月了，你真的要狠心抛弃我和宝宝吗？"

廖鸿翔脸上的表情在一瞬之间变得丰富起来：震惊、疑惑、欣喜、不安、激动……

"夏小沐，到底怎么回事？"廖鸿翔冷着脸，"你不是去医院打掉了吗？"

夏小沐说："你自己好好算算时间，就知道我有没有真的打掉了。"

廖鸿翔愣了一下，随即转过身去，背对着夏小沐。

夏小沐气得大叫："廖鸿翔，你要是个男人，就承担起你的责任，别一副霜打茄子的样子……"

尾音还未说完，整个人就被腾空抱起，惊得她大气都不敢喘，廖鸿翔反倒得意地笑了。

"宝宝恐高，别吓着他了，快点放我下来。"夏小沐搂着他不敢动。

廖鸿翔这才将她放下。

夏小沐站定，特认真地说："想要我原谅你，得先对我说三个字！"

"哪三个字？"廖鸿翔忍住笑，"要不，你说一遍给我听。"

"我……"夏小沐忍住，"我才不说。你自己好好想想，没想出来，就不准回家吃饭！"

廖鸿翔说："我想你！"

夏小沐头也不回地向后面摆摆手："不对，再想！"

"我说，我想你。"廖鸿翔在她身后又说了一遍。

"跟你说了不对，还说？你怎么这么笨啊！"夏小沐怒。

廖鸿翔跟上去，拉起她的手，像是怕伤着她，轻轻地拥她入怀。

久违的怀抱，夏小沐眼眶一下就湿了。

他在她耳畔轻柔地、深情款款地说："我爱你！"

夏小沐怀疑自己听错了："再说一遍，没听清。"

"我爱你！"廖鸿翔又说了一遍，然后露出转转的、酷酷的笑，"虽说中国人不说二遍话。可这一遍是说给我儿子听的。"

和廖鸿翔从乌青回到南城，夏小沐便请了长假，安心在家养胎。一方面是廖鸿翔的坚持，另一方面，她也很想多陪陪家人，不想让他们为她担心。某一天她站到穿衣镜前，看到镜子里五大三粗的身材，吓了一大跳。手脚变粗了不说，还出现了双下巴。简直就是"富态"到让她无法接受的地步。都怪这段时间补得太厉害了。她一心只想着肚子里的宝宝需要，婆婆和吴妈给她吃什么，她就二话不说地吃光。

廖鸿翔陪着她去电视台请产假那日，看着廖鸿翔周旋在同事间，她笑得越发甜蜜。简直像个不良花痴。

回去的路上，廖鸿翔问："你刚才笑得那么花痴，是想到了什么好玩的趣事？"

夏小沐惊讶："原来你后脑勺也生了眼睛啊？"

她以为廖鸿翔忙着招呼她那帮同事，都没特别注意到她。

廖鸿翔点头："我一心都在你身上，能不注意到你那销魂的笑容吗？"

夏小沐很老实地说："廖先生，你知不知道你完全符合我很久以前设定的完美老公的标准，所以，刚才想到这一点，我就笑了。"

"你说这话令我很伤心。"

"怎么？"夏小沐不解，"廖先生，我这可是在夸你。"

"能不伤心吗？"廖鸿翔哀怨地说，"跟你夫妻这么些年，你到现在才明白我的好，你这人得有多笨啊？娶了这么一个笨蛋做老婆，我能不伤心吗？"

"你才是笨蛋！"夏小沐不满地抗议，然后又问，"廖先生，你知道你身上哪一点最吸引我吗？"

"哪一点？"

"自信又霸道的样子。"夏小沐又加了一句，"因为浑身散发着自信味道的男人，能让女人放心。"

廖鸿翔笑："你这是什么逻辑？就图个放心。"

"你不懂。女人一辈子最需要的无非是两样东西，那就是很多的爱和很多的安全感。这就是女人，容易满足，也容易为难自己。这两样东西，说起来简单，可是不容易得到。"

廖鸿翔问："那你拥有这两样东西了吗？"

夏小沐眯着眼睛想了一会儿，才点头说："勉强算是得到了吧。"

"看来我做得还不够。革命尚未成功，同志我仍需努力！"廖鸿翔自嘲地握紧拳头，朝着空中挥了挥。

夏小沐大笑起来。

从乌青回来之后，她笑得越来越多了。

廖鸿翔回来后，一直忙着处理他不在公司这段日子积压的事情，他答应过夏小沐等处理完公司的事情就回廖宅。现在，总算是忙完了一头，也是时候回家去跟长辈们请安问好了。所以，从电视台出来，他们直接回了老宅院。

廖致远看到廖鸿翔，脸上红光满面："你小子前些天请都请不来，以为你真要跟我们彻底划清界限。今天居然不请自来了。看你这阵势，是来兴师问罪的吧？"

夏小沐笑着说："爷爷，别看他在外是威风凛凛的廖总，可是到了您跟前，他还不是一孙子，哪里敢兴师问罪啊，他要是敢，您就狠狠收拾他一顿。"

"小沐，你也不能这么说他呀，男人呢，面子是最重要的。"廖致远似笑非笑，"难得他今天搁下面子回家来一次，别把他给气跑啰。"

夏小沐眨眼："爷爷，他本来就是您孙子！"

廖鸿翔这才发现如今的夏小沐，在长辈面前是越发有脸了，还敢当着他们的面打趣他，又气又怒，可是看到她眼角眉梢自然散发出来的笑意和愉悦，心底也不由得跟着乐呵起来。故意板着脸道："爷爷奶奶，你们也太护着她了吧，如今她都骑到我头上来了，你们也不心疼我，反而帮着她一起挤兑我。你们到底疼谁？"

何清秀立刻说："自然是疼……小沐肚子里的宝贝。难不成你还要跟你儿子争宠啊？"

廖鸿翔挨着何清秀坐下："奶奶，我知道错了，你有什么不满尽管说出来，我一定好好儿听着。"

"少贫嘴了，去，你爷爷和你爸有话跟你说。"何清秀笑着推他。

在廖鸿翔完全解开心结后，夏小沐陪着廖鸿翔去了慕容家。慕容夫人失去了慕容朝阳，悲痛不已。如今看到丈夫和亲生儿子相认，又得了一个儿子，欣慰不已。

两天之后，廖雄到外地上任，赵锡娟陪同前往，亲朋好友纷纷来家里送行。一家人到机场送行。在机场，遇到了雷俊宇。

"有个美国的律师事务所邀请我过去，所以……"雷俊宇拖着行李箱，看见夏小沐，露出温和的笑容。

夏小沐也笑："叔叔阿姨年纪大了，你记得经常打电话回家，别让他们担心。也记得时不时给我来个电话。"

"沐沐……"雷俊宇缓缓道，"谢谢你，还愿意跟我做朋友。你要的幸福我今生是给不了了，这辈子亏欠你的，希望下辈子能补偿你。如果有来生的话，你愿意……给我机会吗？"

夏小沐看着眼前这个耗尽了她整个青春期情感的男人，心里有说不出的难过。从前干干净净的青涩男孩，经历过世事之后，身上多了老练和沉着，自有一种能镇住场面的气场。只是看着她的眼神，和多年前一样，依旧那么深情和热烈。

她笑看着他，真切地说："俊宇，我不后悔曾经那么爱过你，即使受过伤，即使我们现在无缘在一起，我依然觉得认识你是我这辈子的幸事。我现在最希望的是，你能彻底忘掉我，放下执着，紧紧握住你能把握的幸福，不再轻易让幸福从你身边溜走。"

雷俊宇摇头："就算是要忘记谁……我也不想忘记你！"

"俊宇，你又何必执着？"夏小沐有些无奈。

"沐沐，你信吗？我现在终于能彻彻底底地体会以前你从杂志上念给我听过的一句话。"

"哪句？"

"我爱你，与你无关。"

"……"

"每个人的心里，都住着这么一个人，遥远地爱着。这辈子也许都无法再在一起，也许都没有机会再说一句话，可是就是这个人支撑了生命中最重要、最灿烂的日子。"雷俊宇看着夏小沐，认真地说，"是的，沐沐，我爱你，与你无关。所以，你不用觉得有负担，也不用顾及我，只要你幸福，我就满足了。"

夏小沐也不能再多说什么，点点头笑道："俊宇，保重！"

春天的时候，夏小沐在翠园后院里种的花全开了。

当初只是一粒一粒的籽，如今都生根发芽开了花。太阳花，满天星，矮牵牛，玛格丽特，开满了整个后花园。站在楼上，都能闻到空气中隐隐的花香。

"花都开好了。"廖鸿翔走过去，轻轻拥着她，然后轻轻哼道，"花一开满就相爱，春风对雨的依赖，啦啦啦，啦啦啦啦啦啦啦……"

夏小沐转头看着他，问："你怎么也会哼这首歌的？"

"记不得后面的歌词了。"廖鸿翔想了想，说，"之前你的手机里只有这一首'花一开满就相爱'，我也在西门驿站听你唱过这歌，你是不是特别喜欢这一首？"

夏小沐看着眼前的繁花，淡淡地说："就是觉得歌词写得有意思，旋律也朗朗上口。"

其实，她当时会喜欢这首歌，是因为歌名。

花一开满，就能相爱？

那时候，她和廖鸿翔的关系，还是别别扭扭的，冰冷到几乎没什么温度。她多么希望有一天，他们也能像寻常夫妻那样相亲相爱地过日子。

于是，她开始学唱那首歌，带着美好的期待。再后来，她又开始种花，不仅仅在北辰银月的顶楼，也在翠园的后庭院种，希望花开了她和他也能真正地交付彼此的心。但是始终只是一个美好的愿望，并不敢想有一天能真的实现。

如今，也算是心想事成了。所以，再次提起这首歌，有些百感交集的滋味。

廖鸿翔看出她心里的百转千回，问："这首歌对于你来说，有什么特别的意义吗？"

"不是对于我，而是对于我们。"夏小沐纠正，"我曾无数次想象，等到花都开好了，我们会不会还像以前一样，只是最熟悉的陌生人。"

"现在花开满了，我们也真心相爱了。你等待到了为我飞舞的姿态。我也等到了你眼中的光彩。属于我们的幸福，一定会开花结果。"廖鸿翔懂了。

夏小沐看着花，听着他的话，眼眶有些湿了，撒娇似的挥起拳头，象征性地轻轻捶了他一下："廖先生，不要动不动就说这么煽情的话好不好？眼泪都快忍不住了。"

廖鸿翔笑着看她："是啊，我家猫咪可真愁人，动不动就爱乱感动，万一宝宝以后也这样感性，可怎么办哪？"

夏小沐笑："那才不会，我会把他培养成你这样刀枪不入的模样，谁也伤害不了他。"

"你这是夸我，还是损我？"廖鸿翔拉起她的手，说，"走吧，咱们该去捯饬捯饬了。"

今天是他们迟到了六年的婚礼。也是儿子廖涵小朋友的百日宴。天气好得出奇，是一个好彩头。

整个婚礼，廖鸿翔一共为她准备了六套婚纱，均出自国外的著名设计师之手。六套婚纱件件经典，真是羡煞了旁人。包括钻戒、婚纱、水晶鞋在内的每一套，都价值高达百万。

夏小沐一套一套试下来，发现尺寸都刚刚好。她有些意外，看了看试衣镜中自己的身材，问："你又没问过我，怎么会知道我现在的尺寸？"

廖鸿翔坏笑着眨眼道："我每晚用手丈量，能不知道吗？"

夏小沐没理会他的不正经，看着身上的婚纱，心里感动不已。然后在廖鸿翔从她身后搂住她的时候，说："廖先生，我的小小梦想，就是穿着白纱，旁边是最爱的你，我幸福地笑着，这样就足够了。"

廖鸿翔补充道："还有我们的涵涵。"

中午举行婚礼，晚上举行廖涵的百日宴。考虑到廖涵不适宜吹风和日晒，他们的婚礼选择在室内举行。

婚礼现场虽是在室内，却是模拟海上婚礼的场景。头顶是蓝天白云，四周是蓝色的海岸，大厅的桌椅以紫色调为主，还有沙滩和椰子树。一走进去，就感觉是走在海边，一股凉意扑鼻而来。整个婚礼会场布置得富丽堂皇，光彩夺目。只一看桌上的摆设和格调，就知道全部都是用钱砸出来的。虽然夏小沐一向不喜欢铺张浪费，也不喜欢高调，可是如今对廖家的事情知道得越多，她也就越知道他们的婚礼不只是两个人的事情，这关系到廖家的脸面和荣耀，所以，必要的排场是不能省略的。

婚礼开始前，夏小沐想着在外出差的小涛不能来参加婚礼，心里觉得很遗憾。事实上，廖鸿翔已经通知小涛赶回来了。所以，当夏小涛竟空降一般出现在化妆室的时候，把夏小沐惊到了。赶回来的不仅有夏小涛，还有雷俊宇和徐安妮，此刻，他们正在赶往婚礼现场。

当结婚进行曲响起，廖鸿翔牵着夏小沐的手，从铺满鲜花的通道上，在众人的掌声里，缓缓走上舞台。而廖涵在奶奶的怀里，看着台上的爸爸妈妈，乱蹬着脚丫子，挥舞着小手，竟也嘤嘤呀呀叫着。

夏小沐曾幻想过无数次穿上婚纱走上红毯的场景，可是当她真正经历着这一幕，才发觉自己其实没有想象中那么激动，心跳也没有加速多少。内心更多的，是舒畅和豁达，是知足和平和。其间，一直有股温热在心尖流淌。她知道，这是长相厮守的幸福感。她知道身边的这个人，此生都会保护她，疼爱她。

廖鸿翔站在台上，看着她，充满歉意地说："对不起，老婆，这场婚礼迟了六年。接下来的岁月，我会用行动来证明，我有多爱你。"

夏小沐目光炯炯："最好的幸福，是你给的在乎。我们的爱，因为经历了苦、经历了痛，才变得刻骨铭心。"

雷俊宇和徐安妮坐在台下，各怀心事。慕容常林和夫人也在台下，看着台上的儿子和儿媳，一脸幸福和宽慰，眼眶里却都湿了。

夏小沐下台换婚纱回来，发现大屏幕上正在播放她和廖鸿翔从小到大的照片，她的照片应该是小涛提供的。后半段，居然是这六年来她生活里一些随意的表情和镜头，还有一些视频片段。她惊讶地看着廖鸿翔。

这个男人，在结婚之后的前五年里，看似对她不闻不问，到如今，她才发现，真正冷漠的人其实是她。正是她的冷漠，让他只能站在她的身后，用相机记录下她生活里这些她自己都没有印象的画面。

他竟然，是这样爱着她，从很早以前。

而她，居然现在才恍然大悟。

幸好，他没有放弃她。

幸好，她也终于敞开心扉勇敢地面对她的爱人。

三年之后。

廖鸿翔的事业越做越大。他一直觉得自从娶了夏小沐，事业就一路平顺。而自从夏小沐给他生了儿子廖涵和女儿廖沁，凑成一个"好"字之后，他的事业越发顺风顺水，简直可以用一帆风顺来形容。

翔飞集团在传媒界的业绩极佳，主要负责人是夏小沐。她不仅主持旗下的几档节目，也是幕后的 boss，她把这几年在主持领域学到的看到的想到的所有东西，都充分地展现了出来，新推出的栏目每一档都创下收视率新高。她现在一半时间在做主持，一半时间在做管理。主持是她的专业和强项，而管理上，有廖鸿翔在旁指导和帮助，她做得越来越得心应手。

自从负责翔飞集团旗下的传媒业务之后，夏小沐用在工作上的时间比和家人在一起的时间多了很多。发现廖涵和廖沁越来越黏廖鸿翔之后，她很受伤，命令廖鸿翔给她减少工作量，让他们一家四口有更多的时间待在一起。

廖鸿翔在接受国内一档影响力很强大的财经栏目采访时，答应节目组到家去拍摄。拍到廖涵和廖沁的房间时，摄像大哥都傻眼了。

廖涵的房间，全是 Paul frank 大嘴猴的影子，墙面是大嘴猴的贴画。床上四件套，地上铺着的地毯，廖涵穿的儿童休闲装、睡衣、泳装、T恤、拖鞋，戴的腕表，用的书包、眼镜等等，全是大嘴猴系列的。

廖沁的房间，则全是 Hello Kitty 的风格，清一色的粉色调，踏进去就像是掉进了一个童话的梦幻世界里。房间里面除了有 Hello Kitty 的毛绒大玩具，还有女孩子最爱的蝴蝶结、抱枕、镜子、相框等等，而且房间里全都是 Hello Kitty 系列的女生家具，营造出一个如梦似幻的公主城堡。

主持人在现场看到 VCR 的时候，激动得大叫："太有爱了有木有？有木有？"

廖鸿翔淡淡地笑着，特别满足和幸福，有些得意地说："我儿子和女儿的房间，都是我亲手布置的，所有房间里面的物品，也都是我亲手去挑选购买的。"

主持人惊讶："那你老婆负责什么？"

"我老婆负责笑话我。"廖鸿翔笑，"她笑话我把孩子的房间弄得太幼稚。说我自从有了儿子和女儿之后，在心理上越来越小孩了。我自己也觉得确实是越来越有童心了。虽然在公司面对员工的时候，在面对客户的时候，我一贯强势。可是一回到家里，我就变成了小孩，跟我儿子女儿疯玩疯闹，常常乐成一堆。每到这种时候，我老婆就特别嫌弃我。不过，我真的挺享受这样的生活状态，觉得我内心特别平静和知足。"

主持人："像廖总您这样成功的商人，事业做到这么强、这么大，却能保持一颗快乐的童心，还能从你口中听到平静和知足这样的词，真的很令人诧异。"

廖鸿翔笑："以前，我一直不知道我挣钱是为了什么。为了财富？为了名利？为了欲望？现在我知道，都不是。我挣钱只为了我的家人能有更好的生活。而健康和对家人的陪伴、呵护是更好生活必不可少的。所以，我现在的应酬很少，除了在公司，其他时间我几乎都在陪着家人和孩子。家人健康平安，妻子儿女萦绕在侧，这才是我所追求的。"

主持人："听起来，廖先生的家庭生活非常幸福。我们知道，夫妻两人在对待孩子的时候，一般都会一人唱红脸，一人唱白脸。那你们俩谁唱红脸，谁唱白脸？"

廖鸿翔又笑："我唱红脸扮演慈父，我老婆一般都唱白脸，对儿子女儿可比我严厉多了。所以，她老说我老奸巨猾，好人都让我做尽了。"

主持人："哇，完全想不到。在外人看来，应该是你对孩子比较厉害才对。"

"我在工作上的要求会比较严格，我的员工其实还是挺怕我的。"廖鸿翔笑，"但是到了儿子女儿跟前，不知道为什么，我就是严厉不起来，老是忍不住会跟他们打成一片玩在一起。一看到他们吧，心就融化了，哪还能严厉得起来。我老婆都说我对孩子有些溺爱，我也知道对孩子溺爱不好，非常不好。所以，我也正在努力不溺爱孩子。"

主持人："看来孩子家庭教育的很大一部分也是你承担的，那你对教育孩子这一块有什么计划吗？"

廖鸿翔还是笑："我比较赞同一句话，就是：女儿要富养，儿子要穷养。尽管女儿还小，我也尽可能地为她营造一个富足舒适的成长环境，从小让她对高质量的生活耳濡目染，这样培养出来的女孩子长大后会很有品位，会创造有情调的生活，也不容易被一些小利益冲昏头脑，从而失去理智害了自己。儿子的话，将来会刻意让他尝试生活的艰辛，从小磨砺他的吃苦能力和坚强的意志，以备将来他能担当应尽的责任，成长为一个真正的男子汉。儿子穷养，更能让他奋发图强，不容易成为败家子。"

主持人："廖先生对婚姻有什么样的心得，可以跟我们分享一下吗？"

廖鸿翔想了想，笑着说："每个男人一开始都是一粒尘埃，后来因为一个女人对他说'我爱你'，他就因爱的力量，把自己积累成一个小石块。后来这个女人对他说'你要当爸爸了'，这个石块又因为爱的力量一下子变成了一个小山丘。若干年之后，这个女人对他说'我一点都不后悔这辈子嫁给你'，然后他就变成了一座山。小时候我觉得我母亲是天底下最完美的女人，后来遇到了我老婆，跟她进入了婚姻，她那么阳光、健康、包容和信任，我觉得她是最好的。她让我不再相信'婚姻是爱情的坟墓'这句话，我觉得婚姻是爱情的延续，也是幸福的延续。"

所有人都看得到，整个节目的过程，廖鸿翔一直是发自内心地笑着的。那笑容，透露出他对家庭、对婚姻、对事业的满足和享受，羡煞所有的人。

夏小沐受邀去参加一期关于"如何做一个幸福女人"的女性励志节目。这档节目的主持人是她大学时的一个学姐，在主持界口碑极好，所以，一接到邀请她便欣然答应。

节目一开始，谈到关于女性成长的话题，学姐问："我们知道，小沐的女儿今年也一岁多了。作为母亲，你希望你的女儿做个什么样的人？"

夏小沐说："我希望她做个勇敢坚强的人。因为一个女人的一生，总要经历无数次的劫难，譬如身体的疼痛：痛经、怀孕和生子。譬如爱情的疼痛：失恋、背叛和抛弃。然而，只有经历过这些痛，女人才能成就自己。因为身体的痛，你有了珍贵的孩子。因为爱情的痛，你有了永不分离的伴侣。每个女人，都是须经蜕变才能成为美丽的蝴蝶。此刻让你痛不欲生的，未来才会使你更美好。所以，我们每一个女人，都应该感谢曾经所经历的一切疼痛。"

在节目快要结束的时候，学姐问她："小沐，你如何看待婚姻和爱情？可以和我们电视机前的广大女性朋友们分享一下你这些年的经验吗？"

夏小沐笑道："决定嫁给一个人，只须一时的勇气，守护一场婚姻，却需要一辈子的倾尽全力。因为，从一开始，爱情就是一件浪漫的事，而婚姻，却是一件庄严的事。我们女人嫁人，不仅是嫁给一个男人，也是嫁给一个家庭，爱你的男人，也要爱他的家人。这是我这些年对婚姻生活的领悟，与大家共勉。"

下了节目，夏小沐迫不及待地给廖鸿翔发了条短信："结发为夫妻，恩爱两不疑。欢娱在今夕，嬿婉及良时。"

过了几秒钟，廖鸿翔回过来，问："老婆，你为什么爱我？"

夏小沐想也没想就回："我说不出来我到底为什么爱你，但我知道，你就是我不爱别人的理由。廖先生，你是我此生最美的风景。你呢，会一直爱我吗？"

夏小沐满面春风地握着手机，心里洋溢着的幸福，满得似乎快要溢出来。她开着车，迫不及待地往家里赶去。

廖鸿翔最后回给她的短信内容是："我这辈子给过你的，再也给不了别人。以后不管有多忙，我都会挤出时间来陪你，没有借口，没有谎言，也没有不兑现的诺言。这就是我爱你的方式。我这辈子最庆幸的事，便是与你相爱。PS：快回家来吧，我和孩子们在家等着你吃晚饭。"

他一向是最讨厌发短信的，而且写短信的速度超慢，可是他的这条短信包括标点符号在内居然有 106 个字，她想象着他耐着性子一个字一个字给她写短信的样子，心就像浸泡在蜜罐里，甜蜜蜜地，乐得哼起歌儿来。

快到家时，远远地看见整幢房子亮着灯。夏小沐停好车，看着家里暖暖的灯光，竟忘了移动脚步。她想起嫁给他之后的前五年里，她曾无数次仰望着别人家的灯光，那时的她，多么希望也能有一个人，为她守住一盏灯，照亮她回家的路。她也曾无数次想，廖鸿翔和她，究竟会是怎样的结局。

如今，这个愿望终于实现了。而她和廖鸿翔，也成为真心相爱的夫妻，合作默契的工作伙伴，无话不谈的朋友，相濡以沫的亲人，一儿一女的爹妈。

不远处，廖鸿翔抱着廖沁出现在门口，望着她的方向对怀里的女儿说着什么，跟在后面跑出来的廖涵则冲着她挥舞着双手，用动听的童音喊着："妈妈！吃饭饭啦，我好饿呀！"

说完，撒着腿朝她跑过来。

廖沁看着哥哥朝着妈妈跑过去，开始在廖鸿翔怀里挣扎。

廖鸿翔弯下腰，把女儿小心放到地上，看着她跌跌撞撞地朝着妻子跑去，在后面柔声细语地提醒："沁沁，慢点儿跑，小心摔着！"

他抬眼，微笑着朝着妻子望过去，眼神里有脉脉的温情在涌动。他这样安静的注视，看在夏小沐眼里，泛滥成了波光粼粼的爱潮。

"妈妈！妈妈！"

廖沁稚嫩的童音，格外动听，将夏小沐的心瞬间融化成一汪暖意涌动的水。她应了一声，咧开唇角，迈开轻快的步子，朝着儿子和女儿奔过去。然后，她抱起廖沁，拉着廖涵，走向站在门口等着他们的丈夫。

不多时，房间里飘出一阵阵饭菜的香味，人影摇曳的灯光里，映照出他们一家人围坐饭桌的剪影。

欢声笑语，久久回荡。